D1396353

Comme une flamme
blanche

James Grady

Comme une flamme blanche

Traduit de l'américain par
Jean Esch

*Collection dirigée
par François Guérif*

Rivages/Thriller

Titre original : *White Flame*
(Dove Books, New York)

© 1996, James Grady
© 1998, Éditions Payot & Rivages pour la traduction française
106, boulevard Saint-Germain – 75006 Paris

ISBN : 2-7436-0363-1
ISSN : 0990-3151

pour Jane Grady

L'auteur remercie pour leur aide précieuse Rita Aero, Rich Bechtel, Nathan Blumberg, Taylor Branch, Lou C., Ulysses Doss, Danny Glover, Bonnie Goldstein, Harry Gossett, Melinda Hatton, John Holloway, David Levinson, Lou Mizell, la famille Pulaski (Alan, John, James), Ruth Ravenel, Michael Viner, Les Whitten, Bill Wood, et beaucoup d'autres. Si cette œuvre de pure fiction possède quelques attraits, ils mesurent l'ampleur de ma dette envers ces personnes remarquables.

DERNIÈRES ÉPIGRAMMES RETROUVÉES
DANS LE JOURNAL INTERNET DE FARON SEARS :

Telle est la doctrine du Karma. Apprendre !
Seulement quand toutes les impuretés du péché ont disparu,
Seulement quand la vie s'éteint comme une flamme blanche
La mort meurt avec elle.

Tiré de : *La Lumière de l'Asie :*
la vie et les enseignements du Gautama,
par Sir Edwin Arnold, 1884.

Instant karma's gonna get you.
John Lennon

Tout brûle.
Bouddha

1

La police de Chicago mentit au sujet de la foule qui avait envahi une rue du North Side ce 15 janvier à midi, jour anniversaire de la naissance de Martin Luther King. La police annonça à la presse la présence de 200 personnes ; 450 était un chiffre plus proche de la réalité. La foule se pressait aux abords du perron d'une villa, où un homme vêtu d'un pardessus serrait dans sa main un micro.

– Pourquoi y a-t-il tant de gens qui me haïssent ?

La voix amplifiée de l'homme roula à la surface de la foule grelottante. Les gens portaient des pardessus de chez *Brooks Brothers*, de vieux parkas de l'armée ou des blousons marqués au nom de leur entreprise ou leur syndicat. Une femme en cashmere côtoyait un jeune type arborant les couleurs de son gang. Les visages étaient noirs « Southside » ou café au lait « Saigon », rougis par des gènes venus de Belfast ou de Cracovie, de Milan ou d'Athènes. Pour une douzaine de visages basanés rassemblés, une femme traduisait le discours avec les inflexions mélodieuses de Vera Cruz.

– Les Blancs pour commencer.

L'orateur secoua la tête, passa sa main dans ses cheveux crépus coupés ras, aussi noirs que ses gants en cuir.

– Les Blancs me haïssent-ils parce qu'ils voient en moi un Noir – un Noir de plus – qui a de l'argent, du pouvoir et des opinions ?

Un rire parcourut la foule.

– … Un Noir avec la bouche pleine de mots comme « la terreur de la souffrance ». Est-ce que les Blancs me haïssent pour cette raison ?

… Et les Noirs ? demanda cet homme à la peau d'ébène ciré. Me haïssent-ils parce que ma réussite signifie que je suis « devenu blanc » et que je les ai « trahis » ? Mes frères noirs me haïssent-ils parce que je leur interdis, à eux comme à quiconque, de me définir uniquement en fonction de la couleur de ma peau ?

Sur le perron, derrière l'orateur, étaient réunies une dizaine de personnes qui travaillaient dans cette grande maison : des hommes et des femmes, des Blancs et des Noirs, des Hispaniques et des Asiatiques.

– Est-ce que les Juifs me haïssent parce que je les mets au défi de renoncer à leurs tabous tribaux contre l'assimilation et à adapter leur code de tolérance à une ère nouvelle ? Les Musulmans me haïssent-ils quand je leur dis que leurs racines communes avec les Juifs font d'eux des frères, et non pas des ennemis ?

Sa voix amplifiée faisait trembler les fenêtres de la maison.

– Les politiciens me haïssent-ils parce que je refuse de me laisser enfermer dans tel ou tel parti, de me ranger derrière des étiquettes vides de sens du genre « libéral » ou « conservateur », candidat ou non-candidat ? Dans les cimetières de la pensée des universités ou dans les couloirs du Congrès, est-ce que l'élite me hait parce que je refuse de les affronter sur un terrain politique révolu ?

Un individu isolé se détacha de ses compagnons en bordure de la foule. Emmitouflé dans des vêtements chauds, ce pouvait être n'importe qui. Deux policiers coiffés de casques blancs anti-émeute ne lui prêtèrent aucune attention. L'un deux sirotait une boisson chaude dans un gobelet en plastique.

– Est-ce que la police me hait ? Ils me haïssent parce qu'ils m'ont jeté dans leur prison autrefois et que maintenant, ils ne peuvent plus me mettre en cage ?

Des hommes au regard sévère, vêtus de manteaux ouverts, se tenaient côte à côte au pied des marches du perron. L'un d'eux vit la silhouette solitaire approcher, approcher encore. L'agent de la sécurité s'écarta pour laisser l'individu gravir tranquillement les marches. Cette manœuvre insignifiante n'attira l'attention de personne d'autre.

– Non, ce ne sont pas des couleurs de peau, des religions, ni des politiciens, ni la police qui me haïssent. Ce sont les gens qui me haïssent. Des gens comme vous. Des gens comme moi. Et savez-vous ce qui motive leur haine ? la peur.

Discrètement, la silhouette pénétra dans la grande maison, derrière l'orateur.

– La peur qui chuchote dans leurs cœurs.

Il n'y avait personne dans la maison pour voir la silhouette solitaire grimper précipitamment au premier étage.

– La peur d'avoir tort.

Derrière la fenêtre d'un centre de communications déserté, le personnage solitaire observait l'orateur et son auditoire en bas. De là-haut, on apercevait le début de calvitie du grand tribun.

– La peur que je puisse avoir raison.

De sous son manteau ample, l'individu sortit un ordinateur de la taille d'un livre, débrancha un fil de téléphone sur le bureau le plus proche de la fenêtre et le connecta à l'ordinateur portable. Il lui fallut moins de deux minutes pour pianoter un message sur le clavier.

– Et si vous pensez qu'ils ont peur d'ores et déjà…

Le message achevé, l'individu dissimulé derrière le reflet aveuglant de la fenêtre de la maison donna un ordre à l'ordinateur.

– … attendez un peu que notre quartier général ouvre ses portes à Washington ! Là, vous verrez ce qu'est réellement la peur !

L'écran de l'ordinateur portable clignota à chaque sonnerie d'un téléphone lointain. Première sonnerie… Deuxième sonnerie…

– Tous ces « gens » là-bas me demandent toujours : « Puisque vous prétendez ne pas être un politicien, pourquoi vous installez-vous à Washington ? » Et moi, je leur réponds : « Parce que c'est l'étape suivante sur notre route. »

Un mot clignota sur l'écran à cristaux liquides : CONNEXION.

– Ils me demandent : « Si vous n'êtes pas un politicien, qu'est-ce que vous êtes alors ? »

Le micro-ordinateur expédia un message à toute allure, de Chicago, via la ligne téléphonique, tandis qu'au-dehors l'orateur clamait :

– Alors, à tous ceux qui exigent de savoir qui je suis, je réponds : je suis vivant !

Le vent sifflait dans les sapins le long d'une route à deux voies isolée de l'Idaho. La chaussée était parsemée de plaques de neige. À une quinzaine de kilomètres en amont, des congères interdisaient le franchissement du col. À cet endroit, une cabine téléphonique se dressait comme une sentinelle près d'une aire de repos fermée après *Thanksgiving*. Une Toyota rouge tournait au ralenti devant la cabine.

L'homme qui tremblait de froid à côté de la voiture haletante portait un blouson en Skaï noir et un jean. Il s'appelait Chris Harvie, et ses cheveux blond filasse étaient noués en queue-de-cheval à l'aide d'un élastique. Chris cria à l'homme qui se trouvait à l'intérieur de la cabine :

– Le trip vie sauvage c'est bon pour les oiseaux !

L'homme dans la cabine demeura parfaitement immobile. Il portait un parka rouge, un fuseau de ski et des bottes polaires. Des gants de ski noirs lui faisaient une seconde peau. Son visage était lisse comme un œuf, ses cheveux bruns étaient coupés courts. Il tenait dans le creux de son bras un ordinateur portable qu'il avait branché sur le téléphone, après avoir sectionné le fil du combiné. Il utilisait du matériel acheté chez « Radio Shack » et suivait les instructions d'un manuel volé dans la bibliothèque d'une école de commerce.

– Hé ! tu as entendu ?

Chris souffla dans ses mains nues.

L'homme dans la cabine regardait fixement le message transmis électroniquement sur son ordinateur. Les mots en cristaux liquides se gravèrent dans sa mémoire. Il interrompit la liaison sans sauvegarder le message. Toute preuve de son existence mourut sur le champ. L'homme sourit.

– Entendu quoi ?

– Arrête de te foutre de ma gueule ! s'écria Chris en avançant d'un pas lourd vers la cabine. Je me gèle le cul ! Si j'étais pas là…

– Je ne serais pas ici.

L'homme déconnecta l'ordinateur relié au fil coupé du téléphone, et fourra l'appareil à l'intérieur de son parka.

Chris secoua la tête.

– Nom de Dieu, qu'est-ce qu'on est venus foutre dans ce coin paumé, à des milliards de kilomètres de Trouducville ? Tout ça pour se brancher sur une putain de cabine téléphonique. On aurait pu faire la même chose en restant au motel bien tranquilles, ou...

– L'art n'est pas une activité « tranquille ». L'art est... *une expérience*.

– Expérience mon cul ! répliqua Chris. T'as vu comme il fait froid ?

– Il va faire encore plus froid.

– Ah ouais ? Ça veut dire quoi ?

Son compagnon pivota sur la gauche, ses deux mains se rejoignirent, paume contre paume, puis s'écartèrent brusquement dans un reflet de soleil. Un jet écarlate rougit la lumière du jour lorsque le couteau, jailli de la gaine fixée à son poignet, trancha la gorge de Chris.

Celui-ci fit quelques pas en titubant ; le sang coulait à flots de sa gorge béante. Il s'effondra contre la cabine téléphonique, ses mains agonisantes agrippèrent la paroi vitrée pour réclamer de l'aide.

– Voilà ce que ça veut dire « encore plus froid ».

Le meurtrier essuya la lame du couteau sur le jean de sa victime.

Il lui fallut vingt minutes pour traîner ensuite le corps sous les arbres. La radio annonçait l'arrivée du blizzard vers minuit. D'ici là, personne ne viendrait par ici ; et au printemps, ce qui n'avait pas fondu constituerait une expérience intense pour l'auteur de cette découverte. L'onde de choc comme œuvre d'art. L'art de l'effet de vague.

Il récupéra le portefeuille du mort, la clé du motel et le pistolet, nettoya le sang sur son visage avec de la neige, lança son parka maculé dans la Toyota et repartit.

Une quinzaine de kilomètres plus loin, la Toyota rouge atteignit l'intersection de deux routes nationales. Des ordures étaient entreposées sur les bas-côtés. Un pick-up reposait sur des parpaings, avec une couche de neige de quinze centimètres sur la cabine. La civilisation était représentée par une station-service et les onze bungalows d'un motel délabré.

Deux voitures étaient arrêtées devant le bungalow 9. Le meurtrier se gara devant le bungalow 4, le chiffre correspondant au numéro de la clé du mort.

Ces deux voitures n'étaient pas là ce matin, songea le meurtrier. Sa montre indiquait que c'était l'heure du déjeuner dans l'Idaho. Deux voitures, immatriculées dans le comté, à l'heure du déjeuner. Le Mari de Quelqu'un, la Femme de Quelqu'un. Aucun danger au niveau de la sécurité : leur secret les empêchait d'ouvrir les yeux.

Dans le bungalow 4, l'homme qui regardait Oprah[1] à la télé était gigantesque. Les boutons de sa chemise hawaïenne menaçaient de sauter. Les fantômes électriques jaillis de l'écran dansaient sur ses bras tatoués. Lorsque la porte du bungalow s'ouvrit violemment, il bondit hors de son fauteuil et s'empara d'un revolver .357 Magnum posé sur la table.

– C'est moi, chéri ! lança le meurtrier.

Il referma la porte.

– Bon Dieu ! t'en as mis du temps ! grommela le tatoué.

– Je ne voulais pas bâcler le boulot.

La chambre sentait le chauffage électrique et le whisky. Des skis de randonnée et un sac à dos étaient appuyés contre le mur. Le meurtrier caressa les skis avec ses mains gantées. Du coin de l'œil, il regarda le tatoué reposer le Magnum sur la table.

Ce dernier se tourna vers la porte.

– Où est Chris ?

– Il t'attend.

Le meurtrier lui tira une balle dans la poitrine avec l'arme de Chris, un .22 que celui-ci trimbalait pour ressembler à un pro de Detroit.

Le projectile de faible calibre cloua le tatoué au fond de ses bottes de motard. Ses bras épais déchirèrent sa chemise. Il baissa les yeux pour regarder le tout petit trou, semblable à un...

---

1. Oprah Winfrey, très célèbre animatrice de télévision aux États-Unis. (*N.d.T.*)

Le meurtrier tira une deuxième balle dans le front du tatoué. Ce dernier s'effondra sur le plancher, et le meurtrier, pour ne prendre aucun risque, lui truffa le crâne de plusieurs balles. Il empocha ensuite le portefeuille du mort, s'empara des skis et du sac à dos, et repartit en fermant la porte à clé.

Il remplit le réservoir de la Toyota et deux jerrycans en plastique de vingt litres à la pompe du motel. Il portait des lunettes de ski pour masquer son visage, mais le gérant ne vit que la couleur de son argent.

À environ six kilomètres du motel, la Toyota quitta la nationale pour s'engager sur une route de graviers fortement enneigée. À cinq reprises le meurtrier dut dégager son chemin à coups de pelle. La route dominait une crête surplombant les reflets gris d'un lac gelé. La Toyota dévala la colline, en laissant dans son sillage un nuage de poudre blanche. Entraîné par l'inertie, le véhicule dérapa à la surface du lac, sur une vingtaine de mètres. La glace gémit, mais résista.

Le meurtrier coupa le moteur, transporta ses skis et son sac à dos sur la berge. Avec ses jumelles, il balaya le paysage sur 360 degrés. Il aperçut les murs de sapins de Noël, leurs branches enveloppées de tourbillons de poudre blanche, mais pas le moindre skieur, pas la moindre motoneige. Un faucon prit son envol par-dessus les sapins agités par le vent.

Le meurtrier aspergea la Toyota avec l'essence contenue dans les jerrycans en plastique. Il répandit de l'essence entre le réservoir ouvert de la voiture et la berge. Son allumette de survie s'enflamma du premier coup. Il attendit que la flamme se stabilise, avant de la laisser tomber sur la traînée de carburant aux reflets irisés.

Une ligne enflammée parcourut le lac gelé à toute vitesse. Une boule de feu enveloppa la voiture. Une fumée noire monta vers le ciel – c'était le risque majeur, le grand « Et si ? » *Et si* quelqu'un apercevait la fumée, que se passerait-il ?

Le réservoir de la Toyota explosa. La voiture tournoya sur la glace. La vapeur s'échappa, venant se mêler à la fumée noire. Des fissures apparurent à la surface de la glace, sous le véhicule en feu. Des blocs d'eau gelée jaillirent. La glace s'ouvrit et avala la voiture qui se consumait, dans un sifflement de flammes, tandis que le véhicule tout entier disparaissait sous la surface.

L'eau ondoya encore quelques instants, avant de s'immobiliser.

Le temps qu'il attache son sac à dos et chausse ses skis, une fine pellicule de glace s'était formée au-dessus du trou. Il orienta ses spatules en direction de la ville où le Mari de Quelqu'un et la Femme de Quelqu'un menaient des vies secrètes. Avant la tombée de la nuit il aurait rejoint le groupe de randonneurs avec lequel il était venu jusqu'ici en car. Il avait payé en liquide, joué les timides, utilisé un faux nom. Personne ne le connaissait.

Il rectifia aussitôt. Personne ne le connaissait *pour l'instant.*

2

Huit jours plus tard, un mardi matin, trois hommes étaient assis à une table dans un restaurant de Washington. À travers la vitre, ils apercevaient le grand bâtiment baptisé Watergate.

Willy Smith déclara aux deux hommes qui lui faisaient face de l'autre côté de la table :

— Vous m'aurez pas comme ça, tous les deux. D'un côté, y a ce que vous dites, et de l'autre, y a la vérité vraie.

— Et c'est quoi la « vérité vraie » ? demanda l'homme aux cheveux poivre et sel, avec une cicatrice sur la joue droite et des yeux noirs.

Le porte-cartes en cuir glissé dans son veston l'identifiait comme étant Dalton Cole, agent spécial du Federal Bureau of Investigation, le FBI.

De la poche intérieure de son blouson en jean, Willy sortit un paquet de cigarettes et un briquet.

— Arrêtez votre baratin. J'ai bien compris votre petit jeu.

— La vérité, c'est qu'il est interdit de fumer ici, répliqua l'inspecteur de la brigade criminelle de Washington, Nick Sherman.

Il avait des cheveux bruns, des yeux bleus, et un sourire qui dévoilait une dent ébréchée.

Willy cracha sa fumée vers les deux représentants de la loi.

— Allez-y, arrêtez-moi.

— Alors, qu'est-ce qu'on cherche à ton avis ? demanda Nick Sherman.

— Je sais ce que vous *racontez* en tout cas. (Willy portait à la ceinture un canif parfaitement légal, dans un étui en cuir.) Les poulets qui m'ont embarqué, y a deux ans, racontaient exactement les mêmes salades.

– Tu veux dire par là, dit Sherman, en espérant que le magnétophone caché dans sa poche fonctionnait, que les policiers qui sont venus t'interroger en premier ont laissé entendre que tu étais suspecté de plusieurs crimes ?

– Ouais, c'est ça. Ils m'ont sorti tout leur baratin juridique.

– Nous aussi on t'a informé de tes droits, dit Sherman. Tu te souviens ? La première fois où on est allés chez toi.

– Mes deux nouveaux potes des Affaires non résolues. Vous crachez le morceau : le pauvre Willy Smith, innocent, le voilà accusé de détournement de voiture.

– Détournement de voiture, kidnapping, viol et meurtre, récita Cole.

– Je vais vous dire un truc, les gars. (Willy se pencha par-dessus la table.) C'est pas possible de violer une femme qu'est pas d'accord. Tout ça, c'est rien que des conneries que racontent ces salopes pour décourager les hommes, les vrais.

– Tu as déjà fait de la taule, Willy, dit Cole d'un ton soudain plus agressif. Tu as écopé de deux condamnations pour vol à main armée.

– C'est du passé tout ça.

– Il y a deux ans, reprit Cole, quelqu'un a kidnappé Jenny Davis sur le parking de l'hôpital. Il l'a enfermée dans le coffre de sa voiture. Ensuite, il lui a volé sa voiture, son argent et ses cartes de crédit. Mais avant cela, il lui a… fait tout ce qu'il voulait avec sa queue. Il lui a collé du scotch sur les yeux ; elle n'aurait certainement pas pu l'identifier. C'était une brave infirmière, avec un fils et un mari. À ton avis, pourquoi il s'est senti obligé de la tuer ?

– Ces salopes trouvent toujours un moyen de piéger un type. En tout cas, depuis que je suis sorti de prison, j'ai commis aucun crime, moi. (Willy écrasa sa cigarette.) Vous voyez ? Pourtant, y a six semaines, vous êtes venus me faire chier avec ces conneries. Et depuis, tous les jours ou presque, vous passez me voir, par hasard. Remarquez, j'aime bien votre compagnie. Vous me sortez, vous m'offrez des cafés, des hamburgers…

– Heureusement que tu as beaucoup de temps libre, dit Cole.

– Évidemment, je suis en conditionnelle ! Je trouve pas de boulot ! Je suis une victime de la période de rigueur de l'après-Guerre froide.

Cole demanda :

– C'est quoi ton métier ?

– Oh ! non. (Willy enveloppa de son haleine les deux représentants de la loi.) Vous allez pas recommencer avec ces conneries ! Je sais bien où vous voulez en venir tous les deux !

– Ah bon ! répondit Cole. Où ça ?

– C'est du bidon ! Vous vous dites : on s'accroche à une affaire qui mène nulle part, et comme ça, on reste peinards, à l'abri des balles perdues dans la rue ! Mais évidemment, vous pouvez pas faire avaler ça à vos supérieurs… *à moins* d'avoir un suspect que vous pouvez cuisiner !

… Et le suspect, c'est moi, déclara Willy en allumant une autre cigarette. Merde alors, vous passez votre temps à me harceler, à me poser des questions débiles… En fait, je vous sauve la peau !

– Tu as trouvé ça tout seul, Willy ? demanda Nick.

Willy haussa les épaules.

– À mon avis, tu devrais faire une belle carrière d'astrophysicien, dit Cole. Mais as-tu déjà travaillé dans une laverie de voitures ?

– Vous voulez mon curriculum vitae ou quoi ? Vous écrivez ma biographie ?

Willy était face à la sortie. Abrutis de flics. Pourquoi l'avaient-ils laissé s'asseoir à l'endroit où on pouvait voir tous les gens qui entraient dans le restaurant ?

L'inspecteur Sherman était assis à l'extérieur du box, entre Willy et la seule issue. Dans la vitre, il vit le reflet de la serveuse qui prenait la cafetière et se dirigeait vers eux. Sherman gardait une main sous la table – dissimulée au regard de Willy – et fit signe à la fille de rebrousser chemin.

– Où est le problème ? demanda Cole. Si tu dis la vérité, qu'est-ce que ça peut faire si on te demande où tu as travaillé ?

Willy cracha sa fumée vers le caïd du FBI.

Cole insista :

– Alors, *Monsieur Smith*, avez-vous déjà travaillé dans une laverie de voitures ?

– Allez vous faire foutre, j'ai rien à dire.

– Là, je crois qu'on a un vrai problème, commenta Nick.

Willy vit la fureur dans les yeux du flic de la criminelle.

– Quel problème ?

– Tu viens de devenir notre suspect *numéro un* ! À partir de maintenant, tu peux nous prouver qu'on raconte des conneries, ou la fermer ! Tu as droit à un avocat, même si tu es fauché. On en reste là pour le moment, on a des choses à régler.

Ils accordèrent une minute à Willy pour se faire du souci. Puis Nick demanda :

– Tu veux faire ça dans les règles jusqu'au bout et nous accompagner au quartier général ?

Willy savait qu'aller au quartier général signifiait recommencer tout le parcours juridique. Sur un plan légal, son refus de répondre dénotait à la fois la connaissance des faits et la préméditation.

– On parle de meurtre, de détournement de voiture, de kidnapping, de vol à main armée, et de viol, dit Cole.

– Il y a deux ans, enchaîna l'inspecteur Sherman, la police de Washington a découvert la voiture à l'endroit où tu l'as abandonnée, avec le corps de Jenny Davis coincé dans le coffre, nu et martyrisé. Lacéré, avec des traces de lubrifiant sexuel.

– Je parie que tu avais mis des capotes, dit Dalton. Et tu as gardé ton caleçon pour éviter de perdre des poils.

– Résultat, on n'a pas de prélèvements d'ADN, dit Nick. Aucune chance de retrouver la trace des cartes de crédit que tu as certainement revendues dans la rue. Quant au fric, n'en parlons pas.

La fumée de la cigarette de Willy s'élevait vers le plafond de cet agréable restaurant à l'ambiance familiale.

– Aucun témoin, reprit Nick. Mais on a quand même un indice.

Cole se pencha vers Willy.

– Tes empreintes de pouce. Sur le capot de sa voiture.

Les représentants de la loi observèrent Willy, tandis que la fumée de sa cigarette se dissipait. Dans la vitre, Nick Sherman vit la serveuse revenir vers eux, avec l'addition. Sous la table, il lui fit signe de nouveau de s'en aller. Elle regagna sa caisse d'un pas rageur.

– Mes empreintes sur la voiture, ça prouve rien !

– Bon sang, Willy ! s'exclama Nick. C'est exactement ce qu'ont dit les hommes du procureur. Ils ont dit qu'un avocat de la défense n'aurait aucun mal à expliquer comment tes empreintes se sont retrouvées tout naturellement sur cette voiture.

– À mon avis, c'est sur la fille que tu avais surtout envie de poser les mains, dit Cole.

– Comme les flics ne trouvaient plus d'indice, ils étaient coincés. C'est pour ça que tu t'es retrouvé aux Affaires non résolues.

– Entre nos mains, ajouta Cole.

– Et là, tu as merdé.

– Tu vois, reprit l'agent fédéral, même si tu savais que tu étais considéré comme suspect, au cours de nos petites conversations tu as éliminé toutes les explications que ton avocat aurait pu balancer au jury pour justifier le lien entre tes empreintes et Jenny Davis.

– Tu nous as dit que tu ne l'avais jamais rencontrée, enchaîna Nick. Tu ne l'as jamais vue, ni sa voiture, tu n'as jamais fait tes courses dans les mêmes endroits qu'elle. Tu n'as jamais foutu les pieds dans son quartier, ni à l'hôpital où elle travaillait… Tu ne l'as jamais approchée à moins d'un kilomètre, ce sont tes propres paroles, je crois.

– Tu nous as dit que tu n'avais jamais été mécanicien, reprit Cole. Tu n'as jamais travaillé dans une station-service, ou même dans un parking. Ou une laverie de voitures.

– Non, jamais, dit Nick. La seule chose que tu ne nous as pas dite, Monsieur-Suspect-Numéro-un, c'est comment tes empreintes s'étaient retrouvées sur cette bagnole !

– On a beau tourner ça dans tous les sens, Willy, tu…

La serveuse avait surgi de nulle part.

– Écoutez, *messieurs*, vous êtes assis à cette table depuis…

D'une chiquenaude, Willy jeta sa cigarette allumée au visage du flic de la criminelle.

Nick battit des paupières et bondit hors du box. Willy propulsa la serveuse vers Nick. Tous les deux s'effondrèrent sur le sol, l'un sur l'autre. Willy décolla la table du mur et la lança sur Cole.

— Halte, ordure ! hurla Nick, couché par terre.

La serveuse se figea, étendue sur Nick, les muscles raidis.

Dalton percuta Willy. Des plats tombèrent sur le sol avec fracas. Des tasses et des verres se brisèrent. Willy balança une chaise dans une des vitres.

Des milliers d'éclats de verre furent projetés sur le trottoir. La chaise rebondit au milieu d'un groupe de touristes qui contemplaient, bouche bée, l'immeuble du Watergate de l'autre côté de la rue. Une employée de la sécurité qui avait abandonné son poste à l'intérieur du bâtiment pour aller acheter des cigarettes traversa la foule au moment où la vitre explosait. Elle vit un homme jaillir par l'ouverture aux bords tranchants.

— Hé ! monsieur ! lui cria-t-elle. Tout va bien ? Qu'est-ce qui…

Un coup de poing lui brisa le nez. Elle sentit qu'on arrachait de son étui le revolver calibre .38 qu'elle n'avait pas le droit de porter en dehors de son poste.

Cole bondit à son tour à travers la vitre, une seconde avant qu'un gros morceau de verre ne tombe comme une guillotine devant le trou béant. Il vit Willy, il vit son bras se lever, et *une chose noire* pointée vers lui…

— Il a un flingue ! hurla Cole.

Le .38 rugit juste au moment où Cole plongeait entre deux voitures en stationnement.

Les touristes poussèrent des cris. Ils décampèrent comme des souris.

Cole se dressa au-dessus d'un capot de voiture, tenant son Beretta 9 mm à deux mains, balayant la scène à travers le viseur de son arme.

— Couchez-vous ! beugla-t-il. FBI ! Tout le monde à terre !

Arme au poing, Nick Sherman sauta lui aussi à travers le trou dans la vitre.

Une fillette de six ou sept ans, prise de panique, se mit à courir. Willy jaillit alors entre un car de touristes et une voiture arrêtés le long du trottoir, menaçant les représentants de la loi avec son revolver. Cole et Nick eurent la même pensée : *Civil dans la ligne de tir.* Le flic plaqua la fillette aux jambes. Changeant de cible, Cole fit voler en éclats la vitrine d'un restaurant. Le grondement de la détonation et le fracas du verre brisé firent sursauter Willy. Nick en profita pour traîner la fillette entre deux voitures en stationnement.

Willy tira à deux reprises dans le véhicule qui servait de bouclier à Cole, puis se jeta derrière le car. Les touristes étaient collés contre le trottoir gelé. Cole entendit la fillette sangloter.

— Nick ! chuchota Cole.

— C'est O.K., répondit le flic, une voiture derrière lui. C'est mon genou qu'a pris.

Douze ans plus tôt, un conducteur ivre avait percuté une voiture de patrouille à bord de laquelle Nick fonçait à toute allure, blessant grièvement le policier au dos et à la jambe.

Cole entendit le flic transmettre un code 13 par radio : *Agents en difficulté.* Quelque part, une voiture de police brancha sa sirène. Cole rampa sur le trottoir, en longeant le car, son arme pointée sur l'endroit où se tenait Willy précédemment.

Du calme, se dit-il en regardant son reflet grossir dans le rétroviseur extérieur du car. *Pas de précipitation.* En atteignant l'énorme roue avant, Cole plongea entre le car et la voiture garée devant, le Beretta braqué sur cet espace où Willy…

N'était plus.

Une arme rugit, et le projectile tiré par Willy creusa un trou dans la carrosserie du car. Cole vit Willy se précipiter vers la station-service, à l'entrée du parking, et se jeter derrière le container à ordures de la station.

Le Beretta de Cole traça une ligne perforée dans le métal vert de la poubelle. La terrible menace des balles s'enfonçant dans son bouclier suffit à effrayer Willy, qui fonça vers le parking.

Il reste deux balles dans l'arme de Willy.

Le fuyard sauta par-dessus un massif de fleurs dormantes, tournoya sur lui-même ; des voitures innocentes passaient dans la rue derrière lui, et son arme…

Cole tira trois fois dans le sol, entre les jambes de Willy. Des gerbes de poussière et de morceaux de terre jaillirent devant lui.

Les larmes aux yeux, Willy pressa la détente du .38. La balle siffla aux oreilles de Cole.

Il n'a plus qu'une seule balle.

Willy fonça sur la voie express de Rock Creek, une piste de course traversant la ville, destinée aux habitants hyperactifs de Washington qui livraient un combat perdu d'avance contre le temps. Des klaxons meuglèrent. Des pneus crissèrent. Des feux stop s'allumèrent. Mais aucun véhicule n'obéit aux gestes frénétiques de Willy qui leur faisait signe de s'arrêter.

– Lâche ton arme ! cria Cole. Rends-toi, Willy !

Willy tira sur le flic qui le pourchassait, juste au moment où la camionnette de livraison d'une boulangerie très chic passait bruyamment entre Cole et lui. La balle traversa la carrosserie pour aller se ficher dans les miches de pain au miel.

Son arme est vide, songea Cole en se lançant à la poursuite de Willy.

Le chantier de construction navale Thompson se trouvait juste de l'autre côté de la voie express Rock Creek, en face de l'immeuble Watergate. Willy longea à toutes jambes le parking du chantier, emprunta une passerelle. Un couple de touristes apparut soudain devant lui. Willy frappa l'homme avec son arme déchargée, s'empara de la femme et l'entraîna en direction du fleuve, en lui serrant le cou d'une main, tandis qu'il dégainait son couteau accroché à sa ceinture.

Dans son dos coulaient les ondulations grises du Potomac. Willy balaya le trottoir du regard, à la recherche de son poursuivant, puis se retourna brutalement vers le hangar à bateaux : portes blindées cadenassées. Du coin de l'œil, il vit une tache floue jaillir du chemin et filer vers un enchevêtrement de bois flottants de la taille d'une Buick. D'un mouvement brusque, il retourna la touriste, se servant d'elle comme bouclier.

– Je sais que t'es planqué derrière ce truc ! hurla Willy en direction du tas de bois flottants. Si tu me descends, je la descends ! Je mourrai en lui enfonçant mon couteau dans l'œil ! Sors de là que je te voie ! Lève-toi !

Vingt secondes s'écoulèrent avant que Dalton Cole apparaisse derrière le tas de bois, son Beretta pointé vers le sol.

– Rends-toi, Willy.

Willy entraîna la femme vers le quai.

– Va te faire foutre, mec ! J'ai un otage !

– Ça, c'est *ton* problème.

Cole continuait d'avancer.

– Hein ? Quoi ?

– Tu n'as aucun plan. Pas vrai, Willy ? Regarde, la vie grouille autour de toi. Tu n'as aucun plan, et tu n'as pas l'ombre d'une chance.

– J'ai…

– Tu as que dalle, Willy. Rends-toi. Tu iras en prison, tu continueras à vivre. Arrête ces conneries, ou tu vas mourir.

Lorsque l'agent du FBI ne fut plus qu'à une quinzaine de mètres, Willy sentit les planches du quai sous ses pieds.

– Si t'essayes de jouer au con avec moi, je la bute !

La touriste roula les yeux de frayeur. La lame appuyée contre sa joue lui tira une larme de sang.

– Allez, vas-y, dit Cole. Tu me faciliteras la tâche.

L'agent du FBI leva son Beretta. Willy vit l'œil sombre de Cole au centre du viseur du pistolet, il vit le canon de l'arme et son trou noir infini. Du pouce, Cole arma le chien.

– Hé ! t'es dingue ou quoi ?

– Oui.

Dalton pressa la détente. Le chien s'abattit sur un barillet vide avec un petit *clic* métallique.

– Merde ! s'exclama Cole, les yeux écarquillés, l'air hébété.

Willy projeta la femme sur Cole et se précipita vers un bateau ancré à quai.

Cole écarta la femme d'un geste du bras gauche, décrivant un arc de cercle à l'issue duquel sa main se retrouva sur le canon du Beretta. Il actionna la culasse et rechargea le pistolet qu'il avait déchargé derrière le tas de bois, afin que le chien s'abatte sur un barillet vide.

– Willy ! cria-t-il à l'homme arrivé au bout du quai.

Willy vit le pistolet pointé sur lui. L'arme était vide, il le savait. Il se rua avec son couteau vers l'agent du FBI fou.

Cole tira trois fois. Willy fut projeté à la renverse dans le fleuve.

Le chantier naval Thompson grouillait de représentants de la loi. Des flics de tous les services municipaux et fédéraux. Le bureau local du FBI à Washington. La criminelle de Washington. La brigade des Affaires non résolues. Des représentants de la loi en uniforme, des représentants de la loi en costume. Des représentants de la loi sur des scooters, dans des voitures de patrouille ou des véhicules banalisés, et même deux représentants de la loi à cheval.

L'agent spécial Dalton Cole était appuyé contre un véhicule du Bureau.

À l'autre extrémité du parking du chantier naval, Cole apercevait la voiture de patrouille dans laquelle Nick Sherman était assis, à l'arrière, un sac de glace sur le genou, fourni par l'ambulance qui avait emporté les deux touristes à l'hôpital.

Le Bureau et l'équipe de l'Inspection des services de Washington tenaient l'agent Cole et l'inspecteur Sherman à l'écart l'un de l'autre afin que la justice puisse recueillir un témoignage fidèle sans que les deux représentants de la loi impliqués aient la possibilité de se concerter.

Deux techniciens de la morgue firent rouler vers leur camionnette une civière sur laquelle était posé un grand sac mortuaire informe en caoutchouc noir.

J'ai tué un homme, songeait Dalton Cole. Exactement comme je l'avais prévu.

– Dois-je comprendre que vous aviez *décidé* de tuer le suspect ? lui avait demandé l'agent du FBI chargé d'enquêter sur cette fusillade, après avoir entendu cette vérité.

– Non, avait expliqué Cole, mais avant d'entrer au FBI, je m'étais dit que si un jour je devais tuer un criminel, je le ferais.

– Comme ça, tout simplement ?

– Il y a d'autres façons ?

Après s'être assuré que personne ne traînait autour d'eux, l'enquêteur dit :

– Je vous conseille de vous en tenir à la langue de bois. Et surtout, gardez cette *philosophie* pour vous.

Une berline hérissée d'antennes pénétra sur le chantier. Quatre hommes en descendirent : le chauffeur, un agent du FBI ; l'agent responsable du bureau local du FBI à Washington, le SAC ; le directeur adjoint des enquêtes criminelles du FBI, le AD/CID ; et l'adjoint de l'Attorney General, numéro deux du ministère de la Justice des États-Unis d'Amérique, le DAAG. Les quatre hommes de la berline se dirigèrent vers Cole. En chemin, le SAC fit signe aux membres de l'équipe de l'Inspection des services de les rejoindre.

– Agent spécial Cole ? demanda le AD/CID du FBI.

– Oui, monsieur.

Le AD/CID faisait partie des vingt-deux hommes les plus puissants du FBI, l'organisme de lutte contre la criminalité le plus puissant des États-Unis. Il demanda aux hommes qui travaillaient sous ses ordres :

– Tir légitime ou pas ?

– Pardon, monsieur ? dit l'enquêteur de l'Inspection des services.

– L'agent Cole a-t-il tiré en état de légitime défense ?

– L'enquête n'est pas terminée, monsieur.

– Vous avez entendu ma question. Est-il hors de cause, oui ou non ? Je veux une réponse *tout de suite* !

L'enquêteur en chef du FBI passa sa langue sur ses lèvres.

– Il est hors de cause.

Le haut fonctionnaire du Bureau se tourna alors vers les inspecteurs de police.

– Tout est en règle pour vous et vos collègues ?

– On est en plein territoire fédéral, répondit le sergent de la criminelle. De plus, notre homme n'a pas tiré un seul coup de feu. Si vous vous arrangez avec les autorités compétentes, pour nous, c'est une affaire classée.

Le AD/CID se tourna ensuite vers le SAC du bureau local du FBI, le supérieur théorique de Cole :

– À *vous* d'arranger tout ça avec les services concernés, à *vous* de faire en sorte que cet agent soit en mesure de reprendre ses fonctions dès demain matin. En cas de problème, vous m'appelez directement. Je ne veux recevoir aucun appel. Des questions ?

— Non, monsieur, dit le SAC.

— Agent Cole, dit le AD/CID. Venez avec nous.

En avançant d'un pas, Cole demanda :

— Où ?

3

Le ministère de la Justice se situe à mi-chemin entre le Capitol et la Maison-Blanche, dame de pierre grise qui semble toute petite à côté de son fils en grès, au teint hâlé, de l'autre côté de la rue : le J. Edgar Hoover Building, quartier général du Federal Bureau of Investigation.

Le quatrième étage du ministère de la Justice est un espace de pouvoir à la fois respecté, craint et tourné en dérision par les 95 000 personnes qu'il emploie, dont 24 000 travaillent pour le FBI. C'est au quatrième étage que se trouve le bureau de l'Attorney General, premier haut fonctionnaire de justice du gouvernement fédéral. Tout au bout d'un couloir sombre et lambrissé, à l'opposé du bureau de l'A.G., se trouve une salle de réunion où les portraits des Attorney General contemplent une table vernie et une douzaine de chaises.

Dalton Cole était assis à un bout de cette table, le cœur battant. Personne ne lui avait dit quoi que ce soit durant le trajet qui le conduisait ici. Une seule pensée occupait son esprit : *Comment ai-je pu merder à ce point ?*

À l'autre bout de la table trônait l'adjoint de l'Attorney General, le AAG. Celui-ci s'adressa à Cole :

— Si vous vous déclarez apte à remplir votre tâche, vous devez être sûr de vous.

Apte à remplir ma tâche ? Cole marmonna :

— Ce qui est fait est fait.

Et soudain, il comprit : Tout cela ne concerne absolument pas une erreur que j'aurais pu commettre ! J'ignore ce qui se passe au juste ici… Mais impossible d'ignorer un truc *aussi* important.

– J'ai la conscience tranquille. Je ferai peut-être des cauchemars, mais je me réveillerai. Je peux assurer mes fonctions.

Le AD/CID était assis à la gauche du AAG, le numéro 2 du ministère de la Justice. Le DAAG était assis à la droite de son patron.

Un seul cadre du FBI, songea Cole. On est sur le terrain de la Justice, et ces types de la Justice évoluent dans la stratosphère. *Le grand show.*

Le AAG dit :

– Agent Cole, vous devez considérer la tenue même de cette réunion comme top secret. C'est compris ?

– Oui, monsieur.

Le AAG demanda :

– Connaissez-vous Faron Sears ?

– Évidemment.

Le DAAG, qui avait été avocat des commissions sénatoriales avant que son parti ne remporte les dernières élections présidentielles, prit la parole :

– Ross Perot, Jesse Jackson, Colin Powell, le pasteur Farrakhan... Tous ces gens nous ont causé suffisamment d'ennuis. Et voilà qu'on a maintenant sur les bras une sorte de Malcom X ou de Martin Luther King milliardaire, un Bill Gates en plein trip qui joue les messies politiques. J'ai nommé Faron Sears.

– J'ignorais que Sears prétendait suivre les traces de quiconque, répondit Cole avant de pouvoir s'en empêcher.

– Bon sang ! s'exclama le DAAG, il s'est offert deux cent trente mille fidèles qu'il a complètement embobinés, d'après les recensements de la Maison-Blanche ! Ce qu'il cherche... Vous avez vu cette demi-heure de programme qu'il s'est payée à la télé ? Il l'a diffusée aussi sur sa chaîne câblée. Avec ses commentaires en voix off sur toutes les images : des gosses, des vieux, des décharges d'ordures, des rats, des arrestations de gangs, de beaux champs de blé dorés, des images de guerre, des ours dans la forêt, des danseurs de ballet, et même Elvis Presley et Muddy Waters, nom d'un chien ! Les Kennedy, Luther King, Malcom X et John Lennon, Arlington ! Walt Whitman ! Une chaîne d'assemblage déserte à Detroit ! Un Blanc qui fait du tai-chi ! Je me suis tapé toute sa foutue démonstration et *je ne pige rien* !

— Mais vous avez regardé jusqu'au bout, dit Cole.

Le DAAG répondit d'un ton cassant :

— Ça donnera quoi tout ça au mois de novembre[1], hein ?

— Notre tâche, intervint le AAG qui, comme son adjoint, avait été nommé par le Président vainqueur, ce n'est pas les élections.

Il se massa le front. Son regard s'arrêta sur Cole.

— À Chicago, deux agents de l'ATF, le Bureau des alcools, tabac et armes à feu[2], ont appris grâce à des informateurs que des gardes du corps de Faron Sears cherchaient à acheter des armes automatiques. Les deux agents en question ont intercepté... sans autorisation, les systèmes de communication de Faron Sears.

— Ils l'ont mis sur écoute, dit Cole. Illégalement.

— Parlons d'excès de zèle.

— Parlons plutôt de stupidité, répliqua Cole. Aucun renseignement obtenu de cette façon n'est recevable. C'est du temps perdu, et si vous vous faites pincer...

— Ce sont deux anciens de l'ATF qui essayaient simplement de faire leur boulot en suivant les règles politiquement correctes, déclara le supérieur de Cole. Ils savaient bien que leur patron n'accepterait jamais d'enquêter sur un politicien à cause d'un vulgaire indic.

Cole reprit la parole :

— Alors, grâce à ces écoutes, ils espéraient apprendre un truc qu'ils pourraient ensuite maquiller en renseignement recevable par un tribunal, ou en « intuition » qui leur indiquerait où chercher, histoire de procéder à une saisie légale.

— Depuis que je suis assis dans ce fauteuil, déclara le DAAG, je commence à apprécier J. Edgar Hoover. J'aimerais avoir les pouvoirs dont il disposait pour faire ce qui devait être fait.

Le AAG fit glisser une feuille vers Cole.

---

1. Date à laquelle le corps électoral choisit au suffrage universel les grands électeurs, en vue du scrutin présidentiel. (*N.d.T.*)

2. Organisme fédéral chargé principalement de lutter contre le trafic d'armes. (*N.d.T.*)

– Les écoutes illégales ont permis d'intercepter ce message expédié par e-mail à partir du quartier général de Faron Sears à Chicago, à destination d'une cabine téléphonique située dans un bled paumé de l'Idaho.

V.
Il doit assister à une réunion à la Maison-Blanche, mais de toute façon, on transfère le Q.G. de F à Washington... Offrons-lui une dernière Saint-Valentin. N'oubliez pas, Faron doit être assassiné à bout portant. Votre seconde mission vous sera attribuée après F. Faites le ménage derrière vous.

G.

– Merde, dit Cole.
– Le jour où ce message a été envoyé, seuls le quartier général de Faron et la Maison-Blanche avaient connaissance de cette réunion, dit le AAG.
– Autrement dit, c'est authentique, ajouta son DAAG.
– Mais est-ce *sérieux*? demanda Cole. Ça ressemble à un message d'amateur adressé à un détraqué. La question est là : *Tout cela est-il sérieux ?*
– Et la réponse est : Nous devons faire comme si la menace était fondée, dit le AD/CID du FBI. Le suspect A a envoyé le message, le suspect B l'a reçu.
– *V* et *G*, rectifia Cole. Appelons-les par leurs noms.
– Si nous connaissions leurs noms, répliqua le AAG, vous ne seriez pas ici.
– On est coincés, déclara le tsar du ministère de la Justice. Notre gouvernement a espionné illégalement un personnage politique de premier plan... qui se trouve être noir par-dessus le marché. Et ceci juste après les affaires Ruby Ridge[1], Waco, et l'arrestation de la fille de Malcom X mêlée à un complot visant à assassiner le pasteur Farrakhan. Si cette histoire d'écoutes illégales éclate, le gou-

1. Scandale récent qui éclata après que le FBI eut tué accidentellement la femme d'un militant extrémiste arrêtée pour possession illégale d'armes dans une région montagneuse isolée. (*N.d.T.*)

34

vernement va se retrouver lapidé et Faron Sears propulsé au rang de martyr héroïque, ce qui renforcera encore son pouvoir.

– Et si Faron Sears est *assassiné*, enchaîna le cadre du FBI, on peut s'attendre à des émeutes encore plus violentes qu'après le procès de Rodney King, du niveau de celles de 68, lors de l'assassinat de King. Il y aura des morts, des milliards de dollars de dégâts et d'énormes répercussions politiques.

– Et si on apprend que les fédéraux avaient eu connaissance d'une menace *avant...* ajouta le AAG. *Si, si, si...* tous ces *si* nous foutent dans la merde.

– Sauf un, dit Cole.

– Exact, dit le AAG. *Si* on arrête l'assassin avant qu'il frappe, on peut limiter les dégâts.

– Et on évitera plusieurs crimes, ajouta Cole.

– Vingt-quatre heures après avoir intercepté ce message, déclara le supérieur de Dalton, les agents de l'ATF ont enfin eu la bonne idée, mais un peu tard, de faire irruption dans le bureau du ministre des Finances.

Le Bureau des alcools, tabac et armes à feu dépendait du Trésor, et non pas du ministère de la Justice.

– Le ministre les a conduits aussitôt chez l'Attorney General, dit le AAG. Et les deux membres du cabinet ont informé le Président.

– Je n'aurais pas aimé apporter cette nouvelle, commenta Cole.

– La rencontre à la Maison-Blanche devait avoir lieu entre Faron Sears et le secrétaire général uniquement, expliqua le AAG. Personne ne tenait à conférer un quelconque statut présidentiel à Sears en l'accueillant dans le bureau ovale. Quand Sears est arrivé à 16 heures piles, on l'a coincé avec l'Attorney General. Celui-ci l'a informé que des rapports confidentiels nous permettaient de penser qu'il y avait un traître au sein de son organisation, et qu'un individu ou un groupe extérieurs projetaient de l'assassiner.

– Vous ne lui avez pas dit qu'il était sur écoutes, souligna Cole.

– Vous êtes fou ? répondit le DAAG.

– Il n'était pas nécessaire pour le mettre en garde de dévoiler nos sources et nos méthodes, dit le AAG.

– Hum ! fit Cole.

– Ça l'a laissé complètement froid à ce qu'il paraît, reprit le AAG. En tout cas, le fait d'apprendre que quelqu'un cherchait à le tuer n'a pas semblé l'inquiéter.

– Évidemment ! Il s'y attendait certainement, dit le DAAG. Compte tenu de ses antécédents, avec sa clique de bandits, et tout ce qu'il manigance dans notre dos… Tous les parrains de la Mafia courent le risque de se faire descendre.

– Ce qui l'a intéressé en revanche, dit le AAG, c'est d'apprendre qu'il avait un traître à ses côtés. C'est la *seule* chose qui l'a incité à rester jusqu'au bout. Nous lui avons suggéré de se déclarer officiellement candidat à l'élection présidentielle…

– Dès lors, plus la peine de prendre des gants avec lui, dit le DAAG.

– Et surtout, ajouta son patron, cela aurait permis au président de lui accorder la protection des services secrets. Et nous aurait permis de mener en douce une enquête en suivant des voies officielles.

Cole connaissait la suite.

– Faron a décliné la proposition.

– Ce type joue sa vie avec la politique, dit le DAAG.

– Comme tout le monde, non ? dit Cole.

– Mais sa politique vous a mis en première ligne vous aussi, dit le AAG, car vous êtes la seule alternative qu'il a bien voulu accepter.

– Il pense sans doute que vous êtes digne de confiance, ajouta le DAAG. Après tout, c'est vous qui l'avez fait sortir de prison. Malgré les accusations de terrorisme.

Pendant une minute, le silence dirigea la réunion secrète.

Finalement, le AAG dit :

– Voilà le marché que nous a proposé Faron.

– Depuis quand le FBI laisse-t-il des victimes ou des suspects dicter leurs conditions ? demanda Cole à son patron.

Leur supérieur au ministère de la Justice répondit :

– Nous concluons fréquemment des marchés de ce genre. En outre, c'est le seul choix que nous puissions accepter.

– Faron s'est opposé à toute enquête de routine ; il a promis de nous attaquer en justice si jamais on s'intéressait de trop près à ses collaborateurs. On perdrait à coup sûr la bataille, tout en courant le risque de démasquer nos agents fédéraux dissidents. Et pour finir, on se retrouverait dans la peau des méchants. Faron a également refusé notre protection... Vu que ses sbires font l'emplette d'armes automatiques, peut-être est-il largement en avance sur nous.

... Voici les conditions du marché : l'agent fédéral Dalton Cole a l'autorisation d'infiltrer son organisation. Enquête et protection. Vous et vous seul. Faron a accepté de garder le secret sur toute cette opération ; il ne dira rien à ses collaborateurs, ni à la presse.

– Non, dit Cole.

– Je vous demande pardon ? dit le AAG.

– Non, répéta Cole. Le FBI n'est pas une agence de gardes du corps. Et aucun agent ne travaille jamais seul. Sans personne pour...

Cole n'acheva pas sa phrase. Il *imagina*. La trotteuse fit deux fois le tour du cadran de la pendule avant qu'il ne continue :

– Si j'infiltre l'organisation, j'exige un collègue à l'intérieur, et un homme au-dehors.

– Jamais il n'acceptera deux agents, dit le AAG.

– Il connaît ce genre de choses. Il sait que j'aurai besoin de soutien. Et apparemment, il a confiance en moi.

– Jusqu'à quel point ? demanda le AAG.

– On verra.

– Vous connaissez votre métier, dit l'AD/CID de Cole. Si on se fie au compte à rebours indiqué dans le message électronique, vous n'avez que vingt et un jours.

Cole répondit :

– Je suis un agent fédéral chargé d'enquêter sur des crimes spécifiques. Or, la seule preuve d'un crime que nous ayons pour l'instant, c'est une violation du droit à la vie privée de Faron Sears.

– Nous passons notre temps à traiter des affaires sans nous offusquer du premier petit péché, dit le AAG. Le droit à la vie privée de Faron Sears est moins important que son droit à ne pas se faire assassiner.

– Nous trouverons une combine, dit le cadre du Bureau. On vous nommera inspecteur.

– Vous aurez tout ce que vous voulez, quand vous voulez, priorité absolue, ajouta le AAG. Mais empêchez ce salopard de se faire descendre.

– Le seul impératif, dit le DAAG, c'est d'agir avec discrétion. Pas une seule fuite.

– Alors ? demanda le AAG. Vous acceptez ?

– *Inspecteur* Dalton Cole. Oui, j'accepte.

– Vos exigences ?

– D'abord, le flic de la criminelle de Washington qui travaille avec moi à la brigade des Affaires non résolues, Nick Sherman. Je veux qu'il me serve de contact.

– Il n'est pas du Bureau, dit l'AD/CID. Ce n'est pas un agent fédéral, ni…

– Il appartient à la police de Washington, et c'est là que la tentative d'assassinat risque d'avoir lieu, si on se fie au message. Il connaît les meurtriers. Et il sait comment je travaille.

… De plus, ajouta Cole, il est meilleur tireur que moi.

Les trois fonctionnaires se regardèrent. Ils haussèrent les épaules.

Ils me donnent carte blanche ! La confiance submergea Cole… une confiance inséparable de la certitude de servir de bouc émissaire à ces trois types en cas de pépins.

Qu'ils essayent donc de me pousser, se dit-il. Je ne basculerai pas facilement dans le précipice.

– Vous pensez à autre chose ? demanda l'AD/CID.

– Oh ! oui, répondit Cole.

4

Une heure plus tard, une femme enceinte débordante de fureur pénétra dans la Cité Du Bois, à Washington. Son ventre gonflé faisait saillie sous son caban élimé. Elle portait un pantalon noir très large ; elle avait un visage fin, une belle bouche africaine. Sa peau était couleur chocolat au lait, lisse.

La Cité Du Bois est un bout de terrain labouré, entouré d'une clôture rouillée. Une douzaine d'immeubles en béton, abritant cinquante appartements, se déploient tels des rayons de bicyclette autour d'un sens giratoire. Des voitures parcourent sans cesse le sens giratoire, au ralenti. Même avec un froid mordant comme aujourd'hui, les bandes sont dehors, à attendre les clients, craignant davantage la menace mortelle des concurrents que celle des flics. De la musique jaillit des voitures et des fenêtres des appartements.

La femme fronça les sourcils. Son ventre gonflé et ses yeux enflammés faisaient face à un bâtiment souillé de graffitis que rien ne semblait différencier des autres. Un groupe de types traînaient à l'entrée, observant quiconque avançait dans leur direction. La femme s'arrêta sur le trottoir, largement hors de leur portée, mais suffisamment près pour subir leurs regards de défi. Les poings sur les hanches, elle s'écria :

– Jerome ! Jerome Jones ! Amène un peu ton cul et viens voir c'que t'as fait !

Les échos de ses mots s'envolèrent dans l'air glacial, vers le sens giratoire. Les types tournèrent la tête dans sa direction.

– Hé ! j'te parle, J.J. ! Tu t'es reconnu, j'parie ! Tu prétends être un homme ? Alors, descends et viens voir par ici. J'ai un truc à t'montrer !

La femme vit les types installés près de la porte de l'immeuble se déhancher pour la jouer super cool.

– J.J.! beugla-t-elle. Je-rome! Amène ton sale petit cul! J'partirai pas avant!

Un des gars qui gardaient l'entrée de l'immeuble avança lentement vers elle.

– Hé! la meuf. Qu'est-ce qui te prend d'gueuler comme ça?

– J'suis pas une meuf, et c'est pas à toi que j'parle!

– Hé! poupée, dit-il, suffisamment près d'elle maintenant pour admirer la perfection de son visage, baissant la voix pour qu'elle seule l'entende. Une jolie fille comme toi, c'est moi qui devrais la faire gueuler.

– J'suis pas conne, et je cherche pas un connard. Va dire à J.J. de ramener vite son sale cul de négro.

– C'est *toi* qui vas virer d'ici ton cul de chienne hurlante. Avant que ça tourne mal.

– C'est trop tard. Tu sais d'quoi j'parle, et tu connais le coupable. Mais c'que tu sais pas, trouduc, c'est à quel point J.J. sera foutrement en rogne si tu me vires.

– J'te connais pas moi. J'trouve que tu fous un sacré bordel pour une meuf.

– Oui, et j'peux faire pire, crois-moi, répliqua-t-elle. Alors, grouille-toi d'aller chercher ton pote J.J., et dis-lui de rappliquer pour venir chercher ce qui lui appartient.

– Toi, tu bouges pas d'ici, ordonna-t-il, comme si l'idée venait de lui.

Il disparut à l'intérieur du bâtiment. Pendant sept minutes, la femme déambula sur le trottoir, et ses cris de défi résonnaient dans toute la Cité Du Bois. Soudain, les portes de l'immeuble s'ouvrirent à la volée.

Jerome Jones sortit pour faire régner la loi dans son royaume. Il mesurait 1,90 m, avait un nez crochu et portait un pardessus brun en cashmere sur son torse nu, avec un pantalon de jogging bleu et des baskets. Ses mains étaient enfoncées dans les poches de son manteau. D'une voix grave et râpeuse, il lança à la femme :

– T'es qui toi, la meuf?

– Je t'ai déjà dit de pas m'appeler comme ça!

– Je t'appelle comme je veux.

– Tu disais pas ça après avoir éclusé la boutanche !

– De quoi tu parles ?

Sans sortir ses mains de ses poches, la femme écarta les pans de son caban. Pour leur montrer son corps, à lui et à ses « frères ». Sa voix perdit son timbre aigu.

– Approche, tu comprendras d'quoi j'parle.

Une dizaine de secondes s'écoulèrent. J.J. avança d'un pas. Trois gars de sa bande avancèrent à leur tour, mais il sortit sa main droite de sa poche et la leva pour leur faire signe de ne pas bouger. Il tapota sa poche et remit sa main à l'intérieur. Il s'approcha de la femme. Le type qui était allé le chercher demeura à trois pas derrière son chef.

– Écoute, dit J.J. lorsqu'il fut seulement à cinq mètres d'elle. Possible que tu m'confondes avec un autre type.

– Oh ! non. Aucun risque ! (Sa colère était toujours présente, mais il la vit réprimer un sourire.) J'sais bien que toi, t'es du genre à te mélanger dans ta tête, vu le nombre de filles que tu t'es envoyé. Mais moi, comment j'pourrais oublier, hein ?

– Ouais, fit-il en s'arrêtant, juste hors de sa portée. Pourtant… j'me souviendrais de toi.

– J'peux m'arranger pour que tu m'oublies plus jamais, murmura-t-elle.

– Ouais, possible.

Il avança d'un pas en traînant les pieds.

– T'as décroché le gros lot, J.J. (Elle sortit sa main de sa poche de caban, la tendit devant elle.) Viens, laisse-moi te montrer.

Elle guida la main de J.J. vers son ventre, lui gardait les yeux fixés sur ses seins. Les doigts de J.J. frôlèrent le tissu du chemisier, il sentit le contact froid, spongieux… et la morsure de l'acier autour de son poignet. *Clic !* Puis un deuxième… *Clic !* Tandis que la femme braillait : « Bulldog ! Bulldog ! »

Des sirènes hurlèrent dans toute la Cité. Les portes de l'immeuble situé de l'autre côté de la rue explosèrent. Une dizaine d'individus vêtus de blousons bleus en nylon frappés d'immenses lettres dorées se ruèrent à l'assaut.

41

Des menottes! constata J.J. avec un brusque mouvement de recul. *Cette salope a attaché ma main droite à sa main gauche!*

– FBI! hurla-t-elle. Vous...

J.J. lui décocha un crochet du gauche en plein visage.

Les représentants de la loi avaient envahi la Cité. Les hommes de J.J. hésitaient, ne sachant que faire, alors qu'une dizaine de flics fonçaient vers eux.

– Police! Pas un geste! Les mains en l'air!

Le garde du corps saisit le bras libre de la femme; celle-ci se retrouva écartelée entre les deux hommes, comme s'ils formaient une ribambelle de figurines en papier. J.J. tira; elle se laissa entraîner, reprit son équilibre et frappa le garde du corps d'un coup de pied latéral. Il lâcha prise et recula en titubant. La femme pivota alors et décocha un autre coup de pied, dans le ventre de J.J.

Le garde du corps sortit un pistolet... tournoya sur lui-même et s'effondra sur le sol avant même que la détonation du fusil du tireur d'élite du SWAT ne parvienne à leurs oreilles.

J.J. s'efforçait de reprendre son souffle, tout en essayant maladroitement d'extirper son arme de sa poche. Le revolver que la femme avait sorti de sous son manteau s'abattit sur le crâne de J.J.

– Allez, vas-y, dégaine! cracha-t-elle. Je veux bien remplir des tonnes de paperasses pour avoir le plaisir de te buter.

Vingt minutes plus tard, elle était assise dans une voiture du Bureau. Les gyrophares des voitures de police baignaient son visage de lueurs clignotantes rouges et bleues. Le faux ventre en mousse reposait sur la banquette arrière, à côté de l'émetteur qui lui avait servi à déclencher le raid. Elle gardait ses mains posées à plat sur le tableau de bord, pour les empêcher de trembler. Autour de la voiture s'agitaient des agents portant des blousons en nylon bleu frappés de trois grosses lettres dorées : FBI. Un hélicoptère tournoyait en l'air. L'agent qui dirigeait la brigade des fugitifs ouvrit la portière de la voiture du Bureau.

– Super boulot, Pickett.

– Merci, monsieur.

Par-dessus l'épaule de son supérieur, elle vit son équipier, Harry, se précipiter vers eux.

– Excusez-moi, monsieur. (Harry était un homme corpulent, il écarta de l'épaule leur patron penché à la portière.) Sallie, ma vieille, si je te dis ce qu'on vient de recevoir comme appel sur le portable, tu le croiras pas !

5

– Pourquoi moi ? demanda l'agent spécial Sallie Pickett à l'homme assis en face d'elle à la table de réunion.

Ils étaient seuls dans cette salle, au légendaire quatrième étage du ministère de la Justice. La nuit était tombée.

– Parce que j'en ai décidé ainsi, répondit-il.

Inspecteur Dalton Cole. Quelqu'un a fait de cet homme une gloire. Montante ou déchue ? Elle dit :

– On ne se connaît pas.

– Non.

– Qu'est-ce qui vous fait croire que je suis l'agent le plus qualifié pour cette mission ? demanda-t-elle.

– Au Bureau, tous les agents sont qualifiés pour toutes les missions.

– Vous m'avez ordonné d'être franche. Eh bien, je trouve cette réplique «tout le monde est qualifié» absurde. Je suis un agent digne de confiance.

– Moi aussi.

– Dans ce cas, ne… M'avez-vous choisie parce que je suis noire ?

– Absolument. Et parce que vous êtes une femme.

– Attention, cela pourrait passer pour du racisme et du sexisme.

– Je ne vous choisirais pas pour infiltrer une famille de la Mafia ou le Ku Klux Klan. (Cole fronça les sourcils.) Vous n'avez jamais déposé de plainte pour discrimination raciale ou sexuelle au sein du Bureau. Vous auriez dû ?

– De nos jours, jusqu'où peut remonter une plainte pour harcèlement déposée par un agent à la fois femme et noir ?

– Plus loin qu'hier.

– Jusqu'à présent, j'ai toujours assumé ce qu'on me donnait à faire.

J'en suis sûr, pensa Cole. Elle était assise sur son siège comme si elle avait passé toute sa vie à se préparer pour cet instant, au lieu d'avoir été conduite ici sans préambule, juste après une opération musclée sur la voie publique.

– Eh bien, aujourd'hui je vous propose ça, dit-il. Si vous êtes d'accord.

– Il y a d'autres femmes noires au FBI. Plus expérimentées.

– Votre doctorat de psychologie et vos diplômes en science politique vous donnent le bagage nécessaire pour cette infiltration. Vous n'avez pas de famille proche qui pourrait pâtir des effets négatifs de cette opération qui vous accaparera 24 h sur 24. Et vous avez déjà effectué une demi-douzaine de missions d'infiltration....

– Jamais à long terme, dit-elle. Un jour, deux tout au plus, avant de procéder à l'arrestation.

– En outre, ajouta Cole, vous figurez parmi les meilleurs tireurs de votre promotion, et vous êtes experte en arts martiaux.

– Je possède une ceinture noire première dan de Tae Kwon Do.

– On dirait que vous avez manqué un bloc aujourd'hui.

Elle porta sa main à sa joue enflée, là où J.J. l'avait frappée.

– Parfois, il faut savoir encaisser dans ce métier.

Cole sourit.

– Voilà l'attitude que j'attends.

Sallie ne put réprimer un sourire.

– Dans ce cas, vous pouvez prendre le tout.

6

À 9 h 07 ce jeudi matin, une BMW roulait vers l'est dans Massachusetts Avenue, en direction de Stanton Park. Dalton Cole était au volant ; à ses côtés se trouvait Sallie Pickett. La voiture, le pardessus de l'homme et le manteau chic de la femme, posés sur la banquette arrière, provenaient des stocks du Bureau utilisés pour les missions d'infiltration.

– Nerveuse ? demanda-t-il, alors qu'ils étaient arrêtés au feu rouge.

– Oui, très, répondit-elle, en lui rendant néanmoins son sourire.

Ils trouvèrent une place de stationnement près d'un château gothique en brique rouge, entouré d'une clôture munie de poteaux métalliques de deux mètres de haut.

– Beaucoup de toits et de fenêtres, murmura Sallie, tandis qu'ils marchaient vers l'ancienne église transformée et aménagée.

– Le message intercepté disait « à bout portant ». Et ce message indique que la menace est déjà à l'intérieur.

La veille au soir, Cole avait dit à Sallie et Nick Sherman : « On suit deux pistes : premièrement, trouver l'assassin et le mettre hors d'état de nuire. Deuxièmement, dévoiler le complot et le traître. La meilleure tactique, c'est de se concentrer sur le meurtrier pendant qu'on pénètre en douceur dans la place. »

Ce jeudi matin, Cole pressa un bouton de l'interphone à l'entrée du bâtiment. Le portail métallique s'ouvrit dans un bourdonnement électronique.

– Je me sens nue sans mon arme, murmura Sallie.

Un homme de granit de presque deux mètres, aussi chauve qu'une boule de bowling, leur ouvrit la porte. Il arborait avec la même élégance son costume sur mesure et sa colère.

– Vous êtes qui ?

– Nous sommes attendus, répondit Cole. Je m'appelle...

– Ouais, j'connais vos noms. J'vous demande qui vous *êtes*.

Sallie affronta le regard menaçant du géant dont la peau paraissait véritablement noire à côté de son teint chocolaté.

– M. Sears nous attend.

– Ouais, il paraît.

D'un geste de sa main énorme, il leur fit signe d'entrer.

– Vous faites une sacrée impression la première fois, dit Cole.

– J'suis payé pour ça, mon gars. Allez-y, montez.

Le géant les suivit d'un pas feutré, alors qu'ils traversaient une cacophonie de sonneries de téléphone, de conversations joyeuses, d'informations télévisées et de talk-shows radiophoniques. Trois banderoles s'étendaient sur les murs du vaste hall.

DES DONNÉES NE SONT PAS LA VÉRITÉ
L'INFORMATION N'EST PAS LA CONNAISSANCE
QUAND ? MAINTENANT

– Peut-on suspendre nos manteaux quelque part ? demanda Cole, tandis qu'ils gravissaient l'escalier principal.

– Vous avez l'intention de vous installer ? répondit le géant derrière eux.

Des bureaux s'ouvraient de chaque côté de leur longue traversée du couloir du premier étage. Une odeur de café s'échappait d'une des pièces.

– Ça fait longtemps que vous avez quitté la Nouvelle-Orléans ? demanda Sallie.

– Vous avez une vachement bonne oreille, mademoiselle. Et des belles jambes aussi.

– Elles me conduisent où je veux aller.

Elle avait dit cela d'un ton sec.

– Voilà, vous êtes arrivés.

Le colosse fit coulisser une porte à double battant donnant sur une salle de réunion où deux hommes étaient assis à une table.

Comparer leurs visages aux photos des dossiers des services secrets, songea Cole.

Le premier visage appartenait à un homme de race blanche, la quarantaine, blue-jean et chemise blanche sans cravate, sans veste : *Jeff Wood*.

Des coupures de presse concernant le « Mouvement » de Faron Sears se gaussaient du désintérêt de Wood pour la mode. Lorsque la popularité de Sears dépassa le stade méprisant de « phénomène de foire », la presse fit remarquer que Wood était un ancien combattant du Viêt-nam, information accompagnée de sous-entendus mais pas d'explications. Un érudit l'avait baptisé le *seigneur de la guerre* du mouvement. Au moment où Cole et Sallie entraient, Wood décrochait un téléphone.

Sallie se remémora la fiche de Wood crachée par l'ordinateur du NCIC : *Arrêté et condamné en 1971 à Chicago. Comportement agité.* Une manifestation organisée par le mouvement des anciens combattants contre la guerre du Viêt-nam. Wood était passé du rôle de soldat à celui de pacifiste. *Arrêté en 1976, en Californie, pour possession de substance prohibée (marijuana).* Liberté conditionnelle, cent dollars d'amende. Le militant n'était pas un ange.

Alors que Wood raccrochait, l'autre homme se leva, avec un sourire, la main tendue vers Cole et Sallie.

– Ravi de faire votre connaissance !

Jon Leibowitz, se dit Cole en serrant la main de l'homme au crâne dégarni bordé d'une frange de cheveux bouclés. C'était un ancien membre du Congrès propulsé à son poste en même temps que Jimmy Carter, et propulsé vers la sortie par Ronald Reagan. Un cabinet juridique très influent engagea Leibowitz le lendemain même du jour où il perdit les élections. Durant les années Reagan-Bush, Leibowitz arpenta les couloirs du Congrès en quête de quiconque avait les moyens de s'offrir ses services. Leibowitz eut la prescience d'être parmi les premiers à réunir des fonds pour financer le bus électoral conduit par Bill Clinton, mais les « services légaux » que Leibowitz avait rendus à ses autres clients laissaient une tache qui lui interdisait toute nomination présidentielle. Six mois après l'investiture de Clinton, Leibowitz sauta en marche du bus branlant de Clinton pour devenir l'avocat à plein-temps de Faron Sears.

Aucune arrestation, se dit Sallie en serrant à son tour la main de l'homme. Un client interrogé par des agents fédéraux enquêtant sur des ventes d'armes dans le scandale de la Contra iranienne ; un autre client interrogé dans une affaire de racket à l'emploi.

Leibowitz désigna d'un mouvement de tête le colosse qui se tenait devant la porte à double battant.

— Je suppose, dit-il, que Monk — Arthur — ne s'est pas présenté.

— Monk Badreaux. (Cole sourit pour montrer que le fait qu'il connaisse son nom n'avait pas d'importance.) *Linebacker* chez les Steelers de Pittsburg. Ça fait une dizaine d'années maintenant que vous avez quitté les pros. Où étiez-vous passé pendant tout ce temps ?

— Je me suis occupé de mes affaires.

Leibowitz fit un geste en direction de la table.

— Monk est le bras droit de Faron. Il commande notre logistique.

Et accessoirement, se dit Cole, il dirige une bande de malfaiteurs à la recherche d'armes à tir rapide, d'après les informateurs de l'ATF.

— Ce qu'on aimerait savoir, dit Jeff Wood d'une voix douce, mesurée, c'est : qui vous êtes, ce que vous faites, et la raison de votre visite.

— Où est M. Sears ? demanda Cole.

— Faron est dans les parages, répondit Wood.

Leibowitz enchaîna :

— Quand il nous a parlé de vous...

La porte à double battant se rouvrit dans un bruit de roulement. Tout d'abord, Cole ne vit que la silhouette massive de Monk dans l'encadrement, puis une femme contourna l'ancien joueur de foot, avança jusqu'à la table et dit :

— Ah ! c'est donc vous les employés de Faron.

Lauren Kavenagh, se dit Dalton. Ses cheveux châtains tombaient en boucles sur ses épaules, de fines rides bordaient ses grands yeux noisette. Sa peau couleur ivoire avait besoin d'un peu de soleil. Ses bas crissèrent quand elle s'assit.

Trop de blush, songea Sallie.

Leibowitz se chargea des présentations, dans les règles. Cole sourit à Lauren. Les rapports sur les entreprises lui attribuaient une douzaine de titres de vice-présidente et de responsable en chef dans les sociétés d'informatique de Sears. Un éditorialiste l'avait appelée « la femme derrière le gourou. » Plusieurs articles affirmaient que Faron et Lauren étaient, ou avaient été, amants. Les informations du Bureau relatives à son passé ne mentionnaient ni mariage ni enfant.

– Dans notre petit groupe d'intimes, dit Leibowitz, Lauren est plus proche de Faron que n'importe qui.

– Je sais, dit Cole.

– Ah bon ! fit Lauren.

Cole ne savait comment interpréter ce ton : une question, une affirmation, une explication.

– En revanche dit Leibowitz, Lauren, elle, ne savait rien de vous.

– Jusqu'à hier, précisa-t-elle, quand Faron nous a annoncé que vous alliez travailler pour nous.

Wood intervint :

– Pour faire quoi au juste, voilà ce qu'on veut savoir.

Cole demanda :

– Comment M. Sears a-t-il...

– Faron, rectifia Leibowitz. Il n'aime pas qu'on l'appelle « monsieur ».

– Nous sommes des consultants politiques, déclara Cole.

– Oui, dit Leibowitz, Faron nous a expliqué que vous étiez associés au James Group. Et que vous veniez ici pour effectuer des recherches et des contrôles... bien que vous ne figuriez pas dans la liste de nos prestataires.

– Nos honoraires sont pris en charge par le James Group, dit Sallie. Pour en savoir plus sur la facturation – du moment que nous sommes payés –, il faudra leur poser la question.

– C'est déjà fait, dit Leibowitz.

Cole et Sallie retinrent leur souffle.

– Le directeur – que j'ai connu à l'époque de la campagne présidentielle – m'a confirmé votre... affiliation. Il m'a d'ailleurs fait l'éloge de votre travail.

La direction du cabinet de relations publiques James Group avait accepté de se porter garant des agents du Bureau, sans connaître la nature de l'opération.

— On lui doit un grand merci, dit Cole.

— Nous sommes à Washington, je parie qu'il y trouvera son compte, dit Lauren.

— Par contre, il est resté très flou concernant le travail que vous faisiez pour lui exactement, et celui que vous pourriez faire pour nous, ajouta l'avocat.

— Nous sommes en mission d'observation, répondit Cole. Il n'est même pas sûr que nous puissions vous aider.

Sallie intervint :

— Faron a eu le sentiment que puisque vous avez examiné les sondages...

— Il a toujours rejeté les sondages, dit Lauren.

— Il affirme qu'on ne peut pas juger simplement son œuvre par oui ou par non, ajouta Wood. Et les questions posées dans les sondages créent une perception des choses qui s'insinue dans la réalité au lieu de vous expliquer ce qui se passe autour de vous.

— Ce qu'il attend de nous, dit Cole, c'est que l'on examine cette hypothèse. Ainsi que d'autres idées.

— Concrètement, demanda Lauren, qu'allez-vous *faire* ici ?

— Nous allons tout superviser, dit Cole. En vous observant, vous et tous ceux qui travaillent avec vous, en assistant à vos réunions et à vos meetings, en regardant comment les gens se comportent avec Faron, nous aurons un aperçu des domaines que l'on peut quantifier et isoler ensuite pour...

Wood le coupa :

— Ça ressemble à du baratin tout ça.

Le soleil entrait à flots dans la pièce silencieuse.

— La politique américaine se nourrit de baratin, dit Leibowitz.

— Quoi qu'il en soit, reprit Lauren, Faron vous a fait venir.

— Nous sommes là pour vous aider, dit Sallie.

— Oui, évidemment. (Le sourire de Lauren transperça la jeune femme.) Faron veut vous voir. Monk va vous conduire auprès de lui.

Elle se leva. Son regard jaugea Sallie, frôla Cole. Leibowitz et Wood quittèrent la pièce à sa suite.

Monk conduisit Cole et Sallie à l'étage supérieur. Les bruits de bavardages de bureau s'estompèrent. Le soleil filtrait à travers les vitraux des fenêtres. Une moquette bordeaux étouffait leurs pas, se déroulant comme une langue rouge jusqu'à une porte fermée.

L'homme assis devant cette porte, dans un fauteuil en bois, portait un costume noir avec un pull à col roulé noir et des chaussures noires. Il se déplia pour se lever, avec une grâce et une fluidité de mouvements que Sallie connaissait bien.

— C'est des nouveaux, Nguyen, dit Monk.

L'homme au costume noir demeura immobile, les mains le long du corps.

— Parlons franchement, dit Monk aux nouveaux. Mon boulot, c'est de veiller à ce qu'il lui arrive rien. Vous foutez pas sur mon chemin.

— C'est votre patron qui nous dira ce qu'on doit faire, répliqua Cole.

— C'est pas mon patron. C'est vous les employés, pas moi. Je suis chez moi ici. Si deux rien du tout comme vous essayent de me chercher des crosses, Faron ira pas pleurer si je vous balance dehors à coups de pied dans le cul.

— Nous sommes ici pour vous aider, dit Sallie, pas pour vous causer des ennuis.

— Vous me causerez jamais d'ennuis, répondit Monk. Vous pouvez me croire.

Une main énorme guida Cole vers la porte.

— Faron a donné des ordres, il veut vous voir seul, déclara le colosse.

Il frappa doucement à l'huis en bois sombre, puis ouvrit la porte.

7

La poussière flottait dans les rayons du soleil qui se déversaient par les fenêtres du clocher. La vaste pièce était vide, à l'exception d'un homme assis en tailleur sur une natte. Il portait un pantalon en coton noir, une ample chemise bleue ouverte au col, des pantoufles chinoises noires.

La porte se referma derrière Cole. Il se dit : *Il ne me voit pas. Son visage est tourné par ici, mais il ne regarde pas.*

– Monsieur Sears ?

– Ce sont les premiers mots que vous m'avez dit quand nous nous sommes rencontrés, dit l'homme assis sur la natte. Vous m'avez appelé *Monsieur Sears*. Vous n'avez pas dit « négro », ou « Hé, toi », ni « détenu » ou bien « mon gars ». Vous m'avez appelé *Monsieur*.

– Ça me paraissait logique, dit Cole.

– Mais rare. Vous êtes entré dans la salle d'interrogatoire avec votre costume du FBI. Moi, je portais une salopette de la prison et une chaîne aux chevilles.

Tel un papillon, Faron Sears se déplia et se leva de la natte.

Cette fois, ses yeux ne me lancent pas des éclairs de haine, songea Cole. La poignée de main de Faron était sèche, ferme.

– Vous avez fait un sacré chemin, dit Cole.

– Et vous, qu'avez-vous fait ?

Cole haussa les épaules.

– Désolé de vous avoir fait attendre ce matin.

– Je n'attendais pas, répondit Faron. J'étais assis.

– Ah ! Vous appelez ça comme ça ?

– Disons que j'étais ici. (Faron Sears sourit.) Je suis content de vous voir. Le temps que je reconnaisse qu'il fallait que je vous remercie, vous étiez déjà reparti. Alors, j'en profite aujourd'hui. Je vous dis merci.

– Je faisais mon métier, rien de plus, dit Cole.

– Non, vous faisiez votre *devoir*. Je parie que vous êtes devenu très populaire ensuite dans votre *métier*.

– Mon carnet de bal n'a pas désempli.

Et parce que la vérité revenait en partie à ce Noir souriant, Cole lui confia ce qu'il n'avait jamais osé formuler à voix haute :

– Bon Dieu ! Pendant des années, j'ai été ballotté d'un poste merdique à un autre. Et un jour, je suis tombé sur une bande de mafiosi et mes efforts ont été récompensés par un chef qui se foutait pas mal de la « bonne conduite » politique. Il m'a fait entrer dans un commando, on a réussi un gros coup, et il m'a remis en selle.

– Et personne ne vous a plus jamais reproché d'avoir fait libérer un terroriste fanatique, membre des Black Panthers ?

– Personne ne m'a plus jamais puni pour ça, répondit Cole.

– Personne n'a jamais puni les quatorze flics de Chicago qui ont fait irruption au domicile du chef de mon parti, et l'ont assassiné dans son lit pendant qu'il dormait.

– Au moins, ce n'est pas vous qu'ils ont tué, dit Cole.

– Ces imbéciles ne pouvaient imaginer qu'une peine de prison de treize ans à perpétuité m'offrirait le monde. Ils m'ont obligé à bosser au centre administratif de traitement informatique, comme un esclave dans une plantation, enchaîné à un vieil ordinateur. Mais au bout de six mois, je savais programmer ce dinosaure mieux que quiconque.

Faron sourit.

– Je me suis dit que je perdais mon temps en déposant plainte auprès du FBI pour violation des droits civiques. C'est alors que *vous* êtes arrivé.

– Pas besoin d'être un génie pour se demander pourquoi *sept* membres de l'Unité de lutte contre les gangs de la police de Chicago, le GIU, vous avaient arrêté sur le bord de la route pour un « contrôle de routine ». Des flics *normaux*…

– Des flics *honnêtes*.

– Pour la forme, ils auraient remonté la piste de ce pistolet qu'ils affirmaient avoir vu glissé dans votre ceinture. Et retrouvé son propriétaire, qui l'avait déclaré volé. Le cambrioleur qui s'est fait pincer pour ce délit avait été arrêté par un des flics qui vous ont embarqué.

— Je vous l'ai dit : ils ont planqué eux-mêmes...

— Ils n'ont pas planqué le fusil de chasse, par contre. Vous l'avez acheté dans l'Indiana.

— En toute légalité, dit Faron Sears. Et quand je l'ai rangé dans le coffre de la voiture, le canon était plus long que sur l'arme qu'ils ont montrée au procès. Même le mouchard infiltré chez les Panthers le savait.

— Affaire classée. Maintenant, nous sommes ici et vos amis n'ont pas confiance en nous.

— Ils sont intelligents.

— Que leur avez-vous dit ?

— Que vous êtes venus nous aider. Ils sont habitués à mes idées pas très orthodoxes, ils goberont votre couverture si c'est moi qui leur explique. Ils n'imaginent pas que je pourrais les trahir.

— Qui cherche à vous tuer ?

— Oh ! à peine deux ou trois cent mille personnes, pas plus.

— Merci de votre aide. Essayons quelque chose de plus simple : voyez-vous quelqu'un qui pourrait être un espion ou un traître dans votre organisation.

— La dernière fois que Judas m'a vendu, il travaillait pour le FBI.

— Désormais, c'est moi qui représente le FBI. Et je protège votre vie. C'est mon boulot.

— Si j'ai accepté de vous laisser entrer chez nous, c'est uniquement pour découvrir qui est susceptible de nous trahir. Et notre accord ne concernait que vous et vous seul. Or, j'ai appris que vous étiez accompagné.

— J'ai besoin de dormir parfois. Il faut que je pourchasse les méchants à travers tout le pays et que je vous protège. Simple problème physique : je ne peux pas me trouver à deux endroits en même temps. Conclusion, vous avez deux personnes pour vous défendre. (Le visage de Cole masquait les secrets de Nick Sherman, le poids du Bureau.) L'agent Sallie Pickett et moi. Des fois, vous verrez traîner l'un de nous deux, des fois, ce sera l'autre. Faites-lui confiance comme à moi.

Faron sourit.

– Bien, dit Cole. Nous voulons avoir accès à tous...

– Non, dit Faron.

– Quoi ?

– Notre arrangement ne stipule pas que je doive laisser le FBI et la Maison-Blanche fouiller dans mes affaires et voler tous les renseignements qui les intéressent, pour les utiliser ensuite à leur guise.

– Vous savez bien que ce n'est pas la raison de ma présence ici.

– Ce n'est peut-être pas la mission de l'agent Cole. J'ai confiance en lui. Mais les hommes de la Maison-Blanche ? *Leur* mission, c'est de garder le pouvoir. Si vous mêlez ma vie et mon travail à votre enquête, ils passeront au crible tout ce que vous leur fournirez et utiliseront contre moi tout ce qu'ils peuvent.

– Aucune personne sous mon autorité n'entreprendra la moindre action contre vous de son propre gré.

– Vous ne pouvez pas contrôler vos chefs.

– Vous avez un traître parmi vous, ici-même. Et il y a un assassin quelque part. Comment voulez-vous que je les découvre si vous m'obligez à porter des œillères ?

– Je n'ai pas le temps pour le moment de rencontrer votre collègue, mais je dois accepter son existence. Ou bien me débarrasser de vous. Mais ne croyez surtout pas qu'en acceptant votre collègue, je vous autorise à passer outre notre arrangement. À partir de maintenant, si vous voulez obtenir quelque chose, demandez. Peut-être que je dirai oui.

– Ça ne suffira peut-être pas à vous sauver la vie.

– Je ne suis pas inquiet.

Faron sourit à l'homme venu de son passé.

Laissons tomber pour l'instant, se dit Cole. Il balaya du regard la pièce vide.

– À quoi pensez-vous quand vous venez vous asseoir ici ?

– À rien.

– Alors, à quoi bon ?

– Si vous savez rester immobile, vous pouvez percevoir l'infini.

– Mais vous offrez une cible de choix, dit Cole. Ma tâche désormais est de veiller à ce genre de choses.

Il s'aperçut que sa chemise était trempée de transpiration. Au moment où ses doigts se refermaient sur le métal froid de la poignée de la porte, il entendit s'élever la voix de Faron :

– À l'époque, quand nous nous sommes rencontrés... vous saviez beaucoup de choses ?

– Suffisamment pour faire mon travail.

– Vous saviez que j'étais coupable ?

La pièce trembla comme sous l'effet d'un coup de tonnerre.

– La police avait raison : mon but était de tuer le maximum de flics du GIU, ceux qui ont assassiné mon leader.

... Ils m'ont protégé de ce fléau, dit l'homme qui dirigeait un mouvement en pleine expansion dans toute l'Amérique. Pour de mauvaises raisons, ajouta-t-il, et avec de mauvaises méthodes.

... Mais vous, dit-il en engloutissant Cole dans son regard, vous m'avez sauvé des conséquences de mes péchés.

8

Une pie s'envola au-dessus des sapins, tandis que deux voitures suivaient le ruban noir d'une autoroute, pour pénétrer au cœur des montagnes enneigées de l'Idaho. La première arborait le gyrophare et le blason de la police de la route de l'Idaho ; deux policiers étaient assis à l'avant, Dalton Cole et Nick Sherman se trouvaient à l'arrière. La deuxième voiture était une berline du FBI transportant des agents du bureau local de Boise.

Cole réprima un bâillement. L'enquête débutait à peine, mais il était déjà fatigué. Le décalage horaire. Et il n'était pas dans son élément. Initialement, Cole avait prévu d'effectuer seul le voyage dans l'Idaho.

Mauvaise idée, avait dit Nick. Un petit bureaucrate de Kansas City comme toi va se retrouver paumé là bas, au milieu des bleds et des montagnes.

Et donc, dès que Cole eut terminé son incursion préliminaire au quartier général de Faron Sears, Nick et lui avaient pris un avion dans l'après-midi à destination de Boise.

Qu'est-ce qu'on va raconter aux flics du coin ? avait demandé Nick, alors que leur avion s'élevait au-dessus des nuages.

Cole haussa les épaules.

– On enquête sur des branchements illégaux.

– Hein ? Personne ne risque la prison pour…

– On vient de Washington, dit Cole. Ils ne seront pas surpris si on agit bizarrement.

– Et tes collègues ? demanda le flic.

– Le quartier général expliquera à nos agents ce qu'ils ont besoin de savoir. (Cole esquissa une grimace.) Bon sang, dans le temps je détestais ces connards qui débarquaient de leur avion en roulant des mécaniques pour mener leur enquête top secrète sur mon territoire, et après leur départ, le petit personnel comme moi était obligé de tout nettoyer.

– Dans ce cas, ne foutons pas le bordel, dit Nick.

Les réacteurs de l'avion ronronnaient. Les nuages virèrent au mauve et au rose.

– On est presque au-dessus de ton pays, cow-boy, commenta Cole.

L'hôtesse passa devant les deux hommes en poussant son chariot où tintaient les mignonnettes de scotch ; elle savait qu'ils portaient des insignes et des armes et n'avaient pas le droit de boire d'alcool. Nick écouta le tintement du verre.

– J'ai jamais possédé de terrain par ici.

Nick repensa à sa mère, ses longs cheveux noirs, son visage souriant les bons jours.

– Installé à Washington pour toujours ? demanda Cole.

– Ils m'ont donné mon insigne. Et ma femme adorait cet endroit. Peut-être aurait-elle changé d'avis si on avait eu des enfants. Maintenant qu'elle n'est plus là, c'est à cause du boulot que je reste là-bas.

– Tu n'as nulle part où aller, j'imagine.

– Hé ! collègue, répondit Nick en adressant un large sourire à Cole pour l'inciter à rire. On est tous les deux embarqués dans le même putain d'avion.

Le lendemain, à bord de la voiture de patrouille, l'agent de police qui conduisait à toute allure désigna sur le côté de la route une casemate en parpaings gris, avec un toit en aluminium.

– Une chance que ça ait dégelé, sinon on aurait eu du mal à arriver jusqu'ici. Voilà l'aire de repos.

Le chauffeur s'arrêta à une dizaine de mètres de la cabine téléphonique. Des portières s'ouvrirent et claquèrent. Les agents locaux du FBI rejoignirent leur supérieur et les policiers. Une autre pie jacassa, s'envola au-dessus des têtes des visiteurs et disparut au milieu des sapins.

– Et maintenant ? demanda l'agent de police.

Un des fédéraux tendit à Cole une paire de caoutchoucs. Le visage de l'agent ne trahissait pas le moindre mépris pour ce crack de la Côte Est qui n'avait même pas eu l'idée de prendre un équipement de montagne. Après avoir enfilé les caoutchoucs, Cole se dirigea vers la cabine téléphonique. Chaussé de ses bottes de cow-boy, Nick boitait à ses côtés, l'hiver raidissait son genoux meurtri.

La cabine téléphonique semblait avoir été victime d'un crime. La porte brisée était restée entrouverte. Le câble métallique tranché pendait au-dessus de la glace qui recouvrait le sol, maculée de taches brunes presque noires, de la même couleur que les traînées sur une des vitres.

— Nick, dit Cole.

— Possible, possible.

Cole fit signe aux autres de les rejoindre. Le cri d'un oiseau transperça l'air matinal. Cole vit deux formes noires, avec des plumes et une queue en V, disparaître dans les sapins. S'adressant au plus âgé des deux agents, il demanda :

— Combien de temps pour faire venir une équipe du labo jusqu'ici ?

— Il fera nuit dans six ou sept heures, répondit le policier de la rouge. Si on pouvait attendre demain...

— Appelez votre supérieur, dit Cole à l'agent fédéral. Demandez-lui d'obtenir un mandat pour cette cabine téléphonique, qu'il appelle la compagnie du téléphone. Trouvez une remorqueuse, une camionnette, et arrachez-moi cette foutue cabine, et ensuite...

— Hein ? Quoi ? s'exclama le policier.

— Chargez-la dans le camion et veillez à ce qu'elle reste froide ; je ne veux pas que la glace qui est sur le sol fonde. À manipuler avec la plus grande précaution, il y a peut-être des empreintes à l'intérieur et à l'extérieur.

— Où on l'emporte ? demanda l'agent du FBI.

— Arrangez-vous pour qu'un avion de fret réfrigéré la transporte immédiatement à Washington.

— Hé ! on est au milieu de nulle part ici ! protesta le policier. Et on n'a pas le moindre indice qui justifie...

— Officier, dit Cole, sachez que le Bureau apprécie votre collaboration.

— Ouais, et la dernière fois que le FBI est venu régler une grosse affaire par ici, on s'est tous retrouvés éclaboussés par du sang dégueu.

Une pie qui tournoyait au-dessus des voitures arrêtées attira le regard de Nick Sherman. Il la regarda s'enfoncer au milieu des sapins.

— Il ne s'agit pas d'assiéger la cabane d'un militant d'extrême-droite, dit Cole en repensant à cette époque où le Bureau n'avait qu'à demander pour être obéi. Il s'agit d'expédier en toute légalité une cabine téléphonique dans un labo pour l'examiner. Rassurez-vous, personne ne se retrouvera ensuite devant une commission d'enquête du Congrès.

J'espère, se dit-il.

Nick vit une autre pie disparaître en piqué parmi les sapins. Au même endroit. Sur une ligne droite entre l'aire de repos et l'endroit où les pies s'enfonçaient au milieu des arbres, Nick remarqua un arbuste brisé.

— Je vais transmettre le message, déclara le policier.

— Merci, dit Cole.

Tandis que les deux policiers de l'Idaho et le plus âgé des agents du FBI regagnaient leur voiture respective, Cole s'adressa au deuxième agent :

— Veillez à ce que personne ne contamine cette cabine téléphonique.

— Entendu, monsieur.

Nick contourna l'aire de repos, remarquant au passage les verrous sur les portes des toilettes. Il s'enfonçait jusqu'aux chevilles dans la neige, entre la construction en parpaings et la limite des arbres. Ses pieds étaient gelés dans ses bottes de cow-boy.

— Dalton ! cria-t-il, et il regarda l'agent du FBI, qui portait ses vêtements de ville afin d'affirmer son autorité, et qui abîmait son costume en marchant dans la neige.

— Tu as déjà chassé ? lui demanda Nick.

— Uniquement du gibier capable de riposter.

— Ça devrait être obligatoire pour les gars du FBI. Ça t'est déjà arrivé d'observer les oiseaux ?

— Non.

Nick soupira. Il entraîna Cole vers les sapins, dans la neige jusqu'aux mollets.

– Il y a certainement eu des tempêtes par ici depuis.

– Et alors ? demanda Cole qui avait du mal à ne pas se laisser distancer.

Ils atteignirent la limite des arbres. Pour Cole, ces immenses sentinelles qui se dressaient devant lui représentaient avant tout des sapins de Noël. Il avait honte de ne pas connaître leurs véritables noms.

– Qu'est-ce qu'il peut bien y avoir là-bas pour exciter à ce point les pies ? demanda Nick.

Après avoir parcouru une dizaine de mètres sous les arbres, ils obtinrent la réponse. Les oiseaux avaient eu de quoi s'occuper, les oiseaux avaient eu de la chance. Chaque fois que la neige recouvrait leur trésor, ils chassaient les flocons avec leurs ailes pour s'emparer de leur dû. Toute la chair avait été arrachée sur le visage du mort.

Nick commenta :

– Voilà ce que le message entendait par « faire le ménage ».

Des pas lourds firent crisser la neige dans le dos de Cole et Nick, mais ceux-ci gardèrent les yeux fixés sur l'œuvre des oiseaux.

– Jésus Marie Joseph ! s'exclama le policier, celui qui conduisait.

Cole leva la main pour ordonner aux autres de rester où ils étaient. Des pies lui crièrent après et s'envolèrent. Éternelles optimistes, elles tournoieraient au-dessus d'eux jusqu'à la tombée de la nuit. L'inspecteur de la criminelle cassa une branche de sapin qu'il utilisa à la manière d'un plumeau pour ôter la pellicule de neige recouvrant le cadavre vêtu de cuir noir.

– Les mains ont l'air prises dans la glace, paume contre le sol, commenta-t-il. Quand le type est tombé, sa peau était assez chaude pour faire fondre la neige, qui a regelé ensuite. La glace a protégé les mains des oiseaux.

Le deuxième policier de l'Idaho et l'agent du FBI le plus âgé rejoignirent leurs collègues. L'agent de police vomit entre deux sapins.

Son équipier conserva le sens pratique.

– À qui il appartient celui-là ? demanda-t-il.

– C'est le FBI qui l'a découvert, répondit Cole. Il est à nous.

– Les meurtres, ça concerne les autorités locales, dit le policier. Sauf quand ça touche au domaine de l'Oncle Sam... ou dans certains cas spéciaux.

– Il est à nous, répéta Cole.

– Et puis merde, dit le policier, le shérif ira pas rouspéter à cause de ça. Si on découvre que c'est pas simplement un pauvre crétin mort de manière naturelle, ça sera le deuxième meurtre dans ce coin en moins de deux semaines.

Les représentants de la loi venus de la Côte Est le foudroyèrent du regard.

9

La lumière tamisée des lampes de chevet éclairait la chambre de cet hôtel de l'Idaho. Dalton Cole raccrocha le téléphone et s'adressa à Nick Sherman.

– L'équipe du labo vient d'atterrir. L'autopsie aura lieu demain à l'aube.

Le cadavre de la montagne gisait sur une table du salon funéraire.

– À mon avis, c'est pas la peine de déterrer l'autre type, dit Nick.

– Non, confirma Cole. Il ne peut rien nous apprendre pour l'instant.

Le décès et la vie de l'« autre type » figuraient racontés dans les rapports de police et les photos du lieu du crime empilées sur le couvre-lit de Cole :

Brian Luster : trente-neuf ans d'existence avaient pris fin le jour où l'ATF avait intercepté le message électronique. Cause de la mort : balles ramassées dans un motel pouilleux. Deux condamnations, deux incarcérations.

– Né et élevé en Californie, dit Nick. Pourquoi est-il venu mourir dans l'Idaho ?

Cole consulta sa montre.

– J'ai des agents qui se démènent pour essayer de le savoir. Le problème, c'est que j'ai dû exiger de la discrétion dans l'enquête sur ses complices connus. Si on débarque en force, si on les tire du lit…

– On risque d'effrayer celui qui a pris Faron pour cible avant de le faire sortir de sa tanière, dit Nick. Ça signifie patienter jusqu'à demain.

– On a deux places sur le vol du matin à destination de Washington.

– Le shérif et les rapports affirment que Luster n'est pas un gars du coin. Et notre monsieur X dans les sapins ? Personne n'a été porté disparu, personne par ici qui corresponde au signalement.

– Pourquoi ici ? demanda Cole. On est très loin de Faron Sears.

– Tu es certain qu'il y a un lien entre Luster et le tas d'os dans les bois ?

Assis sur le lit de cette chambre d'hôtel, Cole observa avec un froncement de sourcils le flic de Washington appuyé contre la commode. Le miroir accroché derrière Nick refléta la réponse de Cole.

– Oui, moi aussi, dit Nick. Deux meurtres à moins de quarante kilomètres de cette cabine téléphonique, ça signifie forcément quelque chose.

– Oui, mais je me demande bien quoi.

– N'espérons pas de « certitudes rationnelles ».

– Il faut être plus malins que la pendule, plus malins que...

– Nous sommes en chasse, Dalton. Nous n'avons même pas le temps de *réfléchir*.

– Que penses-tu de notre collègue ? demanda Cole.

– Je la trouve intelligente. Et nos supérieurs ? Tu leur fais confiance ?

Cole haussa les épaules.

– Nous connaissons tous les règles du jeu.

– Et Faron Sears ?

– Si j'étais sûr de savoir qui il est réellement... (Cole secoua la tête encore une fois). Je ne sais pas quoi te dire au sujet de Faron.

Nick plongea son regard dans celui de Cole.

– Qu'il s'agisse d'une victime potentielle, d'un innocent, ou d'un type qui a manigancé une manœuvre politique perverse, va falloir l'entuber.

Cole tressaillit.

– Ta collègue et toi, vous êtes à l'intérieur de sa machine, dit Nick. Vous l'espionnez pour mettre la main sur celui qui le trahit. Tôt ou tard, d'une manière ou d'une autre, vous serez obligés de franchir une limite que Faron ne voudra pas vous laisser franchir. Et vous serez obligés de le baiser.

– Exact, répondit Cole. Mais j'essaierai d'y aller en douceur.

10

L'assassin était allongé nu sur son lit. Aucune lumière n'éclairait cette pièce. La nuit, le jour : il n'y avait pas de différence. Il était ici. À cet instant. *Avant*, ça signifiait toutes ces années d'attente. Des années de manque. Avant la prise de conscience de la nécessité d'être reconnu. Le pouvoir naît de la présence : *Je serai partout*.

Il se souvenait de tout comme d'un film magnifique, la pellicule défilait dans sa tête, les scènes étaient projetées dans l'éternité à chaque mouvement de sa main, chaque battement de paupières.

Évidemment, c'était lui la vedette. *L'auteur*. L'artiste.

Chris dans le rôle du Messager, c'était parfait. Une chance que je l'ai laissé en vie cette fois-là, il y a longtemps, se dit l'assassin. Chris Harvie, petit minable. Je l'ai reconnu au moment même où il est descendu de cette minuscule bagnole étrangère, devant chez moi, tremblant dans son manteau noir brillant.

Entre, je lui ai dit.

Je regardais notre reflet dans l'œil vert et mort du téléviseur du salon. Moi sur le canapé, Chris qui s'agitait nerveusement dans le fauteuil. Et qui me racontait ce qu'il savait. Qui me disait que son pote savait. Et que son pote savait quand et où Chris se trouvait *en ce moment même*.

Allez, avait dit Chris. Tu es parfait pour le rôle. Tu es fait pour ça.

Après, il y eut la rencontre.

Scène 2 : 2 heures du matin, un mercredi, il y a des semaines. Un snack à la sortie d'une ville, à cinquante kilomètres de chez moi. Un endroit ouvert toute la nuit. Nourriture médiocre, service médiocre.

Je suis arrivé trois heures en avance. J'ai planqué la voiture. Tenue de camouflage, gants, passe-montagne pour masquer mon visage. Jumelles. J'ai contourné l'établissement en passant sous les arbres. Personne n'attendait dehors dans la nuit.

Avec les jumelles, je voyais à travers les vitres du snack.

Il y avait la serveuse, sweat-shirt gris et blue-jeans, cheveux blonds oxygénés et chignon. Elle était seule derrière le comptoir, affalée sur un tabouret, les yeux fixés sur le scintillement d'un écran de télé de vingt-cinq centimètres.

Il y avait le cuistot. T-shirt blanc, tablier maculé. Crâne dégarni.

Des banquettes jaunes, toutes vides.

Sous les arbres nus, il faisait froid et nuit. Seul le vent se déplaçait.

À deux heures moins vingt, la Toyota quitta la nationale ; aucune lumière de phares derrière elle. Chris portait son manteau noir brillant. Son passager tenait son rôle : *un étranger*. Manteau et pantalon jamais vus par ici. Ils entrèrent dans le snack. Choisirent le box le plus éloigné de la serveuse. Elle leur apporta du café. Retourna s'asseoir sur son tabouret.

Attendre. Observer. Sans voir de mauvaises surprises. Marcher avec les ombres. Passer sans bruit devant la voiture rouge : personne sur le siège arrière. Ôter le passe-montagne. Pousser la porte du snack. La clochette qui tinte.

J'étais brûlant en retournant vers le box. Je me suis assis à côté de Chris, je l'ai coincé contre le mur. Je sentais chacun de ses mouvements. Aucun geste de l'étranger ne pouvait m'échapper. Aucune onde d'émission ou de réception d'un micro ne faisait vibrer ma montre-bracelet, achetée par correspondance.

Des aimants dans les yeux de l'étranger !

– Ah ! le voilà ! dit Chris. Mon type, *le* type, pile à l'heure !

– Merci d'être venu, dit l'étranger. J'ai besoin de vous parler. Et je répondis :

– Seuls les faibles *ont besoin*.

– Parfait, dit l'étranger. Vous n'êtes pas un robot abruti par l'argent. Je l'espérais, mais j'avais encore un doute. Pour vous, ce n'est pas une question d'argent. Alors, pourquoi êtes-vous venu ?

... Je vais vous dire pourquoi, ajouta l'étranger, apportant la bonne réponse avant que j'aie le temps de fournir un mensonge tactique. Vous vouliez savoir si Chris représentait un danger pour vous. Si son pote savait autant de choses que Chris... Eh bien oui. C'est notre contrat d'assurance.

– Hé ! Brian, dit Chris, un sale enfoiré de...

– Ne pensez plus à tout ça, me dit l'étranger. Je vous offre la chance de vous élever au-dessus de tout le reste. Si vous craignez de ne pas pouvoir assumer ce que je vous propose, si vous n'êtes pas... à la hauteur, on oubliera tout ce qu'on sait de votre passé. On vous fichera la paix.

– Hé ! intervint Chris, qu'est-ce...

Et je leur ai répondu :

– Je suis toujours à la hauteur.

– Oui, j'imagine que dans ce coin paumé de l'univers, vous avez su vous débrouiller.

Je ne pouvais pas contrôler mes tremblements, je ne pouvais pas nier la vérité.

– Il paraît que vous êtes un assassin. (L'étranger haussa les épaules.) N'importe qui peut tuer un moins que rien.

– Je ne suis pas « n'importe qui » ! Je suis différent des autres, j'ai le pouvoir...

Les paroles de l'étranger crucifièrent ma chair sur la croix :

– Le pouvoir, c'est ce que fait le pouvoir.

– La question, dit Chris, c'est : Es-tu capable de faire ce boulot ?

Je ricanai.

– Un *boulot* ?

– Il ne s'agit pas d'un boulot, dit l'étranger. En vous voyant, et avec ce que Chris m'a dit, je sens que vous ne cherchez pas un boulot, et il ne s'agit pas de ça.

Mes lèvres étaient sèches, j'avais du mal à maîtriser mon souffle.

– C'est quoi alors ?

– Une mission.

– Oui !

La chaleur m'envahit. La compréhension des choses. Le soulagement. Tout m'apparut dans un éclair de clarté : *Quand ?* était enfin devenu *maintenant* !

– Oui !

– Que vous a raconté Chris ?

– Il a parlé de deux missions, dis-je.

– Deux pour commencer. Pour voir.

– Voir quoi ? demanda Chris. Vous m'avez parlé de deux gros coups. C'est le contrat pour lequel vous nous payez.

– Tout le monde paye, dis-je.

– Ouais, en tout cas, l'avance nous a juste tous réunis ici, dit Chris. Faut surtout pas oublier que je suis un peu *l'agent*, moi. Et Brian. Personne a intérêt à déconner avec notre part du gâteau, car ce type, c'est le mec le plus dingue de la terre entière.

… Sauf peut-être ce gars-là, ajouta Chris, jouant les vendeurs.

– Qu'est-ce qui me le prouve ? demanda l'étranger.

– Prouver quoi ? répliqua Chris d'un ton sec.

– Je sais seulement ce que tu *dis* sur lui.

– Hé ! vous me traitez de menteur ? Vous traitez Brian de menteur ? C'est vous qu'êtes venu nous trouver, mec, et on…

J'ai demandé :

– À quoi vous avez touché ?

– Hein ? fit Chris.

L'étranger trempa une serviette en papier dans le liquide sombre d'une tasse à café, essuya la table, le distributeur de serviettes en métal ; il essuya ensuite le coussin du siège, de l'autre côté de la table.

– C'est quoi ce bordel ? demanda Chris.

Je m'extirpai du box, me dirigeai vers le comptoir, là où était assise la serveuse.

– Le cuistot est dans sa cuisine ?

– Hé ! Matt ! Réveille-toi ! (Elle fit jaillir la flamme de son briquet.) Matt ! Ce monsieur a faim !

La tête et les épaules du cuistot remplirent le passe-plats découpé dans le mur, derrière le comptoir.

– Vous voulez quoi ? marmonna-t-il.

Ses yeux ne captèrent pas le mouvement de ma main gantée.

Bang ! Le 9 mm tressauta dans ma main. Le cuistot recula en titubant derrière le passe-plats, alors qu'un cercle rouge explosait sur sa poitrine. *Bang !* Son sternum se brisa en mille morceaux sous un deuxième trou écarlate. *Bang !* Un sillon cramoisi traversa le sommet de son crâne dégarni.

Je pivotai vers la serveuse, la vis au bout de mon canon noir. Sa cigarette se balança entre ses lèvres lorsqu'elle murmura : « Oh ! putain ! »

Bang ! Je lui offris un troisième œil. Des embruns rouges éclaboussèrent la vitre dans son dos. Elle s'effondra. La cigarette roula dans son cou. La chair commença à brûler, tandis que je franchissais la double porte battante des cuisines. Chris et l'étranger entendirent le coup de grâce.

Lorsque je ressortis en poussant la porte battante, l'étranger et Chris s'étaient levés.

— Oh ! putain ! dit Chris, imitant la serveuse. Putain de bordel de merde ! Qu'est-ce… Oh ! putain !…

La sonnette de la caisse enregistreuse tinta lorsque j'enfonçai la touche NO SALE. Je raflai tous les billets dans les casiers, les billets de vingt sous le tiroir, je fourrai l'argent dans la poche du manteau noir brillant de Chris. Et je leur dis à tous les deux :

— Et voilà, le tableau parfait d'un braquage dans les règles.

Je m'adressai à l'étranger qui tremblait :

— Je suis celui que je suis.

— Oui, oui, murmura-t-il. C'est sûr.

— Oh ! putain ! marmonna Chris. Putain…

Je ne pouvais m'empêcher de sourire, en songeant : *Tout finit par arriver le moment venu.*

Dehors, Chris vomit son courage dans la neige. L'étranger se tourna vers moi :

— Ce que je vous offre, c'est l'occasion de faire la preuve de votre pouvoir aux yeux du monde. Pas seulement une fois, mais deux. De…

— D'obliger ces millions d'yeux à voir ! Et à s'incliner !

— Oui, oui, exactement.

— C'est vous que j'attendais, dis-je. Je ne m'en étais pas rendu compte, mais vous êtes là. Enfin.

70

L'étranger me tendit une enveloppe épaisse. Je sentais le gonflement et le poids de ce qui se révéla être un ordinateur portable, des manuels et des photos, tandis que l'étranger me disait :

— Tout ce que vous avez besoin de savoir pour l'instant se trouve là-dedans. Vous devez faire un choix dès ce soir.

— Quoi ?

Chris nous héla de la voiture :

— Faut foutre le camp d'ici !

— Pour communiquer, les codes : comment dois-je vous appeler ?

— Appelez-moi V Le Vengeur. Le Vainqueur. Qui attend son heure. Et vous, vous êtes mon Guide, vous me montrez ce qui m'appartient, ce qui m'attend. Je vous appellerai G.

… Ils ne connaîtront peut-être jamais nos véritables noms, murmurai-je, mais le monde tremblera entre mes mains ! Promettez-le moi !

Alors – quelle douce sensation ! – la main du Guide se leva lentement vers moi. Elle prit mon visage, ferma mes paupières et me fit m'agenouiller dans la neige. Je sentis monter la vague, les palpitations entre mes cuisses, le pouvoir, la connaissance.

Et puis Chris klaxonna pour qu'ils s'en aillent.

Chaque chose finit par arriver le moment venu.

11

Sallie était assise à l'endroit où on l'avait mise.

Après avoir introduit Dalton dans la salle du clocher, Monk confia Sallie à une femme qui, avec son mari, avait abandonné leur magasin de pièces détachées pour automobiles, leur abonnement annuel aux matches des *Indians* de Cleveland, et leurs places réservées à la synagogue, afin de venir vivre à Washington et « travailler avec Faron ». Cette bénévole présenta Sallie à des militants venus d'Alabama, du Nouveau-Mexique, d'Orégon et « de partout », des vieux et des jeunes, des Blancs, des Noirs, des Asiatiques et des Hispaniques, tous là pour « aider Faron ».

La bénévole ne la présenta pas, en revanche, à l'homme aux cheveux coupés en brosse qui traînait en permanence autour de Sallie, où qu'elle se trouve.

Tandis que Cole et Nick étaient dans l'Idaho, elle passa sa deuxième journée à errer dans le quartier général de Faron. Souvent, elle se rendait aux toilettes afin de noter des informations concernant l'équipe de Faron, que le Bureau vérifierait ensuite. Et elle commença à demander à rencontrer Faron.

– Bonne idée, lui dit Jon Leibowitz. (L'ancien membre du Congrès lui sourit.) Il faudra arranger un rendez-vous dès que possible.

À 17 h le deuxième jour, Sallie alla trouver la gardienne du temple et réitéra sa demande d'audience avec le grand homme.

« Franchement, je ne sais pas comment arranger ça, ma chère », lui répondit-on. Quand Sallie déclara qu'elle ne partirait pas tant que « ça » ne serait pas arrangé, la gardienne lui donna un pot de yaourt aux framboises. « Au cas où ce serait plus long que vous le pensez. »

Le pot de yaourt vide était dans la poubelle et la gardienne était rentrée chez elle lorsque Jeff Wood découvrit Sallie assise sur un canapé, dans une salle d'attente, près du hall principal. M. Coupe en Brosse bâillait sur le seuil.

– Vous êtes encore là ? demanda Wood.

– Je n'ai pas terminé mon travail. Je n'ai pas encore rencontré Faron.

– Demain peut-être.

– Je peux attendre. (Elle tapota le canapé.) Ici.

– Vous n'êtes pas très arrangeante, il me semble ?

– Je ne suis pas payée pour être arrangeante.

Une vieille pendule à balancier sonna dans le vestibule.

– Ne partez pas, dit-il.

– Aucun risque, répondit-elle à son dos qui s'éloignait.

Sept minutes plus tard, un téléphone retentit dans la poche du blazer de M. Coupe en Brosse. Il répondit, puis escorta Sallie deux étages plus haut en prenant l'escalier, jusqu'à une porte close devant laquelle se tenait Monk.

– Asseyez-vous, dit ce dernier en s'adressant à Sallie.

À M. Coupe en Brosse, il dit :

– Quand ce sera le moment de la faire entrer, on t'appellera.

Il se retourna vers Sallie.

– Hé ! *sister*, n'y passez pas la nuit. O.K. ?

Il descendit l'escalier d'un pas lourd.

Onze jours, se dit-elle. Et je suis simplement assise là.

Le téléphone de M. Coupe en Brosse sonna. Il répondit, la fit entrer.

Le bureau était situé un étage plus bas que la salle de méditation inondée de soleil. Les deux pièces étaient lambrissées de bois sombre, comme dans une église. Une œuvre calligraphique à l'encre noire sur papier de riz, encadrée, occupait tout un mur de la pièce. Le motif était simple : un grand cercle noir sur un univers pâle. Trois chaises étaient disposées devant un bureau, avec une table d'ordinateur sur la droite. La nuit emplissait les fenêtres. Derrière le bureau était assis un Noir vêtu d'une chemise bleue soyeuse. Faron Sears la transperça avec ses yeux.

– C'est donc vous, dit-il.

Elle sentit la porte se refermer derrière elle.

– C'est donc moi ?

– Je vous ai vue de ma fenêtre. Ce matin.

– J'ai passé toute la journée ici. (Elle s'assit face à lui, de l'autre côté du bureau.) La matinée d'hier aussi. Vous l'ignoriez ?

– Je savais que Dalton avait une collègue. Je pensais qu'elle était partie avec lui.

– Vos collaborateurs ne vous ont pas mis au courant ?

– Non.

– C'est… regrettable.

– Je suis désolé. Ce genre d'oubli ne se reproduira plus.

Son sourire est amer, songea-t-elle, pas sournois.

– Vous ne ressemblez pas à l'image habituelle du FBI. Pourquoi portez-vous leur insigne ?

– Notre métier consiste…

– Je ne vous parle pas de votre métier. Je vous parle de vous.

– Dans ce cas, je ne suis pas obligée de répondre.

– En effet.

Et il attendit.

Ce satané sourire, si doux, pensa-t-elle. Il ne paraît pas si âgé.

– Parce que je suis noire, c'est ça ? Pourquoi suis-je entrée au FBI ?

Il resta muet.

– Parce que je suis une femme ?

Pas de réponse.

– Je suis quoi à votre avis ?

Les questions engendrent des réponses. Les réponses permettent de déplacer l'intérêt de…

– Vous n'êtes pas un objet, dit-il.

Et il attendit.

– C'est sans importance, répondit-elle enfin.

– Vous n'avez pas engagé votre vie *et* assumé la responsabilité de tuer pour une chose « sans importance », dit-il.

– Ce métier exige…

– Vous tournez en rond. Pourquoi avez-vous peur ?

– Je n'ai pas peur, et je devine le piège que vous allez me tendre ensuite, en disant : *« Puisque vous n'avez pas peur… »*

– Pourquoi s'agit-il d'un piège ?

La sueur coulait dans son dos, par-dessus l'attache de son soutien-gorge, qui tout à coup lui serrait la poitrine.

– Que voulez-vous ?

Pourquoi ma voix ressemble-t-elle à un chuchotement ?

– Je veux comprendre, répondit-il.

– Parce que… la police… le FBI est la plus grande…. parce que les policiers sont les seuls qui puissent agir à chaque seconde.

– Agir en *bien*, dit-il. (Elle acquiesça.) Sur quoi ?

– Vous ne sentez pas l'odeur de pourriture là-dehors ? murmura-t-elle. Elle nous tue. Elle étouffe tout, les gamins, les personnes âgées, tout ce pour quoi ma mère et mon père ont travaillé et… Jamais personne ne me dira… personne ne m'obligera à vivre dans la merde sans que je…

Tu te penches vers lui au-dessus du bureau ! Elle recula, se redressa, serra les genoux sous sa robe ample et sage.

– … Cette discussion ne nous mène nulle part.

– Nous sommes déjà arrivés ici.

– Et quelqu'un cherche à vous tuer.

– Cela fait partie de cette pourriture que vous combattez.

Elle opina.

– Il n'y a que le combat contre la pourriture qui compte ? demanda-t-il. Ou également ce que je défends ?

La porte derrière elle s'ouvrit avec un déclic. Sallie se retourna brusquement ; sa main droite jaillit vers… *sa hanche vide.*

– Oh ! fit la femme arrêtée sur le seuil. Je croyais que tu étais seul.

Lauren Kavenagh laissa son regard jauger Sallie, puis elle dit :

– Encore là à ce que je vois. Sacrée journée. Il est tard.

Lauren portait une robe de grand couturier, avec une ceinture, dont le prix dépassait de dix fois le budget d'un agent du FBI. Ses cheveux mi-longs étaient parfaitement coiffés, avec naturel. Son rouge à lèvres était discret.

– Pas si tard, répondit Sallie. J'ai l'habitude des horaires irréguliers.

– Ah oui ? (Lauren fit le tour du bureau.) Faron, il faudrait vérifier les prévisions concernant le nouveau projet de logiciel.

Elle vint se placer derrière lui, une main posée sur son fauteuil, pianotant sur le clavier de l'ordinateur pour faire apparaître un dossier. Faron jeta un regard à l'écran.

– Pour l'instant, Lauren, c'est toi que ça regarde, dit-il.

– Oui, mais c'est toi qui signes.

Faron soupira. Il étudia les graphiques et les tableaux en couleur qui défilaient sur l'écran. Lauren regardait la femme assise de l'autre côté du bureau ; un regard fixe, maîtrisé. Sallie refusa de détourner la tête.

– Tout semble parfait, déclara Faron.

– Bien. (Le bras de Lauren frôla son épaule.) Je vous laisse en tête à tête.

Avant de sortir, Lauren lança à Sallie :

– Ravie de voir que vous avez su vous intégrer.

– Je ferai de mon mieux.

– J'en suis sûre.

Le silence envahit la pièce après que la porte se fut refermée avec un déclic.

– Mon métier, c'est de protéger votre vie, dit Sallie à l'homme assis derrière le bureau.

Rétablir la conversation. Leurs rôles.

– Ce sera difficile ?

– Ce ne sera pas facile. Parlez-moi des hommes de Monk.

– Il insiste pour que quelqu'un reste près de moi en permanence. Au cas où j'aurais besoin de quoi que ce soit, dit-il. Je ne contredis pas son analyse.

– Vous devriez peut-être y penser. Et nous aussi. En ce qui concerne ses hommes ?

– Ce ne sont pas plus les « siens » que les « miens ».

– Combien en a-t-il ?

– Je l'ignore.

– Sont-ils armés ? demanda Sallie.

– Je n'ai jamais posé la question. Il sait bien que je désapprouverais.

– Désapprouver et interdire sont deux choses différentes.

Faron sourit.

– Vous êtes intelligente.

— Alors, et les armes ?

— Nécessité fait loi, dit Faron. Parfois, seule la force peut venir à bout de la violence. Les hommes de Monk sont-ils armés ? Je l'ignore. Fais-je confiance à Monk dans ce domaine ? Oui. Lui poserai-je la question ? Ferai-je affront à la confiance que j'ai en lui ? Uniquement dans des circonstances extrêmes… et maintenant que le FBI est ici, qu'est-ce qui peut bien arriver de grave ?

— J'espère que vous n'aurez pas à le découvrir.

— Mademoiselle… Agent… Comment dois-je vous appeler ?

— Appelez-moi Sallie.

— C'est votre vrai nom ?

— Oui.

— Ça me plaît.

— Écoutez. Dites à vos collaborateurs que Dalton et moi devons toujours savoir où vous êtes, et pouvoir vous approcher à tout moment.

Faron haussa les épaules, sourit. Hocha la tête.

— Il n'y a rien qui… Ce soir, vous devriez être tranquille. Je vais rentrer chez moi.

— Dormez bien, dit-il. Et n'ayez pas peur.

12

Un rêve...

Une partie du cerveau de Nick Sherman savait qu'il s'agissait d'un rêve, *le* rêve, qu'il se trouvait en fait dans une chambre d'un hôtel de l'Idaho, et que c'était uniquement...

... courant. Il faisait froid, si froid. La neige. Les arbres. Les ravins. Les rochers. Martèlements : les pieds, le cœur. Le souffle, impossible de... Plus vite, courir plus vite... La neige pilée. Un chemin de terre labouré devant lui. Vite ! Cours ! Des corbeaux tournoient dans le ciel gris. Croassements, et plus aucun bruit. La faim. Trébucher, tomber, se relever et se remettre à courir. Taches rouges sur les collines blanches. Un bruit... courir... derrière moi, derrière... vite ! Écoute ! Des bruits de sabots.

Il était réveillé tout à coup. Dans son lit. Allongé sur le dos. La chambre était plongée dans l'obscurité, les draps étaient moites sous les couvertures.

Reprends ton souffle. Respire lentement. Ce n'était qu'un rêve. Rien que *le* rêve, rien d'autre. Les battements de son cœur ralentirent.

Nick alluma la lampe. Son arme était posée sur la table de chevet, un .45 automatique, pas le Glock 9 mm fourni par la police. Le Glock contenait beaucoup plus de balles, mais elles n'avaient pas la force d'arrêt de cette arme conçue pour permettre aux soldats américains de résister aux religieux fanatiques de la tribu des Moro qui chargeaient en faisant tournoyer leurs épées.

Une détonation de tous les diables. Pourquoi choisir autre chose quand il s'agit de protéger sa vie ? Qu'est-ce qui peut arrêter un rêve ?

La bouteille de scotch et le verre qu'il avait utilisés étaient dans

le tiroir, invisibles. À l'endroit même où il les avait cachés...
rangés. Nick avait acheté la bouteille en allant chercher les dossiers chez le shérif. Maintenant, la ligne ambrée n'était plus qu'à
quatre doigts du fond de la bouteille, dans le tiroir

Encore ce foutu rêve.

Il ferma les yeux. Imagina le tintement de la bouteille contre le
verre en ouvrant le tiroir. S'imagina courant dans la neige écarlate.
Encore plusieurs heures jusqu'à l'aube. Tenir jusque-là, ensuite le
boulot prendra le dessus. Tout ira bien. Pas besoin de faire ça. Pas
besoin d'ouvrir le tiroir avec la bouteille. Ne fais pas ça.

Et puis merde, ça peut pas faire de mal, tant que tu sais que tu
n'en as pas besoin.

Exact, se dit-il. J'en ai pas besoin. Pas besoin.

Ses poings se crispèrent le long de son corps, froissant le drap
du dessous moite, avec une force capable de tuer.

13

Cole se resservit avec la cafetière qu'on lui avait apportée, et s'assit sur son lit pour enfiler ses chaussures. Le monde au-delà de la fenêtre de la chambre d'hôtel passa du noir au gris. Les lueurs annonciatrices de l'aube adoucirent l'éclairage jaune des lampes de la pièce. Il regarda autour de lui : *Ça ne ressemble pas à mon appartement à Washington.*

Et soudain, il se figea : *Erreur, cette chambre d'hôtel ressemble à ce que j'appelle chez moi.*

Cole louait un appartement d'une pièce, dans une tour, juste derrière la limite du Maryland. Il secoua la tête, et se demanda : pourquoi est-ce que je vis dans un appartement qui ressemble à une chambre d'hôtel ?

Il se dit : *Lace tes chaussures.*

Son téléphone portable sonna ; il répondit.

– Allô ?

Une voix de femme dit :

– Vous êtes difficile à joindre pour quelqu'un qui prétendait rester là en permanence.

Lauren Kavenagh. Elle appelait de Washington, à plus de mille kilomètres d'ici.

– Je ne m'attendais pas à votre appel, dit Cole.

– À votre bureau, on m'a dit que vous étiez absent. Comme j'insistais, on m'a conseillé d'essayer ce numéro.

– Évidemment.

Elle était tombée sur le numéro de leur Q.G. de campagne, et on lui avait répondu en lui donnant le nom de la fausse société de relations publiques.

Drrring ! Le téléphone de la chambre hurla.

– C'est quoi ça ? demanda Lauren.

– Ne vous inquiétez pas, répondit Cole, tandis que le téléphone posé sur la table de chevet sonnait à nouveau. C'est un autre téléphone.

– Où êtes-vous ?

Il jeta un regard aux œufs poêlés qui avaient refroidi sur le plateau. Des photos de l'homme assassiné, prises sur les lieux du crime, étaient éparpillées sur le lit.

– Je suis chez quelqu'un, dit Cole.

– Elle a de la chance. Quand pensez-vous rentrer ?

– Je ne suis pas sûr de pouvoir revenir aujourd'hui.

– Hum !

– Ça pose un problème ?

Le téléphone de l'hôtel se tut.

– L'absence incite à se poser des questions, dit-elle. Des questions du genre : qu'est-ce que vous faites… pour nous ? Est-ce que vous en valez la peine ?

– Mademoiselle Pickett est avec vous, non ?

– Oh ! oui, oui. Arrivée à la première heure ce matin, fraîche et pimpante. Partie tard hier soir. Elle ne ménage pas sa peine.

– Nous avons beaucoup de recherches à effectuer.

– Ah ! Des recherches. Êtes-vous du genre à rester en retrait pour regarder les autres, ou plutôt du genre à mettre la main à la pâte ?

– Je fais mon travail, répondit-il. Pourquoi m'appelez-vous ?

– J'ai remarqué qu'on ne vous avait pas vu depuis deux jours.

– Je vous manque ?

– Pas encore. Mais j'ai une chose à vous apprendre.

– Pourquoi ne pas en parler à Sallie ? Vous pouvez vous adresser à l'un comme à l'autre.

– C'est vous le chef. Je ne discute qu'avec les supérieurs.

Elle lui transmit l'information que, selon elle, il devait connaître, puis raccrocha sans même dire au revoir.

Cole décrocha le téléphone de l'hôtel et appela Nick Sherman.

– Tu n'as pas répondu quand je t'ai appelé, marmonna le flic de Washington. Pourquoi ?

– J'étais occupé. (Il entendit Nick soupirer.) Tu n'as pas l'air en forme. Ton genou te fait souffrir ?

– C'est rien, répondit Nick. Ça y est, on a identifié le cadavre à la gorge tranchée dans les bois : Christopher J. Harvie.

– Tes bagages sont prêts ?

– Toujours. Pourquoi ?

Cole déclara :

– Il faut changer nos billets d'avion.

14

Le Military Park de Newark est un espace dégagé et herbeux en forme de triangle, coincé dans une ville sale, pauvre et brutale du New Jersey. Un buste en bronze représentant John Fitzgerald Kennedy orne le parc. Des canons pointent vers le ciel. La journée, le parc appartient aux employés de bureau et aux pigeons. La nuit, les rats sortent et reniflent les humains enveloppés de haillons, recroquevillés sur les bancs. Ce vendredi après-midi, le parc changea de visage. À midi, une estrade en bois transportable fut installée à côté du buste de JFK. Vers 15 heures, entre 400 et 450 personnes attendaient devant la scène, pataugeant dans la bouillie brunâtre de la neige tombée la veille.

À 15 heures précises, Faron Sears monta sur l'estrade. Les applaudissements résonnèrent contre les panneaux de verre froids du canyon urbain. La voix amplifiée de Faron transperça l'atmosphère hivernale.

– La politique, ça ne ressemble pas à ce qu'ils disent à la télévision, déclara-t-il. La télévision, *c'est* de la politique.

Trois équipes de cameramen filmaient ses paroles ; leurs lumières puissantes s'évaporaient dans la grisaille.

– La politique, ce n'est pas uniquement la télévision. Mais toute la télévision est politique. Les « sitcoms » nous enseignent que la stupidité est le moteur de l'humour. Les rires enregistrés nous conditionnent comme des chiens de Pavlov. Les séries policières calibrent la cupidité, la violence et l'héroïsme pour un cadre de quarante centimètres. Les « talk-shows » nous divertissent avec des étrangers qui mentent en parlant de leur vie sexuelle. Les vidéo-clips transforment la musique, ce catalyseur de l'imagination, en un présentoir pour des produits dérivés. Les publicités définissent nos manques, elles nous montrent ce que nous devons posséder et faire, à qui obéir.

Ici et là dans la foule des têtes acquiescèrent.

– Les informations télévisées, c'est tout ce que les journalistes ont sous la main pour occuper l'antenne entre les publicités. Dans le meilleur des cas, la vérité arrive à se frayer un chemin au milieu de tout ça. La réalité ne définit pas les informations télévisées. La réalité ne définit aucune information. Les informations, c'est ce que la politique et la chance des donneurs d'informations nous disent, et les apparences surpassent la réalité avec le film de 23 heures.

Sallie se tenait près de l'estrade. *Pas de contre-manifestation*, pensait-elle. *Ni jeteurs de pierre, ni perturbateurs. Personne n'a la main glissée à l'intérieur de son manteau. Bon sang, qu'est-ce que tu pourrais faire si tu voyais quelqu'un accomplir ce geste ?*

– La politique n'est plus comme autrefois ! tonna Faron. Depuis le jour où les hommes se sont regroupés pour la première fois, jusqu'à l'explosion de Hiroshima, la politique n'avait pas la même signification qu'aujourd'hui.

… En ce temps-là, la politique concernait tout ce qu'on faisait dans un espace public. Ça voulait dire qu'il existait un espace privé, dans lequel, peut-être, seuls quelques privilégiés pouvaient s'échapper, mais cet espace existait. Une frontière derrière laquelle il était possible de vivre à l'écart du monde. Une porte que l'on pouvait verrouiller. Il y avait deux réalités, une publique et une privée, et même si l'une des deux affectait toujours la seconde, c'étaient des dimensions séparées.

… La bombe atomique a mis fin à cette situation. Notre société de consommation qui doit acheter et vendre de l'obsolescence planifiée y a mis fin. La télévision y a mis fin. La « Cybernétique » y a mis fin.

Le membre – l'ex-membre – du Congrès Jon Leibowitz se tenait sur le trottoir d'en face ; il parlait dans son téléphone portable.

– Si la politique n'est pas ce qu'en dit la télévision, poursuivit Faron. Si elle n'est plus comme autrefois. Alors, qu'est-ce que la politique ?

Faron marqua un temps d'arrêt. Sourit. Pointa son index sur la foule.

– La politique, c'est tout ce que font les gens et qui a trait au pouvoir. Il n'existe pas de «pouvoir privé». Ni de «pouvoir public». Les notions de «privé» et de «public» ont disparu. Il n'existe plus qu'une dimension de réalités liées entre elles qui englobe tout. Une dimension qui est un cosmos en permanente évolution, composé de galaxies que l'on nomme nations ou compagnies, des systèmes solaires baptisés groupes ethniques et classes économiques, de planètes nommées emplois. Chaque scintillement d'énergie irradie vers tous les autres scintillements d'énergie. À l'intérieur de ce cosmos, la politique survient chaque fois que l'on respire.

… Posez-vous la question : dans le monde actuel, que pouvez-vous faire qui ne soit pas politique ? Chier, par exemple…

Sallie sentit la foule tressaillir : une grossièreté dans la bouche d'un homme politique, en public, ce n'était pas comme ça d'habitude. Non. *Ce n'était pas comme ça dans le temps.*

– … ou simplement prononcer le mot ? Des lois interdisent de déféquer en public. Des lois régissent les toilettes chez vous.

… Cessez de vous brosser les dents, aussitôt l'Association dentaire américaine et ses groupes de pressions tremblent. Ainsi que les fabricants de brosses à dents, et les fanatiques persuadés que le fluorure était un complot communiste. Un avocat peut utiliser le fait que vous ne vous brossiez pas les dents pour prouver que vous êtes fou et vous faire enfermer. Si nous étions suffisamment nombreux à ne plus nous brosser les dents, un fabricant de dentifrice fermerait ses portes, ses employés se retrouveraient au chômage, et ses actionnaires exigeraient un impôt de solidarité !

La foule s'esclaffa.

– Les mots que vous prononcez, c'est aussi de la politique. Nous sommes contraints au «politiquement correct», car n'importe quel groupe peut nous causer des ennuis si nous proférons le moindre son honni par ses censeurs. Les paroles façonnent notre pensée : qu'est-ce que le façonnage de la pensée, sinon de la politique ? Tant que les présidents de ce pays ont considéré ma mère comme une personne « de couleur » simplement, ils n'étaient pas obligés de se soucier de son sort.

Tiens, se dit Sallie. Lauren Kavenagh qui marche vers Leibowitz. Elle a déjà entendu ce discours. Est-ce qu'elle y prête encore attention ?

Un flot de véhicules ininterrompu passait devant Military Park, les feux stop lançaient des œillades rouges dans la lumière grise de l'après-midi, tandis que les automobilistes se demandaient ce qui se passait, avant de poursuivre leur route. Deux pâtés de maisons plus loin, une berline se gara le long du trottoir. Dalton Cole et Nick Sherman étaient assis à l'arrière. La voiture du Bureau était venue les chercher à l'aéroport de Newark.

Cole tendit son Beretta dans son étui, ses chargeurs de rechange, sa plaque du FBI et ses menottes à Nick.

– Je vais continuer à pied.

– Ça me plaît pas de savoir que tu te balades sans arme, dit Nick.

– Le message électronique adressé au tueur nous donne encore deux semaines.

– Ouais, et il nous a déjà donné deux cadavres aussi.

– À plus tard.

Cole sortit sur le trottoir. La voix amplifiée de Faron parvint jusqu'à lui avant que ses pas ne le conduisent à Military Park.

– Si la politique a changé, clama Faron, alors la vie de chacun d'entre nous a changé également. La vie de tous. La mienne. La vôtre.

On est en pleine journée, et pourtant ils sont là, se dit Cole. Des gens qui travaillent, des types en haillons aussi. La foule était composée pour moitié d'hommes, mélange racial et ethnique. Cette femme avec des lunettes et des cheveux bleutés était certainement grand-mère. Deux garçons et une fille portaient des sacs à dos proclamant qu'ils étaient lycéens.

Cole passa derrière l'estrade, croisa le regard de Nguyen.

La voix de Faron résonna dans tout le New Jersey :

– Qu'est-ce que ça signifie pour nous ? Pour vous ?

L'agent du FBI déambula parmi les passants sur le trottoir, en face du parc.

– ... Cette nouvelle réalité signifie : *Faites attention*.

... Maintenant plus que jamais. Faites attention à ce que vous êtes, et au pouvoir que vous possédez réellement. Ne faites pas confiance aux politiciens d'hier pour vous guider aujourd'hui. Pour eux, la « politique » c'est comment vous faire voter de façon à conserver leur boulot d'une époque révolue.

Un employé qui frissonnait devant la porte ouverte d'un magasin de chaussures ne prêta aucune attention à Cole lorsque celui-ci passa devant lui. Le père de cet employé avait travaillé pendant vingt-trois ans, à la chaîne, dans une fabrique de chaussures de Cleveland. La moitié des chaussures exposées dans la vitrine de cette boutique avaient été fabriquées en Corée, 20 % venaient du Mexique, où était partie s'installer l'usine qui avait licencié son père.

– Si un politicien ne comprend pas que la réalité a changé, ne croyez pas un mot de ce qu'il dit. S'il refuse d'admettre que les *Crips* et les *Bloods*, les yakusas, les Triades et les *Ghost Shadows*[1], les cartels colombiens, la mafia russe et la Cosa Nostra américaine sont des forces *politiques* importantes, ce politicien est un imbécile.

Cole aperçut Sallie près de l'estrade. *Un bon agent*, se dit-il : ses yeux restaient fixés sur les individus se trouvant à proximité de son sujet. Mais elle n'avait pas d'arme, elle non plus.

– Dans notre monde nouveau, celui ou celle qui cherche à être votre leader est-il attentif à tout cela ? Sait-il que des forteresses et des escouades de milices privées encerclent des quartiers entiers d'un bout à l'autre de notre pays « multiracial » ?

Cole passa devant des vitrines masquées par du contreplaqué, devant une porte condamnée par des planches, avec un cadenas chromé, ouvert, qui se balançait dans le vent froid.

– Nous sommes de moins en moins une nation, et de plus en plus un monde de tribus définies par l'ethnicité, la géographie et la richesse.

---

1. Puissant gang ethnique composé de Chinois, ayant une assise politique à New York et des ramifications à Hong-Kong et Kowloon. (*N.d.T.*)

À côté de la boutique condamnée se trouvait un salon de coiffure discount spécialisé dans les coupes rapides à l'heure du déjeuner.

– Les questions et les principes qui ont défini les êtres humains depuis que nous sommes sortis des marécages en rampant ne se sont pas volatilisés, mais la manière…

Cole passa devant une minuscule pizzeria «vente à emporter et livraisons» : odeurs de fromage, de pepperoni et…

Souviens-toi : le cadenas ouvert.…

– … la manière dont nous abordons nos désirs et nos besoins…

Là-bas ! Deux immeubles plus loin, au premier étage de l'immeuble condamné par des planches, avec la porte non verrouillée : une fenêtre ouverte. Le policier le plus proche se trouvait de l'autre côté de la rue, dans le parc, tournant le dos à la tanière du *sniper* potentiel. Le discours amplifié résonnait dans les oreilles de Cole.

Cours. La porte : pas de cadenas. Se faufiler à l'intérieur. Des rayons de lumière filtrent par les interstices entre les planches devant les vitres. Le vent fait voler la poussière et les détritus de la boutique entièrement vidée. Un papier froissé glisse sur le sol. Monter, lentement. Le haut de l'escalier…

Dalton avança prudemment la tête derrière le montant de la porte : au fond d'une pièce nue, un homme se tenait devant la fenêtre ouverte, les yeux fixés sur le parc, la hanche servant à caler la crosse d'un fusil à lunette.

Dix ou douze mètres, calcula Cole. Contourner le jambage de la porte et avancer d'un pas. Ne pas remuer l'air, *flotter*.

Fusil à culasse mobile. Avec un fusil semblable, Lee Harvey Oswald avait tiré.… combien de balles ? Trois en sept ou neuf secondes ? Le monde tout entier avait changé en dix secondes. Deux balles, je peux y arriver en deux…

Six pas silencieux pour se rapprocher. Il n'est plus qu'à neuf mètres. Un Blanc. Trente-cinq ans environ. Grand. Cheveux courts. Blouson de ski. Baskets noires.

La voix de Faron emplit la pièce : «La force *impose*, le pouvoir *agit*…»

Dans les carreaux de la fenêtre à double vitrage, Cole vit son propre reflet qui se rapprochait, se rapprochait encore. Ne baisse pas les yeux ! ordonna-t-il par télépathie au tireur. Ne détourne pas les yeux de ta cible dehors dans le…

L'homme au fusil se tourna vers l'entrée de la pièce…

Cole se précipita, la main droite tendue devant lui, releva son pouce, pointa son index sur le tireur embusqué, en hurlant « BANG ! BANG ! BANG ! »

Le *sniper* sursauta.

Cole écarta le canon du fusil de sa poitrine, mais la crosse s'enfonça dans ses côtes. Il recula en titubant, accroché au canon. Il balança son genou dans l'estomac du *sniper*. Et se retrouva projeté en arrière. Il s'effondra sur le plancher.

Un coup de pied le frappa au bas-ventre. Il se redressa d'un bond, en position accroupie. Le canon du fusil s'abattit sur sa joue, le renvoyant au tapis. Un tube d'acier glacé se fraya un chemin dans sa gorge haletante. *Goût amer et brûlant de graisse et de poudre, étouffant…*

« Le pouvoir est déterminé par des circonstances et des choix. »

Le *clic-clac* d'une culasse propulsa une balle dans la chambre du fusil :

Et la voix de Monk dit :

– Le tuez pas tout de suite.

15

Dalton Cole était assis à l'arrière de la limousine dont le moteur tournait au ralenti. Monk, Jon Leibowitz et Jeff Wood occupaient la banquette en face de lui. Dehors, l'homme au fusil et Nguyen se tenaient près de la voiture. Les lunettes noires de Nguyen reflétaient la foule qui quittait Military Park.

Cole demanda :

– Qu'est-ce que j'aurais dû faire ?

L'ex-soldat Jeff Wood répondit :

– Qu'est-ce qui vous a poussé à faire ce que vous avez fait ?

– L'instinct.

Cole foudroya du regard les trois hommes qui l'avaient « aidé » à monter dans cette voiture verrouillée.

–…. La télévision.

– On n'est pas dans une série policière, mon vieux, dit Monk.

– Je ne regarde pas les séries policières. Mais au moins une fois par an, je vois un magazine d'informations qui passe des vieilles images d'archives de Dallas et d'une fenêtre ouverte, et je regarde Jack Ruby à l'œuvre. Plus toutes les autres occasions où quelqu'un n'est pas intervenu.

Leibowitz intervint :

– Nous vous sommes reconnaissants d'avoir risqué votre vie pour Faron, mais on aimerait savoir pourquoi vous êtes entré dans cet immeuble pour commencer. Ce n'est pas dans les habitudes d'un type des relations publiques.

– Sauf si cela lui permet de voir son client en action sous un autre angle.

– Ah ! fit Leibowitz. C'est donc *l'intérêt scientifique* qui vous a conduit dans un immeuble abandonné ?

90

— Disons que je suis curieux.

— C'est un vilain défaut, répliqua Monk.

— Je fais partie de l'équipe, dit Cole, et ce que je ne comprends pas, c'est pourquoi vous employez un tireur embusqué.

— Vous l'avez dit vous-même, répondit Monk, on a tous vu ces images à la télé.

— Donc, vous avez des gardes armés ? Combien ? Où et quand…

— Ces questions ne concernent pas votre mission, déclara Jeff Wood.

— Faron a-t-il reçu des menaces de mort ?

— Faron incarne un changement qui a trop tardé, répondit Jeff Wood. Le danger est inévitable.

— Mais nous avons la situation en main, ajouta Monk.

Jeff Wood demanda à Leibowitz :

— Qu'en pensez-vous ?

L'ex-membre du Congrès dit :

— Je pense qu'il n'y a pas eu de casse, à part l'ego de M. Cole et quelques égratignures qui auraient pu être plus graves, il a de la chance. Et je pense que nous avons tous pris une leçon.

… N'embêtez pas Faron avec vos conneries, dit-il à Cole. Ne lui parlez pas de tout ça. Pas de rapport à votre employeur non plus, et aucune fuite, ni à la presse, ni au public.

— Monk ? demanda Jeff Wood. Votre avis ?

Avec un petit sourire, Monk déclara :

— Si M. Cole veut jouer les empêcheurs de tourner en rond, va falloir qu'il apprenne à être plus coriace.

16

Le train roulait en direction de Washington dans un fracas mécanique. Dalton Cole voyageait seul ; le monde nébuleux des cheminées fumantes des raffineries et des ghettos au bord des voies ferrées défilait derrière la vitre. Dans la limo qui les conduisait à la gare de Newark, Jeff Wood lui avait dit : « Faron aime voyager avec le peuple. » *Avec le peuple*, ça voulait dire que Faron, son avocat, son seigneur de la guerre et son chef de la sécurité voyageaient dans le wagon situé juste derrière, en compagnie d'une douzaine de *citoyens*, dont certains avaient reconnu le VIP parmi eux. Un peu plus loin devant, dans le wagon de Cole, se trouvaient Nguyen et un des gros bras de Monk.

Le souffle du train qui creusait son chemin dans l'air du soir se modifia : derrière Cole, la porte de séparation entre les wagons coulissa, puis se referma.

Une tache floue : tailleur couleur bronze, jupe qui brille au-dessus du genou. Lauren se laissa tomber sur le siège à côté de Cole, repoussa une mèche de cheveux châtains qui barrait son visage, et dit :

– Si je m'assois là, vous promettez de ne pas m'attaquer ?

– Frapper le premier, ce n'est pas mon genre.

– Je n'aurais pas cru que c'était votre genre de jouer les héros. Qu'est-ce qui vous a pris ?

Regarder par la fenêtre, ne pas croiser son regard pour qu'elle ne perçoive pas les mensonges.

– Quand j'ai compris ce qu'il fallait faire…

– Vous avez agi tout naturellement, conclut-elle. Logique. Mais vous avez eu le cran d'aller jusqu'au bout, d'agir pour de bon.

Retourne-toi vers elle maintenant.

92

– Je ne voyais pas de meilleure solution.

Elle lui adressa un sourire aimable.

– Vous avez compris ce qui se passait, vous saviez ce que vous vouliez, et vous avez fait ce que vous deviez faire. Je connais ça.

– Ce n'était pas vraiment planifié.

Elle repoussa ses cheveux.

– Les plans, c'est très surfait, vous savez. Moi, j'avais bien l'intention de rencontrer un chevalier en armure étincelante.

– Je croyais que vous l'aviez trouvé.

– Vous parlez de Faron ?

Cole acquiesça.

– Maintenant, il ressemble plus à Merlin l'Enchanteur qu'à Lancelot.

Le train continuait de rouler dans un grondement. Cole demanda :

– Comment l'avez-vous rencontré ?

– Vous êtes un mordu d'histoire ou quoi ?

– C'est la vie.

– Vraiment ?

Elle laissa deviner l'humour contenu dans son cynisme. Elle regardait par la fenêtre du train. Bientôt, le coucher de soleil.

– Nous avons suivi les mêmes cours de formation. *Multinational Business Devices*, MBD, à Santa Cruz. Traitement de faveur pour les minorités. Une femme un peu bizarre. Et un Noir, pas réellement un repris de justice, car sa condamnation avait été annulée. Les premiers mois, il portait des lunettes. Faron a une vue parfaite. Les lunettes servaient à cacher le feu qui brûle dans ses yeux. Mais quand on avait un peu vécu, on sentait la fumée.

– Et vous aviez déjà beaucoup vécu, dit Cole.

– Plus que les types falots de chez MBD, avec leurs chemises blanches à col boutonné et leurs cravates impeccables. Ils avaient peur des muscles de Faron, pas de son cerveau.

– Et vous, de quoi aviez-vous peur ?

– Absolument tout chez lui me foutait la trouille, répondit Lauren. Bon sang, ce type était *en même temps* : le sale militant noir, l'ancien taulard, et le petit génie qui creusait son trou dans le big business.

Elle croisa le regard de Cole.

– Vous savez qu'on a été amants ?

Le rythme du train ressemblait à des battements de cœur : *ba-boum, ba-boum*...

– Si vous voulez vous passionner pour l'histoire, dit-elle, il faut tout prendre, les bonnes choses et les choses passées.

– Quand avez-vous cessé d'avoir peur de lui ? demanda Cole.

– Dites-le-moi, nous serons deux à le savoir.

– Je doute que vous ayez peur de quoi que ce soit.

– La peur est une chose stupéfiante. (Elle eut un haussement d'épaules.) Enfilez le masque adéquat, et vous serez surpris de découvrir tout ce que vous pouvez faire, ce que vous pouvez être.

De grands poteaux éclairaient les rails, tandis que le train fonçait au milieu de zones d'entrepôts et d'usines dans des banlieues floues. Des projecteurs bombardaient un immense panneau publicitaire sur le mur d'un bâtiment en brique : « DESTRUCTION PERMANENTE GARANTIE DE VOS DOSSIERS SECRETS. »

Lauren enchaîna :

– Je croyais que les conseils en relations publiques parlaient tout le temps.

– Je ne suis pas parfait, répondit Cole. Pourquoi étiez-vous bizarre, comme vous dites.

– La Californie. Tout ce qu'on vous a raconté est vrai.

... Le disco n'était pas le seul truc nul durant les années 70. Un jour, j'ai été jeune.

– Vous n'êtes pas vieille.

– Nous avons à peu près le même âge, et on ne trompe personne.

– Ce n'est peut-être pas si mal, mentit-il. Vous étiez une « surfer girl » ?

– Je vivais du mauvais côté de la route. Maman est morte quand j'avais dix ans... les cigarettes et le fait de taper des chiffres toute la journée sur une caisse enregistreuse chez *Food Giant*. C'était avant que nous, les petits génies de l'informatique, on invente les scanners et les codes-barres. Papa, lui, travaillait dans l'administration, quand il n'était pas trop ivre. À la maison, on n'avait pas le temps de faire du surf. Et on avait juste de quoi s'offrir des écoles de second ordre.

— Ça aurait pu être pire.

— Comme si je ne le savais pas.

— Puis est arrivé Faron.

— Oui, Faron est arrivé. Je n'osais même pas lui adresser la parole jusqu'à... un jour sur le parking, il s'est avancé vers moi et... il a posé sa main sur mon bras. Un geste innocent. Ses yeux brûlants me transperçaient. Il m'a dit : « Ne t'inquiète pas, nous avons mieux à faire dans la vie. »

— Apparemment, il avait raison, dit Cole.

— Ce n'était pas du tout évident au début. Mais j'étais si jeune. Je ne pouvais pas deviner tout ce qu'il mijotait. Dans un combat entre un ex-détenu et un cadre ambitieux, je mise sur le détenu sans hésiter. Les taulards se comportent comme s'ils risquaient de recevoir un coup de couteau dans les douches en ne protégeant par leurs arrières.

... Faron a piégé le plus gros raciste de la boîte, qui était par ailleurs un des cadres supérieurs. Ce connard en faisait baver à Faron, il le traitait de Nègre, et lui répétait qu'il resterait coincé derrière un clavier toute sa vie parce qu'il était noir.

Cole enchaîna :

— Il l'a enregistré.

— Vous avez fait de la prison ? demanda Lauren.

— J'ai roulé ma bosse moi aussi. Mais comment est-ce que notre cher leader et vous êtes passés du business...

— À ce train ? Un as du barreau de San Francisco à l'esprit rebelle, l'enregistrement de Faron et MBD menacé par des millions de dollars d'amende, des piquets de grève...

... Ça s'est traduit par un contrat, expliqua Lauren. Faron a touché une confortable avance, plus un contrat d'exclusivité de vingt ans pour créer tous les logiciels servant à faire fonctionner les ordinateurs de chez MBD. Un contrat à sens unique : MBD était obligé de se fournir auprès de Faron, mais lui pouvait vendre ses produits à n'importe qui. Filons à « ce type » quelques dollars et un contrat minable pour nous fournir des programmes « annexes », dont on a besoin de toute façon. Ils étaient persuadés de se débarrasser de lui à moindres frais, tout en concluant un marché intéressant.

– Et puis, ils se sont aperçus que les logiciels de Faron contrôlaient tous leurs ordinateurs, dit Cole.

… Et tous ceux des autres également. Il détient le carburant pour circuler sur les autoroutes de l'information. Et il le vend au compte-gouttes.

– Ça n'a pas été aussi simple, dit Lauren. Les indemnités ont fini par s'épuiser, les logiciels n'étaient pas prêts à temps, notre entrepôt a brûlé. Mais Faron a continué malgré tout. L'argent de l'assurance nous a aidés.

– Vous étiez déjà avec lui.

– Aurais-je pu faire autrement ? (Son sourire était empreint de nostalgie.) Il avait besoin de quelqu'un pour faire marcher l'entreprise pendant qu'il créait ses programmes géniaux. Moi, j'avais besoin de quelqu'un qui avait besoin de moi à ce point, avec suffisamment de magnétisme pour me retenir.

– Et vous êtes toujours avec lui.

– Plus comme avant. Les aimants finissent par se démagnétiser. Mais quand c'est arrivé, j'étais toujours le numéro deux de son empire, plus puissante que je n'avais jamais osé l'espérer, mais… Que faire quand vous arrivez à ce stade, et que malgré tout, il vous reste du temps ?

– Je ne sais pas, dit Cole. Qu'avez-vous fait ?

– J'ai continué, répondit-elle. Et ensuite, cette histoire a commencé. Un jour, alors qu'il essayait de me faire comprendre pourquoi il se désintéressait désormais de tout ce pour quoi j'avais – nous avions – travaillé si dur, il m'a dit que c'était comme si quelqu'un chargeait en lui un programme informatique original. Et le mettait en marche pour lui permettre d'ouvrir les yeux.

… Je lui ai répondu que j'avais déjà essayé le LSD. Quand l'effet de l'acide se dissipe, il ne reste plus que des traces dans votre esprit.

– Pourtant, vous êtes toujours avec lui.

– Disons que je suis curieuse de voir où tout cela va nous mener.

– Et *vous*, où ça va vous mener ?

– Prévenez-moi quand nous serons arrivés, O.K. ?

Le train continuait de rouler.

– Vous m'êtes redevable, dit-elle.

– Pardon?

– Vous avez risqué votre vie pour sauver mon ex-amant, qui est toujours mon patron, mon espèce de chef gourou qui devient je ne sais quoi. Évidemment, vous êtes complètement à côté de la plaque, mais vous êtes adorable.

– Adorable?

Elle caressa sa joue enflée.

– Ça fait mal?

– Je n'ai rien senti.

Elle laissa retomber sa main, et il demanda:

– Je vous suis redevable?

– Vous avez essayé d'introduire un bouleversement majeur dans ma vie. Je ne vous avais rien demandé. Et maintenant, vous m'êtes redevable. En outre, je vous ai confié mes secrets. Ceux de Faron également. Vous étiez légalement contraint de les garder pour vous tant que vous étiez un simple employé. Depuis que vous avez choisi de jouer les héros, en plus, vous avez contracté une dette morale.

– Qu'est-ce que je vous dois? demanda Dalton.

– Désormais, vous ne pouvez plus me trahir.

Cole l'observa. Elle avait des yeux marron.

– Si vous me trahissez, ajouta-t-elle, je vous harcèlerai éternellement. De plus, vous devez me dire la vérité et m'expliquer pourquoi un pauvre petit conseil en communication se jette sur les fusils et se déplace comme un couguar. Mais il me reste juste deux heures de train avant de replonger dans le monde réel. Réveillez-moi quand nous serons arrivés, d'accord?

Elle ferma ses yeux marron sans avoir besoin de la réponse.

Le train traversait l'obscurité avec fracas. Une lumière solitaire éclairait un bosquet d'arbres au-delà de la voie ferrée. Des mèches de cheveux châtains tombaient devant le visage de Lauren, sur ses yeux endormis et ses lèvres sans maquillage. La nuit défilait en rugissant derrière la vitre froide.

Sallie essayait de conserver son équilibre. Le train se balançait, tandis qu'elle parcourait l'allée. *Cole se trouvait certainement dans la voiture de devant.*

97

– Ah ! vous voilà, dit Faron Sears.

Deux rangées de sièges se faisaient face. Faron était assis dans le sens de la marche. Un ordinateur portable était posé sur ses genoux, l'écran émettait une lueur bleutée.

– Venez, dit-il en ôtant son manteau étendu sur le siège devant lui pour le poser par terre derrière ses jambes. Faites un petit bout de chemin avec moi.

Le garde du corps aux cheveux en brosse était assis de l'autre côté de l'allée, face à Faron.

– Vous êtes en train de travailler, dit Sallie. Je ne veux pas vous déranger.

– Non, je surfe simplement. (Il se tourna vers le garde.) Ça ira.

Avec un hochement de tête, le type aux cheveux en brosse se leva, puis rejoignit Monk. Le siège vide en face de Faron dégageait une force de gravité.

– Asseyez-vous, dit-il. Tenez-moi compagnie. C'est un long trajet.

Il y avait autant de bonnes raisons de rester que de s'en aller. Sallie s'assit, ses mains lissèrent les plis de son pantalon, comme si c'était une robe trop courte qu'elle devait tirer sur ses cuisses.

– Vous surfez ? dit-elle. Sur quel océan ?

Faron posa son portable à côté de lui.

– Vous connaissez Internet ?

– Je préfère que vous me l'expliquiez.

– Internet, c'est comme un gigantesque groupe cybernétique et électronique dont tout le monde, à condition de posséder un ordinateur et un téléphone, peut faire partie ; un réseau d'informations mises en commun. Animé, 24 h/24. En expansion. *Vivant*.

– C'est-à-dire ?

– Il se transforme sans cesse. Si George Orwell avait écrit le vrai roman sur 1984, il aurait signalé que ce fut l'année où Internet dépassa le cap du millier d'utilisateurs, principalement aux États-Unis. Aujourd'hui, presque dix-sept millions de personnes l'utilisent, dans une centaine de pays. Des personnes, pas « Big Brother ».

– Et c'est là que vous... surfez. Ici, en ce moment.

– Je n'ai pas connecté mon portable à un téléphone mobile pour me brancher sur le Net, mais la dernière fois où je l'ai fait, j'ai chargé du courrier.

– Du courrier électronique.

– Oui. Nous avons créé le premier site « politique » sur le Web, un « endroit » du cyber-espace où vous pouvez vous connecter avec moi et avec tous ceux qui se connectent avec moi. Comme un tableau d'affichage. Un fichier de messages et de questions émanant de tous ceux qui se connectent sur le site, tous interactifs.

– Ça fait combien de personnes ?

– Environ cent quarante-sept mille.

– Cent quarante-sept mille !

– Pas toutes en même temps. Mon site offre environ deux mille accès permanents. Des commentaires et des questions, qui me sont adressés ou qui me concernent.

– Et qu'est-ce que vous en faites ?

– Je me *connecte*, dit Faron. Je fais défiler les messages. Quand j'en trouve un qui... m'inspire, je tape un commentaire. La question et ma réponse sont enregistrées, tout le monde peut les consulter.

– Et l'ordinateur indique les messages auxquels vous répondez, dit Sallie.

Faron sourit.

– J'ai installé un système de sécurité sur le site qui va au-delà du simple mot de passe. Et mon mot de passe, personne ne le connaît, pas même Lauren.

– Donc, vous avez des secrets pour elle.

– Tout comme vous avez des secrets pour Cole. (D'un mouvement de tête, il désigna l'ordinateur portable.) Tous les quarante-cinq jours, mon site est nettoyé. Ça permet de mettre de l'ordre dans les messages, et ça incite les utilisateurs à revenir. Toutes mes interactions sont transférées sur un bulletin permanent archivé sur disque dur, dans les bibliothèques d'une douzaine d'universités que je subventionne.

– Les paroles du président Faron, conservées pour l'éternité.

– Avez-vous une si sévère opinion de moi ?

– Non, je... Non. C'était une plaisanterie.

Son sourire lui pardonna.

Ne recommence pas ! pensa-t-elle, et elle dit :

— Vous vous connectez avec vos électeurs un par un, et pourtant, c'est comme si vous adressiez un discours à la nation tout entière.

— Et toute personne avec qui j'entre en contact s'investit personnellement dans tout ce qui bouge grâce à nous.

— Jésus touchant les masses, murmura-t-elle.

— Comparaison d'une prétention absurde.

— Hein ? (Sallie secoua la tête ; son esprit fonctionnait à toute vitesse.) Votre discours, le rassemblement aujourd'hui à Newark : ça n'a pas… ce n'était pas immense.

— Vous trouvez ?

Elle le regardait fixement.

— Nous l'avons annoncé seulement la veille de manière concrète, par affiches. Vingt-quatre heures à l'avance, et malgré ça, nous avons eu plus de trois cents personnes, sans compter les policiers, les bénévoles, le personnel et les agents du FBI infiltrés.

— Nous n'étions que deux.

— Hum !

— Pourquoi ?

— Il faut des jours et des jours pour organiser une réunion politique traditionnelle, dans l'espoir de créer un impact, de se faire remarquer. Le succès se juge au nombre de personnes qui assistent physiquement à l'événement. Compte tenu de la soudaineté de notre opération, le fait d'avoir réussi à attirer du monde est un prodige. Et les médias étaient présents. Nous aurons droit à des articles sur l'air de « Comment diable ont-ils réussi ce coup ? »

… De plus, ajouta-t-il, nous avons annoncé hier sur le Net un « acte tangible » à Newark. Quand les utilisateurs d'Internet voient ça, quand ils comparent cette information avec ce qu'ils trouvent dans les médias traditionnels, quand ils demandent à consulter mon discours…

— Vous avez parlé en chuchotant, et le monde entier va tendre l'oreille, dit Sallie. Maintenant, avec les ordinateurs et Internet, les gens ont des oreilles.

– Certains utilisateurs peuvent même charger sur leur ordinateur l'enregistrement vidéo de l'événement. « Être présent » quand ils le désirent, indépendamment des contraintes imposées par les journaux télévisés des chaînes de télé.

– Et voilà que tout à coup, quelqu'un veut stopper votre course, dit Sallie.

– Je ne m'inquiète pas à l'idée d'être « stoppé ». Il est trop tard. Je suis déjà là. Le reste n'a absolument aucune importance.

– Je crois comprendre.

– J'aimerais pouvoir en dire autant. Certes, je comprends la signification de certaines choses, mais impossible de saisir la vue d'ensemble, je n'y arrive pas : tout cela m'échappe. De nos jours, l'évolution avance à la vitesse de la lumière.

– Où nous conduisez-vous ?

– Non. La question est : où sommes-nous présentement et où allons-nous ?

... Il fallait quelqu'un comme moi, dit-il. C'est mieux qu'un Hitler, un Raspoutine ou un Charles Manson. Le Net est déjà devenu un outil politique : on y trouve les milices d'extrême-droite, ainsi que les candidats « officiels » à la présidence. Au Mexique, des rebelles zapatistes s'attachent des foulards rouges devant le visage, ils exécutent les membres du gouvernement au M-16, et ils forment leurs cadres sur Internet. La route ne juge pas celui qui l'emprunte. Mais en la suivant à ma façon, je peux peut-être nous vacciner contre des cyber-monstres manipulateurs de pensée.

– Je ne comprends pas comment fonctionne votre esprit, dit Sallie.

– Moi non plus.

– Où allez-vous comme ça ? demanda-t-elle dans un murmure.

– Je suis ici, à cet instant. (Il sourit.) Avec vous. Dans un train.

17

– Deux méchants voyous refroidis, déclara Nick Sherman à Cole et Sallie dans une planque du FBI située dans un quartier paisible de Washington.

Nick avait scotché des photos de deux macchabées sur le mur de leur Q.G.

– Christopher J. Harvie, 39 ans, dit-il en tapotant sur le groupe de clichés anthropométriques et post mortem de la victime avec le blouson en skaï noir. Chéquiers volés à 19 ans, il a purgé un an dans l'Oregon. Il a déménagé ensuite sous le soleil de Californie ; là-bas, un tas d'arrestations pour des broutilles et de condamnations *nolo contendere*, avant de se faire pincer avec les poches pleines de pilules. Il a purgé sa deuxième peine à Folsom.

… Voyou numéro deux, enchaîna Nick en se déplaçant vers le groupe de photos prises sur les lieux du crime, près de la cabine téléphonique de l'Idaho, accompagnées de clichés de surveillance de la prison et de gros plans de l'ours tatoué. Brian Luster, 46 ans.

… Brian fréquentait les Hell's Angels, il a écopé de deux peines lourdes. La première pour incendie criminel, la deuxième pour amphétamines. Son casier indique une douzaine d'arrestations pour agressions, deux autres pour incendie criminel, et une autre pour attaque à main armée. Une femme a porté plainte contre lui pour viol, mais elle l'a retirée ensuite. La police de L.A. le soupçonne, par ailleurs, d'avoir battu à mort, avec d'autres, un Coréen propriétaire d'une épicerie lors d'un braquage.

– Nos deux types ont fait de la taule ensemble, dit Cole.

– Folsom University, répondit Nick. Ils appartenaient tous les deux à Amérique aryenne.

– Un groupuscule genre Ku Klux Klan, commenta Sallie.

– C'est pas le même style, dit Cole. D'après les services de renseignements du Bureau, Amérique aryenne se compose à 70 % de repris de justice. Des *bikers*. Des toqués d'ordinateurs, des skinheads pirates informatiques. Avec des ramifications en Europe.

– Ils sont branchés sur le cyber-espace, dit Sallie. Comme Faron.

– Le cyber-espace ? répéta Nick avec un sourire. Vous fréquentez qui en ce moment ?

– Je fais mon travail !

Dalton intervint :

– Est-ce qu'on peut établir un lien solide entre Luster, Harvie et Amérique aryenne ? Essayer de remonter la piste pour savoir ce qu'ils ont fait avant d'aller mourir dans l'Idaho ?

– Tu as vingt agents qui bossent là-dessus, dit Nick.

– Ils vont assassiner Faron parce qu'il est noir, dit Sallie.

– Ne formulez jamais une idée avant d'en être certaine, dit Cole. Car dès que vous avez exprimé une possibilité, vous ignorez toutes les autres. Nous devons garder l'esprit ouvert, jusqu'à ce qu'on mette le grappin sur le meurtrier.

Nick dit à Cole :

– Peut-être qu'on arrivera plus vite au but avec ce que les huiles t'ont préparé pour ce soir.

La serveuse du bar bâillait dans un box près de la porte d'entrée. Le barman regardait un *talk-show* de fin de soirée à la télé, avec un fonctionnaire des eaux et forêts venu en ville pour faire pression sur le Congrès. Deux hommes installés dans un box du fond ne prêtaient aucune attention à la télé, ni aux bières posées sur la table entre eux.

L'homme assis en face de Cole écarta les deux bouteilles de bière glacées.

– Je ne veux pas connaître votre nom, vous ne voulez pas connaître le mien. Je n'ai pas de micro sur moi, et j'espère pour vous que vous non plus.

– Nous sommes tous les deux des fonctionnaires appartenant au même secteur, dit Cole. Nous avons l'autorisation de nous parler, de communiquer des renseignements.

– Peut-être. Mais si un procureur décide de faire du zèle, des années de boulot peuvent se retrouver au fond des chiottes sur un simple coup de marteau du juge.

– Que vous ont dit nos supérieurs ? demanda Cole.

– Que vous étiez un fonctionnaire du ministère de la Justice qui enquête sur une menace éventuelle concernant les droits civiques de Faron Sears.

– Ils vous ont dit de quels droits il s'agissait ?

– Oui, après que je leur ai répondu d'aller se faire foutre s'ils ne m'en disaient pas plus. Ils m'ont expliqué alors que quelqu'un voulait le tuer.

– Exact.

– Votre enquête se limite à ce cadre, monsieur *l'agent* ? Ou bien cherchez-vous un moyen d'éjecter sur la touche les gentils gars que nous sommes, sous prétexte que nous pourrions menacer les droits civiques de Faron Sears ?

– Ça fait longtemps que vous travaillez à Washington.

– À qui le dites-vous, dit l'inconnu.

– Je recherche des meurtriers qui ont déjà tué deux personnes.

– Sans déconner ?

– Je n'ai pas le temps de déconner.

– Ne me parlez pas du manque de temps. Ma femme pense que la seule raison pour laquelle nous n'avons pas encore divorcé, c'est parce que je ne suis pas assez souvent à la maison pour m'apercevoir que nous n'avons pas de vie de couple. Le seul soir où j'essaye de quitter le boulot à l'heure, je suis convoqué au quatrième étage, et on m'ordonne de vous rencontrer, qui que vous soyez, dans ce lieu paumé, pour vous briefer sur l'enquête administrative du ministère de la Justice concernant Faron Sears et son empire.

– J'ignorais que le ministère de la Justice enquêtait sur Sears.

– Officiellement, il n'y a pas d'enquête. Nous rassemblons des informations dans le cadre de notre mission de surveillance permanente.

– C'est un communiqué de presse.

– Non. Notre « communiqué de presse » c'est : Aucun commentaire. Pas question de balancer une bombe dans le genre « le ministère de la Justice enquête. » Car alors, c'est Wall Street qui souffre. Surtout pas après qu'un juge fédéral a rejeté la tentative de vos supérieurs pour conclure un arrangement avec votre ci... avec la personne concernée.

— Vous appartenez à quel service ? demanda Cole.

L'inconnu but une gorgée de bière.

— Mon équipe comporte quelques avocats pénalistes, mais la plupart d'entre nous appartiennent à la brigade antitrust.

— Vous vous intéressez à Faron Sears pour des activités antitrust ?

— Écoutez-moi, monsieur le privé, répondit l'avocat. L'idée que mes hommes et moi puissions faire autre chose que répondre au téléphone est un bonheur. Dans les années 70 et 80, tout le monde était du côté des gros bonnets des affaires, et ces types-là ne veulent pas avoir d'ennuis avec les lois antitrust. Résultat, on a rejoint le camp de ces salopards de « régulateurs gouvernementaux » castrateurs.

... Maintenant, ajouta-t-il, que les Caisses d'épargne ont été pillées, les fonds de garantie des compagnies d'assurances vidés, les entreprises de taille moyenne broyées, on nous a invités à venir nous rasseoir à la table. Pendant quelque temps du moins. Bref, nous avons des siècles de retard au niveau des lois pour lutter contre les *keiretsus* japonais, ou une pieuvre comme Faron Sears qui manipule des produits et des procédés qui n'existaient même pas à l'époque où nos lois restrictives ont été rédigées.

— Vous n'avez pas braqué le projecteur sur Faron Sears sans raison, dit Cole. Qui vous a lancé sur ses traces ?

L'inconnu observa le détective privé du FBI.

— Moi aussi j'ai roulé ma bosse dans cette ville, dit Cole.

— Dans ce cas, vous connaissez la situation d'un agent fédéral surchargé de travail et privé de ressources. Un jour, vous recevez un joli colis d'assignations, avec matériel de recherche et conseils logiques ; il y a suffisamment de présomptions et de boulot de déblayage déjà effectué pour lancer une enq... récolter des informations.

— Qui vous a balancé le colis concernant Faron Sears ?

— Nous avons reçu des demandes de renseignements et des ordres légitimes de la part de diverses sources. (L'avocat sourit.)

Conformément aux lois antitrust, si la liberté et l'ouverture des marchés doivent être respectées, dès qu'un gars essaye de s'approprier plus que sa part légale, les gars d'à côté ont la possibilité de hurler à l'infamie et d'obtenir gain de cause.

– Vous avez reçu des plaintes et des munitions de la part de ses concurrents.

– Quelques demandes d'ordre privé, exact.

– Évidemment. (Cole réfléchit un instant.) Est-ce que quelqu'un de Capitol Hill[1] vous a lancés sur la piste de Faron ?

– Les membres de la Commission judiciaire se préoccupent des nouveaux développements concernant les questions antitrust, en effet.

– Et qui paye leurs campagnes électorales ?

– Essayez d'être plus intelligent : un sénateur qui se préoccupe d'une force trop puissante dans notre pays n'accomplit pas forcément une sale besogne pour un quelconque groupe aux intérêts particuliers.

– Pas un seul sénateur ?

– Bon, d'accord, peut-être qu'un ou deux s'en préoccupent parce que de vieux supporters de leurs convictions politiques estiment que *blah blah blah…*, mais la pression vient de membres qui éprouvent des craintes légitimes.

Cole demanda :

– Qui en veut à Faron Sears ?

– On devient milliardaire en écrasant des millionnaires.

– Comment et qui ?

– C'est confidentiel ?

– Tout cela est confidentiel, dit Cole. Souvenez-vous.

– Hum ! (L'avocat vida son verre de bière.) Sears construit son empire comme un réseau tribal étendu. Ou plus exactement, un réseau informatique. L'intéressement aux bénéfices pour tous ses employés provient de chacune des branches, plus une part prise sur la société mère. Il finance les ambitions externes de ses employés par des prêts. Ils lancent leur propre entreprise, pas uniquement dans le domaine informatique : épiceries, lavomatics,

---

1. Capitol Hill : le Congrès. (*N.d.T.*)

106

écoles privées, stations-service... n'importe quoi. Avec le soutien d'un prêt d'une des sociétés de Sears ou de leur retraite.

... En retour, Sears détient 30 % de l'affaire. Il veille ensuite à ce que tous ses employés et ses acheteurs comprennent bien qu'en traitant avec cette compagnie « indépendante », ils font gonfler leur propre portefeuille grâce au plan d'intéressement aux bénéfices. Et ainsi, l'empire se développe.

– C'est légal tout ça ?

– Jusqu'à présent, pas de problème, répondit l'expert antitrust. Les monopoles horizontaux forment une entité quasiment invisible vis-à-vis des lois de régulation. Ils se conforment suffisamment aux règlements pour échapper à toute condamnation.

– Comment fait-il pour contourner les règlements ?

– Trois mots : « Peur, Incertitude et Doute. » Un concurrent veut lancer sur le marché un produit concurrent, Faron répand la rumeur selon laquelle il pourrait ne pas être compatible avec leur système, et étant donné que leur système fait fonctionner tous les ordinateurs, personne ne veut courir le risque d'acheter le jouet du concurrent.

... Il étouffe la concurrence avec du vent. La société de logiciels de Faron annonce des produits plusieurs années avant que ceux-ci soient en mesure d'être commercialisés, dans le but d'effrayer les concurrents qui ne veulent pas risquer de développer leur propre logiciel si la version de Faron sort en premier des usines. En vérité, le logiciel annoncé n'existe pas, et n'existera sans doute jamais. C'est juste un fantôme destiné à foutre la trouille à la concurrence. Grâce à son contrat avec MBD, Faron les oblige à imposer ses produits dans le monde entier. Admettons que vous soyez un inventeur, vous chercherez à travailler avec les gens de Faron pour être sûr que votre invention soit conforme au marché existant. Certaines personnes ont accusé Faron d'avoir profité de ses « échanges d'informations », d'avoir pillé le génie de plusieurs individus.

... Par ailleurs, s'il décide de lutter contre vous, il cassera le prix de ses produits. Ses sociétés perdront de l'argent pendant plusieurs années, uniquement pour acculer la concurrence à la faillite.

La société mère soutient financièrement l'opération de discount, et dès qu'ils ont repris la totalité du marché, les prix remontent.

– À qui a-t-il porté un coup fatal ?

– Généralement, il se contente d'estropier, il ne tue pas. Il permet juste à la concurrence de survivre, pour préserver le mythe de la libre entreprise.

– Vous avez un nom, dit Cole.

– J'ai une victime coriace avec un bon mobile, répondit l'avocat.

Cole le regarda fixement jusqu'à ce que l'avocat lui donne le nom.

– Mais c'est juste une hypothèse, ajouta ce dernier.

– C'est le même type qui vous a envoyé le colis concernant Faron ? Il a fait pression sur le ministère de la Justice pour qu'il agisse ? Il bosse à Capitol Hill ?

– Non.

Les rires enregistrés provenant de la télé résonnèrent dans le bar.

– Savez-vous qui a placé Faron dans le collimateur de la justice ?

– Deux anciens *attorney generals* adjoints de la commission antitrust, des types qui ont « rejoint le privé » dans des méga-cabinets du centre, affirment l'un et l'autre qu'ils ont chacun plusieurs clients. J'ai également des membres du Congrès, des sénateurs…

– Vous n'avez pas l'intention de me donner leurs noms.

– Le quatrième étage a insisté pour que je fasse preuve de la plus grande prudence à ce sujet, répondit l'avocat. Nous ne voulons pas mettre en danger nos enquêtes.

– Hum !

– Écoutez, dit l'avocat, des gens capables de faire bouger le Congrès, d'obliger le ministère de la Justice à agir, n'engagent pas des tueurs à gages.

– Vous connaissez bien les gens qui engagent des tueurs à gages ?

– Demandez donc à tous mes professeurs de Harvard : les grosses sociétés ne se mouillent pas dans les affaires de meurtres. (L'avocat de la commission antitrust plongea son regard dans son verre vide.) Je ne sais pas qui cherche à tuer Sears. Un tas de personnes ne seraient pas fâchées de le voir mort. Un tas de personnes gagneraient beaucoup d'argent si cela se produisait.

… C'est un dragon qui pèse des tonnes. Comment évaluer le pouvoir qu'il achète avec les millions de dollars qu'il injecte dans les campagnes politiques ? Quant à savoir si c'est un escroc ou s'il est simplement coupable d'être devenu un dragon politico-économique anticonformiste et indépendant, je l'ignore.

– Savez-vous pourquoi nos supérieurs m'ont aiguillé vers vous ? demanda Cole.

– Fichtre, vous pensez qu'ils pourraient avoir dans le cœur et dans l'esprit autre chose qu'un désir de servir la loi et la justice ?

Les deux hommes rirent en chœur.

– Écoutez, dit l'avocat, si ce que j'ai déduit de mes recherches, ajouté au peu qu'ils m'ont dit, ajouté au peu que vous m'avez dit, constitue la vérité au total, le colis est sur le point d'exploser. Peut-être nos supérieurs se sont-ils dit, au fond d'eux-mêmes, que mes connaissances pourraient vous aider, et que je devrais vous en parler. Mais je ne crois pas que ce soit une question de cœur ou d'esprit. Je pense qu'en nous mettant en contact, ils couvrent leurs arrières. Désormais, ils peuvent affirmer qu'ils ont fait tout leur possible pour réagir de manière « parfaitement coordonnée » face à ce merdier, ou une connerie de ce genre destinée à la presse.

… Mais ce que je sais, ajouta le collègue de Cole en s'extirpant du box, c'est que si vous laissez Faron Sears se faire descendre, je veux mettre le maximum de distance entre vous et moi.

18

D'après le message adressé à l'assassin et intercepté, dans quinze jours ils pénétreraient dans la zone meurtrière.

Les agents du FBI avaient passé trois mille cent douze heures à rassembler les pièces des vies obséquieuses de Brian Luster et Christopher J. Harvie. Ils consultèrent des rapports émanant de la brigade des stupéfiants, de l'ATF, de l'administration fiscale, des services de la police fédérale et de l'administration pénitentiaire. Ils interrogèrent des codétenus, des flics, des surveillants de prison et un agent de probation.

Des recherches intensives permirent de découvrir que les deux hommes opéraient dans l'univers commercial du speed, des amphétamines d'origine illégale. Luster, le type à l'ours tatoué, était le mentor de Harvie, le type au blouson en skaï. Ils employaient d'autres malfrats en cas de besoin. Luster payait une taxe professionnelle à une branche nord-californienne de la Mafia. Harvie et Luster occupaient l'un et l'autre un appartement à Berkeley ; les deux avaient été fouillés. Leurs relevés téléphoniques respectifs ne fournissaient aucun renseignement. Des tickets de caisse fourrés dans des poches de jeans ou récupérés dans des poubelles indiquaient que les deux hommes avaient fréquenté des relais routiers et des motels en Californie, dans l'Oregon, dans l'État de Washington, le Nevada, le Montana et l'Idaho.

La moto de Luster reposait sur des parpaings, dans un garage loué. Le réservoir contenait une bouteille en plastique ; des analyses révélèrent des traces de speed à l'intérieur de la bouteille. À bord de sa camionnette, l'équipe du labo découvrit des traces de stupéfiants, de sang humain, ainsi que les empreintes digitales de Chris Harvie.

Un fusil de chasse à canon scié, un 9 mm automatique volé, un derringer .44 Magnum, un fusil 30/06, des munitions, un couteau de chasse avec un manche poing américain, un tuyau de plomb gainé de ruban adhésif noir, des produits chimiques inflammables et des retardateurs furent retrouvés dans l'appartement de Luster. La fouille permit également de découvrir une pile de tracts d'Amérique aryenne, du parti nazi et du Ku Klux Klan, dirigés contre les Noirs, les Juifs, les immigrés, les traîtres WASP, les catholiques et les Indiens.

— Ce type n'aimait personne, commenta Nick.

Sallie montra une photo prise durant la fouille : le tas de littérature raciste était recouvert par deux cartons de pizza moisis.

— À mon avis, Luster n'était pas un gros lecteur, dit-elle. Il y a juste une pile de saloperies haineuses. Apparemment, il l'a posée là et il l'a oubliée.

Les parents de Luster étaient morts. Il n'avait ni frère ni sœur. Une ex-concubine officielle exprima le désir d'uriner sur sa tombe.

Un *biker* déclara aux agents fédéraux : « Luster était un sale fils de pute. Il faisait le boulot qu'on lui demandait, mais fallait vachement se méfier ; il cherchait toujours à vous entuber en même temps. »

« Amérique aryenne, c'était la petite combine de Luster, déclara un détenu. En taule, même les ordures comme lui aiment appartenir à un groupe, et ces gars-là, ils manquent pas de punch. »

En ce qui concerne Harvie, un condamné dit aux agents : « Chris pouvait pas faire autrement que d'attirer les emmerdes. Il voulait que tous les gars serrent les fesses quand il entrait dans une pièce. Toujours en train de se vanter comme quoi c'était un dur, et qu'il connaissait un tas d'autres salopards comme lui. Alors, quand Brian la Véritable Ordure l'a laissé s'accrocher à ses basques, Chris a cru qu'il avait cassé sa pipe et qu'il était au paradis. »

La chaise de cuisine de Chris Harvie était soigneusement rangée sous la table, ses vêtements suspendus sur des cintres, et les cinq pin-up des double pages centrales scotchées sur le mur formaient des angles bien droits. Pas une trace de poussière sur les écrans des trois téléviseurs volés. Des lettres provenant d'agents de probation et un annuaire d'un lycée du Montana, en piteux état, étaient rangés à l'intérieur d'une boîte en carton dans l'unique placard de l'appartement, en compagnie d'une facture indiquant qu'il avait acheté une Toyota rouge d'occasion.

– Le vieux bonhomme du motel où Luster a été tué a déclaré que les deux types qui ont loué le bungalow conduisaient une voiture rouge, dit Nick.

– Je cite ses paroles, ajouta Sallie : « C'était une bagnole de Japs. »

– Où est-elle maintenant ? demanda Cole.

L'appartement de Chris Harvie à Berkeley offrit aux enquêteurs une boîte de balles de calibre .22, de la même marque que celle utilisée pour tuer son idole, Brian Luster.

– Le meurtrier tranche la gorge de Chris dans les montagnes, dit Cole, il prend l'arme de Chris, il tue ensuite Luster...

– Puis il se déguise en Casper le Fantôme et se volatilise, dit Nick.

– *V*, dit Cole. Il s'appelle *V*.

La relation connue la plus proche de Chris Harvie était une prostituée qui se considérait « un peu comme sa petite amie », autrement dit, l'argent qu'il lui donnait était, dans son esprit, un cadeau et non pas le prix d'une passe.

« Mais il flippait à mort à cause de cette putain de connerie de sida, déclara-t-elle aux agents venus l'interroger. Pas prendre de risque surtout, qu'il disait. Il a jamais voulu qu'on baise... pour de bon, vous voyez. Il avait la trouille de tout, sauf la veuve poignet et une petite pipe. »

Les agents persuadèrent la prostituée de leur donner un échantillon de sang afin de déterminer si les traces d'ADN prélevées sur les draps, dans l'appartement de Harvie, provenaient d'une personne autre qu'elle et la victime. Le test HIV se révéla positif. Quand les agents lui annoncèrent la nouvelle, la fille les traita d'enfoirés de menteurs et s'enfuit dans les rues de Berkeley.

Par l'intermédiaire de la prostituée, les agents fédéraux apprirent que les parents de Chris Harvie étaient morts. Sa seule parente connue était une sœur qui, d'après la prostituée, « n'a plus rien à voir avec Chris maintenant ». De fait, les dossiers de la prison ne faisaient état d'aucun contact entre la sœur et le frère. Des recherches pour la retrouver n'aboutirent qu'à un permis de conduire du Nevada, périmé, et un ancien voisin qui avait « entendu dire qu'elle avait quitté la ville et recommencé sérieusement à picoler ».

Au cours d'une réunion nocturne au Q.G., Cole dit à Nick et Sallie : « Toutes les pistes mènent dans l'Idaho. C'est là qu'ils sont morts, c'est là qu'ils opéraient, c'est là que se trouve la cabine téléphonique liée à Faron. Et pour finir, il y a Robert Slawson. »

Robert Slawson était une relation connue de Brian Luster, figurant sur la liste du FBI des criminels les plus dangereux et les plus recherchés. La peine de prison purgée par Slawson, à Folsom, chevauchait celle de Luster. Slawson vivait à une heure de route de montagne de l'endroit où étaient morts Luster et Harvie. Slawson était, par ailleurs, le chef national d'Amérique aryenne.

Un mercredi matin ordinaire, à 11 heures, l'inspecteur du FBI Dalton Cole et l'inspecteur de la brigade criminelle Nick Sherman étaient assis à l'arrière d'une voiture du Bureau, à Masonville dans l'Idaho, lieu de résidence de Robert Slawson. La voiture du Bureau tournait au ralenti dans une rue d'une petite ville américaine. Neige sale, arbres nus, maisons ayant besoin d'un coup de peinture. Un chien blanc galeux trottinait au milieu de la chaussée défoncée.

C'est maintenant ou jamais, se dit Cole. Les gosses à l'école, les gens au travail. La police avait reçu un coup de téléphone une heure auparavant, et ordre de se tenir à l'écart, de conserver le silence radio. S'il y a un espion parmi eux, s'il balance le tuyau, les micros du Bureau devraient l'enregistrer. Les écoutes et les installations d'audio-surveillance du FBI, autorisées légalement, indiquaient que toutes les cibles étaient sur place.

– C'est franchement une mauvaise idée, dit Nick.

– On ne peut pas en attendre une meilleure, répondit Cole.

– Contente-toi de rester en vie une fois là-dedans.

Deux agents étaient assis à l'avant de la voiture, des parkas par-dessus leur gilet pare-balles. Mitraillettes HK posées sur le tableau de bord.

– Je ferai de mon mieux.

Cole chargea un revolver à canon court avec des balles Hydra-Shok, et glissa l'arme dans sa poche d'imperméable.

Après quoi, il descendit de voiture, marcha jusqu'à la berline vide garée derrière, se mit au volant et s'en alla… seul.

Dans la partie sud de la ville, un complexe se dressait derrière une clôture grillagée de trois mètres de haut. Un drapeau américain flottait au sommet d'un mât en acier au milieu du camp. Un trottoir lézardé menait du portail à la porte d'une maison en bois de deux étages, peinte en blanc. À une quinzaine de mètres du garage se trouvait un bâtiment bas en brique, avec une allée circulaire pour les voitures et une porte de garage surplombant un quai de chargement. Le bâtiment possédait trois portes en acier, dont deux munies de pancartes :

DR PETER SMITH
CHIROPRAXIE, HOLISME ET HOMÉOPATHIE

SOCIÉTÉ AMÉRICAINE D'APPROVISIONNEMENT
EN VITAMINES ET COMPLÉMENTS DE PURETÉ.

Cole arrêta la voiture à la hauteur de l'interphone fixé sur la clôture.

– Bonjour, dit une voix de femme. Vous désirez ?

– Dalton Cole, FBI. Je viens voir Robert Slawson.

Trente secondes s'écoulèrent à la montre de Cole. Quatre voitures remplies d'agents du FBI passèrent pour aller prendre position à Masonville.

Une voix d'homme rugit dans l'interphone :

– Qui êtes-vous ?

– Agent Dalton Cole du FBI. Dites à Slawson…

– Vous avez un mandat de perquisition ? Un mandat d'arrêt ? Une citation à comparaître ?

– Non, je n'ai pas besoin de…

– Dans ce cas, vous n'avez aucun droit sur cette propriété privée.

– N'en soyez pas si sûr. Dites à Slawson que je viens pour l'aider.

– Je vous emmerde.

– Erreur, dit Cole en s'adressant au haut-parleur. C'est vous qui serez emmerdé si vous n'arrêtez pas vos conneries et si vous m'empêchez de voir Slawson.

Deux minutes passèrent. Les gaz d'échappement de la voiture qui tournait au ralenti entraient par la vitre baissée de Cole. Une autre voix masculine jaillit de l'interphone :

– Qu'est-ce que vous voulez ?

– Je veux entrer. Où dois-je garer ma voiture ?

– Écrivez-nous. Téléphonez pour demander un rendez-vous.

– Je vous offre une occasion de vous aider, il n'y en aura pas deux.

Le gilet pare-balles sous la chemise et la cravate de Cole le démangeait.

– Vous n'avez pas l'air d'être nègre. Vous êtes juif ?

– Intéressez-vous plutôt à l'insigne qui est dans ma poche.

– Vous êtes pédé ?

– Pourquoi ? Vous voulez qu'on sorte ensemble ?

L'électricité statique grésilla dans l'interphone. La voix reprit :

– Allez vous garer avec les autres. Et revenez devant la porte.

Cole gara la voiture de location sur une place de parking libre le long de la frontière grillagée. Neuf autres véhicules, tous immatriculés dans l'Idaho, attendaient au même endroit.

La serrure électronique du portail émit un bourdonnement. Cole l'ouvrit en poussant et pénétra dans la propriété privée. Le Beretta cognait contre sa hanche. La poche de son imperméable ouvert était alourdie par un revolver. La porte du chiropracteur s'ouvrit. Un homme aux cheveux gris, vêtu d'un parka, avança vers la grille en boitant. Apercevant Cole, il le salua d'un hochement de tête poli.

Fenêtre au deuxième étage de la maison, un homme avec un fusil. Continue d'avancer. Ils ne te tueront pas dehors.

Un homme au crâne rasé apparut sur la véranda. Il portait un blouson en cuir noir, des chaussures de chantier anglaises à bouts renforcés et un jean. Il tenait précieusement un revolver .44 Magnum.

– Cette arme est légale et autorisée, monsieur le flic, déclara le skinhead.

115

De près, on lui donnait 19 ans, peut-être 20.

– Qu'est-ce qu'il fait entre tes mains dans ce cas ? rétorqua Cole en frôlant le skinhead au passage pour pénétrer dans le living-room meublé d'un canapé vert, de deux fauteuils élimés et de tables d'angle, avec un drapeau nazi accroché au mur.

Sur un autre mur s'étendait un drapeau bleu frappé des deux lettres AA, en capitales, peintes en rouge d'une écriture vigoureuse. Des deux lettres jaillissaient des éclairs blancs qui venaient frapper deux silhouettes de personnages, rouges eux aussi, un homme musclé et une femme voluptueuse à l'épaisse chevelure. L'un et l'autre levaient les bras au ciel pour soutenir les éclairs. En bas du drapeau, en lettres blanches, on pouvait lire trois mots écrits en lettres blanches : PURETÉ/FORCE/ DÉTERMINATION.

Cole entendit la porte se refermer derrière lui. Le skinhead s'y adossa ; le revolver pesait lourdement dans sa main tatouée. Un homme avec une bedaine de buveur de bière et un fusil à pompe fit son entrée dans le living-room.

– Vous êtes armé ? demanda Gros Bide.

– À votre avis ? répondit Cole.

– Donnez votre flingue, dit Gros Bide. Balancez-le sur le canapé.

– Non.

Gros Bide actionna la pompe de son fusil.

– Vous auriez dû le faire avant que j'entre, dit Cole. Où est Slawson ?

Une voix puissante résonna dans la salle à manger, à la gauche de Cole :

– Qu'est-ce que vous avez comme micro ?

Robert Slawson était appuyé contre l'encadrement de la porte. Sa chemise en soie noire, ouverte au col, laissait voir la médaille en or d'Amérique aryenne qui pendait autour de son cou, les manches courtes laissaient voir ses biceps de culturiste. Ses cheveux gris seyaient à ses 51 ans, un coup de couteau avait dessiné une cicatrice sur sa joue, ses yeux noirs étincelaient.

Dix-sept ans de prison à son actif, pensa Cole : des condamnations qui n'étaient que la face visible d'horreurs plus terribles.

– Je n'enregistre rien et je ne transmets rien, déclara Cole.

– Nous allons vérifier, dit Slawson.

– Si vous me touchez, c'est les emmerdes assurés.

– Si vous n'avez pas de micro planqué sur vous, dit Slawson, c'est votre parole contre la nôtre. Vous risquez d'avoir du mal à trouver la sortie.

Le skinhead adossé contre la porte d'entrée ricana.

– Vous avez vu les images de Waco à la télé ? demanda Cole.

Et il se dit : *Au diable les micros du Bureau planqués dans la baraque, qui risquaient d'enregistrer ses menaces inconvenantes et potentiellement illégales.*

Une jeune femme brune aux formes élancées, avec un rouge à lèvres écarlate, un chemisier léopard, un jean noir moulant et des chaussures à talons hauts, apparut derrière Slawson.

– Bobby…

– Chef ! corrigea-t-il.

– Oh ! oui, pardon, désolée. (Sous le maquillage sa joue semblait contusionnée.) J'ai téléphoné à droite et à gauche, *chef*. Il y a une fourgonnette et une bagnole avec trois gros connards à l'intérieur, au coin de la rue, et une autre bagnole de fédéraux devant le concessionnaire Ford.

Elle observa Cole de la tête aux pieds. Ses lèvres rubis s'entrouvrirent et se retroussèrent aux commissures. Avec lenteur et grâce, elle glissa jusqu'au canapé et s'y assit. Elle croisa ses longues jambes, laissant pendre son pied dans sa chaussure à talon haut.

Un homme émergea de derrière Slawson.

– Montrez-nous vos papiers.

Il portait un costume et une cravate noirs, une chemise bleue et des lunettes à branches flexibles.

– Je suis l'avocat de M. Slawson.

– Eiger, dit Cole.

De la main gauche, il sortit son porte-cartes de la poche intérieure de son veston, et le leur tendit.

– *Monsieur* Eiger, dit l'avocat.

Monsieur Lawrence Eiger, se dit Cole. Diplômé de l'université d'Idaho, études de droit à Yale. 35 ans, célibataire. Cabinet indépendant à Masonville. Testaments, transactions immobilières, conducteurs en état d'ivresse. Avocat d'Amérique aryenne, de Robert Slawson, d'un fatras de sociétés vendant des vitamines et autres « produits diététiques ». Propriétaire avec Slawson du bâtiment voisin où ces sociétés emballaient et expédiaient des produits contre tous les maux, du cancer à l'impuissance en passant par la calvitie, et où on avait livré pour 12 000 dollars de matériel informatique. Avocat également du chiropracteur, qui avait versé l'argent de la caution pour tous les membres d'Amérique aryenne arrêtés dans le pays.

– Vos papiers ont l'air en règle, dit Eiger. Mais ils stipulent que vous êtes *inspecteur*, pas uniquement *agent*. Un sacré grade.

– Disons que je possède un certain pouvoir.

– Hé ! Superman, dit la fille sur le canapé. Vous êtes plus rapide qu'une balle de pistolet ? Plus fort qu'une locomotive ?

– Où est votre frère siamois ? demanda Slawson. Généralement, les fédéraux n'ont pas le courage d'aller seul quelque part.

– Dans ce cas, l'un de vous travaille pour moi, répondit Cole.

– Ça me ferait mal ! s'exclama le skinhead.

– Je vais m'asseoir, déclara Eiger en se dirigeant vers un fauteuil. Si M. Slawson le souhaite, je ne vois pas d'objection à ce que vous lui expliquiez la raison de votre visite.

– Une chance que vous soyez là.

Cole choisit un fauteuil rembourré qui plaçait Eiger et la porte d'entrée à sa droite, le canapé avec la femme en face de lui, et Slawson à sa gauche. En s'asseyant, Cole sentit l'arme au fond de sa poche cogner contre le fauteuil avec un bruit sourd.

Slawson tourna vivement la tête. Gros Bide quitta la pièce.

– Alors, qu'est-ce que vous voulez, monsieur l'agent fédéral ?

– Je viens pour vous aider.

Le rire de Slawson sonnait faux. Il marcha jusqu'au canapé en se pavanant, se laissa tomber à côté de la fille, renifla et lui donna une claque sur la cuisse. Elle ne cilla pas. Il promena sa paume sur sa jambe.

– Curieusement, je n'ai pas l'impression que vous souhaitiez rejoindre l'organisation de M. Slawson, dit Eiger.

– C'est vous qui êtes chargé de réfléchir ici ? demanda Cole.

– Hé ! grogna Slawson. C'est moi que vous êtes venu voir !

– Exact.

Le chef renifla. Il continua de masser la cuisse de la fille, plus brutalement.

— Alors, crachez le morceau, poulet.

Au fond du couloir, là où avait disparu Gros Bide, Cole aperçut la lueur d'un écran d'ordinateur.

— Vos sympathisants ont eu quelques problèmes dernièrement.

— En quoi est-ce que nos problèmes vous concernent ? demanda Slawson.

— Un de vos membres a été assassiné.

— Vous venez faire des aveux ?

Slawson renifla. Sa main remonta sur le corps de la fille et vint caresser ses longs cheveux. Elle secoua la tête, un geste humainement défendable, mais qui incita Slawson à interrompre sa caresse pour glisser son bras dans le cou de la fille, en le posant sur le dossier du canapé. Elle se renversa, la tête appuyée sur le biceps.

Slawson remarqua le regard de Cole fixé sur la fille.

— Elle vous plaît, on dirait.

Maître Eiger regardait dans le vide, volontairement.

— Et vous, avec qui vous couchez, monsieur l'agent fédéral ?

Slawson souriait comme un requin qui a repéré l'odeur du sang.

— Vous ne m'avez pas demandé qui a été assassiné, dit Cole.

— Dites plutôt «mort en martyr», répondit Slawson. Nous sommes tous prêts à mourir.

— Le meurtre n'est pas un délit fédéral, dit Eiger. Et mon client n'est impliqué dans aucun crime, quel qu'il soit.

— Vous ne vous souciez pas du sort de vos membres ? demanda Cole au chef.

— J'aime tous mes frères et sœurs d'Amérique aryenne.

— Ça ne vous laisse pas beaucoup d'énergie pour elle, j'imagine, dit Cole.

Slawson secoua la tête.

— Voilà quarante ans que vos lois me harcèlent. Laissez tomber. Acceptez la vérité. Commencez enfin à agir comme il convient.

— Comme vous, dit Cole.

— Oui, si vous avez le cran d'aller aussi loin.

— Comme Brian Luster. Et Chris Harvie.

— Ces noms ne me disent rien.

– Vous voulez que je vous montre des photos où on vous voit tous les trois en prison ?

– Oh ! ces gars-là ! Qu'est-ce qu'ils deviennent ?

– Aux dernières nouvelles, Brian est toujours mort.

– Ah ! la vie est une vraie salope, pas vrai ? (Slawson caressa les cheveux de la fille.) On sait de quoi on parle.

– Luster et Harvie appartenaient à votre organisation.

Eiger intervint :

– L'appartenance à un groupe privé tel que Amérique aryenne est une information confidentielle qui...

– C'est toujours votre avocat qui parle à votre place ?

– Venez-en au fait, dit Slawson. Et fichez le camp.

– J'ai entendu dire que vous aviez d'autres ennuis. (Cole sentait peser sur lui le regard d'Eiger.) Des problèmes de courrier.

Eiger intervint :

– Faites-vous allusion à la saisie illégale, par les inspecteurs des postes, de plusieurs milliers de dollars de marchandise expédiée en toute légalité par la société de M. Slawson ?

– Cela s'est produit hier, n'est-ce pas ? dit Cole. Imaginez que vous pourriez voir arriver d'autres ennuis demain.

– Nous sommes tout ouïe, inspecteur Cole, dit Eiger. Comme nous le spécifierons lors de toute instruction éventuelle.

– Vous êtes seul, M. Eiger. Cent avocats du ministère de la Justice peuvent générer des montagnes d'affaires devant des dizaines de tribunaux. Il faudrait énormément d'argent pour contre-attaquer. Un seul faux pas, quelques pétitions judicieuses, et les biens peuvent être saisis, les livres de comptes confisqués...

– On peut aussi porter plainte pour harcèlement, répliqua Eiger. Balancer les accusations par la fenêtre.

– Vous connaissez ce foutu gouvernement, dit Cole. Vous n'auriez pas assez d'une vie pour briser toutes ses fenêtres.

– Qu'est-ce que vous cherchez à savoir ?

Les yeux de Slawson n'étaient plus que deux petits points noirs.

– Brian Luster. Chris Harvie.

– Je lis les journaux, dit Slawson. Un meurtre occupe toute la une par ici. Brian Luster s'est fait descendre dans un motel minable. Par son ombre, j'imagine. Vous avez le nom de Chris, faites le rapprochement.

– Avant d'aller plus loin, dit Eiger, je tiens à définir le cadre de cette discussion.

Cole le foudroya du regard.

– Souvenez-vous de Waco, maître.

– Vous n'êtes pas à Waco. (Eiger sourit.) Vous êtes dans le White Homeland, la Patrie blanche. En 1986, l'Idaho, le Montana, le Wyoming, l'État de Washington et l'Oregon ont acquis cette nouvelle identité politique. Par conséquent, les règles…

– Si vous essayez de faire le coup de poing dans ces États avec vos troupes d'assaut bedonnantes et vos skinheads minables, vous allez découvrir que les gens de là-bas sont plus coriaces que vous l'imaginez.

– Nous verrons. D'après la Constitution, nous ne sommes pas obligés de révéler…

– Vous appliquez les règles de la Constitution quand vous estimez qu'elles vous avantagent, dit Cole à cet homme membre du barreau américain. Le reste du temps, vous pissez sur la Constitution et sur le drapeau de ce pays, et sur tout le monde.

… Mais je suis là maintenant. Souvenez-vous de Waco.

– Un *inspecteur*, dit l'avocat. Vous cherchez un truc important.

– J'obtiens toujours ce que je veux.

– Ah bon ? murmura la fille.

– Ta gueule, salope !

Slawson fléchit le bras et la tête de la fille rebondit contre son biceps. Elle ne se départit pas de son sourire.

– Commençons par Luster et Harvie, dit Cole, en se demandant s'ils savaient que Harvie était mort lui aussi. L'orientation du gouvernement fédéral dépendra de ce que vous avez à nous offrir.

Slawson se tourna vers son avocat. Eiger répondit par un petit hochement de tête.

– Luster était avec nous depuis son premier séjour en taule, dit Slawson. Rien de tel que la prison pour réveiller la conscience d'un individu. Chris est arrivé plus tard. On a pris notre temps avec lui, on voulait s'assurer que ces types n'étaient pas deux pédés infiltrés dans nos rangs.

Slawson frotta sa paume sur sa bouche, passa sa langue sur ses lèvres. Sa main tremblait légèrement lorsqu'il la reposa sur le bras du fauteuil.

– Va me chercher à boire, ordonna-t-il à la fille. Une bière, n'importe quoi.

Cole vit la fille jeter un bref regard en direction d'Eiger, mais la réponse muette de l'avocat lui échappa. Elle quitta la pièce d'un pas léger.

– Que faisaient donc Luster et Harvie pour vous ? demanda Cole.

– Chaque membre fait son devoir en respectant...

– Épargnez-moi votre baratin. Quel travail effectuaient-ils pour votre organisation ?

– Ils ne faisaient plus rien du tout pour nous depuis... depuis la dernière sortie de prison de Luster, répondit Slawson.

– Nous avons trois témoins qui affirment que Luster reversait à Amérique aryenne une partie de ses bénéfices du trafic d'amphétamines, dit Cole en bluffant.

Eiger répondit :

– M. Luster nous envoyait des contributions. Nous ignorons l'origine de ses revenus, mais comme toutes les organisations à but non lucratif, nous pouvons et devons supposer qu'ils sont légaux. De même, nous supposons qu'il a effectué les déclarations nécessaires auprès des services fiscaux. Nous l'avons fait.

– Bien entendu, dit Cole. Alors, quels boulots faisaient-ils pour vous ?

– Aucun ! s'écria Slawson. Bon sang, Harvie portait nos couleurs uniquement parce que Luster le lui demandait. Et pour Luster, nous n'étions qu'un groupe comme un autre auquel il pouvait se raccrocher. Il était avec nous quand ça l'arrangeait.

La fille revint en se pavanant, avec une bière pour Slawson.

– Hé ! et moi ? s'exclama le skinhead devant la porte.

Elle s'assit sur le bras du fauteuil, ses longues jambes fines étendues vers celles de Slawson, caressant ses cheveux gris du bout des doigts.

Il a le front moite, se dit Cole. *Ses pupilles se contractent.*

– Mon client et son organisation n'ont eu aucun contact avec l'un ou l'autre de ces deux individus depuis six mois, déclara Eiger.

– Vous aviez ce petit numéro en réserve ? dit Cole.

– Quand le nom de M. Luster est apparu dans les journaux de l'Idaho, j'ai conseillé à mes clients de se plonger dans leurs dossiers pour se rafraîchir la mémoire, dit Eiger. Dans le but de venir en aide aux autorités compétentes. En cas de besoin.

– Comme de bons citoyens américains, dit Cole.

– Des citoyens loyaux de la véritable Amérique aryenne, dit Slawson.

– Et le reste du pays ?

– L'histoire nous le dira, répondit Eiger.

Derrière les verres ronds de ses lunettes, ses yeux pétillaient.

– Vous croyez sincèrement que l'histoire va vous donner raison, les gars ? Nom de Dieu, Hitler était le plus dangereux de la bande et regardez ce qui est arrivé à son Reich millénaire.

– Le Führer n'a commis qu'une seule erreur. (Eiger parlait d'un ton calme, comme un professeur qui apprend à ses élèves les tables de multiplication.) Il a surestimé la maturité politique de la société moderne.

… C'était un grand homme, né trop tôt malheureusement, ajouta l'avocat. Il a laissé sa bonté et sa foi dominer son génie pratique.

Se lever du fauteuil, deux secondes pour dégainer le Beretta et viser. Première balle dans le front d'Eiger. La deuxième pour liquider le skinhead. Slawson va bondir du canapé, continuer à tirer en reculant...

Arrête ! s'ordonna Cole. Tu es un représentant de la loi. Pas un ange exterminateur.

Ne sois pas comme eux. Fais ton boulot. Dis-leur :

– Et vous pensez que la société est… « mûre » pour vous suivre maintenant ?

Eiger sourit.

– Regardez ce qui se passe en Bosnie. Les réfugiés du Rwanda. La purification ethnique. Les mouvements en Russie, dans l'Allemagne réunifiée. En Ukraine. Cette fois, nous n'aurons pas besoin de conquérir la société pour la sauver. Cette fois, la société viendra à nous pour réclamer son salut.

– Et au diable les Nègres, les métèques et ainsi de suite, renchérit Slawson. Personne ne viendra me donner des leçons et me dire ce que je dois faire ou pas.

La tête renversée, il vida sa boîte de bière. La fille lui caressa les cheveux. Elle jeta un regard en direction d'Eiger.

Cole dit :

– La seule vraie question dans toutes ces conneries, c'est de savoir si vous finirez tous dans le quartier des condamnés à mort.

– N'essayez pas de me coller un meurtre sur le dos ! beugla Slawson. Vous…

– Vous ne dites plus « nous » maintenant ?

– Si vous cherchez un coupable pour le meurtre de Luster, allez donc voir son acolyte, Harvie !

– Le meurtre n'est pas un crime fédéral, répéta Eiger.

– Nous savons que deux membres de votre organisation ont pris pour cibles des leaders noirs afin…

Slawson le coupa :

– Un leader noir, ça n'existe pas. Même quand les Juifs sont derrière pour tirer les ficelles, ils…

– Des membres du Congrès, dit Cole. Des scientifiques. Des industriels…

– Oh ! des membres du Congrès, dit Eiger. Je comprends maintenant pourquoi ils ont envoyé un *inspecteur*.

– Vous pataugez ! s'exclama Slawson.

– Ce que veut dire mon client, ajouta Eiger, c'est que nous n'avons commis aucun crime contre aucun membre du Congrès, quel qu'il soit. Nous laisserons aux forces de l'histoire le soin de les engloutir.

– Essayer de descendre un politicien noir ! dit Slawson en riant. Qui aurait cru ça de ce brave Harvie ?

La voiture du Bureau roulait sur la route goudronnée, au milieu des contreforts saupoudrés de neige, aussi vite que le permettait la loi. Le conducteur était un agent du FBI de l'Idaho, l'homme assis à ses côtés appartenait à la brigade de surveillance des groupes xénophobes. Tous les deux avaient été affectés à l'affaire Faron Sears. Nick et Cole voyageaient à l'arrière.

– Le problème avec Amérique aryenne, dit ce dernier, c'est qu'ils raffolent de toutes ces conneries de sociétés secrètes. Si ça se trouve, ils ont des sous-groupes internes qui se chargent de la sale besogne. Certains de leurs membres appartiennent à d'autres organisations racistes. Peut-être qu'ils avaient refilé Luster et Harvie à des groupuscules dont nous ignorons l'existence.

– Mais tu penses qu'Amérique aryenne n'est pas dans le coup ? dit Nick.

– Infiltrer un type à l'intérieur de l'organisation de Faron, engager un tueur à gages, et effacer ensuite toutes les traces en liquidant les deux liens avec leur organisation… tout ça me paraît trop organisé pour eux.

– Pour l'instant.

Nick regardait à travers la vitre les champs enneigés. *Courir dans la neige, le froid.* Il s'arracha à l'engourdissement du rêve. Non, pas en plein jour maintenant ! Il se dit : *Pas quand je suis réveillé !* Il passa sa langue sur ses lèvres : *Ne pense pas à boire. C'est impossible. Impossible avec Cole et les fédéraux autour de moi.*

Cole dit :

– Slawson a peut-être mis le grappin sur Amérique aryenne en prison, mais désormais, c'est Eiger qui mène la danse. Slawson ne s'en rend sans doute même pas compte, ou bien il refuse de l'admettre. Il est *à la fois* la couverture et le bouc émissaire. Eiger le manipule très certainement.

– Et maintenant ? demanda l'agent du FBI spécialiste des groupes xénophobes.

C'était ma question, se dit Nick. *J'aurais dû poser cette question.* Mais il ne pouvait que contempler les champs de neige.

– Si seulement je réussissais à les faire bouger, dit Cole. S'ils ne savent pas qu'on a planqué des micros, que des types les surveillent de l'intérieur, s'ils réagissent, on aura peut-être la confirmation que ça vient d'eux. On aura enfin une cible précise et on pourra les démanteler.

… En attendant, ajouta Cole, trouvons un moyen de coincer la fille.

– Nous n'avons aucune preuve contre elle, répondit l'agent fédéral local.

– Vous ne m'avez pas compris. Trouvons quelque chose pour l'épingler. Cette fille est une des ficelles avec lesquelles Eiger manipule Slawson. Peut-être que l'avocat se la tape lui aussi. Il faut être abruti ou cinglé pour jouer à ce petit jeu. À mon avis, c'est une fille intelligente ; ça signifie qu'elle conclura un marché avec quiconque lui fait la meilleure offre. Pour l'instant, on ne connaît pas son prix.

– Slawson la tuera si jamais…

– Il n'y a pas de « si jamais », répliqua Cole. Trouvez un moyen. Aujourd'hui.

L'agent local secoua la tête.

– Dans le temps, dit-il, on aurait envoyé des lettres anonymes à deux ou trois purs et durs d'Amérique aryenne, en racontant qu'Eiger était un nom juif. Peut-être une lettre à Slawson aussi, pour lui faire savoir que sa nana couchait avec un traître juif.

– C'était dans le temps, dit Cole.

– Ouais, fit l'agent.

Derrière sa vitre, les champs recouverts de neige s'étendaient vers la majesté des montagnes pourpres.

– … Dommage.

19

Des phares jaunes quittèrent la nationale en cette nuit de mercredi, et s'arrêtèrent devant le relais routier, à une trentaine de kilomètres de Masonville, dans l'Idaho. La voiture était une TransAm rouge cerise. La conductrice en descendit. Les fermetures Éclair de son blouson en cuir taillaient des lignes argentées dans l'obscurité. Un blue-jean moulait ses jambes effilées. Elle secoua son épaisse chevelure noire et pénétra dans le relais d'une démarche souple.

Elle s'enfonça dans le brouillard ambré du bar, les vapeurs de bière éventée et de bretzels rances, remarqua un chauffeur de poids lourd qui avait la tête enfouie dans les bras. Elle déposa un billet de dix dollars sur le comptoir, capta le regard de la barmaid de cent dix kilos, peroxydée, occupée à lire un tabloïd.

— Sers-moi, Irène.

La barmaid fit glisser un paquet de cigarettes vers les ongles rouges de sa cliente, et lui versa un petit verre de vodka. La conductrice de la TransAm vida le verre d'un trait, le reposa sur le bois du comptoir et frissonna. Ses paupières lourdes se fermèrent, se rouvrirent.

Le néon bleu d'une publicité pour une marque de bière assombrissait le dôme en plastique du juke-box, montrant le reflet de l'homme seul assis dans un box. Dans un lent mouvement de tête, les lèvres rouges et brillantes de la conductrice se retroussèrent. Les yeux fixés sur le mur devant elle, elle dit :

— Remets-moi ça, Irène.

La barmaid prit la bouteille de vodka.

— Apporte un autre verre ; sers-m'en deux.

La brune récupéra quelques *quarters* parmi sa monnaie et se dirigea vers le juke-box d'un pas nonchalant. Elle passa devant le chauffeur de poids lourd ivre, assis au bar, sans lui adresser un regard. Elle passa devant le type dans le box, sans lui jeter un regard. Il n'y avait personne d'autre à ignorer. La porte des toilettes au bout du couloir était fermée. Elle appuya ses paumes sur le dôme du juke-box. Sa peau semblait transparente. Elle glissa toutes ses pièces dans l'appareil, enfonça les touches de Hank Williams et Buddy Holly.

Le roulement de batterie de *Peggy Sue* fit sursauter le poivrot du bar dans ses rêves. La fille pivota au rythme de la musique et revint en traînant les pieds vers les verres de vodka et le paquet de cigarettes qui l'attendaient. Les bâtonnets à cancer tombèrent dans sa poche de blouson. Les petits verres pendaient au bout de ses doigts puissants, semblables à des becs de perroquet, et pas une goutte de vodka ne déborda, tandis qu'elle se dirigeait en roulant des hanches vers l'homme installé dans le box.

Elle posa un verre à côté de sa bière, se glissa dans le box, en face de lui, appuya son pied contre le bord extérieur de la banquette opposée. Sa longue jambe se tendait entre l'homme et la liberté.

– Alors, Superman. On cherche l'amour dans les lieux déserts ?

– J'ai trouvé ce que je cherchais, répondit Dalton Cole.

– Dans ce cas, vous êtes un homme heureux. (Dans la lumière bleue du bar ses lèvres étaient noires.) J'ignorais que votre surveillance était si étroite.

… *À moins que…* (Elle haussa un sourcil.) Vilain garçon. Auriez-vous planqué des micros dans notre doux foyer ? J'ai dit à Bobby que je sortais, mais pas où j'allais.

– Vous venez ici trois ou quatre soirs par semaine.

– Non. Un crack du FBI comme vous ne mise pas sur ce genre de probabilités.

– Ne vous en faites pas pour moi, Ricki.

Elle lui adressa un sourire, appuyé et langoureux.

– Je vois que vous n'êtes pas resté inactif.

– La journée a été longue.

– Alors comme ça, vous avez découvert mon nom ? Vous avez eu l'idée de cette embuscade ?

Cole haussa les épaules.

– Ne soyez pas timide. Une fille pourrait croire que c'est votre premier rendez-vous. Vous avez connu beaucoup de filles, Dalton? C'est bien votre nom, n'est-ce pas? Celui qui était sur la pièce d'identité que vous nous avez montrée.

– C'est le nom avec lequel je suis né.

– Je parie que les filles en raffolent. Je parie que vous adorez quand elles murmurent votre prénom, lentement, d'une voix très suave.

– Ricki Side. Pourquoi vous n'avez pas changé de nom quand vous avez tourné ces films? Sinon officiellement, du moins sur les génériques?

– Je n'ai pas honte de ce que je suis. Y a une loi contre ça?

– Il y a des lois contre la pornographie enfantine, le commerce entre États de...

– Je ne me suis jamais occupé du business. (Elle leva son verre, comme pour porter un toast.) J'étais juste une star.

Elle avala la moitié de la vodka.

– Dans deux de vos films, vous n'aviez que dix-sept ans.

– Je vois que vous savez vérifier les permis de conduire, faire des additions et des soustractions. Vous avez d'autres talents, Dalton?

Seize bureaux locaux et quartiers généraux s'étaient mis en branle pour obéir aux ordres de Cole. Les ordinateurs avaient tourné à plein régime, des informateurs avaient subi des interrogatoires « spontanés ».

– Au moins deux de vos films pornos ont un lien avec une famille de la mafia new-yorkaise.

– Mince, M. G-Man[1]! J'ai été une méchante fille? Je croyais que l'Amérique s'était construite grâce à des entreprises familiales! Le premier crétin sorti d'une fac de droit serait capable de démolir toutes les accusations de pornographie enfantine portées contre moi. Après tout, c'était *moi* la victime, non?

Ricki traça un cercle sur la table avec son ongle rouge.

---

1. G. Man : Government man, nom servant à désigner les agents fédéraux. (*N.d.T.*)

– Allez chercher un autre bâton pour me corriger, mon chéri. Si c'est ce que vous avez envie de faire.

– Je veux juste faire mon travail.

– Oh ! Dalton !

Elle secoua sa chevelure et laissa s'ouvrir les pans de sa veste. Dessous, elle portait un pull fin. Même dans la lumière bleue, Cole vit qu'elle n'avait pas de soutien-gorge.

– Vous voulez plus que ça.

Cole se demanda si elle sentait l'odeur de sa transpiration.

– Pourquoi m'avoir tendu cette embuscade ? demanda Ricki. Pourquoi ne pas avoir chargé la police de la route de m'arrêter, et de m'emmener dans un commissariat, avec tous vos petits copains pour participer à un gang bang ? On peut s'épargner tout ce bavardage, vous seriez pas le premier type avec qui je joue à ce petit jeu. Bobby comprend ce genre de choses, alors même si quelqu'un nous voit ici, j'ai rien à craindre. Mais pourquoi vous avez agi tout seul, juste vous et moi ?

– Qu'est-ce que vous faites, Ricki ?

– Je vous ai apporté à boire. (Elle sourit, fit courir son doigt sur le bord de son verre à demi-rempli.) Ça me plaît que vous connaissiez mon nom.

– Lequel ?

Ses yeux ne cillèrent pas, mais il sentit plus qu'il n'entendit sa voix devenir plus grave.

– Que voulez-vous dire ?

– Ces films que vous avez tournés quand vous aviez dix-sept ans, vous…

– Vous avez déjà vu un de mes films, Dalton ? (Ses lèvres rouges se retroussèrent.) Je me demande ce que vous penseriez. Malheureusement, c'est devenu difficile de les trouver de nos jours. Les négatifs ont brûlé. Dans tout le pays les boutiques se vont voler les cassettes, ou bien on les emprunte et on les rend pas.

– C'est une idée de Slawson ? De vous ? D'Eiger ?

Elle haussa les épaules.

– Simple coïncidence.

– Vous faites le ménage derrière vous, Ricki ? Vous avez changé d'avis ? Vous essayez de recréer un personnage… encore une fois ?

Elle se contenta de sourire.

– Vous avez une grande expérience dans ce domaine, dit Cole.

– J'ai été actrice.

– Vous êtes née Ricki Seidman. Vous êtes juive.

Elle tressaillit. Elle glissa la main dans sa poche pour prendre ses cigarettes et un briquet en acier orné de l'insigne du HAMC[1]. Ses mains ne tremblèrent pas lorsqu'elle fit jaillir la flamme.

– Vous voulez qu'on devienne amis, Dalton ?

– Non. Vous n'avez aucun goût pour choisir vos amis.

Elle haussa les épaules.

– Les goûts, ça change.

– Que dirait votre führer en apprenant que vous êtes juive ?

– Bobby sait qu'il ne pourra jamais trouver une baiseuse plus extraordinaire que moi. Il est mort de trouille à l'idée de perdre ça, même si maintenant il a du mal à assurer. Alors, pourquoi croirait-il ce que racontent ces menteurs du FBI ?

– Il y a aussi Eiger, dit Cole. Lui, il n'est pas défoncé aux amphets ou à je ne sais quoi que vous refilez à Slawson. Eiger aime gouverner dans l'ombre. Il est avocat. Il sait lire des procès-verbaux. Il sait y croire. Et il se foutra pas mal que vous soyez la meilleure baiseuse qu'il ait connue.

– Et vous, vous vous en foutez ?

Cole haussa les épaules à son tour.

– Eiger m'a l'air d'être un type sensé.

– C'est un mauvais coup. Je suis obligée d'avoir les yeux bandés pour qu'il y arrive. Vous, vous voudriez que je puisse voir, pas vrai, Dal… ?

– Je ne pige pas comment vous faites pour fréquenter ces gens-là. Vous avez changé de nom, mais vous êtes toujours juive. Ces types fêtent le massacre de plus de six millions de Juifs. Ils pensent qu'il faudrait vous tuer.

– Ils ne savent pas qui je suis. Ils ne le sauront jamais.

1. Hells Angels Motorcycle Club. (*N.d.T.*)

131

– Pari stupide.

– Décidez-vous, Dalton. Je suis stupide ou je suis folle ?

Il lui jeta un regard noir.

– Laissez tomber, dit-elle. Vous êtes trop bien pensant pour comp... Non, attendez, fourrez-vous ça dans votre petit esprit carré d'agent fédéral : le monde tout entier est un camp de concentration. Pigé ? Peu importe qu'on vous gaze parce que papa et maman étaient juifs, ou parce que vous aimez les garçons, ou qu'on vous foute dans le train parce que vous refusez d'avaler les conneries de quelques enfoirés imbus d'eux-mêmes, ou bien...

À bout de souffle, elle remarqua le mégot qui continuait de se consumer entre ses doigts. Elle le lança d'une chiquenaude sur le sol mal éclairé.

– Le seul choix qu'il vous reste, reprit-elle, c'est de courir avec les abrutis ou de courir avec les moutons. Mais de toute façon, tout le monde finit gazé.

Ricki leva son verre de vodka pour porter un dernier toast, puis le vida d'un trait.

– C'est incroyable ce que vous pouvez baratiner, lui dit Cole.

– C'est vous qui êtes venu me trouver. Et maintenant, vous allez tout raconter à mes petits copains à mon sujet ? Ah bravo ! Le chevalier blanc de l'Amérique qui livre une Juive aux nazis pour gagner du galon.

Elle sourit et enchaîna :

– Je suis allée au catéchisme pour emmerder mes parents. J'avais treize ans. J'étais encore une novice. Le prêtre disait qu'envisager de commettre un péché était presque aussi condamnable que la réalisation de ce péché. Dites-moi, Dalton : vous envisagez vraiment de vendre une Juive aux nazis ?

– Donnez-moi ce que je veux.

– *Tout* ce que vous voulez ? (Elle sourit.) Je pourrais vous le donner. Je sais ce que vous pensez.

– Gardez votre saleté de vie de détraquée. Vos jeux suicidaires avec ces cinglés de nazis. Vous ne supportez pas qu'ils posent leurs mains sur vous, hein ?

– Vous avez une meilleure offre à me proposer ? demanda-t-elle d'une voix sèche, mais tremblante. Je pourrais foutre le camp dans la nuit avec ma voiture, vous iriez vous faire foutre, et eux aussi, et…

– Qu'est-ce qu'ils vous apportent ?

– La récolte n'est pas encore terminée. Personne de la folle époque des films ose m'emmerder. J'ai une part du gâteau. Ils n'imaginent pas à quel point ils sont idiots, tout ce que j'ai pu magouiller…

… Le fric, dit-elle. J'ai un petit magot. Et c'est loin d'être le rôle le plus difficile que j'aie jamais joué. C'est peut-être même plus facile que mes futures attractions, ma prochaine production, lorsque je quitterai la scène. Je pourrais avoir besoin d'un ami à ce moment-là. Un véritable ami, qui connaisse la vérité, qui n'ait pas peur, et qui…

– Parlez-moi. Racontez-moi tout maintenant. J'ai de la monnaie pour téléphoner et un couteau pour lacérer vos pneus.

Elle lui adressa un regard de petite fille.

– Vous êtes cruel à ce point ?

– Évidemment.

Ses paupières s'abaissèrent ; elle se pencha par-dessus la table. Son sourire le frappa droit au cœur.

– Vous êtes mon type d'homme.

Elle murmura :

– Je vous dirai ce que vous voulez savoir. Mais ce n'est pas gratuit.

– Combien ?

Ils étaient si proches l'un de l'autre qu'elle emplissait tout le regard de Cole. Il sentait son parfum musqué, son shampooing. L'électricité statique plaqua une mèche de ses cheveux noirs dans les poils de sa barbe du soir. Il aurait pu avancer la main, faire glisser ses doigts sur le pull. Elle l'embrassa… sur la bouche, doucement, voracement. Professionnellement. Quand elle se retira, son rouge à lèvres écarlate s'était étalé.

– Vous auriez dû vous faire payer d'abord, dit Ricki. Toutes les putes savent ça.

… *Der Minister* Eiger, Slawson : aucun des deux n'a la moindre idée de ce que vous cherchez. Ce que manigançaient les deux types dont vous avez parlé. Ils considéraient Luster comme un camé, et non pas comme un de leurs putains de « frères » nazis qui bandent mou. Quant à l'autre... c'est quoi son nom déjà ?

– Chris Harvie, murmura Cole, l'esprit en ébullition, le cœur battant à toute allure.

– Enfin bref, c'était un moins que rien lui aussi. Et ni l'un ni l'autre n'ont été en contact avec Amérique aryenne depuis la taule, sauf pour des histoires de trafic d'amphets.

Elle sourit, et demanda :

– C'était aussi bon pour vous que pour moi ?

– Si vous mentez pour...

Ricki se leva, récupéra son briquet et son paquet de cigarettes.

– Vous savez bien que non. Alors, comment vous allez faire pour me baiser ?

– Je le ferai seulement si vous mentez.

Il la laissa repousser avec ses ongles quelques mèches de cheveux sur son front.

– Ça me plaît de jouer franc-jeu avec vous, dit-elle. Mais ne m'envoyez pas vos potes pour s'occuper de moi. Si vous essayez d'utiliser mon petit secret pour me tenir en laisse, j'expédie tout le monde en enfer.

– Je ferai ce que je veux.

– C'est bien ce que je disais, susurra-t-elle, avant de s'éloigner. Mon type d'homme.

Elle disparut. Hank Williams chantait *Crawfish pie, Billygumbo*. Puis le juke-box se tut. La barmaid tourna une page de son journal à sensation ; elle lisait une histoire d'extra-terrestres se faisant passer pour des imitateurs d'Elvis. Nul ne savait d'où venaient ces extra-terrestres.

Dehors, Cole fit le tour du relais routier, jusque derrière, et il monta dans la voiture du Bureau. L'équipe de surveillance l'avertit par radio que la TransAm retournait en ville à tombeau ouvert.

Une ombre se dirigea vers la voiture du Bureau. La silhouette se transforma en être humain : le chauffeur routier ivre qui était assis au bar, veste en jean doublé de mouton, jean et bottes de cow-boy. Il ouvrit la portière du passager, se glissa à bord de la voiture et demanda :

– Comment on peut comprendre quelqu'un comme ça ?

– Au-delà d'un certain point, on ne comprend plus personne, dit Cole. Les gens sont comme ils sont. Tu penses qu'elle t'a repéré ?

– Peu importe, dit Nick Sherman. Il n'y a pas qu'elle qui sait jouer la comédie. Je suis très doué pour incarner les poivrots.

– Exact, dit Cole, sans réfléchir.

– Elle ne craquera pas, dit Nick. Pas devant eux, pas à cause de nous. Elle gardera son sang-froid ; elle sait qu'on ne la dénoncera pas.

– Faut-il la croire dans ce cas ?

Cole répondit lui-même :

– Je pense que oui. Elle faisait une supposition en parlant des micros, mais elle y croit.

Ils restèrent assis un long moment dans la voiture, dans la froidure de la nuit.

Finalement, Cole tourna la clé de contact.

20

Le premier vol du jeudi matin au départ de l'Idaho déposa Cole et Nick à Washington avant midi. À l'aéroport, ils prirent chacun un taxi : Nick pour se rendre à la planque, Cole au quartier général de Faron.

Sallie l'aborda dans le hall :

– *Il* veut vous voir.

Elle baissa la voix et ajouta :

– Débarrassez-vous de lui rapidement et rendez-vous dans la salle des opérations, au premier étage.

– Qu'est-ce…

Le regard noir de Sallie l'interrompit.

La voix de Lauren résonna, dans le dos de Cole :

– Tiens, le chasseur est de retour.

Elle portait un tailleur brun ; ses cheveux brillaient dans la lumière du soleil qui se déversait à travers les vieux vitraux.

– Je ne me suis jamais considéré comme un chasseur, mentit Cole.

– Lauren ! s'écria une employée bénévole sur le pas d'une porte au bout du couloir. Je peux vous voir une seconde ?

– Ne partez pas surtout, dit Lauren à Cole. Je vais vous conduire auprès de Faron. Il se demandait où vous étiez passé.

Cole ne quitta pas Lauren des yeux tandis qu'elle s'entretenait avec l'employée. Les propos banals qu'elles échangeaient parvenaient à ses oreilles.

Sallie murmura :

– Rejoignez-moi avant 13 heures !

Lauren revint le chercher.

– Prêt à m'accompagner ?

Ils empruntèrent l'escalier. Son parfum sentait le printemps. Ses chevilles étaient fines, lisses. Cole tripota le nœud de sa cravate, son regard quitta les hanches de Lauren pour consulter sa montre : 12 h 32.

— Je suis essoufflée, dit-elle. J'ai besoin d'exercice.

— Vous m'avez pourtant l'air en pleine forme.

— Êtes-vous si facile à berner ?

Elle frappa à une porte close. De derrière l'épais panneau de bois leur parvint faiblement un «Entrez!» lancé par Faron. Cole laissa Lauren seule dans le couloir, refermant la porte derrière lui.

— Où étiez-vous ? demanda Faron, assis derrière son bureau.

— J'enquêtais sur les personnes qui veulent vous tuer.

— Et vous êtes déjà de retour ? Ces personnes dont vous parlez, sont-elles...

— Je ne pense pas, répondit Cole. Pas cette fois.

— Bah ! demain est un autre jour.

— ... Mais quelque chose me tracasse, reprit Faron. À votre sujet.

— C'est vous qui m'avez choisi. Trop tard pour...

— Non, personnellement, je vous trouve parfait. C'est également l'avis de Lauren. Ne vous inquiétez pas ! Elle continue d'ignorer la vraie raison de votre présence ici.

— Que sait-elle au juste ?

— Vous l'amusez.

— Ce n'est pas mon objectif. (Plus que vingt-deux minutes.) Qu'est-ce que...

— Sallie et vous n'êtes pas les seuls à me protéger, n'est-ce pas ?

Cole attendit un instant.

— Non.

— C'est *vous* que j'ai accepté d'accueillir. Vous avez insisté pour introduire cette fille. Je suppose que vous travaillez également avec le reste du FBI.

— 99 % des agents ignorent la vérité sur cette affaire, répondit Cole. Nous avons tenu notre engagement sur ce point.

Et gardé le secret sur nos crimes.

— Pourtant, il y a quelqu'un d'autre, dit Faron. Sallie et vous travaillez de l'intérieur. Mais il y a quelqu'un d'autre à l'extérieur.

— Pourquoi ?

Faron haussa les épaules.

— Parce que c'est logique. Parce que vous en avez la possibilité.

— Nous avons un homme sur le terrain. Nous trois seulement sommes au courant de toute l'affaire.

— Je veux le rencontrer.

Plus que vingt minutes. Cole soupira.

— Entendu, j'organiserai une…

— Je veux le rencontrer maintenant.

— Non. Il doit absolument demeurer à l'extérieur, incognito. Au cas où.

— Très bien, allons à l'extérieur… maintenant.

— Je n'ai pas d'ordres à…

— Soyons clairs, dit Faron. J'ai conclu un arrangement avec la Maison-Blanche pour vous laisser les mains libres. Quand vous avez inclus Sallie dans cet accord, je n'ai pas protesté. Maintenant, vous reconnaissez que les hommes de la Maison-Blanche et vous avez menti, vous avez mêlé tout le FBI, la CIA et Dieu sait qui encore à mes affaires, en dépit de notre arrangement, et…

— Nous voulons simplement vous éviter d'être tué. Or, je ne peux pas agir sans…

— Il suffit d'une seconde pour rompre cet accord.

— C'est aussi le temps que met une balle pour accomplir son œuvre.

— Ou le temps qu'il me faut pour vous jeter dehors et révéler cet accord à la presse.

— Vous risqueriez d'être tué.

— À moins que le meurtrier prenne peur. Avez-vous pensé à ça ?

— Cette option a été jugée trop risquée, dit Cole. *Risquée pour nous, à cause du scandale des écoutes illégales.*

— Vous me faites rencontrer *immédiatement* cette troisième ombre qui rôde autour de ma vie, ou sinon, j'appelle la Maison-Blanche et…

Pas d'autre choix. Cole consulta sa montre : dix-sept minutes.

— O.K.

21

Nick attendait au coin d'une rue de Washington, dans la lumière froide de l'après-midi. Le Eastern Market de Capitol Hill se trouvait sur sa gauche : grande bâtisse de brique rouge hébergeant des petits commerces d'alimentation. J. Edgar Hoover avait travaillé là comme livreur dans une épicerie.

Saloperie de FBI, pensa Nick. Comment Cole avait-il pu perdre le contrôle de ce type ? Et qu'avait-il à faire de si important que je doive assumer ça tout seul ?

Nick passa sa langue sur ses lèvres froides. Le scotch de la bouteille cachée dans sa voiture lui brûlait l'estomac. Trois *Life Savers*[1] à la menthe glaciale fondaient dans sa bouche. Nick repéra *le type* trois pâtés de maisons plus loin ; il le regarda approcher. Personne ne le suivait, aucun véhicule suspect dans les parages. Mais le flic de la criminelle ne put percer l'expression de l'homme qui avança vers lui et dit :

— Vous devez être Nick Sherman.

— Si vous le dites.

— Ravi de vous rencontrer.

Faron Sears lui tendit la main.

Aucun des deux hommes ne serra véritablement la main de l'autre, et tous les deux en étaient conscients.

— Vous auriez dû vérifier mon identité, dit Nick.

— Je vous avais déjà catalogué comme flic à deux cents mètres d'ici.

— Ne restons pas à découvert.

Faron dit :

1. Life Savers : bonbons ayant la forme d'une bouée de sauvetage. (*N.d.T.*)

– Il y a quelques bars dans le coin où....

– Pas la peine d'aller dans un bar !

Faron sourcilla.

– Très bien. Je connais un meilleur endroit.

Le Eastern Market ressemble à un long entrepôt, abritant des marchands de primeurs, des bouchers et des volaillers. Tout au fond, dans un coin, se trouve une petite cafétéria où Nick et Faron commandèrent deux cafés dans des gobelets en polystyrène. Derrière eux, un vieux Noir grattait des oignons calcinés sur un gril, en écoutant une radio de jazz. Sur leur gauche s'étendait un étal de boucherie vitré, et devant eux se trouvait un éventaire de poissonnier où un empilement de truites de mer reposait sur la glace, la gueule béante, les yeux noirs et froids.

– Vous aimez les *Life Savers* ? demanda Faron.

– Pardon ?

– J'ai un très bon odorat. Il s'est affiné en prison, où mes sources d'informations étaient limitées. Et je sens une odeur de... menthe.

Nick détourna la tête.

– La journée a été longue. Le trajet en avion aussi.

– Où étiez-vous, l'agent Cole et vous ?

– S'il veut vous tenir au courant, il vous le dira.

Faron sourit.

– Qu'est-ce que vous avez contre moi ?

– Carrément ?

Faron haussa les épaules.

– Je l'ai senti dans votre poignée de main, je l'entends dans votre voix. Vous êtes prêt à mourir pour moi. À tuer. Pourtant, vous ne m'aimez pas.

Les yeux de Faron étaient aussi immobiles que ceux des poissons morts.

– Je n'ai rien contre vous personnellement, répondit Nick, mais vous êtes un politicien.

– Exact, mais ce n'est pas la seule raison.

– Et puis merde ! Vous voulez vraiment le savoir ? Je suis flic depuis presque trente ans. Et aujourd'hui, je risque ma peau pour un type qui dans le temps a essayé de liquider des flics.

– Je vois que Cole vous raconte tout.

– Il est bien obligé.

– Et vous, vous lui racontez tout ?

– Parfaitement, répondit le flic avec un hochement de tête vigoureux et un froncement de sourcils appuyé.

– Non, je ne crois pas, dit Faron. Vous lui racontez tout ce qu'il a besoin de savoir selon vous, mais vous ne lui racontez pas tout.

– Nous protégerons votre vie.

– Ces policiers que je voulais tuer ne portaient pas leur insigne comme vous le faites, dit Faron.

– Ils auraient quand même été assassinés.

– Oui. Et moi, j'aurais été damné. Mais ce n'étaient pas des enfants de chœur, et l'époque était différente. Je ne suis pas comme d'autres…

– Oh ! ne commencez pas avec vos alibis « pertinents », dit Nick d'un ton cassant. J'ai trop mal à la tête aujourd'hui pour écouter ces explications vaseuses. Un meurtre, c'est un meurtre. Et de ce point de vue, vous n'êtes pas différent de moi. Voilà à quoi je sers en tant que flic, parce qu'une personne est une personne.

– Dans le temps, là-bas, je n'étais pas une personne. J'étais un…

– Gardez ça pour la télé. (Nick plaqua sa main sur son front, mais son cerveau continua de cogner dans sa tête.) Épargnez-moi votre baratin comme quoi notre passé d'esclavage, de lynchages et de viols vous accorderait aujourd'hui le droit particulier de tuer.

– Ah ! fit Faron, votre problème, c'est que je suis noir.

– C'est pas mon problème.

Faron répliqua :

– Ce n'est pas non plus le mien.

– Écoutez. Préoccupez-vous seulement de savoir si je peux assurer votre sécurité. Et vous n'avez rien à craindre, car si je fourbis mes armes, c'est à cause des meurtriers et des monstres qui vous poursuivent.

– Les monstres qui me poursuivent ? dit Faron.

Nick repoussa d'un geste cette remarque.

– À mes yeux, victime ou assassin, la race ne compte pas, voilà ce que je veux dire.

– Vous avez entièrement raison. Et entièrement tort.

Derrière eux, la radio diffusait une musique de big-band qui vint caresser Nick avec les souvenirs jaunis d'un living-room, d'un poste de radio posé sur une moquette fine, sa mère pieds nus et ses cheveux très noirs flottant sur ses épaules, alors qu'elle le faisait tournoyer en le tenant par ses petites mains, en disant : *C'est la musique sur laquelle on dansait ton père et moi quand il était soldat.* Nick prit le gobelet en plastique, regarda trembler le petit lac noir au fond.

– Vous avez *besoin* que je gobe votre baratin, hein ? dit-il. Faut que je sois d'accord avec vous. Vous prêchez avec passion, car vous avez absolument besoin que tout le monde sur terre gobe votre baratin.

– Il ne s'agit pas de gober ce que je dis. Il faut le mériter. Mais vous avez raison, il est important que chacun…

– Important pour *vous*, rectifia Nick. À titre personnel.

– La vie est une affaire personnelle.

– Autrement dit, vous menez cette *croisade* pour votre compte.

– Évidemment. (Faron accorda trois secondes à Nick pour savourer son triomphe.) Car je ne possède rien de plus que la personne la plus pauvre. De nos jours, tout le monde, du sommet jusqu'en bas de l'échelle s'étouffe avec le sang de l'âme de l'Amérique découpée en morceaux. Et notre plaie la plus profonde s'appelle le racisme.

– Peut-être, mais quelle importance ? Vous avez la peau beaucoup plus épaisse que le gars qui bosse huit heures par jour, monsieur le Milliardaire.

– Je pourrais tout perdre demain. J'ai appris ça la première fois où j'ai entendu se refermer la porte de ma cellule.

– Vous avez suffisamment d'avocats maintenant pour éviter la prison, dit Nick.

– Peu importe ce que j'ai dans mes poches si le verdict est basé sur la couleur de ma peau.

– Ce ne sont pas les critères qui m'intéressent. La race n'est pas mon problème.

– Même si votre cœur était pur et si vous étiez aveugle, ce serait quand même votre problème, dit Faron. Vous vivez dans un monde où le racisme pollue l'air.

– L'air d'ici sent la viande fraîche, la sciure et le poisson mort.

– Et le café que vous ne buvez pas, dit Faron.

Nick tressaillit. Il esquissa un sourire glacial.

– Écoutez, monsieur le Messie, n'essayez pas de me faire endosser la tenue du « vilain Blanc raciste », car…

– Je ne vous ai pas….

– … Car je ne suis pas blanc.

Une nounou salvadorienne souleva à bout de bras un enfant blond aux yeux bleus pour qu'il puisse voir le poissonnier écailler un bar.

– Je suis indien, dit Nick. Pas assez pour l'être officiellement. Ma grand-mère était métisse.

– De quelle nation ? demanda Faron.

Nick sourit.

– De quelle tribu, vous voulez dire ? Cheyennes du Nord. Mais j'ai les yeux bleus, les cheveux châtains et j'attrape des coups de soleil comme un Suédois. D'ailleurs, je crois que personne n'est au courant.

– Vous n'en parlez jamais.

C'était une affirmation, pas une question.

– Ce que je suis ne regarde que moi.

– Qui êtes-vous ? demanda Faron.

– Hum ! Hum ! (Nick secoua la tête.) Ça *me* regarde. Sachez simplement que je ne pourrai jamais être une sorte de nazi qui n'ose pas l'avouer, et qui s'en prend à tous ceux qui ne sont pas blancs comme moi… comme une *partie* de moi.

– Le racisme n'est pas un péché de Blancs ; c'est un péché humain. Je connais des Noirs à la peau claire qui crachent leur venin raciste sur des Noirs à la peau plus foncée, des Noirs qui détestent des Latinos, des Latinos qui haïssent les Noirs autant que des membres du Ku Klux Klan. J'entends des Noirs traiter les Juifs en boucs émissaires comme les nazis. Noirs, Juifs, Blancs, Asiatiques… on est tous l'« autre » de quelqu'un.

– Vous m'avez fait venir ici uniquement pour me dire ça ? Vous avez grillé ma couverture pour…

– Je voulais savoir à qui je confiais ma vie.

– Alors, balancez-moi un sermon pour me clouer à ma place.

– Ne me laissez pas vous dicter votre place. Je ne la connais pas… Et vous ?

– Je peux aller où je veux, bordel !

– Oui, dit Faron, c'est également ce que je pense. Pourquoi êtes-vous en colère, alors ? Pourquoi êtes-vous obnubilé par ma race ? Je pense que ce n'est pas uniquement à cause de moi.

– Écoutez, je suis déso… Non, merde ! Je refuse de m'excuser ! Je ne manie pas le fouet, je ne porte pas de cagoule… Je n'ai jamais fait de… Bon, O.K., peut-être que je… Je suis un flic au visage pâle dans une ville à 75 % noire, et par conséquent, la plupart des salopards que j'ai vu violer et tuer sont des Noirs, c'est comme ça.

– Cherchez donc le mal chez les criminels, pas chez les Noirs…

– C'est ce que je fais, mais… mais…

Le poissonnier aspergea avec un tuyau les truites empilées sur la glace.

– Écoutez, dit Nick, si vous pensez que je ne suis pas capable de…

– Je pense que vous êtes un homme bon.

Nick sourcilla.

– Mais vous avez des problèmes. Et ça ne vient pas de moi. Ça vient de vous.

Nick regarda l'eau dégouliner sur les poissons morts, et il dit :

– Ouais, c'est juste. La vie. Le boulot, le stress. (Il porta son gobelet à ses lèvres et but.) Le café froid.

Un boucher débitait une carcasse d'agneau.

– Mes problèmes, c'est mes problèmes, dit Nick. Ils ne m'empêcheront pas de vous protéger.

Faron posa sa main sur le bras de Nick… un geste doux, mais ferme.

– Je sais que vous devez rester incognito, mais on peut se revoir.

– Pourquoi aurais-je envie de vous revoir ?

Faron haussa les épaules.

– Ce serait peut-être une bonne idée.

Nick répondit :

– Les cimetières sont pleins de bonnes idées.

22

Personne ne vit Cole dévaler l'escalier entre le deuxième étage, où se trouvait le bureau de Faron, et le couloir du premier étage à 13 h 05 – cinq minutes de retard. Sallie l'attendait devant une porte ouverte.

– Vite! murmura-t-elle. Il y a un déjeuner d'anniversaire, mais ils seront de retour dans une demi-heure !

Elle lui fit signe de la suivre dans la salle des opérations, puis referma la porte. L'ancien chœur de l'ancienne église abritait maintenant vingt-cinq postes de travail, des bureaux avec des ordinateurs. Sallie conduisit Cole vers un mur d'anciennes penderies en chêne transformées en une rangée de classeurs avec étagères.

– Hier, j'étais dans cette pièce quand ils ont ouvert ça.

Sallie abaissa une des deux poignées d'une penderie. La porte s'ouvrit.

– Voilà déjà une première chose. (Elle lui montra cinq piles de photos 18 × 24, soigneusement empilées.) Des clichés de foule pris durant les meetings de Faron. Si quelqu'un le traque…

– Possible, dit Cole. Il y a au moins mille photos. En les passant au scanner…

– *Si* on parvient à les sortir d'ici, dit Sallie. Regardez ça.

Sallie abaissa l'autre poignée de la penderie ; celle-ci refusa de bouger.

– Cette porte est verrouillée en permanence.

– Qu'est-ce que…

Cole la vit jeter un regard à sa montre.

– 13 h 20. Ils vont commencer à revenir au compte-gouttes un peu avant la demie.

Nous y voilà, songea Cole. *On y est.* La frontière de l'intégrité au sujet de laquelle il avait plaisanté avec Nick, une limite légale comme celle franchie par les brebis galeuses de l'ATF qui avaient tout déclenché, la frontière morale entre « le bon choix » et ce qui était « bien ».

— À vous de décider ! chuchota Sallie.

— Allez fermer la porte, lui ordonna-t-il. Bloquez-la.

Tandis qu'elle obéissait, Cole prit un coupe-papier en aluminium sur un des bureaux. C'était une sorte de poignard avec une lame à double tranchant. Objet standard dans cette salle des opérations où l'on ouvrait les lettres à l'ancienne, écrites sur des feuilles, avant de les « saisir informatiquement ».

Cole introduisit le coupe-papier dans l'interstice étroit du pêne de la serrure. La lame métallique frotta contre le pêne en acier. Rien ne se produisit. Des gouttes de sueur perlèrent sur son front. *Appuie... fais levier contre...*

— La lame s'est tordue ! maugréa-t-il.

Soudain, la porte de la salle des opérations heurta le dos de Sallie avec un bruit sourd, la projetant vers l'avant. Elle pivota sur elle-même.

— Monk !

Cole se retourna, adossé contre la porte de la penderie verrouillée. Le manche du coupe-papier appuyait contre sa colonne vertébrale.

— Les salles doivent toujours rester ouvertes !

Monk se précipita vers Cole appuyé contre la penderie, dont une des portes était grande ouverte.

— ... Surtout quand y a des gens comme vous qui...

— Ouf, c'est vous, dit Cole. Regardez ce qu'on a trouvé !

Il désigna la porte ouverte de la penderie ; le coupe-papier s'enfonçait dans son dos, tandis que son geste servait à détourner l'attention de Monk.

— Regardez, dit Cole. Ces photos ont été prises durant les meetings de Faron, non ?

— La question est pas là, dit Monk. La question c'est : qu'est-ce que vous manigancez dans ce bureau, derrière une porte fermée ?

– Depuis quand y a-t-il des lois qui interdisent de fermer les portes ? dit Cole. Bon sang, je ne me souviens même pas si j'ai… C'est vous qui l'avez fermée, Sallie ?

Monk reporta son attention sur Sallie. Cette dernière vit Cole appuyer son dos contre le manche métallique. *De haut en bas…* il essayait de…

Sallie bredouilla :

– Je… quand on est entrés, je ne sais plus si elle était ouverte. Je m'apprêtais justement à aller… l'ouvrir. Pour aérer un peu la pièce. Vous êtes entré au même moment et vous m'avez bousculée…

Cling !

Monk se retourna brusquement, vit Cole qui se massait le coude, en s'écartant de la penderie dont une des portes était ouverte, tandis que l'autre semblait intacte et bien fermée.

Merde ! se dit Sallie. *Cole a poussé le coupe-papier à l'intérieur du classeur verrouillé ! Monk ne peut plus le voir ! Et on ne peut plus le récupérer !*

Cole se massait le coude.

– Je me suis cogné. Il n'y avait personne dans le bureau quand on est entrés.

Monk le foudroya du regard.

– Alors, vous avez…

– J'ai ouvert la porte de cette saloperie de classeur ; l'autre est fermée à clé. Et j'ai découvert une pile de photos qui, si vous nous dites la vérité…

– J'ai pas besoin de mentir à des gens comme vous !

– … dans ce cas, si vous avez *raison*, reprit Cole, quelqu'un aurait dû nous parler de ces photos. Notre boulot consiste à évaluer la campagne de Faron, à étudier vos circonscriptions, à passer en revue votre organisation afin…

– Je vois pas le rapport avec le fait d'ouvrir des portes pour…

– Au contraire, il s'agit justement *d'ouvrir des portes*. Pour faire notre travail au mieux, nous avons besoin d'analyser ces photos.

– Pas question de les sortir de là tant que j'ai pas l'autorisation.

– Allons la chercher dans ce cas, répondit Cole. Allons voir vos collègues.

Monk referma la porte de la penderie qui n'était pas verrouillée. Les rires des fêtards qui revenaient de l'anniversaire envahirent le couloir, tandis que Monk secouait la poignée bloquée.

– Un problème ? demanda Cole.

Monk sourit.

– Non, du moment que cette porte reste fermée.

23

L'assassin était couché sur la chaleur électrique de son lit. Dehors, le soleil flottait au-dessus de l'horizon. La sueur séchait sur ses bras nus (cent pompes) et son ventre nu (cent relevés de buste).

Où es-tu maintenant, coach Wagoner ? pensa-t-il. Toi et ton gros bide, tes cours de gym au collège, ton rire et ta grande gueule « Allez, mauviette, grimpe à cette corde ! » Tu as ri aussi durant tes vacances, quand tu as appuyé sur la pédale de frein, dans les montagnes, et qu'elle s'est enfoncée dans le vide ? Tu as repensé à tes cours obligatoires de mécanique automobile ? Toi et ta grosse bonne femme, et ta fille blonde décolorée, avec ses grosses cuisses blanches sous sa jupe de *cheerleader*.

Mes jambes sont nues et puissantes, pensa-t-il (cent squats.) Je suis prêt. Mon lit est électrique, et tout ce qu'il me faut est ici, sur la commode devant le miroir, sur les chaises rassemblées. Ce qui n'était pas ici était planqué ou sous le contrôle du Guide.

Une lumière écarlate rougeoyait derrière la fenêtre de la chambre.

Chaque chose existe telle qu'on la voit, se dit-il. Et il sentit les battements de son cœur. Les battements s'accéléraient…

Dehors, le soleil déclinait. Dehors, il y avait Faron Sears, sa dernière lune se levait. Il était le premier des deux… qui serait la mission deux ? Son Guide lui fournirait sa victime. Son Guide était le lien qui avait fait défaut durant toutes ces années. Son Guide lui avait révélé qu'il ne suffisait pas de savoir ce que vous êtes. N'importe quel cinglé est capable de saisir la réalité.

Sans l'aide de personne, il avait appris certaines vérités. Se définir soi-même à travers des actes venus du plus profond de soi. Ça c'est de l'art. Dominer ce que le destin a placé au-dessus de soi. C'est ça le pouvoir. Dominer. Il faut tous les battre. Leur faire payer.

Mais pendant des années, il avait su qu'il lui manquait quelque chose. Et puis un jour, dans le bavardage de Chris Harvie, il avait entendu la révélation.

La preuve, voilà la chose essentielle qui lui manquait. Il fallait être reconnu. Il fallait qu'il y ait un témoin. Un seul témoin suffisait, pour vous prouver que vous n'étiez pas fou, ou que ce n'était pas votre imagination délirante. Un témoin qui vous permet de graver votre vérité dans les milliards de cœurs de la planète, des cœurs qui seront obligés ensuite de porter témoignage eux aussi. Gloire égale domination. Si le monde entier tremble devant un chef-d'œuvre, celui qui a engendré cette peur domine ces cœurs. Tout le reste n'est que pur besoin. Ou entraînement. Ou plaisir.

Le coach Wagoner et les cuisses des *cheerleaders*. L'étudiant auto-stoppeur qui n'a jamais vu le tireur embusqué dans les arbres. Elaine Roberts, cette salope, écartait les cuisses pour n'importe qui, mais... à cent cinquante kilomètres de chez elle quand sa voiture est tombée en panne – un sucre dans le réservoir – ... « *Tiens, salut ! Qu'est-ce que tu fais par ici ?* »

Monte, avait-il dit. Je t'emmène.

Mais il n'y avait pas de témoin. Ça n'avait jamais été assez énorme, assez grandiose, pour laisser une cicatrice dans les milliards de cœurs. Jusqu'à aujourd'hui.

Chris Harvie. Ce n'était pas un véritable témoin. Il savait simplement ce qu'il savait et rien d'autre. Mme Olson, commandante en chef des élèves de primaire. Chris Harvie, maison de redressement marqué au tampon sur son front depuis l'école maternelle ; elle l'enfermait dans le placard parce qu'il l'emmerdait, tout le monde s'en foutait. Comme tout le monde se foutait de ce qu'elle écrivait à des parents adoptifs qui se faisaient payer – *sois obéissant et ne fais pas d'histoires tant que tu es avec moi* – ou son habitude de vous montrer du doigt devant tout le monde en disant : regardez la tache sur le pantalon du bébé.

Veuve, stérile, Mme Olson avait un radioréveil sur sa table de chevet. Elle aimait prendre des bains, elle s'allongeait et fermait ses yeux méchants, sa peau ridée trempait dans une pièce jaune embuée. Heureusement, le fil de la radio était assez long. Elle a failli faire une crise cardiaque quand elle a entendu : « Tiens, attrape ! »

Elle devait avoir du savon dans les yeux et elle cherchait une serviette à tâtons, quelle malchance, avait dit la police. Sans doute qu'elle n'avait pas lu la brochure sur les dangers domestiques que les pompiers volontaires lui demandaient de distribuer à ses élèves chaque année.

Personne ne s'était demandé ce que pouvait écouter la vieille bique à la radio. Personne n'avait demandé à Chris Harvie qui il avait vu sortir par la fenêtre de la chambre de la veuve cette nuit-là. D'ailleurs, Chris Harvie n'était pas censé se trouver dans cette ruelle lui non plus. Il connaissait sa réputation en ville. Il savait la confiance qu'ils lui accordaient. Il savait ce qui risquait d'arriver quand on trahissait la mauvaise personne.

L'année de terminale, ce gars obtint finalement son billet pour la prison, à cause d'une bagnole volée. Disparu de la circulation. Mais il était revenu, rachetant ainsi sa totale nullité. Tant mieux pour lui.

Le cœur s'accélère. *Regarde !* Allez, ça vient ! Oui, *voici* ce qu'il était ; *voilà* ce qu'il deviendrait quand tout le monde découvrirait ce qu'il allait leur faire voir, et le lit tremblait comme un feu électrique.

24

La nuit avait envahi les rues à l'extérieur du Q.G. Dalton Cole, Sallie Pickett et Nick Sherman étaient assis autour de la table de réunion.

– Si le message intercepté par les crétins de l'ATF est exact, dit Nick, Faron n'est que la première victime. Qui sera le bis de notre meurtrier ?

Il maîtrisait son élocution. Il avait bu un verre après sa rencontre avec Faron, puis un petit coup vite fait après s'être garé. Il avait rebouché la bouteille en sachant qu'il ne pourrait pas s'en envoyer une gorgée avant un long moment. Pas de problème. Au diable monsieur Faron Sears-le-Nez-Fin.

– Dans deux semaines, c'est la Saint-Valentin, dit Sallie. Date de l'ouverture de la chasse, d'après le message.

– Mais qui est la deuxième cible du meurtrier ? demanda Nick.

– On ne peut pas se concentrer sur cette question, répondit Cole. Notre cible identifiée se nomme Faron Sears. Nous avons un meurtrier en liberté, et il se rapproche. Sans oublier l'espion au sein même de l'organisation de Faron.

… Les micros placés au siège d'Amérique aryenne confirment ce qu'a dit Ricki, ajouta Cole. Eiger et Slawson se contentent de chercher un moyen de tirer avantage des agissements de Harvie et Luster, tout en évitant la prison.

– Ricki les encourage en ce sens, dit Nick.

– C'est là son drame, dit Cole. Eiger et Slawson ignorent qu'elle les manipule.

– Le jour où ils s'en apercevront, dit Nick, elle est morte.

– Si nous apprenons qu'elle est en danger, ordre à l'équipe de l'Idaho de la mettre à l'abri.

– Hein ? fit Sallie.

– Par tous les moyens. Y compris un raid si nécessaire.

– Il ne s'agit pas de sauver une pauvre innocente, dit Nick.

– Je cherche seulement à éviter un crime de plus.

– En risquant de compromettre notre objectif ? demanda Sallie.

Les trois représentants de la loi se dévisagèrent.

– Donne ordre à l'équipe de la protéger, dit Cole.

– Très bien, monsieur. (Nick tapota sur une chemise cartonnée.) La sœur de Chris Harvie. Elle n'a aucune carte de crédit. Ni permis de conduire, ni numéro de téléphone, ni messagerie ; aucune inscription sur les listes électorales, aucune affaire judiciaire, pas de certificat de décès. Par contre, une douzaine d'anciennes arrestations pour ivresse.

– On pense qu'ils n'ont pas eu de contact depuis plusieurs années, dit Sallie.

– Elle est le seul lien avec Harvie que nous n'avons pas exploré, dit Cole. Trouvez-la.

Nick se massa le front. Il fourra un *Life Saver* dans sa bouche. Tendit le paquet à ses compagnons. Ils firent non de la tête.

Le regard de Dalton s'attarda sur Nick ; tous les deux sentirent ce contact. Cole se retourna vers Sallie.

– À vous de choisir. (Il secoua la tête.) Je ne peux pas vous ordonner de faire ça. Si vous acceptez, ce n'est pas seulement votre carrière que vous mettez en jeu.

– Vous me demandez d'enfreindre la loi, dit Sallie.

– Oui, et si on se fait pincer, c'est moi qui me ferai fusiller à votre place, mais vous vous retrouverez contre le mur vous aussi. Ou derrière.

– Et puis merde, dit-elle, on était déjà piégés le jour où on s'est engagés.

– Je peux magouiller pour obtenir l'aide du Bureau, dit Cole. Je peux vous brancher avec le département des services techniques pour le verrou, et aussi avec le CART.

Le CART, *Computer Analysis and Response Team*, était le nom donné à l'équipe du FBI spécialisée en informatique.

– Vous les avez déjà appelés. Et si j'avais dit non ?

Cole haussa les épaules. Il lui tendit une feuille de papier.

154

– Voici le nom et le numéro inscrits sur le verrou de la porte de la penderie. Les services techniques peuvent s'en servir pour vous transformer en redoutable cambrioleur.

– C'est déjà fait.

Sallie sortit de sa poche une disquette d'ordinateur.

– … Voilà ce qu'on distribue aux employés pour programmer leurs ordinateurs portables. Personne ne se donne la peine de verrouiller les tiroirs où ils les rangent. Le CART trouvera peut-être là-dessus quelque chose qui pourra nous aider.

– Vous avez volé ce truc avant notre aventure, dit Cole. Techniquement, vous avez effectué une perquisition sans autorisation.

Sallie répondit par un haussement d'épaules.

– J'ai eu tort de me soucier de votre sensibilité, dit Cole.

– Je ne peux m'empêcher de m'angoisser, avoua Sallie. Je critique les anciens qui ont espionné le Dr King et perquisitionné chez lui illégalement. Et voilà où j'en suis.

– Où *nous* en sommes, rectifia Cole. Si quelqu'un ouvre la porte de cette penderie avant que vous n'accomplissiez votre travail, ils trouveront le coupe-papier. Pas besoin alors d'être un génie pour comprendre comment il a atterri là.

– Supposons, dit Sallie, que Monk et les autres découvrent le coupe-papier. S'ils placent un type à l'entrée de la salle, je le saurai.

– Soyez prudente et intelligente, dit Cole. Le contenu de ce placard ne vaut pas la peine qu'on se grille.

– Ou que vous soyez blessée, ajouta Nick.

Les représentants de la loi accordèrent un instant au silence.

– Nous concentrer sur le tueur était la meilleure solution le temps de prendre nos marques à l'intérieur de l'organisation de Faron, dit Cole. Maintenant, on se lance à la recherche du traître.

– Le Bureau a enquêté sur tous les noms des bénévoles et des employés que je leur ai donnés, dit Sallie. Pour l'instant, rien d'intéressant.

Nick demanda :

– Et la bande des quatre ? La femme ?

– Lauren, dit Cole.

– Wood, Monk et Leibowitz, enchaîna Nick.

– Ce sont sans doute eux qui ont le plus à perdre si Faron est assassiné, dit Cole. Privée de chevalier blanc, leur croisade se désintègre.

– La taupe était peut-être un bénévole de Chicago, dit Sallie. Un vulgaire fouineur sans garde.

– Le message intercepté est un ordre, fit remarquer Nick, pas un renseignement.

– Sallie et moi allons désormais nous occuper des barons de Faron, déclara Cole. Surveillance rapprochée et individuelle. Je prends Leibowitz.

– Et Lauren, dit Sallie. Elle s'entend mieux avec vous.

– Si vous le dites.

– Il me reste Wood et Monk.

– Faites attention avec Monk, dit Cole.

– Et Faron ? demanda Nick.

– Eh bien quoi ? dit Sallie.

– C'est un type intelligent. Un joueur.

– Il ne joue pas ! s'exclama Sallie. Il n'est pas comme…

– Bien sûr que si, dit Nick. (Il la regardait s'emporter.) C'est un ancien détenu. Peut-être qu'il a tout manigancé.

– Hein ? fit Cole.

– Vous lancez sur vos traces un tueur que vous pouvez sacrifier, vous utilisez le FBI pour le capturer, et vous devenez un martyr indemne, un héros certifié.

– Oui, Faron est assez intelligent pour avoir monté un coup pareil, dit Cole. Mais il ne pouvait pas être sûr qu'on découvrirait ce qui se passait. Il ne pouvait pas miser sur le fait que deux types de l'ATF poseraient des écoutes illégales. Voilà pourquoi la théorie du coup monté par Faron ne tient pas debout.

– Pas avec ce que nous savons pour l'instant, dit Nick. À moins que toutes ces entraves qu'il nous impose servent à protéger son coup monté et non pas sa politique.

– Qu'est-ce que vous avez contre lui ? demanda Sallie. Il est…

– Je n'ai aucun *a priori* à son sujet. Bon ou mauvais. Et vous ?

Nick adressa un sourire à ses deux collègues, sans trembler.

25

– Tenez.

Jon Leibowitz tendit son attaché-case à Cole au moment où ils descendaient du taxi devant le Dirksen Building abritant les bureaux des sénateurs, le lendemain matin.

Cole dit :

– Je suis là pour aider Faron. Pas pour porter vos bagages.

Leibowitz posa une main gantée sur l'épaule de Cole.

– Je suis le général politique de Faron. Les généraux ne portent pas d'attachés-cases. Si vous portez un attaché-case, ça veut dire que vous êtes un collaborateur… et moi, de toute évidence, je suis un général. Telle est mon image, et l'image crée le pouvoir.

… Ici, ajouta-t-il, nous avons besoin de tout le pouvoir que l'on peut récolter.

Une porte à tambour en cuivre les propulsa à l'intérieur de l'immeuble en marbre. Leibowitz sourit au policier responsable du contrôle à l'entrée, en l'appelant par son nom, et eut droit à un «Bonjour, monsieur le Député» en échange au moment où il franchissait le détecteur de métaux. Qui retentit.

– Finie l'époque où j'avais des billets de banque, dit Leibowitz au policier. Maintenant, j'ai les poches pleines de *pennies*. Vous voulez que…

– Non, pas la peine, monsieur le Député, répondit le policier.

Pas d'ennuis à cause d'un flingue à la ceinture, songea Cole en franchissant à son tour le portique détecteur de métaux. Pour l'instant.

Ils pénétrèrent dans un univers de sols en marbre à damiers, de murs en acajou et de plafonds voûtés. Divers échos emplissaient les couloirs : voix, téléphones, bruits de pas.

– On est vendredi, glissa Leibowitz à Cole, tout en ôtant ses gants en vachette. Qu'est-ce que ça signifie à votre avis ?

– *Général*, répondit Cole. Je suis un collaborateur, pas un devin.

L'ancien membre du Congrès sourit.

– La Chambre ne siège presque jamais le vendredi, et le Sénat essaye de faire pareil. Si vous restez à Washington, vos électeurs pensent que vous ne vous occupez pas d'eux. Si vous retournez dans votre État, vous ne pouvez pas faire le travail pour lequel ces mêmes électeurs vous ont élu. Résultat, vous faites toujours deux boulots en même temps. Vous faites le travail pour lequel on vous a choisi, et vous bossez pour remporter les prochaines élections.

Un homme avec une chemise blanche et une cravate, ayant laissé son veston dans son bureau, marchait vers eux en tenant un gobelet en carton. L'odeur de café flotta dans le couloir en marbre.

– Nous sommes ici pour servir l'empire commercial de Faron ou sa machine politique ? demanda Cole.

– Où est la différence ? demanda Leibowitz. Faron emploie des milliers de personnes ; ces personnes envoient des sénateurs, des présidents et des maires au travail chaque matin. Ces gens nourrissent des armées, les électeurs votent leurs salaires. Et l'homme qui engendre leurs salaires est extrêmement puissant, politiquement et commercialement.

– Ce n'est pas tout à fait exact, souligna Cole. (Les bruits de leurs pas résonnaient.) Des Américains risquent leur vie pour…

– Pour des principes immortels en temps de crise, dit Leibowitz. Oui, oui. Mais au quotidien, de quoi veulent-ils que leurs serviteurs politiques s'occupent ?

– Du rêve américain, dit Cole.

– Chaque jour, vous ressemblez un peu plus à Faron. Et c'est un compliment.

– Je n'avais pas cette impression.

– Parce que vous n'écoutez pas, dit Leibowitz. Visiblement, Faron m'a persuadé que je ne pouvais rien faire de mieux que d'œuvrer pour sa croisade en faveur du *rêve américain*. Mais ce n'est pas lui qui est obligé de trimbaler ce foutu rêve dans toutes ces tranchées ensanglantées.

– Vous êtes bien payé, dit Cole.

– Je vaux bien plus que ça sur le marché.

– Si vous valez tant que ça, dit Cole, que fait-on ici un vendredi, alors que la plupart des sénateurs sont rentrés à la maison ?

– Les armées sont commandées par des sergents, pas des généraux.

Leibowitz poussa une porte sur laquelle était inscrit : Sous-commission des pratiques commerciales et antitrust. Dix minutes plus tard, Cole était assis à côté de Leibowitz, devant un bureau, face à une femme proche de la quarantaine, avec des cheveux châtains coupés au rasoir et des yeux encore plus grands que ceux de Lauren.

– Et bien évidemment, lui dit Leibowitz, les intérêts de votre président et les nôtres coïncident.

– Vraiment ? dit l'avocate de la sous-commission. De quelle manière ?

– Bien entendu, nous collaborerons pleinement avec la sous-commission.

– Mon patron appréciera. Il déteste rédiger des assignations.

– Oui, bien sûr, dit Leibowitz, ça coûte cher de rassembler les votes de la commission dans ce but. Mais nous ne prévoyons pas qu'il sera nécessaire de rédiger des assignations.

– Il est rare que des témoins *demandent* une assignation.

– Ce n'est pas un souhait, dit Leibowitz. Mais peut-être serez-vous obligés de nous les adresser – ainsi qu'à l'Attorney General – afin que…

– L'Attorney General ?

– Au nom du ministère de la Justice.

– Habituellement, les agences gouvernementales ne reçoivent pas d'assignation de la part du Congrès.

– Hélas ! ce sera peut-être le seul moyen de répondre correctement, équitablement et pleinement aux inquiétudes du président de la commission.

– Là, je ne vous suis plus, avoua la spécialiste de la loi antitrust du Sénat, un poste qui la rendait plus puissante et plus importante que des milliers d'avocats du privé, tous bien mieux payés qu'elle. Vous faites allusion à l'enquête du ministère de la Justice…

– Nous ne faisons l'objet d'aucune *enquête*, dit Leibowitz. Il s'agit d'une étude financière menée par le ministère de la Justice. C'est d'ailleurs la raison pour laquelle il nous est difficile de vous fournir les documents réclamés. La petite chasse au trésor du ministère de la Justice a monopolisé tous nos avocats et nos experts-comptables, et un tel coût pourrait avoir des répercussions sur l'emploi du personnel le moins qualifié au sein de nos sociétés.

– Laissez tomber. J'ai pris connaissance des analyses de Wall Street concernant les sociétés de M. Sears. Il peut absorber un tas de frais juridiques. En outre, les honoraires des avocats sont déductibles des impôts.

– Dieu soit loué, il y a une chose qui nous rend populaires, nous les avocats !

Cole sentit la femme assise derrière le bureau se dégeler quelque peu.

Leibowitz enchaîna :

– Nous nous inquiétons de constater que le ministère de la Justice maintient votre commission dans l'ignorance de ses agissements, dans la même ignorance que nous. Ajoutez à cela le simple problème physique qui consiste à préparer les auditions de votre sous-commission, tout en essayant de trouver le moyen de satisfaire les mystérieuses exigences du ministère de la Justice. Nous vous demandons juste un peu de temps pour pouvoir vous aider loyalement et pleinement.

– Oh ! vraiment ? fit l'avocate. Rien d'autre ?

– L'impartialité est au cœur des préoccupations de votre patron, dit Leibowitz. Et si nous devons ouvrir nos dossiers et nos cœurs…

– Je doute que le président demande à Faron de chanter une chanson d'amour.

– Quelle que soit la chanson qu'il nous demande de chanter, l'impartialité voudrait qu'il demande au ministère de la Justice de chanter également. Si nous étalons toutes nos cartes à la barre des témoins, ils devraient faire la même chose.

– Ah ! je comprends, dit la femme.

– Mais compte tenu de tout cela : le travail, l'interruption de printemps annoncée par la direction, et d'autres facteurs encore, si nous attendions un moment plus propice pour explorer en profondeur la nécessité de procéder à des auditions…

– Quels « autres facteurs » ?

Leibowitz sourit.

– Si le président de la commission et l'administration diligentent des enquêtes sur Faron Sears juste au moment où celui-ci parvient à rallier des milliers de cœurs et d'esprits à une nouvelle façon de penser… Les gens pourraient avoir l'impression que des politiciens montent des accusations de toutes pièces afin de discréditer un honnête et brillant leader, un contribuable qui emploie de la main-d'œuvre américaine, un homme dont l'influence personnelle représente pour eux une menace. Le président ne voudra pas que son travail légitime se confonde avec de viles manœuvres politiciennes.

– Eh bien, fit l'avocate, impassible. Vous n'y allez pas par quatre chemins.

– Mon patron est un homme franc et direct.

– Épargnez-moi ça, dit-elle. Puisque nous parlons d'enquêtes, j'ai entendu dire qu'un grand jury de Chicago s'intéressait de près au projet de M. Sears dans cette ville.

– Des centaines de grands jurys siègent un peu partout, répondit Leibowitz. Dont certains non loin d'ici, au pied de Capitol Hill. J'ai entendu dire qu'une commission de Washington enquêtait sur quelques membres du Congrès.

– Parlez-moi de Chicago, dit-elle.

– Ni Faron ni aucune de ses sociétés n'ont été cités à comparaître devant un grand jury. Évidemment, un grand jury aurait la préséance sur les exigences de votre commission. Ce n'est pas un choix de notre part, c'est la loi.

– En d'autres termes, vous voulez retarder la décision.

– Nous voulons des procédures adéquates au moment adéquat, dit Leibowitz.

– Je ne manquerai pas de faire savoir au président que vous avez été très coopératif, déclara-t-elle en se levant.

– Transmettez-lui mes salutations également. La dernière fois que je l'ai vu, c'était dans un grand dîner public.

– Bon sang, heureusement que vous n'avez pas mentionné l'utilisation d'un carnet de chèques. Cela aurait pu être mal interprété.

– Nous sommes tous de bons avocats, dit Leibowitz. À l'exception de mon ami ici présent. Connaissez-vous Dalton Cole ?

– Non.

– Je me disais que vous l'aviez peut-être rencontré autour de Capitol Hill. Il me semble que, tôt ou tard, tout le monde passe par votre commission.

– Il ne travaille pas pour vous ?

L'avocate avait froncé les sourcils.

– C'est un consultant, dit Leibowitz. Un tout nouveau. Le James Group. Je suis sûr que si vous posez la question à droite et à gauche vous entendrez parler de lui. Tenez-moi au courant. J'adore entendre ce qu'on dit de nos sous-traitants.

Dans le couloir, Cole entraîna Leibowitz dans un renfoncement qui ne menait nulle part, au-dessus d'un escalier avec une rampe en cuivre.

– Qu'est-ce que ça signifie ?

– Il s'agit de gagner du temps pour découvrir qui fait quoi dans notre dos, répondit le lobbyiste.

– Non, je ne parle pas de vos magouilles avec l'avocate, je parle du coup que vous m'avez fait ! Si vous voulez vérifier mes références, appelez la Maison-Blanche, nom de Dieu !

– Comprenez-moi. Faron vous a collé avec nous. Vous avez peut-être réussi à charmer Lauren, mais à mes yeux, vous n'avez pas encore fait vos preuves.

Jon Leibowitz, ancien membre du Congrès, diplômé en droit de Harvard, lobbyiste, soutint le regard de Cole avec la brutalité d'un taulard endurci.

– Ne restons pas là.

Cole le suivit.

– Et cette histoire de Chicago ? Si nous avons des démêlés avec un grand jury là-bas, j'ai besoin de le savoir, afin d'établir une analyse.

162

— Chicago ne fait pas partie de…

La porte d'un des bureaux s'ouvrit et deux hommes sortirent dans le couloir, d'un pas nonchalant. Le premier approchait la cinquantaine, portait un costume croisé, avait des cheveux blonds et un visage rougeaud. Son compagnon n'avait pas encore atteint la quarantaine, il portait de grosses lunettes rondes comme des yeux de chouette.

— Mince alors ! On ne sait jamais sur qui on va tomber dans ces fichus couloirs ! dit l'homme aux yeux de chouette.

Le visage de Leibowitz s'éclaira comme un projecteur.

— Hé ! Joel ! Comment ça va ? Et Mimi ? Je parie que le sénateur t'en veut toujours de l'avoir arrachée à son équipe en l'épousant.

— Non, il se dit que, de cette façon, il nous a tous les deux pour un seul salaire.

Le type au costume croisé adressa un sourire à Leibowitz. Cole vit qu'il le jaugeait.

— Et toi, Don, comment vas-tu ? demanda Leibowitz au costume croisé. Je ne m'attendais pas à te voir ici.

— Salut, dit Joel en tendant la main à Cole. Joel Johnson. On se connaît ?

— Non. Je travaille avec M. Leibowitz.

— Nous devons y aller, nous sommes pressés.

Leibowitz posa la main sur le bras de Cole.

— *Yo*, Don, dit Joel. Allons-y. Je suis un homme très pris.

— Vas-y, je te rattrape, répondit Don.

Un petit salut de la tête, puis Joel s'éloigna dans le couloir. Leibowitz toucha de nouveau le coude de Cole.

Ne bouge pas. Il veut s'en aller. Alors, ne bouge pas. Cole se présenta à Don, et obtint ainsi son nom complet.

— Plusieurs clients m'ont téléphoné au sujet de ta lettre, dit ce dernier à Leibowitz. Beau travail. Juste le ton qui convient, pas de baratin, juste une commission exploratoire qui se soumet à…

— *Don*, dit Leibowitz. Je t'appelle plus tard.

Cole se tourna pour que Don ne puisse pas voir que Leibowitz avait maintenant agrippé son bras : *accentuation de la pression.*

Don baissa la voix afin d'être entendu seulement de Leibowitz et Cole :

– Mes gars ont besoin de savoir s'il est derrière toi ou si tu avances en première ligne à sa place, ou…

– Tout le monde avance de front, répondit Leibowitz. (D'un geste brusque, il obligea Cole à se mettre en marche.) Je t'appelle.

Il entraîna Cole dehors, dans le froid.

– Ne refaites jamais ça ! Quand je dis qu'il est temps d'y aller, quand je vous prends par le bras, vous devez…

– Je travaille avec vous, pas pour vous… ne l'oubliez pas. Et nous travaillons tous les deux pour le même homme ; à moins que cette foutue commission exploratoire dont vous n'avez pas pu empêcher ce type de…

– C'est plus compliqué qu'il y paraît. Faron possède de nombreux projets qui se développent simultanément à différents stades, pour atteindre des objectifs différents en apparence. Il est obligé de compartimenter et…

– On m'a engagé pour apporter mon aide à tous les niveaux, dit Cole.

Leibowitz haussa les épaules.

– Si vous le souhaitez, j'en parlerai à Faron, je lui dirai que vous insistez pour briser le système qu'il a instauré.

L'ancien membre du Congrès fit signe à un taxi en maraude.

– Oh ! j'oubliais, dit-il à Cole. Quand vous parlez de moi, ou avec quelqu'un d'autre devant moi, vous avez raison de faire preuve de respect et de déférence, mais essayez d'humaniser votre comportement.

… Appelez-moi *Jon*, dit-il.

Avec un sourire.

26

De bonne heure le vendredi matin, Cole dit à Sallie :

– Si vous réussissez à le piéger, on a une chance.

– Ça devrait marcher, ajouta le pirate informatique envoyé par le CART. Asseyez-vous de façon à voir l'écran. Sinon, arrangez-vous pour voir ses mains. On a besoin du nombre exact de touches, plus la première et la dernière. Autrement, on est niqués.

Elle demanda :

– Et si je… ?

– Ne vous posez pas de questions, dit Cole. Agissez.

– Vous en faites pas, dit le pirate. Si vous merdez, personne va vous tuer.

Pas moi, se dit Sallie plus tard dans la journée, assise devant un ordinateur, dans un des bureaux du quartier général de Faron. Debout sur le seuil, un homme demanda :

– Répétez-moi pourquoi on fait ça ?

– Parce que Faron pense que c'est une bonne idée, répondit-elle à Jeff Wood.

Celui-ci vint s'asseoir sur la chaise de l'opérateur, à côté de Sallie.

– Votre accès est limité, dit-il. Strictement.

– Trop strictement. Tant que nous n'avons pas accès à certains de vos dossiers, nous ne pouvons pas vous aider. (Elle continua d'un ton plus doux.) Je sais que je suis emmerdante, mais ce n'est pas si désagréable de travailler avec moi.

– Au moins, vous avez un bon parfum.

Son regard resta froid lorsqu'il prononça ces mots.

– Je l'ai mis pour moi, pas pour vous.

Vrai. Faux. Les deux. Couverture.

– C'est la conduite qui convient.

Wood se tourna vers l'ordinateur, le mit en marche. La machine s'éveilla dans un ronronnement, le temps d'initialiser le système.

– Je vous prie de vous éloigner de ce bureau, dit-il.

– Pardon ? dit-elle, sans se lever de sa chaise.

– Reculez.

– Mais… je ne verrai plus rien !

– Vous vous rapprocherez ensuite.

Secoue la tête, comme si tu venais juste de comprendre. Sallie fit rouler sa chaise à reculons pour s'éloigner du bureau. L'écran était maintenant hors de vue… mais elle apercevait le clavier. Ses mains jointes cachaient un stylo à bille.

Vas-y, note, ne pense pas…

Wood entra son code d'accès personnel dans l'ordinateur…

J'ai eu la première touche : un trait de stylo sur le majeur gauche. Loupé la deuxième. Troisième touche, le pouce droit… vite une marque et continuer de compter les touches : quatre, cinq, six… la septième index gauche… une marque…

Wood enfonça la touche ENTER. La lumière venant de l'écran éclaira tout à coup son visage.

– O.K., dit-il, vous pouvez revenir. Tout notre Mouvement est là-dedans. Les discours de Faron, la liste du personnel, les communications Internet, les factures. Dites-moi quels paramètres de recherches vous souhaitez, je verrai de quel niveau d'accès vous avez besoin.

– Vous n'accepterez jamais de me donner un code d'accès maximum. Remarquez, je n'en voudrais pas. J'aurais trop peur de pénétrer par hasard dans un des dossiers secrets de ce Mouvement « ouvert » et de me faire descendre à l'aube.

– Je n'attendrai pas aussi longtemps.

– Tiens, c'est la première fois que vous faites de l'humour depuis que je vous connais.

Il sourit.

– Possible.

– Il faut faire davantage confiance aux gens, dit Sallie.

– Je fais confiance aux gens pour être ce qu'ils sont.

166

– Vous savez qui je suis.

– Une sécurité défaillante gâche tout votre travail. Et je vous connais à peine.

Sallie débita à toute vitesse quelques extraits de sa fausse biographie.

– Voilà qui je suis. À vous maintenant.

– Nous sommes en service. (Tout en parlant, Wood faisait défiler des pages et des pages de menu contenant les listes de tous les dossiers.) De plus, autant que je puisse en juger, tout ce que vous m'avez raconté pourrait être une légende.

– Une légende ? répéta Sallie à voix basse, le cœur battant à tout rompre, faisant semblant de ne pas comprendre.

– C'est du jargon d'espionnage pour…

– Oui, je vois, mais… Pourquoi ? Pourquoi moi ? Ou quelqu'un d'autre ? Vous croyez que quelqu'un voudrait introduire un espion auprès de Faron ?

Wood haussa les épaules.

– Une vigilance agressive est indispensable à la survie. Comme une discipline de fer.

– Allons, Jeff. Vous ne faites pas partie de ceux qui croient aux pelotons d'exécution. Vous êtes un pacifiste.

– Qui vous a dit ça ?

– Vous avez été arrêté pour avoir manifesté contre la guerre du Viêt-nam.

– J'ai également fait deux séjours là-bas. *« Airborne, Rangers, Green Berets, c'est comme ça qu'on commence la journée. »* Je suis un bon soldat.

– Qu'est-ce que ça signifie ?

– Vous devez rester inflexible dans vos engagements. (Son regard s'était enflammé.) Mais la vie peut vous abuser. Les leaders peuvent vous trahir. Alors, peut-être faut-il choisir l'opposé de ce que vous étiez. Du Béret vert au citoyen soldat armé de la vérité révélée. En fin de compte, chacun doit saisir sa propre destinée. La violence n'est qu'une décision tactique.

Les écrans remplis d'informations défilaient devant leur manque d'attention.

– Et voilà, dit-il. Maintenant vous savez qui je suis.

167

Sallie cachait ses mains tatouées ; elle sentit sa tête remuer et s'entendit murmurer :

– Oui, mais quelle est votre glace préférée ?

– Je surveille ma ligne, répondit Jeff Wood.

27

Au moment où Cole approchait d'une porte de bureau ouverte, au deuxième étage du quartier général de Faron, il entendit Monk qui demandait :

— Ils ont découvert une bombe ?

En deux rapides enjambées Cole se retrouva dans la pièce : le bureau de Lauren. Cette dernière était assise derrière sa table. Monk emplissait un fauteuil.

— J'ignore quelle conversation j'interromps, dit Cole, mais elle me paraît plus intéressante que celle que je viens d'avoir.

— Personne vous a invité à entrer, dit Monk d'un ton cassant.

Haussement d'épaules de Cole.

— De quelle bombe parlez-vous ?

— Faron est dans le collimateur de *One Hour*, expliqua Lauren. Le magazine d'informations de soixante minutes diffusé le dimanche au niveau national et...

— Tout le monde connaît *One Hour*. Mais vous parlez de « bombes », de « collimateur »... Il s'agit de politique, pas de guerre.

— La guerre, c'est de la politique, déclara Lauren.

— Qu'ont-ils découvert concernant Faron ? demanda Cole.

— On n'en sait rien. (Elle se tourna vers Monk.) Pour l'instant.

Monk reprit la parole :

— La bonne femme est allée fourrer son nez partout. Elle a récupéré des archives du tribunal à San Francisco, elle a fouiné à Chicago.

— Vous parlez de Kerri West ? dit Cole, citant la célèbre journaliste blonde de la télé qui coprésentait le magazine *One Hour*.

Monk éclata de rire.

— Vous croyez qu'une star de la télé comme elle irait salir ses talons hauts en pataugeant dans la boue ?

— J'aimerais que ce soit Kerri West, dit Lauren. C'est une actrice, pas une journaliste d'investigation. Non, il s'agit de Katie Howard, une productrice qui dirige la plupart de leurs enquêtes. Qui l'a renseignée, Monk ?

Monk foudroya Cole du regard. Lauren dit :

— Soit il est avec nous, soit c'est trop tard.

— On raconte que cette Howard cherchait le révérend Mike.

— Elle l'a trouvé ?

— Je sais pas. Mais je me suis aperçu aujourd'hui qu'on n'a pas souvent vu le révérend Mike ces dernières semaines.

— Qui est le révérend Mike ? interrogea Cole.

— Pour le qualifier poliment, on pourrait dire que c'est un prédicateur des rues, répondit Lauren. Le projet de Faron pour Chicago va créer une nouvelle agglomération centrale, là où règne la pauvreté. Afin de lancer le projet, traiter avec les... structures traditionnelles du pouvoir politique de cette ville.

— La Machine, dit Cole. La bande.

— Finalement, vous ne manquez pas d'expérience, dit Monk.

— Nous avons traité avec un tas de gens, reprit Lauren. Nous avons été obligés de... Faron appelle ça *révolutionner*... l'ancien style de Chicago. Le révérend Mike représente la vieille école.

Monk déclara :

— Si je mets la main sur ce type, il changera de chanson.

— Qu'a-t-il obtenu pour Faron ? demanda Cole.

— Il s'est tenu à l'écart, dit Lauren. C'était suffisant.

— Et Faron, que lui a-t-il offert ?

— Pas grand-chose, dit Monk.

— Pas suffisamment en tout cas, dit Cole, sinon, il ne serait peut-être pas en train de parler de vous à des producteurs de télé.

— On n'a pas de merde sous nos semelles ! grogna Monk.

— Mais quand on marche dans la rue, dit Lauren, les chaussures se salissent.

— Beaucoup ? demanda Cole.

— Peu importe. Ce qui compte, c'est ce que le révérend Mike va vendre à *One Hour*.

– Ils n'achètent pas les infos.

– Non, pas *eux*, dit-elle. Le révérend Mike pense sans doute que Faron va échouer, et qu'il vaut mieux nous abandonner. Il se dit certainement qu'en tranchant la gorge de Faron et en se faisant passer pour le héros qui a donné l'alerte, il sauvera sa tête.

– Je vais m'occuper de lui, moi, dit Monk.

– Contentez-vous de découvrir où il se cache. Ne lui adressez pas la parole, interdisez à vos hommes d'avoir le moindre contact avec lui. Si vous le voyez avancer vers vous dans la rue, changez de trottoir. Inutile de provoquer une nouvelle affaire.

L'ancien concasseur de la NFL se leva péniblement.

– Quand vous sortirez, lui dit Lauren, fermez la porte.

Monk la regarda. Il regarda Dalton. Il secoua la tête, mais ferma la porte derrière lui en sortant.

Lauren se renversa dans son fauteuil de PDG.

– M. Dalton Cole. Vous découvrez tous nos petits secrets honteux.

– Vous l'avez dit, ce sont *nos* secrets.

– Rien que vous et moi, hein ?

– C'est l'entreprise de Faron.

– Exact. Ça vous a fait plaisir de donner du fil à retordre à Jon Leibowitz ?

– Cela a égayé ma journée.

– Allez-vous m'en faire baver à moi aussi ?

– S'il le faut. (Il haussa les épaules.) Mais nous avons un arrangement.

– Je l'espère. Certes, nous avions aussi un arrangement avec le révérend Mike.

– Lequel ?

Elle secoua la tête.

– Ça ne vous regarde pas.

Un coup au hasard :

– Avez-vous conclu un accord avec *One Hour* ?

– Oh ! Dalton ! *One Hour* est l'institution journalistique la plus respectée dans ce pays ! Le nec plus ultra du journalisme d'investigation objectif. Penser que dans leur quête inflexible de la vérité, de la justice et...

– Comment avez-vous fait ?

Elle lui sourit. Il lui sourit.

– L'émission a besoin de Faron, dit-elle. C'est lui l'attraction numéro un. Ils réalisent un reportage sur lui, car Faron va faire une grosse audience. Il est donc essentiel qu'il soit présent sur le plateau. Faron les a coincés. Il a appelé le présentateur vedette de l'émission. Il a réussi à le convaincre que ce serait une émission « formidable » et « plus honnête » si Faron apparaissait en direct pour répondre à toutes les questions de toute cette foutue bande de correspondants de l'émission.

... Ça signifie que la productrice a hérité d'une formule qu'elle ne pouvait plus changer sans que Faron puisse prouver que *One Hour* avait rompu sa promesse. L'interview doit respecter les ego de quatre « journalistes »-présentateurs, qui tous insisteront pour poser au moins une question retransmise à l'échelle nationale au personnage politique et social le plus en vue du pays.

... Peu importe alors ce que Katie Howard, chargée du reportage, découvre. Ses questions devront être distribuées entre les vedettes du petit écran. Pas facile dans ces conditions de tendre un piège à l'invité. Difficile de conserver une ligne agressive. Faron incarnera le cow-boy solitaire, seul face à la foule qui veut le lyncher ; même s'ils l'accusent de chevaucher un cheval volé.

– C'est le cas ?

– Non, pas dans la réalité. Ni à la télé. Et étant donné qu'ils ne peuvent pas trafiquer une interview en direct, couper les longs silences et les questions qui sont tombées à l'eau... j'ai du mal à croire qu'ils lui consacreront toute l'émission, mais même s'ils le font, ils n'auront que soixante minutes, moins les publicités.

– Ça pourrait suffire, dit Cole.

Lauren sourit.

– Ne vous inquiétez pas. J'ai appris une chose : Faron Sears sait très bien veiller sur lui.

Le téléphone portable glissé dans la poche de veste de Cole sonna, transperçant l'atmosphère du bureau et faisant vibrer les os au-dessus de son cœur.

– Quelqu'un vous demande, dit-elle.

– Désolé, dit-il en sortant son téléphone.

– Ça arrive tout le temps.
– Cole, j'écoute, dit-il après avoir ouvert l'appareil.
La voix de Nick Sherman résonna dans son oreille :
– On a la sœur de Chris Harvie !

28

Cet après-midi-là, au Q.G. de campagne, deux pirates informatiques du CART, recrutés spécialement, des types avec des queues-de-cheval, harcelèrent Sallie de reproches lorsque celle-ci déchiffra les marques au stylo sur ses doigts.

– On est baisés !

– Pourquoi ? demanda Cole, tandis qu'il préparait sa mallette pour prendre la route.

– Je vais vous dire pourquoi, répondit le Premier Pirate. Si le type qu'elle a «observé» utilise son clavier normalement, ça voudrait dire qu'il s'est servi de son putain de pouce !

– Elle a dû se planter, ajouta son camarade.

Sallie intervint d'un ton sec :

– *Elle* est là devant vous. Et *elle* ne s'est pas plantée ! J'ai noté ce que j'ai pu ! J'ai la première touche et la dernière !

– Hourra ! dit le Premier Pirate.

– Triple hourra, renchérit son camarade. Vous dites qu'il s'est servi de son pouce. Et vous…

– La barre d'espacement, déclara Nick.

– Vous voyez ? dit le Premier Pirate. Il a compris *lui*. La barre…

– … d'espacement, conclut son camarade. Ça veut dire que votre type est du genre perfide. Il n'utilise pas un mot de passe. Il en a deux !

– Vous avez fait tout ça pour rien, dit le Premier Pirate.

– Vous nous croyez pas ? demanda le Deuxième Pirate. Appelez la National Security Agency. Dites-leur que vous devez découvrir un code à sept touches.

– Pas de problème, généralement, dit le Premier Pirate. La plupart des gens choisissent un mot existant. Si vous avez bien vu, notre première lettre est un D et la dernière un G. Vous filez ça à l'ordinateur, en deux minutes vous avez une cinquantaine de mots de passe possibles. Si vous avez accès à la machine, il vous suffirait de trois minutes pour trouver le bon.

– Mais, enchaîna le Deuxième Pirate, votre type a tapé un espace. S'il se sert de sa langue maternelle, le premier mot, qui commence par un D, c'est certainement *do*.

– Mais on a affaire à un méfiant, reprit le Premier Pirate. Il a peut-être choisi un truc du genre Martien! Ou du charabia. Les super ordinateurs vont cracher...

– Environ trois millions de combinaisons possibles, dit le Deuxième Pirate.

Son camarade reprit la parole :

– Ça pourrait être *do ring*. Ça pourrait être aussi *do sing*.

– Ou bien « do-wah-dilly dilly dum dilly do ».

– C'est pas comme ça la chanson, dit le Deuxième Pirate.

– La ferme! s'écria Cole.

Tout le monde se pétrifia. Cole marcha jusqu'à la fenêtre; à travers les lamelles du store il contempla un vendredi après-midi d'hiver ordinaire.

– Le secret de toute enquête, c'est de ne jamais oublier que les gens sont ce qu'ils sont, déclara-t-il. Les choses qu'ils ont accomplies... leurs rêves.

Le Premier Pirate intervint :

– Oui, oui, d'accord, mais...

Sans lui prêter attention, Cole s'adressa à Sallie :

– Pensez à notre homme.

Il lui confia son hypothèse concernant le mot de passe permettant d'accéder à tout le système informatique de Faron. Les deux pirates haussèrent les épaules : *possible*.

– Et si vous vous trompez? demanda Sallie.

– Vous pourrez me descendre à notre retour.

– Du côté des bonnes nouvelles, dit le Premier Pirate à Sallie, le disque d'initiation que vous avez piqué nous a fourni des moyens d'accès. Normalement, avec une organisation comme celle de Faron, on pourrait pomper tout leur système sur six méga-disques.

… Mais dans le cas de Faron, y a trop de variables.

– Primo, dit le Deuxième Pirate. La bande de joyeux drilles de Faron fait son numéro sur Internet, et tout le monde y va de sa petite chanson.

– La masse de données doit être énorme.

– Deuzio : Faron utilise son propre logiciel.

– Et alors ? demanda Sallie.

– Un peu d'histoire, dit le Premier Pirate. Faron a gagné du fric parce que son logiciel possède un système de sécurité de première. Pour se planter avec ça, faut le faire.

– Alors ?

– Alors, tertio, dit le Deuxième Pirate. Même quand ils effacent des dossiers, il reste certainement des fantômes. Des trucs enterrés qui…

– Vous pouvez récupérer tout ce qui est passé par les ordinateurs de Faron !

– Uniquement ce qui a été sauvegardé au moins une fois, dit le Deuxième Pirate

– En théorie du moins, ajouta le Premier Pirate.

– ???

– On *sait* qu'on peut copier toutes les données en cours, dit le Premier Pirate. Et on a *entendu dire* que le NSA avait des super-machines et des logiciels pour actualiser ce qu'on pique à Faron. Vous n'avez qu'à exécuter les bonnes commandes pour tout copier sur les mégadisques que le NSA a prêtés à l'inspecteur Cole.

– Au fait, comment vous avez fait pour les avoir ? demanda le Deuxième Pirate. On savait que les barbouzes possédaient des disques supersensibles et superpuissants dans leur unité Recherche et Développement, mais quand on lui a dit qu'on n'aurait jamais pensé…

– Jamais rêvé même !

– Croyez-moi, dit Cole. Si vous le saviez, ça deviendrait un cauchemar pour vous.

– Ça prendra combien de temps ? demanda Sallie.

– Comptez trois minutes par disque, répondit le Premier pirate.

– Quatre, rectifia son camarade. C'est pas encore l'an 2000, mon vieux. Il y a différents composants ultraperfectionnés, un tas de variables…

– Bon, d'accord, quatre minutes. Et faut compter… dix disquettes. Douze même.

– Quarante-huit minutes ! (L'exclamation de Sallie résonna dans la sale du Q.G.) Vous voulez que je reste exposée au danger pendant…

– Hé ! du calme ! dit le Premier Pirate. Il ne s'agit pas de savoir ce que je *veux*.

– D'ailleurs, ajouta le Deuxième Pirate, vous n'avez qu'à entrer, choisir une bécane connectée sur le réseau, enclencher le système et introduire une disquette de commandes qu'on programmera exprès, l'ouvrir et passer ensuite sur une disquette vierge dès que la machine fait bip…

– Et remettre une nouvelle disquette chaque fois que l'autre est pleine.

– C'est tout ?

Les deux pirates se regardèrent, puis hochèrent la tête.

Sallie foudroya Cole du regard :

– Je vous souhaite un très bon voyage.

29

Ce soir-là, à l'arrière de la fourgonnette en stationnement, Sallie sentait absolument tout. La chaleur sèche. La poussière électrique provenant des émetteurs-récepteurs et des ordinateurs. Le caoutchouc mouillé, la laine, le cuir en train de sécher des chaussures des hommes regroupés autour d'elle. Elle sentait leur sueur, leur nervosité, la graisse de leurs armes.

La radio crépita : « Lion et Léopard viennent de s'asseoir à une table chez *Jean Louis*. Il lui passe un savon, on dirait. »

À l'intérieur de la fourgonnette, Contrôle répondit : « Reçu. Gardez le contact. »

Lion : Jon Leibowitz. *Léopard :* Lauren Kavenagh.

Le restaurant *Jean Louis* était situé à neuf minutes du quartier général de Faron Sears, à Capitol Hill, devant lequel une fourgonnette bleue était stationnée, dans la nuit. À l'intérieur de la fourgonnette, Contrôle reprit son micro : « Nº 3 au rapport. »

« Nous avons une vue dégagée du haut d'un toit, de l'autre côté de la rue, répondit une voix dans la radio. À travers des baies vitrées, avec un tas d'inscriptions dessus. Lynx est en train de foutre une raclée à un adolescent. »

Lynx : Jeff Wood. Les agents l'avaient suivi jusqu'à une salle de kung-fu. Un trajet de vingt minutes en voiture jusqu'au quartier général de Faron.

Contrôle se tourna vers l'agent, une femme noire, qu'il ne connaissait pas. Celle-ci portait un blazer noir muni de poches en Velcro cousues à l'intérieur comme une ceinture secrète. Le gros col roulé de son pull noir retombait sur un micro miniaturisé. Pantalon noir. Chaussures de jogging noires. Ses cheveux noirs étaient plaqués sur l'écouteur niché dans son oreille gauche.

– Mes hommes n'ont pas été mis en contact avec les cibles suffisamment tôt, lui dit Contrôle. Nous n'avons aucune localisation certifiée concernant Lézard et Loco. On suppose qu'ils sont encore sur place. Nous n'avons aucune estimation garantie du nombre d'individus présents sur les lieux, même si vingt et une personnes sont déjà sorties depuis dix-sept heures.

– L'endroit se vide complètement après six heures, dit Sallie. Presque.

– *Presque* n'est pas un code vert fiable.

– On n'a pas le choix.

– Vingt heures, déclara Contrôle.

Deux agents attendaient tout près du hayon arrière de la fourgonnette, prêts à intervenir. Les deux pirates informatiques du CART ajustèrent leurs écouteurs et leurs casques-micros, en faisant mine de ne pas ressentir l'excitation du terrain. Contrôle s'adressa en murmurant à la femme qu'il n'avait pas besoin de connaître :

– L'opération a été décidée par la hiérarchie. Mon équipe suppose que la paperasse suit son cours. Je n'ai encore rien vu passer. Ça a dû s'égarer.

– Je ne suis pas ici pour faire des commentaires, répondit Sallie.

Contrôle lui fit un clin d'œil.

– Ah ! comme au bon vieux temps.

– Allons-y, dit Sallie.

« Stand-by », dit Contrôle dans son micro.

Un des agents postés au-dehors saisit la poignée de la porte.

« Prêt », murmura-t-il. Contrôle actionna plusieurs interrupteurs. L'obscurité envahit la fourgonnette. Sallie entendit un petit déclic dans son oreillette.

« Feu vert, déclara Contrôle à la radio. Je répète : Feu vert. »

Le claquement de ses doigts explosa à l'intérieur de la fourgonnette. L'agent fit coulisser la porte arrière parfaitement huilée. Sallie sauta dans la rue. La portière de la fourgonnette se referma avec un bruit sourd.

Respire à fond, s'ordonna-t-elle. Inspire, expire. Le territoire de Faron débutait six voitures plus loin, sur le trottoir de briques glacé. *Avance d'un bon pas. Tu peux marcher vite, il fait vraiment froid.*

À quelques dizaines de mètres de la fourgonnette, elle murmura : « Test micro. »

La voix de Contrôle résonna dans son oreille gauche : « Je vous reçois 5 sur 5. »

« Moi aussi. Ne changez rien. »

Elle pianota son code d'entrée sur le clavier du portail de l'ancienne église. La serrure émit un bourdonnement.

« Je suis dans la place », murmura-t-elle.

Elle gravit les marches du perron. Appuya sur la sonnette de la porte d'entrée.

M. Coupe en Brosse vint lui ouvrir.

– On vous a appelée ?

– Je ne suis pas bénévole, répondit-elle, et elle passa devant lui : *Je suis à l'intérieur !* La porte se referma derrière elle.

– Où travaille Jeff ?

– Ah ! M. Wood n'est pas ici.

Si tu surveilles la porte, Nguyen veille certainement sur Faron. Peut-être avec Monk. Peut-être pas.

– Merde, dit-elle. Bon, tant pis.

Elle commença à monter l'escalier.

Ne jamais se justifier, les instructeurs insistaient sur ce point. *Ne débitez pas votre histoire inventée. Vos mensonges ne vous couvriront pas, ils vous enfermeront dans un piège. D'ailleurs, si vous n'avez rien à vous reprocher, pas besoin de vous justifier. Tout le monde doit gober votre bonne foi.*

– J'ignorais que vous reveniez ce soir, dit le gardien.

– Dans ce cas, nous sommes deux. Et peut-être même trois, vu que Jeff n'est pas là finalement. (Elle poussa un soupir.) Je vais essayer de me débrouiller sans lui.

Gravir une marche à la fois. Sans se retourner. Elle suivit le couloir, passant devant des portes ouvertes, des bureaux obscurs, la salle des opérations : ouverte et noire. Jusqu'au bout du couloir, prendre l'escalier de service.

Les lumières étaient éteintes à l'intérieur du bureau exigu alloué à Sallie et Cole. Jusqu'à présent, elle n'avait croisé que le gardien à l'entrée. Faron était peut-être dans ses appartements. Monk pouvait se trouver n'importe où. Elle alluma les lumières de son bureau, brancha l'ordinateur. *Le gardien a-t-il dit à quelqu'un que j'étais là ?* Elle fit apparaître un des fichiers autorisés, grâce au code d'accès fourni par Wood. Elle s'arrêta sur une page au hasard. Puis elle recula sa chaise.

Je suis en train de travailler, pensa-t-elle en observant sa petite mise en scène : je me suis juste absentée un instant.

En douce, elle redescendit au premier étage. Se faufila à l'intérieur de la salle des opérations plongée dans l'obscurité, se plaqua contre le mur pour ne pas être dans l'alignement de la porte ouverte, et murmura : « Objectif atteint ! »

« La voie est libre » dit Contrôle dans son oreillette.

Sallie sortit de l'intérieur de son blazer un stylo-lampe, qu'elle alluma. L'ampoule dégageait de la chaleur, malgré tout, elle ne vit aucune lumière avant d'avoir chaussé les « lunettes de soleil » avec des branches flexibles : lumière infrarouge. Lunettes à infrarouge. Là où elle braquait la lampe, les bureaux, les chaises et les ordinateurs jaillissaient de l'obscurité sous la forme de silhouettes vertes irréelles.

Elle se précipita vers le bureau le plus éloigné de la porte ouverte et alluma l'ordinateur. Elle baissa la luminosité de l'écran.

ENTREZ VOTRE CODE D'ACCÈS : _____

– Espérons que Cole avait raison, murmura-t-elle.

Ce soir-là, seule dans la salle des opérations de Faron Sears, sans y être autorisée, Sallie enfonça la touche D. Puis A. Elle appuya ensuite sur la barre d'espacement. Quatre touches plus tard, elle avait entré dans l'appareil le mot de passe suggéré par Cole.

Un message apparut sur l'écran : ACCÈS À TOUS LES NIVEAUX ACCORDÉ. *DA NANG*[1].

– Ça y est, je suis dedans ! chuchota Sallie.

1. Da Nang : Importante base américaine durant la guerre du Viêt-nam. (*N.d.T.*)

181

Dans son oreillette, elle entendit la jubilation provenant de la fourgonnette. La voix du Premier pirate remplaça celle de Contrôle : « N'oubliez pas la marche à suivre. »

À tâtons, Sallie sortit des poches cousues à l'intérieur de son blazer vingt disquettes vierges. Dans l'obscurité du bureau, ce soir-là, Sallie introduisit dans l'ordinateur la disquette de commandes des pirates, avant d'appuyer sur la touche ENTER. La machine émit un *bip*, et se mit à haleter.

« Elle a avalé votre disquette », murmura Sallie dans le micro scotché dans le creux de sa gorge.

Deux minutes plus tard, l'ordinateur émit un nouveau *bip*. Sallie éjecta la disquette de commandes, introduisit à la place une disquette vierge, appuya sur ENTER... Une succession de données défila sur l'écran.

« Ça marche. » Elle jeta un regard en direction de l'encadrement lumineux de la porte, baissa au maximum la luminosité de l'écran, jusqu'au noir total. Travailler dans l'obscurité. Travailler avec les infrarouges. Travailler à l'oreille. *Travailler vite.*

La lumière infrarouge la guida jusqu'à la porte de la penderie. Elle promena le faisceau lumineux le long des interstices, à la recherche d'un cheveu susceptible de tomber ou d'un fil de système d'alarme, toute astuce destinée à repousser ou piéger un intrus. Les éraflures faites par Cole sur la serrure étaient visibles.

L'ordinateur émit un *bip*. Sallie revint précipitamment sur ses pas dans le noir, pour changer la disquette. Avant de retourner à la penderie. *Essaye d'abord la poignée :* on avait vu des coups de chance plus incroyables. Non, la poignée refusait de bouger.

Le département des services techniques du FBI avait consulté le livre de codes du fabriquant de la serrure, en se reportant au numéro de série mémorisé par Cole pour façonner la clé correspondante. Les techniciens avaient fabriqué quatre autres clés, chacune différant très légèrement de celle que devrait accepter la serrure : *devrait* et *pourrait* sont deux réalités bien différentes. La première clé était scotchée à l'intérieur de la poche droite de son blazer. Les clés supplémentaires à l'intérieur de la poche gauche.

Introduire la clé principale dans la serrure. La tourner... *Si elle est piégée ou munie d'une alarme, c'est maintenant que tout va exploser.*

Sallie ouvrit la porte de la penderie. Elle braqua le cône de lumière infrarouge à l'intérieur du gouffre noir...

— Nom de Dieu, murmura-t-elle.

Aussitôt, la voix de Contrôle : « J'écoute ! »

— C'est du fric ! (Elle promena la lumière invisible sur les étagères où s'empilaient les billets de banque.) « Des piles de billets d'un dollar, des tas de liasses de cinq, de dix... de vingt. Des liasses plus petites de billets de cinquante... de cent. »

« Quoi d'autre ? »

L'étagère du haut : vide. Celle d'en dessous : pareil. Sur la troisième étagère en partant du haut : des liasses de petites coupures, jusqu'à vingt dollars. La quatrième servait à empiler les liasses de cinquante et de cent. En dessous... rien, plus d'étagères, juste le plancher...

— Le coupe-papier n'est plus là ! dit-elle dans un souffle. Quelqu'un l'a découvert !

L'ordinateur émit un nouveau *bip*.

Vite, retourner vers le bureau. *Non.* Fermer d'abord la porte de la penderie, à clé. Mieux vaut perdre une minute plutôt que de laisser la porte de la penderie ouverte, offerte aux yeux de quiconque passait dans le couloir. Après une éternité obscure, Sallie, penchée au-dessus de l'ordinateur, introduisait la treizième disquette et appuyait sur la touche ENTER, quand elle sentit un picotement sur sa peau.

Elle plongea derrière le bureau. La *lumière* explosa dans toute la pièce. Sallie risqua un coup d'œil en penchant la tête sur le côté de l'ordinateur :

Monk se tenait dans l'encadrement de la porte.

Il vient par ici ! Elle s'accroupit derrière le bureau. Elle entendit le bruit métallique de la porte verrouillée de la penderie. Le grognement de Monk. Les lumières sont encore allumées, se dit-elle. Il cherche, il a senti quelque chose. Les pas lourds pénétrèrent plus avant dans la pièce, en longeant le mur du fond, s'approchant de Sallie. Celle-ci se plaqua au sol. Dans l'espace entre les pieds du bureau, derrière lequel elle se cachait, et le plancher, elle vit les mocassins italiens de Monk, pointure 46... qui se rapprochaient.

Oh ! putain ! Oh ! putain ! Oh ! putain !

Le timing. Calcule bien ton coup ou... *Attends ! Sur le bureau ! Les...*

Bonne cambrioleuse : rien ne traîne. L'ordinateur continuait d'effectuer sa tâche en haletant. L'écran était noir, mais une petite lumière rouge brillait à proximité du lecteur de disquette. L'ordinateur allait émettre un *bip* une fois que la disquette serait pleine...

Il approche... plus que quatre rangées de bureaux...

Sallie se faufila derrière un autre bureau et... *blottis-toi en dessous. Béni soit l'employé qui n'avait pas poussé sa chaise à fond.*

Monk contemplait la nuit à travers la grande fenêtre. Il demeura immobile un instant, puis elle entendit ses pas repartir dans l'autre sens.

La lumière s'éteignit dans la pièce. Sallie relâcha sa respiration.

La porte claqua.

Bip ! fit l'ordinateur.

Sallie retourna vers l'appareil en plein travail, échangea la disquette pleine contre une vierge, appuya sur la touche ENTER. Après quoi, elle suivit le faisceau infrarouge jusqu'à l'entrée de la pièce, colla son oreille contre la porte fermée et écouta : rien. Le soulagement la submergea, puis se déversa à l'extérieur, emportant le poids écrasant de... *Pourquoi Monk a-t-il fermé la porte ?*

Ses doigts se refermèrent autour du cuivre froid de la poignée : Bloquée.

La lumière infrarouge fit apparaître un trou de serrure, et non pas une poignée avec un verrou.

– Contrôle, murmura-t-elle. On a un problème.

Elle ne possédait aucun outil pour crocheter les serrures, ni le savoir-faire nécessaire.

« Pas de panique ! » lança la voix tremblante dans son oreille.

Elle balaya la pièce avec sa lampe : rien. Nouveau *bip* de l'ordinateur. Déjà ? Elle augmenta la luminosité de l'écran, et découvrit : COPIE DU DISQUE DUR TERMINÉE.

Par pur automatisme, elle fourra la disquette dans une poche Velcro et éteignit l'ordinateur. Elle promena le faisceau de sa lampe à travers la pièce.

– Contrôle ! Qu'y a-t-il derrière la fenêtre ?

« Pardon ? »

Elle savait qu'il avait entendu la question. Elle s'approcha de la fenêtre. Techniquement parlant, elle était au premier étage. Mais le plafond du rez-de-chaussée de l'ancienne église se trouvait à huit mètres de haut, au-dessus d'un perron de cinq marches qui plus est !

– Je fiche le camp.

« *Négatif !* Vous ne pouvez aller nulle part ! Le rebord extérieur de la fenêtre... »

– Il fait au moins quinze centimètres de large. Et à chaque coin de l'immeuble il y a une sorte de vieille gargouille comme à Notre-Dame, qu'on peut agripper. Je vais sortir, me coller contre le mur, refermer doucement la fenêtre...

« Nom de Dieu ! »

– ... m'asseoir en me laissant glisser... m'accroupir... attraper une gargouille et sauter, ensuite...

« Ensuite, vous êtes morte. »

– Je pense que je peux gagner deux mètres en me suspendant dans le vide. Il reste combien ensuite ? Un petit saut de sept ou huit mètres ?

« La moitié de la fenêtre est au-dessus de la pelouse surélevée, l'autre moitié, c'est une dalle de béton du parking, plus basse que la pelouse pour être au niveau de la rue. Je vous le répète : ne sortez pas par la fenêtre. Je vous le répète : vous allez vous tuer. »

– En me balançant, je peux atterrir dans l'herbe.

« Supposons que vous réussissiez. Supposons que vous ne soyez pas déchiquetée en vous cognant contre le mur de briques. Supposons que vous ne vous brisiez pas les os et que vous restiez consciente. Même si vous avez autant de chance, vous serez toujours coincée *à l'extérieur* du bâtiment, et *à l'intérieur* de leur périmètre de sécurité ! »

– Je m'occuperai du grillage quand je serai en bas. Monk rôde dans les parages. Il a sans doute découvert que j'étais dans l'immeuble, je suis prête à le parier. En ne me voyant pas, il va tout mettre sens dessus dessous, et quand il reviendra dans cette pièce qu'il a fermée à clé, il me trouvera *cette fois* !

« Mais... »

– Je préfère inventer un mensonge pour expliquer comment je suis ressortie sans être vue, plutôt que de me faire prendre avec les disquettes dans ma poche.

La voix dans son oreille s'adoucit :

« Vous n'êtes pas obligée de faire ça. Il n'y a rien qui en vaille la peine. »

– *Moi* j'en vaux la peine, dit-elle.

Sallie ouvrit la fenêtre. L'air froid s'engouffra dans la pièce. La nuit affamée rugit. *Ne l'écoute pas.* Elle grimpa sur la corniche. *Ne regarde pas en bas, garde la tête levée, le dos plaqué contre le mur, les jambes écartées, redresse-toi lentement, lentement...* Elle sentait le vide sous ses orteils.

– Je suis dehors, murmura-t-elle.

« O.K. C'est bon. Vous pouvez... »

– Silence. J'ai besoin... de silence.

Le vent se leva, chuchota.

C'est comme s'entraîner aux blocages, aux attaques et aux coups de pied en équilibre sur la poutre, au dojang, se dit la ceinture noire. *Quelle différence que cette poutre de trois mètres de long et de huit centimètres de large ne soit qu'à quinze centimètres du plancher de la salle de Tae Kwon Do ?*

Lentement, avec prudence, elle bascula tout le poids de son corps sur son pied droit. Les doigts agrippés – pas trop fort ! – au rebord supérieur de la fenêtre, elle appuya son pied gauche contre la vitre.

Elle exerça une légère poussée vers le bas. La fenêtre se referma. Plus possible de la rouvrir maintenant.

Je suis sur une corniche de douze centimètres de large, à dix mètres au-dessus d'un sol en béton, par une nuit glaciale. Impossible de faire demi-tour, impossible de se laisser prendre. Impossible d'aggraver les choses.

– Hé ! s'écria un homme dans la rue, tout en bas : Un civil portant un anorak, avec des lunettes et un rottweiler qui tirait sur sa laisse.

«Nom de Dieu !» l'entendit-elle s'exclamer. Et elle le vit partir en courant, le chien sautillant à ses côtés, vers un téléphone, n'importe quel téléphone, chez un particulier ou dans une cabine, pour appeler police-secours, au sujet d'un cambriolage ou d'une tentative de suicide.

– Je suis repérée ! murmura-t-elle dans le micro. Un passant. Il fonce vers la 6e Rue !

Dans son oreille, elle entendit Contrôle jongler frénétiquement avec les émetteurs et les téléphones mobiles pour contacter les équipes de surveillance, les agents en poste dans la rue et dans les voitures, à proximité de l'homme qui courait avec son chien.

«On ne peut pas appréhender un civil sans raison ! dit Contrôle. Et à cause du chien, on serait obligés d'employer la méthode forte. Impossible de… »

– Oh ! merde ! merde !

Il y avait une cabine téléphonique à moins d'un pâté de maisons de là, dans la direction où s'était précipité le civil. Elle imaginait l'appel à police-secours. Elle entendait la réponse du dispatcher. *Mon Dieu, faites qu'il y ait une explosion de crimes dans tout Washington, aucune voiture de patrouille disponible pour répondre à l'étrange appel d'un citoyen !* Contrôle devait sans doute se démener pour contacter le service du FBI chargé des liaisons avec la police de Washington, pour leur demander de dire aux flics de ne pas intervenir dans une opération d'infiltration tombée à l'eau et découverte par un civil. Sallie savait que le contact ne serait pas établi à temps. Elle savait que si Nick Sherman avait été là, avec son émetteur de la police de Washington, et son langage de flic de Washington, il aurait pu tout arrêter. Mais elle savait aussi que Nick était à bord d'un avion avec Cole.

À bord de n'importe quel putain d'avion, volant très haut dans cette putain de nuit noire, voilà où elle crevait d'envie de se trouver, tandis qu'elle relevait les yeux…

Une échelle d'incendie en acier noir dépassait du mur de briques, à cinq mètres environ sur sa droite ; les barreaux du bas étaient à la hauteur de ses hanches. L'échelle qui descendait jusque dans la rue était relevée à l'autre extrémité de la passerelle de l'escalier de secours… hors d'atteinte.

Mais la passerelle…

Ça vaut la peine, tu en vaux la peine. Tu peux y arriver. C'était comme un coup de pied aérien. Elle avait des jambes puissantes ; elles avaient étonné les pauvres types du centre de formation qui s'étaient moqué d'elle, jusqu'au jour de la course de haies. Elle avait des jambes vraiment très puissantes.

Quel était le délai moyen d'intervention de la police en cas d'urgence ? Deux minutes ? Plus. Quatre peut-être. Mais guère davantage.

Ils ne viendraient pas avec une ambulance. *Inutile. Ils n'en auront pas besoin.* Angles, inertie, problème de physique, coefficient de chute contre poussée horizontale. *Ne réfléchis pas : agis !*

Elle rassembla son énergie dans sa jambe gauche, au maximum, mit tout son poids dans son pied gauche, et, rapidement, elle déversa toute sa force dans son pied droit et bondit…

J'ai sauté. Pendant un temps infini, elle vola, chuta. Ses mains heurtèrent la barre ronde en acier, ses bras manquèrent de se désarticuler au moment où elle agrippait le dernier barreau de l'échelle d'incendie. Emporté par l'élan du plongeon, son corps se balança dans le vide de la nuit, au-dessus du béton.

Oui !

Un rétablissement maintenant ! ordonna-t-elle. *Juste une traction. Dix tractions avant d'aller manger à la cafétéria de l'École ; une, c'est rien du tout…*

Ses coudes hissèrent son poids jusque sur la passerelle métallique de l'issue de secours ; elle se plia en deux, se glissa entre les barreaux, et se roula en boule sur le plancher solide, sûr, soutenu par des poteaux en acier.

« C'est bon ! Vous avez réussi ! » Les cris de victoire de Contrôle dans la fourgonnette furent relayés par les équipes de surveillance.

Une sirène de police chanta dans la nuit. Elle se rapprochait. *Ne reste pas là. Lève-toi. Bouge !* Abaisser l'échelle… et se retrouver prise au piège derrière le grillage au moment où les flics arrivent.

La voix de Contrôle dans son oreille : « Des unités en provenance de… »

– Silence !

Quelque part dans le ciel noir : un hélicoptère, qui se rapprochait. Un hélicoptère de la police. Avec des projecteurs.

Un mouvement scintilla dans la fenêtre donnant sur le couloir faiblement éclairé du premier étage. Sallie s'éloigna de la vitre, gravit l'échelle d'incendie jusqu'au palier du deuxième étage ; à travers le carreau, elle découvrit un autre couloir sombre. La fenêtre était verrouillée.

Des sirènes, à quatre blocs de là, moins, elles se rapprochaient…

Sallie arracha le premier morceau de ruban adhésif transparent qui maintenait son micro sur sa gorge, colla cette bande de douze centimètres de large sur la vitre juste au-dessus du loquet de la fenêtre, avant d'arracher le deuxième morceau de ruban adhésif.

Des pneus crissèrent au coin d'une rue. L'hélicoptère se rapprocha.

Elle approcha le poing, jointures aplaties, tel un coin, du carreau scotché : Concentration, concentration, et confiance…

Bing ! Ses doigts fendirent la fenêtre.

Elle arracha le ruban adhésif, glissa les doigts à travers cet interstice tranchant. La douleur lui brûla le majeur, mais elle parvint à soulever le loquet. Elle souleva la fenêtre, bascula sur le plancher à l'intérieur et se releva aussitôt, refermant la fenêtre et se jetant en arrière, plaquée contre le mur au moment où l'hélicoptère projetait un cône de lumière blanche sur l'immeuble, embrasant la fenêtre qui paraissait intacte et hermétiquement close ; elle était sauvée.

Mais elle n'avait pas de temps à perdre. Quand les projecteurs balayèrent la façade, Sallie se servit du ruban adhésif arraché à sa poche pour boucher le trou dans le carreau, bloquer le courant d'air : *un couloir, normal qu'il y ait des courants d'air.*

Dans la rue, des sirènes s'arrêtèrent en hurlant. Le sang coulait sur son doigt. Un bout de ruban adhésif provenant d'une autre poche ferma la plaie, mais elle sentait son pouls cogner contre le scotch.

Fiche le camp ! Sors d'ici ! Son micro ballottait sous le col de son pull.

Les pales de l'hélicoptère hachaient la nuit.

Lentement, tranquillement : suivre le couloir, tourner au coin. Couloir vide. La lumière toujours allumée dans son bureau. Son doigt l'élançait. Souffle coupé, cesser de haleter. Encore cinq pas jusqu'à…

Derrière elle, une voix d'homme :

– Stop !

30

Sallie se retourna.

– D'où vient cette animation ?

Faron sourit.

– Je croyais que l'animation était votre spécialité.

Monk apparut au coin du couloir, à la suite de son patron. Il pointa violemment le doigt en direction de Sallie.

– Je vous ai cherchée partout !

– J'étais avec Faron, dit-elle, en songeant : *Quelque chose a bougé dans les yeux de Monk.*

Le projecteur de l'hélicoptère illumina la fenêtre.

– Faron, y a des flics partout ! s'exclama Monk.

– Tâche de savoir ce qui se passe.

Monk les observa l'un et l'autre.

– Je peux pas vous laisser seul.

– Je ne suis pas seul ; je ne crains rien avec elle.

– J'en suis pas sûr.

Faron éclata de rire.

– Ne t'en fais pas. Elle est moins dangereuse que les flics.

Monk secoua la tête. Avant de dévaler l'escalier.

– Ça ne va pas ? demanda Faron après le départ de Monk.

– Pourquoi ? Qu'est-ce… Pourquoi ?

– Vous semblez…

– La semaine a été dure.

Son doigt blessé l'élançait. *Ne lui fais pas voir que tu saignes.*

– Que faites-vous ici ? demanda-t-il.

– Mon travail.

– Lequel ?

191

– Ça n'a pas d'importance, si ? répondit Sallie, en luttant contre l'épuisement, contre la peur, à peine capable de parler. Au bout du compte, c'est toujours pour vous.

– Je n'ai pas tant de chance.

L'hélicoptère repartit.

– J'ignore ce qui se passait dans la rue, dit Faron, mais c'est terminé apparemment.

Ne lui fais pas voir que tu saignes.

La silhouette imposante de Monk réapparut à leur côté.

– Les flics disent qu'un type a cru avoir vu quelqu'un cambrioler cet immeuble. Mais y a plus personne dehors.

Contrôle a réussi à joindre les flics de Washington, se dit Sallie.

– C'est un quartier dangereux, commenta Faron.

– Personne est à l'abri, dit Monk. Pas même nous. (Il braqua un regard noir sur Sallie.) Vous étiez pas dans votre bureau.

– Hein ? Vous voyez bien que je suis ici.

– Non, *avant*. J'ai vu de la lumière dans votre bureau, je suis allé jeter un œil.

– Oh ! je vois. Faron m'a…

– J'étais avec lui, juste avant de passer devant votre bureau.

– Il a fallu que j'aille quelque part.

Le regard de Monk la pressait. Il ne céderait pas. *Cache ta main.*

– Aux toilettes, ajouta-t-elle.

Monk secoua la tête.

– J'ai vérifié dans celles qui sont en face de votre bureau. En frappant avant d'entrer, je suis pas un sauvage. Y avait personne.

Elle adopta un ton glacial.

– Il n'y avait pas ce que je cherchais. Alors, je suis allée ailleurs pour essayer de trouver… Faut que je vous fasse un dessin ?

– N'en parlons plus, déclara Faron. Désolé, c'est… Je suis désolé.

– Ouais, fit Monk. Désolé.

Faron reprit la parole :

– Tenez, il y a là des toilettes que Lauren utilise parfois. (Il la conduisit dans une pièce lambrissée.) Je vous attends dehors.

Sallie referma la porte des toilettes derrière elle, et tourna le verrou.

Je n'arrive pas à respirer. Elle arracha le micro fixé sur sa peau. Elle le fourra dans sa poche, ôta l'écouteur de son oreille, et le rangea avec le micro. *Ça risque de faire du Larsen... heureusement qu'ils n'entendent pas.* Et elle vomit dans la cuvette.

Quand elle put à nouveau respirer, le miroir la montra recroquevillée sur le sol, les joues ruisselantes de larmes. Elle rampa jusqu'au lavabo. Se releva péniblement. Se rinça la bouche. Emplit le lavabo d'eau, et y plongea son visage. Quand elle releva son visage dégoulinant et ouvrit les yeux, l'eau dans le lavabo était rose.

Son doigt. Elle ôta délicatement le ruban adhésif, rinça la plaie. L'armoire à pharmacie contenait une bouteille de bain de bouche, une boîte de Tampax, quelques sparadraps et un flacon de Chanel n° 5. Ils ne pouvaient pas savoir depuis quand elle avait un pansement. Elle couvrit la plaie. Utilisa le bain de bouche. Regarda la bouteille de parfum.

Elle empestait l'épuisement. *Je refuse de porter le parfum de cette femme.* Elle se regarda dans la glace. Se peigna avec les mains et attendit que son reflet cesse de trembler.

Sortir d'ici. Marcher la tête haute. Marcher de manière décontractée. *Et courir.*

— Je rentre chez moi, dit-elle à Faron.

Il l'accompagna dans l'escalier.

— Vous avez mangé ? On peut aller...

— Il faut que je rentre.

— Je vous raccompagne à votre voiture. Ces rues...

— Il y a des policiers partout. Et je ne suis pas venue en voiture, je... je vais marcher jusqu'à Union Station, c'est seulement à quatre blocs d'ici. Le métro.

— Je vous emmène. Ou je vous appelle un taxi.

— Non ! Laissez-moi.

— Bon, comme vous voulez, dit-il.

— Ce que je veux, c'est sentir ce putain de trottoir sous mes pieds !

31

Le samedi matin, Cole et Nick faisaient les cent pas dans la salle d'interrogatoire du commissariat central de Las Vegas.

– Elle a sauté au-dessus de cinq mètres de *vide*, grommela Cole.

Le haut-parleur de la salle d'interrogatoire grésilla :

– Ils vous l'amènent.

La porte s'ouvrit : une bouffée d'ammoniaque citronné monta du dallage nettoyé à la serpillière. Une gardienne poussa une femme à l'intérieur de la pièce, puis referma brutalement la porte.

– Entrez, Valérie, dit Cole.

Elle était maigre. Avec des cheveux emmêlés, veinés de mèches grises, des joues creuses, des petits yeux nerveux. Elle portait un T-shirt Jackson Browne délavé. Un pantalon de l'Armée du Salut. Des pantoufles bleues de la prison. Elle alla s'asseoir à sa place, devant la table, en traînant les pieds ; les deux hommes s'installèrent eux aussi. Cole déposa un paquet de cigarettes et des allumettes sur la table. Avec un hochement de tête adressé à la fille. Celle-ci coinça une cigarette entre ses lèvres fines, mais ses mains tremblaient trop pour lui permettre de gratter une allumette.

Nick lui alluma sa cigarette.

– C'est pas la grande forme ce matin, Valérie, hein ?

Elle l'observa à travers un nuage de fumée.

– J'parie qu'vous connaissez bien le problème.

Nick tressaillit.

– Êtes-vous Valérie Jeanne Harvie ? demanda Cole.

– Dans le temps.

– Le dossier de la prison dit que vous avez été mariée, enchaîna Nick. Où est votre mari ?

– De quel salopard vous parlez ?

Elle tira sur sa cigarette jusqu'à ce que le tabac rougeoyant touche presque ses doigts.

– Que faites-vous ici, à Las Vegas ? demanda Cole.

– J'en sais foutre rien.

Elle écrasa sa cigarette dans le cendrier. Comme personne ne lui disait rien, elle en prit une autre dans le paquet. Ses mains tremblaient tellement que Nick dut gratter l'allumette à sa place encore une fois.

– … Un jour, je me suis réveillée, et j'étais là. Quand vous vous plantez quelque part, c'est que vous êtes arrivé chez vous, j'imagine ? (Elle sourit.) Dites, j'ai vraiment essayé de m'enfuir en passant à travers une porte vitrée ?

– Oui, après avoir volé un paquet de chips, dit Cole. L'épicerie a tout filmé. Vous avez piqué le truc, foutu le camp et heurté la porte, vous êtes tombée K.O.

– Des chips ? Ç'aurait été bon avec de la bière. Mais je crois qu'on n'avait plus de bière.

Nick demanda :

– Qui ça « on » ?

– J'en sais rien. Un type au centre d'hébergement. (Elle fit claquer ses lèvres.) Dites, z'auriez pas des pastilles de menthe ?

– J'ai pas besoin de ces saloperies, dit Nick.

Cole jeta un regard à son collègue, avant de s'adresser à Valérie :

– Vous savez que vous êtes en état d'arrestation. Vous avez des droits, vous pouvez demander un avocat.

– Appelez Perry Mason ; il pourra me baiser pour se payer ses honoraires quand il m'aura fait sortir d'ici. Demandez-lui d'apporter une bouteille dans sa mallette.

– Vous pouvez aussi améliorer votre situation, dit Cole.

– Franchement, j'ai des doutes. Je picole, d'accord, mais je suis pas complètement stupide. Pour l'instant, je navigue quelque part entre le cirage et l'envie de grimper aux murs ; je vois ce que je vois et j'arrive encore à réfléchir.

… Vous comprenez, hein ? dit-elle en regardant Nick dans les yeux.

… Ce que je comprends pas, moi, c'est pourquoi deux inspecteurs de Las Vegas m'allument mes clopes. Putain, je devrais être au trou avec les autres poivrots ou dans un centre de désin-tox ; ça dépend où on vous balance maintenant dans la Ville Néon. Un paquet de chips ! Bon Dieu, un simple flic se dérange-rait même pas, et vous, vous portez des costards.

… À moins que j'aie pété cette putain de porte en verre. (Elle porta sa main à son front.) J'ai pas vu de sang.

– Non, vous n'avez pas brisé la porte, dit Cole.

– Alors, merde, pourquoi vous venez me faire chier ?

– Aidez-nous, dit Nick, et on vous aidera.

– Vous avez une bouteille dans la poche ?

– Arrête tes conneries maintenant ! brailla Nick.

– Hé ! putain ! qu'est-ce qui lui prend à lui ? s'exclama Valé-rie. J'suis pas un gros dur, moi. C'est pas la peine de me cogner pour m'obliger à faire ce que vous voulez !

– Dis-nous tout ce que tu sais, bordel de merde ! hurla Nick.

– Oh ! désolée, baby ! Suffisait de demander.

Nick se renversa sur sa chaise.

– Ne m'appelle pas comme ça.

– C'est vous l'Homme, vous décidez.

Cole lui tendit une autre cigarette. Il la lui alluma, tandis qu'elle gardait les yeux fixés sur Nick. Celui-ci transpirait, les yeux vitreux.

– On est là pour parler de votre frère, dit Cole.

– *Chris ?*

Elle attendit, mais les deux hommes ne disaient rien.

– Putain, je l'ai pas revu depuis… une dizaine d'années au moins. Il a fait des conneries ici à Vegas ?

– Quel genre de conneries ? demanda Cole. *Allez, Nick*, pensa Dalton : *Ressaisis-toi. Interviens.*

– Rien de bien grave, j'en suis sûre. Ça veut pas dire que j'sais ce qu'il a fait, mais… merde, j'suis sa grande sœur. Faut bien que j'veille sur l'avorton.

… Vous voulez que j'vous dise quoi ? Ce que vous voulez, j'dirai tout. Et j'dirai que j'vous l'ai dit. Et après, vous me lais-serez partir, hein ? Pas de saloperie de pièce capitonnée ou… Hé ! vous pourriez même allonger quelques biffetons ! Vous en filez un peu au type des chips, et le reste, ce sera ma récompense.

196

Elle tira sur sa cigarette.

— … Non, reprit-elle, vous m'filez tout le fric, vous me ramenez en bagnole à la boutique, je sais pas où, et je paierai le type moi-même. Pour faire marcher le commerce. Je serai contente, il sera content, vous serez…

— Qui sont les types dangereux que fréquente votre frère ? demanda Cole.

— Vraiment dangereux, ajouta Nick. Pas de simples enfants de salaud ou des durs à cuire.

— Chris ? (Elle secoua la tête.) Moi, je vaux peut-être pas grand-chose, mais lui, c'est du petit fretin.

— … La dernière fois que j'lai vu, il sortait de taule, si j'me souviens bien. En Californie. Il m'a parlé de ses potes les vrais durs, mais j'parie que c'était juste une bande de taulards poisseux comme lui. Je sais bien qu'il a trempé dans des trucs pas nets, mais rien que des brouilles, et s'il avait eu une idée en tête, tout le monde l'aurait su.

Ses mains tremblèrent lorsqu'elle essaya d'approcher la cigarette du cendrier ; impossible. Elle remit la cigarette dans sa bouche. La cendre tomba sur sa poitrine.

— Et avant ? demanda Nick.

— Avant quoi ? De quoi vous parlez, bordel ? Hier ? Quand on était…

Elle se tut brutalement. Et elle les regarda, tandis qu'elle plongeait en elle-même. Une minute s'écoula, puis elle murmura : « Merde ».

Cole et Nick attendirent qu'elle continue. En rongeant leur frein.

— C'est pas mon frère qui vous intéresse. C'est le Méchant qu'il connaît.

— Que savez….

— Oh ! non. Je picole, mais je ne suis pas folle. Pour la première fois de ma vie, y a deux flics en costard qui veulent me tirer les vers du nez… Vous pourrez pas forcer Chris à vous dire… Putain, peut-être qu'il est même pas en taule ! Appelez-moi un avocat, m'sieurs les inspecteurs. Lui et moi, on va vous faire cracher le maximum de pognon.

Nick envoya dinguer la table à l'autre bout de la pièce.

– Écoute-moi bien, sale poivrote ! Si tu refuses d'ouvrir ta putain de gueule, je te balance dans un fourgon capitonné et je te trimbale dans le désert, pendant que les serpents sortent de tous les côtés. Ensuite, je te largue entre les mains d'un avocat minable et...

– Nick.

Le chuchotement de Cole gela l'atmosphère de la pièce.

L'inspecteur de la criminelle marcha vers un mur en béton nu. Cole récupéra la cigarette allumée sur la cuisse de la fille. Elle tremblait de la tête aux pieds, son visage était livide.

– Valérie... murmura-t-il.

Elle cligna des yeux, elle le vit.

– Il est très important que vous nous disiez tout ce que vous savez.

Cole entendit à peine sa réponse :

– Important pour qui ?

– On n'essaye pas de vous rouler, dit-il.

– Tout ce que vous me ferez me serait arrivé de toute façon.

Tous les trois savaient que, ça au moins, c'était vrai.

– Valérie... Il a tué Chris.

Elle lut la certitude dans le regard inflexible du flic mince. Et elle dit :

– Vous êtes un salopard au cœur de pierre.

Le silence enregistré sur la bande vidéo dura deux minutes. La bande montra Nick revenant vers sa chaise et s'asseyant.

– Vous croyez que j'suis de la merde, hein ? répondit enfin Valérie. Et vous avez raison. N'empêche que c'était pas juste de vous servir de mon frère pour me coincer. Putain. Y a des années que la gnôle m'a piqué toutes mes larmes. J'suis plus qu'une bouteille vide. Un cadavre de plus dans le fossé. Je me souviens encore quand maman l'a mis au monde et... Ce fils de pute a tué mon Chris, hein ?

– Oui, dit Cole.

– Finalement.

Elle secoua la tête.

Nick ramassa le paquet de cigarettes par terre. Il lui en donna une, qu'il alluma.

— Je suis désolé, dit-il, mais ses paroles ne l'atteignirent pas.

— Chez les Harvie, on n'a jamais été la famille américaine modèle, dit-elle, s'adressant à ses souvenirs, plus qu'aux deux hommes assis en face d'elle. On était les pauvres Blancs minables au fond de la classe.

— Ils en ont expédié d'autres que vous, dit Nick.

— Essayez pas d'être mon ami maintenant, O.K. ? Me jouez pas cette comédie.

— Je n'en ai pas l'intention.

— On a beaucoup déménagé. La dernière fois où on s'est tous installés ensemble, c'était dans le Montana.

— C'est là que je suis né, dit Nick.

— Tant mieux pour vous. On était les mauvaises herbes où soufflait le vent. La dernière fois où on s'est tous retrouvés ensemble : maman, Chris et moi, c'était dans une petite ville du Montana. Moi, j'ai foutu le camp à l'époque du collège ; Chris, lui, il a mis quelques années avant de m'imiter et de tailler la route lui aussi. Maman est morte à Salt Lake.

… Quand il s'est tiré de là-bas, chaque fois que je revoyais Chris, comme avec tous ses potes j'imagine, il se vantait de connaître le tueur le plus cruel, le plus intelligent et le plus cinglé du monde. Il disait que personne le connaissait à part lui. Et il disait aussi que le tueur savait que Chris savait.

… Il m'a dit qui c'était, dit Valérie. Je me souvenais de lui du temps où il était encore gamin, et que je vivais là-bas. Un sale petit enfoiré maboule.

Cole intervint :

— Si Chris connaissait son identité, pourquoi est-ce que l'autre ne l'a pas tué ?

— Peut-être que ça lui plaisait à ce cinglé de frimer devant quelqu'un. Putain, Chris a jamais su faire le tri entre ce qu'était bien et mauvais pour lui. Il m'a raconté que ce type, quand il était encore à l'école primaire, il avait buté sa prof, sans jamais avoir d'histoires… Sauf que Chris avait vu quelque chose. Et il était sûr qu'il y en avait d'autres.

— À l'école primaire ? répéta Cole. Vous ne croyez pas que Chris aurait inventé…

– Chris était un baratineur, c'est juste. Mais il savait pas y faire. Quand il racontait des bobards, ça se sentait tout de suite. Le pauvre imbécile.

– C'était où ? demanda Nick.

– C'était qui ? demanda Cole.

– À Choteau, dans le Montana. Ce fils de pute s'appelle Kurt Vance. Le petit Kurt Vance. Tuez-le pour moi.

– Nous avons un suspect numéro un, dit Cole au téléphone, s'adressant à l'équipe de surveillance et d'entretien de la planque à Washington

Il leur ordonna de localiser le dénommé Kurt Vance. Les policiers de Las Vegas lui avaient permis d'utiliser le bureau de leur lieutenant pour passer cet appel qui ne pouvait attendre. Nick Sherman était assis avec Cole à l'intérieur du box vitré. Valérie Jeanne Harvie avait été conduite rapidement dans un hôpital de l'Air Force en qualité de témoin bénéficiant d'une protection fédérale.

– Tu la crois, hein ? dit Nick Sherman.

– Elle dit la vérité au sujet des propos de son frère.

Nick secoua la tête.

– Non. Tu la *crois*.

– Ça colle. L'Idaho est suffisamment loin de cette ville pour qu'il bâtisse ses plans sans être reconnu, et suffisamment près en même temps pour s'y rendre. Le lien avec Chris Harvie… Si tu admets qu'un élève de primaire puisse être un meurtrier…

– Sans problème.

Nick se pencha en avant sur sa chaise pour s'en aller, mais voyant que Cole ne bougeait pas, il se rassit. Son collègue le regardait fixement.

– Tu es le meilleur équipier que j'aie jamais eu, dit Cole. Et tu es un bon ami. La crème de tous les inspecteurs de la criminelle que je connais.

– Bizarre, ces compliments et ces embrassades me donnent l'impression que je devrais me coller le dos au mur et sortir mon flingue.

– Je suis ton ami, pas ton ennemi.

– Dans ce cas, allons-y, l'ami. On a du pain sur la planche.

Mais ni l'un ni l'autre ne bougèrent.

– Ces deux dernières années… (Cole secoua la tête.) J'ai observé, j'ai vu. Sans jamais vraiment faire attention.

– À quoi ?

– À toi. À ce que tu faisais.

– Ce que je fais, c'est rester assis sur mon cul dans un commissariat de Vegas pendant que mon *collègue et ami* me cherche des poux dans la tête, pendant qu'un meurtrier…

– Tu as vu ce qui est arrivé à cette fille.

Nick tressaillit.

– Valérie n'a pas toujours été comme ça.

– Les gens sont ce qu'ils sont.

– Ce n'est pas aussi simple.

– Viens-en au fait. Ensuite, on pourra foutre le camp… *patron*.

– Tu as un problème avec l'alcool, Nick.

– C'est une question ?

– Non.

– Dites-moi, *Votre Honneur*, l'accusé a-t-il manqué à ses devoirs ?

– Là n'est pas la…

– Si, justement. Tout est là.

– Tu n'es pas qu'un insigne.

– C'est ce que je croyais. Du moins, à tes yeux.

– Nick…

– Va te faire foutre… *Dalton*.

– Nous savons tous les deux où tu en es, et c'est maintenant que tu dois gagner le combat. Tu peux y arriver, tu es plus fort que…

– Tu me crois fort, hein ?

– Oui.

– Tu as déjà enterré la femme que tu aimes ?

Dalton Cole répondit que non.

– Alors, ne me parle pas d'être fort, dit Nick. Ne me parle pas de ce que je fais pour tenir le coup, car tu ne sais rien.

– Il ne s'agit pas uniquement ta femme, dit Cole. Ce cancer était sans doute un enfer, mais tu ne peux pas te servir d'elle comme prétexte, ni de ta patte folle. La mort, c'est ton métier. Ta

201

femme est morte depuis plus de dix ans, et quand j'ai commencé à bosser avec toi aux Affaires non résolues, tu n'étais pas aussi…

– Tu ne m'as jamais vu ivre pendant le boulot !

– Tu n'as jamais été aussi rongé.

Nick détourna la tête. Il dériva. Soudain, sans qu'il sache comment, Dalton se tenait debout devant lui.

– Nick ? Ça ne va pas ?

La vérité jaillit dans un murmure :

– Non.

Le téléphone mobile *bourdonna* dans la poche de veste de Dalton. Ce dernier répondit pendant que Nick suffoquait, essayait de reprendre son souffle. La voix de l'adjoint de l'Attorney General grésilla dans l'appareil.

– Cole ! Beau boulot, mon vieux ! Félicitations !

– Comment avez-vous…

– Vous avez déniché votre homme.

– Non ! On a une piste et un suspect !

– Vous avez annoncé aux agents de votre planque que c'était le suspect numéro un et qu'il était dangereux par-dessus le marché. C'est suffisant pour…

– Espèce d'enfoiré ! Ils travaillent pour moi !

– On travaille tous pour l'Oncle Sam, inspecteur Cole. Et demain, à cette heure-ci, on aura d'autres chats à fouetter, du gros gibier.

– De quoi parlez-vous ?

– Kurt Vance. Domicilié à Choteau, dans le Montana. On prépare les mandats.

– Les mandats ? Pourquoi faire ? Sur quelle base ? On a juste assez de présomptions pour sonner à sa porte et l'interroger !

– Vous avez un train de retard, Cole. Votre équipe d'intendants a épluché l'inventaire des documents retrouvés au domicile de Chris Harvie, et elle a découvert un reçu d'une station-service de Choteau, dans le Montana, ce qui…

– Ce qui ne prouve rien ! Et pourquoi est-ce que mon équipe vous rend des comptes, nom de Dieu ?

– Nous faisons tous partie de la même équipe, inspecteur. Vous n'avez pas encore reçu leur appel, voilà tout.

202

– Qu'est-ce que j'ignore à part ça ?

– Ne vous inquiétez pas. Nous avons les moyens de couvrir nos arrières sans dévoiler quoi que ce soit concernant Faron Sears ou...

– Qu'avez-vous fait ?

– Nous avons réquisitionné le HRT, le commando d'intervention des prises d'otages du bureau local de Provo. Ils vont débarquer au sud de Choteau à... Great Falls précisément. Comptez deux heures ensuite.

– Non ! Ne faites pas ça !

– Tout est déjà arrangé, Cole. Félici...

– Annulez tout ! Demandez-leur d'attendre !

– Pas question. Cette affaire doit être réglée.

– Je croyais pourtant qu'on avait retenu la leçon après Waco, après le fiasco Ruby Ridge, les auditions sénatoriales. Je croyais qu'on avait appris...

– Nous avons appris à atteindre la cible rapidement et proprement, Cole. Et c'est ce que nous allons faire.

– Je croyais que vous vouliez empêcher la tentative d'assassinat. Je croyais que vous vouliez arrêter celui qui a piégé Faron. Ça dépasse le cas de Kurt Vance... même si c'est lui le coupable ! On a des meurtres, on a des complots à résoudre et à empêcher. Je croyais que vous vouliez...

– On ne veut plus de ce merdier, Cole. Vous devriez le comprendre.

– Oui, je devrais. (Cole se massa le front.) Donnez l'ordre aux gars du HRT d'attendre que j'arrive pour prendre la direction des opérations.

– Ce n'est pas nécessaire.

– Écoutez-moi. Vance n'est qu'un suspect numéro un. Je *pense*, en effet, que c'est peut-être lui, mais je n'en suis pas *certain*. Ce n'est pas en envoyant les Bazooka Boys pour le capturer, mort ou vif, que vous résoudrez votre problème.

– C'est un point de vue.

– Écoutez. Si jamais quelque chose foire là-bas, quelqu'un devra payer les pots cassés. Pour l'instant, la seule personne dans la ligne de mire est celle qui a sonné la charge de la cavalerie.

Le silence emplit l'espace entre Washington et Las Vegas.

– O.K. Le commando attendra que vous arriviez pour diriger les opérations, dit le DAAG. Mais que tout soit bien clair, inspecteur Cole. Vous donnerez ordre d'arrêter et de neutraliser Kurt Vance *le plus tôt possible*. C'est bien compris ?

– Oui, très bien.

Cole referma le téléphone portable et se tourna vers Nick.

Ce dernier dit :

– J'y arriverai.

32

Ce samedi après-midi, des blocs de neige parsemaient les rues et les jardins paisibles de Choteau, dans le Montana. Sur les coups de 15 h, tous les voisins du 111 Guthrie Street, l'avant-dernière maison avant la sortie du bourg, avaient quitté leurs domiciles pour de mystérieuses raisons : des mères avec leurs enfants qui pleuraient, des personnes âgées frappant le sol avec leurs cannes, de jeunes couples regardant droit devant eux, tandis qu'ils quittaient, à bord de leur voiture, des maisons où ils n'avaient aucun espoir de vivre un jour libérés de leur emprunt. À 15 h 15, des tireurs d'élite en tenues de camouflage étaient allongés dans le fossé derrière le 111 Guthrie Street. Des hommes munis de mitraillettes HK et de combinaisons noires étaient plaqués contre les murs des deux maisons flanquant le 111 Guthrie Street.

Quand Cole et Nick s'arrêtèrent devant le van de commandement stationné au coin de la rue, à proximité de la maison visée, le soleil était déjà bas à l'horizon. Le commandant de la section HRT du FBI dit à Cole :

– Prêts à donner l'assaut, monsieur.

– Dites à vos hommes de garder leurs positions.

– C'est ce que nous faisons depuis tout à l'heure. Dans vingt-sept minutes le soleil va se coucher. Je ne veux pas que des hommes gelés attaquent une maison dans l'obscurité.

– Moi non plus. Avez-vous des gilets supplémentaires ?

L'adjoint du commandant courut au petit trot vers la fourgonnette de matériel. Le commandant déclara :

– Nous avons évacué discrètement tous les civils situés dans la zone de tir éventuelle.

– Dans un bled comme ici, dit Nick Sherman, si vous arrivez à faire quelque chose «discrètement», vous êtes un faiseur de miracles.

– Comment savez-vous qu'il est à l'intérieur ? demanda Cole.

– Sa bagnole est dans l'allée. On a demandé à un de nos agents féminins d'appeler chez Vance. Il a décroché, elle a dit : «Oh ! merde, j'ai fait un faux numéro. Désolée.» Et elle a raccroché.

– C'était bien sa voix ?

– Affirmatif, monsieur, répondit un policier du coin. Et depuis, personne n'est entré ou sorti. De toute façon, y a jamais personne qui vient le voir. Kurt Vance n'est pas du genre sociable.

Cole demanda :

– On a une photo ?

– Il y a un hic à ce niveau-là, répondit le commandant. En fait, Kurt Vance ne possède pas de permis de conduire.

– Bon Dieu, dit le flic, il conduit tout le temps !

– C'est ça les petites villes, dit Nick. Tout le monde suppose, personne ne vérifie.

– Et l'assurance ? La carte grise ?

– La banque s'occupe de tout ça. Un fidéicommis, expliqua le flic. Kurt est devenu orphelin à l'âge de cinq ans. Ses parents possédaient quelques terres. Ils n'étaient pas très riches, mais assez pour lui permettre de bien vivre. Il a connu différentes familles d'accueil dans le coin, jusqu'à 18 ans.

– Il est allé à la fac, je crois ? demanda un autre flic.

– Je l'ai toujours cru, répondit son collègue. (Il haussa les épaules.) Mais comment savoir maintenant ?

– Bon, que savez-vous *réellement* sur lui ? demanda Cole.

– Il vit seul, toujours. Il ne parle à personne. C'est un type bizarre.

– On sait rien, avoua le deuxième flic. Quand il est revenu de la fac, où je ne sais d'où, j'ai entendu dire qu'il souffrait d'un problème à l'estomac qui l'empêchait de travailler. Il s'absentait, il voyageait souvent. Mais personne n'a jamais su où il allait. Un beau jour, il rentrait, et le lendemain, il repartait un mois ou deux. Mais bon Dieu, j'ai du mal à croire que ce type est un tueur payé par le cartel de la drogue !

Cole s'adressa au commandant du groupe d'intervention :

– Alors, quel est le topo ?

– Vance est une cible délicate. Cela m'a été personnellement spécifié dans l'avion qui nous conduisait ici.

– De quoi est-il accusé ?

– On m'a expliqué que le responsable de la mission, l'inspecteur Cole, m'en dirait plus à ce sujet. J'ai cru comprendre que Vance était un tueur multirécidiviste, pourchassé par plusieurs États. Armé et extrêmement dangereux.

… Pour reprendre leur expression, ajouta-t-il en détachant chaque mot : «Selon nos critères d'intervention, Vance a été catalogué comme cible délicate.»

– Je le veux vivant, pas mort, dit Cole.

– Avec un gars comme ça, mes hommes passent en premier… c'est ma seule garantie. Ce n'est pas contraire à la politique du Bureau. Ni à la nature de notre mission, *inspecteur*.

Se penchant vers Dalton, il murmura :

– Mes hommes et moi tirons avec notre conscience, *monsieur* Cole. Nous ne sommes pas des assassins.

Le commandant adjoint du HRT revint en courant avec des gilets pare-balles.

– La nuit tombe rapidement. On y va ou quoi ?

– L'inspecteur Cole veut l'assurance que notre homme ne sera pas tué.

– Vous êtes fou ? Qu'est-ce qu'on doit faire ? Frapper à sa porte et lui demander de sortir pour bavarder un moment ?

– Oui, répondit Cole en déboutonnant son pardessus.

Nick ôta sa veste lui aussi. Tous les deux enfilèrent les gilets.

– J'ai beaucoup de respect pour le courage, dit le commandant du HRT, mais si vous allez là-bas tous les deux, et si vous sonnez à la porte…

– Il ne nous attend pas, dit Cole. Il ouvrira.

Nick tendit à Cole le même revolver à cinq coups qu'il lui avait donné pour pénétrer au siège d'Amérique aryenne. Cole serra la crosse dans son poing nu, fourra son poing dans la poche de son pardessus.

Nick demanda :

– Vous avez une voiture banalisée pour moi ? Avec boîte automatique ?

Le commandant adjoint acquiesça.

Nick glissa son .45 dans sa manche gauche, de façon à ce que le chien appuie contre la paume de sa main. Aussi larges que soient ses mains, la crosse dépassait sous sa main gauche. Il croisa les mains sur son ventre, comme un Bouddha.

– On le voit plus, dit le commandant, mais vous ne pouvez pas rester comme ça.

– Je peux rester comme ça en attendant que la porte s'ouvre.

– Et ensuite ?

– J'en sais foutre rien.

– Voici ce qu'on va faire, dit Cole au commandant. On entre, on prend position pour l'interrogatoire, et on vous appelle sur votre portable. Inscrivez votre numéro sur ma main. Si vous n'avez pas de nos nouvelles dans un quart d'heure, comptez deux victimes. Mes ordres sont les suivants : quoi qu'il arrive, Vance doit être mis hors d'état de nuire. La cible d'abord, notre peau en second.

– C'est contraire à…

– À la politique du Bureau ? demanda Cole avec un sourire. Aujourd'hui, la politique du Bureau c'est moi.

– Faut des couilles pour faire ce que vous faites…

Le commandant nota avec un stylo un numéro de téléphone sur le dos de la main gauche de Cole.

– Non, pas nécessaire d'avoir des couilles, répondit Cole. Ce n'est pas grand-chose comparé à un saut dans le vide.

Ils laissèrent le commandant du HRT à sa perplexité, pour se diriger vers la voiture.

– Qu'en penses-tu ? demanda Cole à Nick, alors que le sol gelé craquait sous leurs pieds.

– Tout ce qu'ils ont dit colle avec le genre de type qu'on recherche. Un loup solitaire. Cet endroit : la petite ville où personne ne pose trop de bonnes questions, car tout le monde croit connaître les bonnes réponses. La tanière idéale, la planque idéale. Le séminaire sur les serial killers que j'ai suivi au centre de formation du FBI nous a appris que la plupart de ces types sont des chasseurs errants, des sortes de requins ou de loups.

– On court après un assassin politique, dit Cole tandis qu'ils montaient en voiture, pas un cinglé dans le genre meurtrier en série.

– Oui, en effet, le massacre des deux types dans l'Idaho faisait très politique et sain d'esprit. (Nick fit rugir le moteur.) Si Vance est notre type, et je pense que c'est lui, tes collègues experts vont devoir rédiger un nouveau manuel, rien que pour lui.

Tandis que le soleil déclinait derrière les montagnes lointaines, une Ford bleue traversa Guthrie Street et s'arrêta devant la maison d'un étage, située presque à la sortie du bourg. Deux hommes descendirent de voiture. L'homme au pardessus marchait en tête sur le trottoir, jusqu'à la véranda. Son compagnon qui portait des bottes de cow-boy avait les mains croisées sur le ventre. Tous les deux gravirent les marches de la véranda. L'homme au pardessus tendit le bras pour appuyer sur la sonnette…

La maison explosa. Les vitres furent pulvérisées. La porte d'entrée se déforma et le souffle rugissant projeta les deux hommes dans les airs.

33

Le coucher de soleil purgeait toute la lumière du bosquet situé à cinq cents mètres de la périphérie de Choteau. De cet endroit, on entendait les sirènes en ville, on voyait les flammes dévorer une maison de Guthrie Street, de la fumée noire s'élever dans l'immense ciel indigo.

Kurt Vance était couché sur le ventre, ses jumelles posées sur le tapis de feuilles de tremble, au milieu de ces arbres visibles de la véranda de la maison de ses parents. Le tunnel de vingt-cinq mètres de long creusé entre son sous-sol et la ravine lui avait demandé trois ans de travail ; il était tapissé de feuilles d'aluminium arrachées dans des maisons abandonnées, étayé avec des poutres achetées dans des dépôts de bois anonymes. Il se débarrassait de la terre lors de trajets nocturnes en voiture. La porte en aluminium qui débouchait dans le fossé était dissimulée sous quinze centimètres de terre. Seuls quelques gamins s'aventuraient dans ce coin broussailleux, et c'était pour s'amuser à tuer des taupes, pas pour chercher des tunnels.

Les imbéciles, se dit Vance. Une ville de pauvres imbéciles. Et ces imbéciles de flics qui se prenaient pour des héros de la télé en discutant par radio, sans penser que quelqu'un pouvait posséder un scanner de la police.

Le premier signal d'alarme lui était parvenu à 10 heures ce matin : « Cal, grouille-toi d'aller chercher Burt chez lui ! Le FBI vient d'appeler ! Ils vont débarquer aujourd'hui pour un gros coup de filet à ce qu'il paraît ! Terminé. »

Le dénommé Cal rappela le véhicule de patrouille, pour demander quand.

« Un commando d'intervention du FBI va atterrir à Great Falls d'ici peu ! Terminé ! »

« Qui viennent-ils arrêter ? Et pourquoi ? » interrogea Cal. Son collègue avait répondu à ses questions.

Tout était prévu. Vance se saisit de son gros sac d'évacuation, vérifia les charges explosives qu'il avait branchées des années plus tôt, tandis que la radio de la police annonçait : « Les gars du commando ont atterri à Great Falls, mais ils attendent l'arrivée d'un agent qui vient spécialement pour diriger les opérations. On ne bouge pas sans avoir reçu les instructions d'un certain Dalton Cole. »

Vance bascula son numéro de téléphone sur son portable et déboucha à l'autre extrémité du tunnel, bien avant que l'équipe du HRT ne débarque à Choteau. Il avait largement le temps de dissimuler l'entrée du tunnel sous la terre et les pierres. Largement le temps de courir jusqu'aux arbres. Largement le temps de marcher jusqu'à la cabane en tôle que tout le monde en ville croyait habitée par un ermite. Largement le temps de foutre le camp, ni vu ni connu, à bord d'un pick-up enfermé dans cette cabane, et que Vance avait enregistré sous un faux nom, dans un autre comté.

Mais pourquoi ne pas savourer le goût de la victoire ? Alors, il se cacha au milieu des arbres. Il regarda ses voisins quitter leurs maisons, l'un après l'autre. Il vit les tireurs d'élite du commando se déployer furtivement tout autour de la ravine, sans quitter un seul instant des yeux sa maison, si bien qu'ils ne remarquèrent même pas l'entrée du tunnel camouflé.

Regardez derrière vous, imbéciles. Quand son téléphone mobile sonna, il répondit à l'appel transféré de son domicile : une pauvre connasse qui voulait vérifier qu'il était bien chez lui. *Oh ! oui, je suis là.*

Une éternité s'écoula avant l'arrivée de ce Dalton Cole, agent du FBI. Le plan de Vance consistait à les laisser venir chez lui, et sonner à la porte. Ils attendraient qu'on leur ouvre, puis essaieraient de tourner la poignée. La porte serait ouverte. Ils entreraient….

Mais soudain, une vision scintilla dans les yeux de Vance, une magnifique et nouvelle vision qui faisait éclater son plan et réécrivait le scénario des possibilités. Alors, avant que le commando n'investisse sa maison, Vance abaissa l'interrupteur de son émetteur radio et envoya dans les airs les deux types qui se trouvaient sur la véranda. La boule de feu illumina la terre entière. La fumée masqua les étoiles.

Ainsi, ils connaissent Kurt Vance, se dit-il. Et alors ? Je suis déjà bien plus que ça. Je suis invisible. Je suis fumée. Je masque les étoiles.

34

Le samedi soir, la police de la route du Montana conduisit en quatrième vitesse Cole et Nick de Choteau à leur avion. Ils laissèrent à l'agent spécial, responsable du Montana, le soin d'expliquer le désastre de l'assaut donné par le FBI au domicile d'un criminel supposé. L'agent spécial mentit aux caméras de télévision sans connaître la vérité. Pas une fois il ne mentionna le nom de l'inspecteur Cole, ou ne fit allusion à une quelconque enquête mal gérée par ce crack.

Le temps que Cole et Nick s'envolent, les hommes chargés de fouiller les décombres de la maison avaient découvert des ordinateurs, des armes, un sabre japonais, des livres, parmi lesquels la biographie de l'assassin d'un président, écrite par un ancien président. Ils trouvèrent également un article de journal encadré concernant la disparition d'une adolescente du Wyoming, et les débris du scanner de la police.

Cole souffrait d'une douleur dans la poitrine, à l'endroit où un éclat de la porte était venu se planter dans le gilet pare-balles. Nick, lui, avait le visage contusionné, et il traînait la jambe. Tandis que les pompiers volontaires de Choteau aspergeaient d'eau la maison en train de brûler, un adjoint du shérif proposa aux agents fédéraux un petit coup de bourbon. Cole déclina l'offre. Nick mentit :

– Merci, mais j'en ai pas besoin.

– Bon sang, c'est le moment ou jamais de boire un coup, non ?

Sous le regard de Cole, Nick répondit à l'adjoint :

– Si j'en ai pas besoin maintenant, j'en aurai jamais besoin, pas vrai ?

– Comme vous voulez, dit l'adjoint, en buvant une rasade et mettant le tremblement des mains de l'agent fédéral sur le compte de l'explosion qui avait failli le pulvériser.

– Inspecteur, dit un expert en artillerie de la base de l'Air Force de Malstrom. J'ai découvert un détonateur radio.

Cole demanda :

– Vous voulez dire qu'il a choisi le moment de l'explosion ?

Quand l'équipe de recherches découvrit le tunnel, Cole comprit.

– Kurt Vance, dit-il durant le vol qui les ramenait à Washington. Ce type tue avec un couteau, une arme à feu, une bombe, par électrocution. Il connaît les ordinateurs et les méthodes de la police. Il établit des plans à l'avance, *longtemps* à l'avance. Il attend que ses ennemis pénètrent dans sa zone d'exécution ; et peu importe s'il y a une tripotée de flics à portée de canon. Comment fait-on pour arrêter un type comme ça ?

– Faut le tuer le premier, dit Nick.

La photo la plus récente que retrouvèrent les autorités du Montana montrait Kurt Vance sous les traits d'un lycéen au visage boutonneux et aux cheveux en bataille.

– À partir de ce moment-là, dit le shérif, il a dû être absent les jours de la photo de classe.

– Il avait compris qui il était, dit Nick. Il n'avait pas besoin d'une photo. Il ne voulait pas que quelqu'un d'autre s'en aperçoive.

– Et quelques années plus tard, Chris Harvie l'enrôle pour assassiner Faron ? ajouta Cole. Où est l'intérêt de Kurt Vance ?

– Je n'en sais trop rien, avoua Nick. Pour l'instant.

Ils transmirent par télécopie la photo du lycée au quartier général du FBI, où une équipe d'informaticiens « vieillit » la photo afin d'obtenir le portrait d'un Kurt Vance plus âgé. Ils y ajoutèrent des barbes, des moustaches, des lunettes, créant ainsi un portfolio de tous les visages possibles d'un homme recherché :

Homme de race blanche. Taille : environ 1,75 m. 80 kilos. Âge : 38 ans. Cheveux châtains courts, teint hâlé. Pas de cicatrice, de tatouage ou de marque distinctive connue. Armé et extrêmement dangereux. Recherché pour violences sur agents du FBI et accusations d'homicides.

214

Chaque bureau local du FBI reçut dès lundi un exemplaire du portfolio. Chaque poste de police en reçut un exemplaire le mardi.

— Dommage que vos clichés par ordinateur ne soient pas plus ressemblants, dit Nick. Ces portraits pourraient être ceux de n'importe qui.

— Au moins maintenant, on peut mener une chasse à l'homme en règle, dit Cole. On n'est plus obligés de cacher la vérité.

Le DAAG appela Cole à bord de l'avion.

— Vous avez tout fait foirer !

— Le plan était à l'eau avant que j'arrive.

Cole lui parla du scanner branché sur la fréquence de la police, expliquant que les forces de police locales, excitées par l'événement, n'avaient pas respecté les consignes de silence radio.

— C'est la vérité ? Quelqu'un pourrait affirmer le contraire ? On peut faire gober cette histoire ?

— Je m'en fous.

— On ne vous a pas appelé pour échouer, inspecteur Cole.

— Je n'ai pas signé pour me faire entuber non plus.

— Votre tâche…

— Faron Sears est toujours en vie ? demanda Cole.

Les réacteurs du jet vrombissaient dans la nuit, en direction de l'est.

— Ne merdez pas une seconde fois, Cole.

Sur ce, le DAAG raccrocha.

Le dimanche matin, au Q.G. de campagne, Nick dit à Cole et à Sallie :

— Nos supérieurs nous ont déjà baisés une fois. Ils recommenceront.

Sallie remplit sa tasse avec le café contenu dans un thermos. Elle remplit également la tasse de Nick ; les mains de celui-ci tremblaient. *Échapper de peu à la mort peut provoquer cette réaction*, se dit-elle.

— Qui vois-tu dans le rôle de l'indic parmi les gars de l'équipe ? demanda Nick. Putain, si ça se trouve, ils ont même collé des micros ici.

— Peu importe, dit Cole. On a besoin d'eux.

215

… Joli boulot, dit-il en s'adressant à Sallie.

– Bon, voici ce qu'on a, dit-elle, ignorant le compliment. Premièrement : l'argent. Les liasses de billets dans la penderie. Faron reçoit des tonnes de courrier chaque semaine. Et chaque semaine, des gens lui envoient de l'argent.

– Donner du fric à un milliardaire, commenta Nick. Ah ! j'adore l'Amérique.

– Pas à *lui*, rectifia Sallie. À son Mouvement. C'est un engagement individuel. Des gens sincères dans leur…

– Bon, et alors ? demanda Cole.

– Alors, une équipe du Q.G. spécialisée dans la criminalité en col blanc a évalué le montant des donations. D'après les statistiques et les dossiers de Faron, une douzaine de fois au moins, au cours des sept derniers mois, il manquait plusieurs milliers de dollars en liquide dans les comptes hebdomadaires.

– Conclusion, Faron est entouré d'un escroc en plus d'un traître et d'un assassin, marmonna Nick. Quand on fout la merde, elle vous retombe dessus. Mais un escroc n'essaierait pas de tuer la poule aux œufs d'or.

– Les complots ont besoin de financements occultes, dit Sallie. Et peut-être que l'escroc et l'assassin ne sont qu'une seule et même personne.

– À combien s'élève ce manque à gagner dont on parle ? interrogea Cole.

– Environ 74 000 dollars.

– Ça ne passe pas inaperçu une somme pareille.

– Sauf quand on est habitué à manipuler des milliards, dit Sallie.

– Quoi d'autre ?

– Jeff Wood a prélevé 200 000 dollars sur le compte du Mouvement pour la réalisation d'un projet non spécifié. Jon Leibowitz a reçu 94 000 dollars d'indemnités pour frais professionnels, sans justificatifs détaillés. L'année dernière, Lauren a effectué deux retraits en liquide, le premier de 500 dollars, le second, deux semaines plus tard, de 11 000 dollars. Pas de justificatif, ni remboursement.

Cole vida sa tasse de café.

– Faron a investi 20 millions de dollars de sa fortune personnelle dans cette croisade. Qu'avez-vous appris d'autre grâce à son ordinateur ?

– Les pirates continuent de travailler dessus. (Sallie consulta ses notes.) On a déjà épluché 204 369 messages anciens adressés à Faron sur Internet. Aucun souci à se faire pour ce qui concerne les connexions en cours, Wood et Faron nous ont donné l'accès. On vérifie tous les messages où il se fait flamber.

– Flamber ? répétèrent en chœur Cole et Nick.

– En langage Internet, ça veut dire attaqué, insulté, menacé. … Le code d'accès de Wood était assez élevé pour nous permettre de copier les dossiers, mais un grand nombre d'entre eux possèdent un code individuel qui nous empêche de les consulter. (Elle sourit.) Nos pirates se sont fait un plaisir de les refiler à la NSA, en leur *ordonnant* de se mettre au boulot pour forcer les verrouillages.

– Quelqu'un a adressé un message électronique à Vance, notre tueur, à partir du domicile de Faron à Chicago. Peut-être que Vance et la taupe utilisent également le réseau Internet pour…

– Si le traître fait savoir à Vance que nous sommes infiltrés dans le Mouvement et en même temps sur ses traces…

– Et le projet de Chicago ? demanda Nick.

– Notre cible n'est pas Faron, répondit Sallie. Nous cherchons à découvrir qui veut l'assassiner.

– Laissons tomber Chicago, dit Cole. J'ai l'impression qu'on en saura plus très bientôt en regardant la télé. Si on commence à fureter de ce côté-là, il deviendra impossible de préserver notre incognito face aux collaborateurs de Faron, à ses ennemis et à toute une meute de journalistes. En outre, on risque de faire peser sur Faron une pression qu'il ne mérite pas.

Sallie prit une chemise sur la table.

– Les spécialistes de la CIA ont tiré quelque chose à partir des photos d'ensemble des meetings de Faron. Avec des ordinateurs, ils ont digitalisé chaque cliché, un par un, et ensuite, ils ont programmé une recherche de toutes les ressemblances approximatives. Parmi toutes les réponses, celles-ci ont attiré mon attention.

La première photo était l'agrandissement d'un portrait d'un Asiatique vêtu d'un complet-veston. Par-dessus son épaule, on distinguait un deuxième Asiatique, avec des lunettes de soleil.

– Il se tient à la périphérie de la foule, à Tucson, dit-elle. Là, il est dans un auditorium à Kansas City. Avec un costume différent.

– Un costard de luxe, commenta Nick. Ce n'est pas un vulgaire badaud.

– Et là, dit Sallie, on le retrouve au meeting de Newark.

Le troisième cliché montrait le même Asiatique à côté d'un homme d'une vingtaine d'années, portant un complet-veston strict et possédant des gènes nordiques. Les deux hommes étaient appuyés contre le capot d'une voiture.

– On a déchiffré la plaque d'immatriculation, dit Sallie. C'est une voiture de location. Le reçu de la carte de crédit ayant servi à la location est au nom de Fine, Heifitz et Miller. Un important cabinet juridique de Washington.

– La CIA est capable de faire tout ça avec des ordinateurs... aussi vite ? demanda Nick.

– On peut vous prendre en photo, la digitaliser, et l'insérer dans n'importe quelle autre photo. Dans cinq ans, chacun pourra faire la même chose chez soi, sur son ordinateur.

– Encore une dose de vérité qui fout le camp, commenta Cole.

– Mais voici le plus intéressant.

Sallie leur montra une photo du même Asiatique emmitouflé dans un pardessus. La photo avait été agrandie et recadrée afin d'isoler son visage. Sallie déposa sur la table une succession de clichés : d'abord le gros plan du visage de l'Asiatique, puis une photo au grand angle le montrant en bordure d'une foule, et enfin une vue générale d'une foule occupant toute une rue devant une grande maison.

Sallie dit :

– Il était à Chicago lors du meeting de Faron, à midi, au moment même où le message électronique a été expédié à Vance, dans l'Idaho. Ce type se trouvait juste devant la maison d'où est parti l'appel.

– Un rendez-vous, murmura Nick.

– Bon Dieu, qui est ce type ? dit Cole.

– Tout ce qu'on sait, c'est qu'il est peut-être lié à ce cabinet juridique de Washington qui a loué la voiture à Newark.

Cole se frotta les yeux.

– Que celui ou celle qui a dormi plus de trois heures cette nuit lève la main.

Rien ne vint perturber l'atmosphère au-dessus de leurs têtes.

– C'est toujours un enfer de fourrer son nez dans les cabinets juridiques, dit Sallie.

– Ce sont tous des escrocs, renchérit Nick.

– Beaucoup d'entre eux sont nos patrons, dit Cole.

– Qui ça, les escrocs ou les avocats ? demanda Sallie.

– Résumons, dit Cole. On a déjà Kurt Vance. Je pense que c'est notre assassin. Il est en guerre contre tout ce putain de système. Et on a ce type : appelons le suiveur, ou bien admirateur ; en tout cas, il s'intéresse de près à Faron. Mais notre seul lien possible avec cet Asiatique obstiné, c'est un cabinet juridique de Washington ; ça signifie que nous devons marcher sur des œufs baptisés secret professionnel. Dès cet après-midi, tous les bureaux locaux du FBI vont recevoir une demande d'enquête semi-prioritaire concernant toutes leurs affaires en cours, dans lesquelles un individu d'origine asiatique est représenté par... comment s'appelle ce cabinet ?

Sallie relut ses notes :

– Fine, Heifitz...

– Toujours la même chanson, dit Cole.

– Vous allez vous retrouver avec une centaine de fax sur votre bureau, dit Sallie. C'est un gros cabinet. Un tas de clients ont besoin d'aide face à la justice. De plus, notre homme pourrait être un des avocats, et non pas un client.

– On peut parier, dit Nick, que l'idée de chatouiller un gros cabinet juridique de Washington, qui possède des amis de fac et des postulants un peu partout au ministère de la Justice, va rendre très nerveux nos supérieurs.

– C'est pourquoi j'ai décidé d'y aller en douceur. Et pour leur faire plaisir, demain nous enquêterons sur leur hypothèse d'un concurrent commercial animé de pensées meurtrières.

Nick demanda :

— Que celui ou celle qui a vraiment envie de faire plaisir à nos supérieurs lève la main.

Rien ne vint perturber l'atmosphère au-dessus de leurs têtes.

35

Cole ouvrit la porte de son appartement le dimanche soir et balança le tas de journaux à l'intérieur d'un coup de pied. L'air était confiné, mort.

Il déposa son imperméable à cheval sur sa valise remplie d'affaires sales. Sa boîte aux lettres en bas était pleine à craquer. Son répondeur téléphonique indiquait neuf messages. Il ignora le bouton « Écoute ». Il lança sa veste vers une chaise du coin-repas. Loupé. Il ne la ramassa pas. Et s'affala dans le canapé. Il laissa sa tête s'enfoncer dans le dossier, en fermant les yeux. Un lit l'attendait dans la pièce voisine. Ferme. Vide.

Merde ! Il n'avait pas interrogé l'équipe de surveillance des nazis d'Amérique aryenne à… Non, tout était O.K. : il y aurait eu une alerte si jamais…

Si je meurs ce soir, Ricky Side sera la dernière femme que j'ai embrassée.

Bon Dieu, la première femme qui m'embrasse depuis… neuf mois ? Depuis que Diane, l'avocate qui jouissait seulement quand elle était dessus, avait fichu le camp avec ses valises, à la recherche de quelqu'un qui s'intéressait aux maisons dans les bons quartiers et aux *véritables carrières.*

Le téléphone sonna.

– Cole ! s'exclama le DAAG au bout du fil. Il me faut un rapport ! Qu'est-ce que…

– Monsieur, cette ligne n'est pas protégée…

– Que…

– Désolé, je ne peux pas vous laisser provoquer une violation des règles de sécurité.

– Violation mon cul !

– Je vous rappellerai.

Cole raccrocha. Sans états d'âme.

Driiing!

Dalton décrocha, et marmonna :

– Qui êtes-vous ?

– Ah ! c'est toujours la même question, hein ?

– Lauren ! Je… que… Vous êtes au travail à cette heure-ci ?

– Pour certains d'entre nous, travailler pour Faron n'est pas un boulot de fonctionnaire. (Elle soupira.) Non, en fait je suis dans mon nouvel appartement, je contemple mes meubles de location et mes cartons pas encore défaits, mais c'est vrai, je travaille.

– C'est pour cela que vous m'appelez ?

Silence.

– Depuis ce matin, j'essaye de vous joindre.

– Pour quelle raison ?

Cole s'assit par terre, en tailleur.

– Ce soir à *One Hour*, ils ont passé une annonce pour l'émission sur Faron. Je le savais par avance, et ce matin, je me suis dit que vous voudriez peut-être… certainement la voir. Alors… je vous ai appelé.

– J'étais absent.

– Je sais. (Elle adopta un ton plus doux.) Remarquez, si vous n'avez pas vu le spot, vous n'avez rien loupé. Une simple annonce faite par le présentateur dans le genre « La semaine prochaine… ». Le titre de l'émission n'est pas original : « Qui est Faron Sears ? »

– Telle est la question.

– Je suis désolée de vous avoir dérangé ; retournez à vos occupations. Après tout, le dimanche est un jour de repos.

– Qu'est-ce qu'il y a dans tous vos cartons pas encore ouverts ?

– Des quantités de pas grand-chose.

– J'en ai beaucoup chez moi aussi.

Ils restèrent muets un long moment.

– Bon, il vaut mieux que je vous laisse, dit-elle enfin.

– Je suis bien comme ça.

Assis par terre en tailleur, la tête penchée sur le côté, le téléphone coincé contre son oreille, le monde reposant sur ses épaules.

– Vous semblez fatigué.

– Vous avez l'ouïe fine.

Elle rit.

– C'est la première fois qu'on me dit ça.

– Peut-être que vous n'avez jamais entendu.

– Pourtant, je suis très attentive.

– Peut-être que… Peut-être… Et merde, je ne sais pas quoi dire.

– Vous êtes fatigué, vous devriez aller au… vous reposer.

– O.K.

– Je vous verrai demain, dit-elle.

– Euh… il se pourrait que je ne vienne pas demain. (Il ferma les yeux pour mentir.) Faron m'a chargé… Vous comprenez : planètes différentes, même soleil.

– Je me contrefous de ce que Faron vous oblige à faire.

– Tant mieux.

Il sentit sa vérité résonner aux oreilles de Lauren.

Ils se dirent au revoir. Cole resta assis par terre. Il tendit le bras vers la table du téléphone, appuya sur le bouton « Écoute » de son répondeur, et il écouta la voix enregistrée de Lauren l'appeler.

Sallie prit un bain, enfila un pyjama de flanelle, changea le sparadrap autour de son doigt, puis téléphona à sa mère.

– Ma chérie ! s'exclama la vieille dame dans un téléphone à cinq kilomètres de l'appartement de Sallie, à l'autre bout de la ville. Tu es enfin rentrée ?

– Oui, maman, répondit Sallie en s'allongeant sur son lit. Tout va bien.

– Évidemment ! Nous avons conclu un accord toi et moi, pas vrai ? Tu te contentes de travailler pour le gouvernement. Jamais de mission dangereuse, hein ?

– Exact, maman. C'est convenu comme ça.

– Petite, tu mens derrière tes belles dents blanches.

Les deux femmes éclatèrent de rire.

– Ça va, ma fille ?

– Oui, maman.

– Ne cherche pas à ménager ma vieille carcasse. Dis-moi la vérité. Tu sais, j'en ai supporté plus que tu en as vu.

– Tu n'as aucune raison de t'inquiéter, maman. Je travaille avec des gens bien. Ils veillent sur moi.

– Tu dois veiller sur toi-même ! Tu le sais !

– Oui…

– C'était notre accord. (La vieille dame grommela.) Enfin, tu es rentrée chez toi, hein ? Tu n'es pas blessée, et je peux arrêter de me réveiller en sursaut chaque fois qu'un de ces foutus bulletins d'informations interrompt mes programmes à la télé.

– Tu peux éteindre la télé, maman.

– Qui viendra me rendre visite dans ce cas ? (Elle rit.) Toutes ces émissions, elles sont pleines de gens que je connais pas, mais ça me fait rire. Ou au moins, dormir.

– Oui, je sais, maman. Toi aussi tu me manques.

– Au fait, j'ai vu Roma l'autre jour, ta copine de fac. Elle a deux enfants maintenant. Elle m'a dit qu'on ne te voyait plus beaucoup ces derniers temps.

– Toi-même tu ne me vois pas souvent. C'est ce boulot… ça me bouffe tout, si je veux le faire correctement. Ça ne me laisse pas beaucoup de temps.

– Mais tu as *quand même* des amis ?

– Bien sûr, maman. Un tas d'amis ; et des gens sympas au boulot.

– Tu travailles avec beaucoup de Blancs, hein ?

– En majorité.

– J'ai l'impression que, partout où je regarde, il y a davantage de Blancs. Tu es amie avec eux ? Vous vous fréquentez ? Vous allez les uns chez les autres, pour dîner et ainsi de suite ?

– Je… Non. Pas vraiment. Pas souvent en tout cas… Je veux dire, on est amis, on se respecte, et il n'y a pas de… Mais… on dirait qu'on est tous… Il y a les fêtes au boulot ou des événements comme des mariages et ainsi de suite, mais… Dès qu'on veut être vraiment à l'aise, détendus, j'ai l'impression que c'est Blancs d'un côté et Noirs de l'autre.

– Ouais. Je pensais à ça. Et je me posais des questions. Ça me fait de la peine.

– Je sais. Moi aussi.

– Tu sais que je suis fière de toi, ma fille.

– Oui, maman…

– Foutrement fière, nom de Dieu ! Pardonne-moi, Seigneur.

– Mais tu serais encore plus fière de moi si tu avais un ou deux petits-enfants.

– Je serais plus heureuse pour toi, oui. Mais je pourrais pas être plus fière.

– Un jour peut-être.

– Oh, oh ! Tu as quelque chose à me dire ? Tu aimerais chuchoter un nom ?

– Maman !

Sallie se glissa sous les couvertures.

La vieille dame rit.

– Personne en vue, dit Sallie. Absolument personne.

– Mieux vaut personne que ce crétin de Clive que tu as amené…

– Maman ! C'était à la fac ! Et il avait pris le chemin de ma porte avant que tu m'obliges par la ruse à te le présenter

– Ma fille, si je ne voyais pas qui tu allais envoyer sur les roses, comment je pourrais me soucier de celui que tu vas garder ?

– Tu aurais pu au moins me prévenir que j'allais le plaquer !

– Je savais bien que tu finirais par comprendre.

Elles rirent en chœur.

– Les hommes bien sont devenus une denrée rare, dit Sallie. Des hommes qui sont… Ça n'existe plus.

– Hum !

– Ça veut dire quoi ce « hum » ?

– Rien, rien, ma chérie. Y a que toi qui parles.

– Je ne change pas, hein ? (Elle marqua une pause.) Maman, comment c'était quand tu as rencontré papa ?

– Petite, tu caches trop de choses à ta mère !

La fille ne dit rien, elle attendait.

– Ton père m'a fait frissonner de la tête aux pieds la première fois où je l'ai vu.

– J'aimerais qu'il soit encore…

– Moi aussi, ma chérie. Ton grand-père cueillait le tabac, et le tabac a cueilli sa progéniture, dit la femme devenue veuve trop tôt. Si j'étais en manque de soupirs et de nostalgie, je pourrais

225

être bénévole dans un foyer de personnes âgées. Alors, quand est-ce que je te vois ?

– Bientôt, maman. J'espère.

La fille dit au revoir. Raccrocha. Et contempla le pistolet dans son étui sur la table de chevet.

La bouteille de scotch regardait fixement à travers la porte en bois du petit placard Nick qui était assis à la table de la cuisine, dans sa maison de banlieue de Virginie. Il savait que cette foutue bouteille était juste là, au moins à moitié pleine. Facilement.

Facile. Ses mains agrippaient le rebord de la table. J'ai tenu je tiendrai j'y arriverai je peux…

J'ai tenu le coup après cette putain d'explosion de merde. *Oh ! bon Dieu ! Ça fait mal !* et ma jambe, le genou enflé comme un melon, ça fait mal et…

J'y arriverai. Je vais montrer à Cole qui a raison ; c'est lui qui a raison. J'ai raison ; je tiendrai, tout ira bien.

Putain de lumière jaune aveuglante dans cette putain de cuisine jaune délavé ; j'aurais dû la faire repeindre y a des années, j'avais pas besoin de la laisser…

Oh ! ça faisait mal. Et il éclata de rire. Nom de Dieu, ça faisait *toujours* mal. Tous les matins, il se réveillait et il marchait en souffrant. Ramasser des cailloux, poser des rails, jouer au football. *Être un homme, ça voulait dire se réveiller et marcher en souffrant.*

La dernière saloperie de bouteille. Elle méritait un enterrement digne de ce nom. Des adieux respectueux. Juste un petit… juste un…

Faron. *Penser au boulot.* Vance avait certainement pris la fuite ; et où qu'il aille, il savait comment y aller : en courant avec le vent pour ne laisser aucune odeur, fonçant vers Faron… ce fils de pute, Faron, pour qui il se prend ? Sale charlatan tueur de flics.

Nick entendait le bourdonnement diffus des voitures sur la nationale, à cinq cents mètres derrière les arbres dénudés par l'hiver. Le silence de la banlieue. Les craquements de la table de cuisine. Le placard, dans ce foutu placard… La dernière saloperie de bouteille. Une mare ambrée dans un puits transparent. Qui

226

clapote contre le verre. Un tremblement. Saletés de saloperies de petites vagues qui riaient et le regardaient fixement à travers cette saloperie de porte en bois.

Bon Dieu, que sont devenus ces saloperies de chevaux ?

Uniquement les vagues de la soif, les vagues qui clapotent dans la dernière saloperie de bouteille, et la soif…

Nick fit exploser le placard avec les sept balles contenues dans son .45.

La fumée envahit la cuisine, tandis que les douilles roulaient sur la table, mais ses oreilles remplies par les détonations n'entendaient pas les cartouches de cuivre tomber et tinter sur le linoléum. Des trous déchiquetés constellaient le placard en chêne véritable ; la porte fendue en éclats béait.

Habitude de flic : les balles de .45 avaient certainement traversé le mur de la cuisine, derrière le placard, pour aller se ficher dans le mur opposé du salon. Si les voisins avaient entendu les coups de feu, ils penseraient que c'était la télé. Ils voudraient croire que c'était la télé. Ils n'appelleraient pas police-secours, obligeant Nick à expliquer à un collègue pourquoi il avait mitraillé sa maison.

Une des balles avait mis dans le mille assurément : lentement, régulièrement, un liquide ambré s'écoulait par la porte du placard. Comme du sang.

L'escroc emboîta le pas à Kurt Vance dès que celui-ci sortit de l'hôtel, à Fargo, en ce dimanche soir. Vance repéra l'escroc. L'hôtel était situé à la périphérie de *Downtown*, dans cette ville de 50 000 habitants du Dakota du Nord. *Parmi tout ce monde, il y avait forcément au moins un escroc « professionnel ».*

L'escroc portait un anorak et un jean, avec des boots. Et un bonnet de ski. Il faisait les cent pas devant une boutique fermée, située en face de l'hôtel, comme un adepte du lèche-vitrines. La vitrine faisait office de miroir pour le chasseur, mais l'image de l'escroc s'y reflétait également.

Vance descendit d'un pas nonchalant les marches de l'hôtel. Il jeta un coup d'œil à sa montre, porta sa main à sa poche arrière. Et il remonta la rue. Il avait fait le tour de l'hôtel en voiture plusieurs fois afin de mémoriser la géographie des lieux. Il se dirigeait maintenant vers la faible lueur d'un bar destiné aux buveurs sérieux. Il entendit les bottes traverser la rue derrière lui.

Arrivé à la hauteur de la ruelle, Vance y jeta un coup d'œil, vit l'enseigne lumineuse d'un autre bar, un néon violet dont les circonvolutions dessinaient la silhouette d'une femme et d'un verre à cocktail. Vance s'immobilisa pour *montrer sa décision*, puis s'engouffra rapidement dans la ruelle.

Ce soir, la seule autre lumière provenait d'une ampoule nue allumée au-dessus d'une porte, à une quinzaine de mètres de l'entrée de la ruelle. À mi-chemin, Vance pivota sur lui-même et revint brusquement sur ses pas, faisant sursauter l'homme qui avait réduit l'écart les séparant.

Vance sourit.

– Ravi de voir que tu as pu venir.

L'homme essayait de comprendre le sens de ces paroles quand Vance l'aspergea de gaz lacrymogène acheté dans un relais-routier.

Vance décocha un coup de pied dans le ventre de l'homme aveuglé et suffoquant, et le balança dans l'escalier menant à un restaurant chinois condamné par des planches. Il le gifla jusqu'à ce que sa vue s'éclaircisse. Il le gifla encore plusieurs fois. Quand le braqueur tenta de bouger, Vance lui cogna le front avec le plat de la main. Avec son couteau, il creusa une entaille dans le front pâle de cet imbécile. En étouffant le hurlement du braqueur avec une main gantée plaquée sur sa bouche.

– C'est ton jour de chance, dit Vance.

– Hé! je sais pas ce…

Vance lui frôla le nez d'un petit coup de couteau.

– *Moi* je sais. Ça suffit. T'es déjà allé en taule?

– Tout ce que vous voudrez, je… Oui, j'ai fait un an. O.K.? Mais ce soir, c'était juste… Je fais pas ça souvent. Je passe devant l'hôtel, je traîne dans le coin, je regarde s'il y a des flic, je guette ceux qui sortent…

– C'est *moi* qui suis sorti, dit Vance. *Moi.*

– Oh! putain, je suis désolé, monsieur. Je savais pas.

– On va parler de ça justement. *De ce que tu sais.* T'es du coin?

– J'suis en liberté surveillée. J'ai toujours vécu ici.

– Tu te débrouilles comme un as, dit Vance.

Dans l'obscurité de l'hiver, le couteau était froid et brillant.

– Maintenant, dit Vance, parle-moi un peu de tous les criminels de Fargo.

36

– Si j'ai besoin d'un avocat, dit Peter Elmore aux deux agents fédéraux qui avaient gâché son lundi matin en débarquant dans son bureau de Baltimore, j'en ai un dans mon équipe, juste au bout du couloir.

L'agent le plus âgé – machin-chose Cole – répondit :

– Libre à vous, M. Elmore.

L'agent qui boitait dit :

– Nous faisons simplement notre travail.

– Je suis censé m'en réjouir ?

– Vous devriez être un homme réjoui, dit Nick. Vous avez un grand bureau, une société qui emploie une douzaine de personnes…

– Dix-sept.

– Ça doit représenter quelques millions de dollars.

– Je vais vous épargner du travail. Nous sommes estimés à vingt et un millions.

Cole demanda :

– Avez-vous été autrefois l'associé de Faron Sears ?

Peter Elmore portait une chemise sport et un pantalon en velours côtelé, sans cravate ni veste. Ses cheveux clairsemés étaient plaqués sur son crâne.

– Alors comme ça, cet enfoiré de negro a engagé le FBI également pour lui servir de milice.

– Également ? dit Nick.

Elmore ne répondit pas.

Cole dit :

– Vous avez menacé un jour de le tuer, n'est-ce pas ?

– Non. J'ai *promis* de le tuer. Grosse différence. Jadis, les promesses ça voulait dire quelque chose. Les promesses qu'il me faisait, celles que je lui faisais. J'ai toujours tenu les miennes, toutes sauf la dernière. Ça aussi il me l'a fauché. Maintenant, je ne fais plus de promesses.

— Donc, vous n'avez jamais essayé de…

— J'ai bondi par-dessus la table. Faron était assis juste en face. Monk m'a… c'est le…

— Oui, on sait, dit Cole.

— Monk m'a plaqué sur la table, comme un vulgaire poisson. D'homme à homme, j'aurais étripé ce salopard de Faron. Mais Faron n'est pas juste un homme, c'est une armée : il y a Monk et Wood. Lauren et son cœur de pierre, ses belles paroles et son intelligence. Et maintenant, les pieds-plats du FBI.

— Nous ne travaillons pas pour Faron Sears, dit Cole.

— Dans ce cas, nous avons au moins un point commun.

— Le règlement du conflit vous a donné…

— Après vous avoir poignardé dans le dos, Faron garde la main sur le couteau pour pouvoir vous diriger à sa guise.

… On était associés ! Il y a quatorze ans, j'étais sur le point de devenir aussi important que lui ! J'ai cru au baratin de cet ancien taulard, j'ai cru qu'en signant avec lui pour développer mes idées, nous serions plus forts l'un et l'autre.

… Il lui a fallu trois ans, mais une fois qu'il eut tout manigancé avec ses sbires, tous mes logiciels étaient « réactualisés » et donc « cosignés » et donc « propriété commune », mais liés par contrat d'exclusivité à ses sociétés qui pouvaient les acheter et les utiliser en toute liberté.

… Il lui suffisait de décider de ne pas utiliser mon matériel. Tout ce que *je* possédais avait été englobé dans ce que *nous* possédions, si bien que je ne pouvais rien vendre sans son autorisation, et *nous* avions un contrat d'exclusivité avec *lui*. Sans rien voir venir, je me suis retrouvé avec une offre de rachat. Si je refusais, tous les produits que je possédais devenaient inutiles, car mon *associé* ne voudra pas les utiliser, et personne d'autre ne peut s'en servir. Même si j'essayais de retirer mes billes, ce salopard me tenait. Mes avocats étaient impuissants : si je rompais mon contrat avec Faron, tous les programmes que je mettais au point durant les cinq ans à venir seraient considérés comme ayant

231

été « inséminés artificiellement » par notre association. Je pouvais les créer, mais il en posséderait la moitié.

… Ce type m'a coupé les couilles avec ma propre main, dit Elmore. Ça m'a coûté six ans de ma vie et neuf millions de dollars, mais je suis reparti.

— Vous avez beaucoup investi dans ce combat, dit Cole.

— Quand j'ai dû installer ma famille dans une caravane, j'ai cessé de me préoccuper de mes couilles, dit Elmore.

— Vous avez rebondi.

— J'ai touché le fond. J'ai obtenu le « droit » de développer cette société, à condition de renoncer à toutes mes prétentions et de vendre à Faron tout ce que je produis, au prix le plus bas. Si je gagne du fric, il gagne du fric. Dans son putain de *règlement*, il m'a même généreusement prêté deux millions de dollars pour lancer ma société « indépendante ». Que pouvais-je faire d'autre ? Faire cuire des hamburgers chez McDonald's ? Travailler pour les Japonais ?

— Vous le haïssez toujours ? demanda Cole.

— Vous ne comprenez pas, hein ? Ce n'est pas un quelconque inconnu qui m'a fait ce coup-là. Ça, je m'y attends ; ainsi va le monde. Non, c'est mon *associé* qui m'a trahi ! C'est mon *ami.* *Faron !*

— Et vous voulez le tuer.

— J'aimerais bien une glace au chocolat avec de la chantilly pour le déjeuner, mais je n'en mangerai pas, car c'est mauvais pour ma santé. Oui, j'ai envie de le tuer.

— Parce que c'est un *enfoiré de negro* ? demanda Nick.

Elmore leva les bras au ciel.

— Comment aurais-je dû l'appeler ? Enfoiré d'*Irlandais* ? Vous êtes qui, la police de la liberté d'expression ?

— Votre femme ne vous a-t-elle pas quitté après cet échec ? demanda Cole.

Elmore détourna la tête.

— Il m'a tellement entubé que je ne pouvais plus… Avant de venir, vous avez lu les documents de divorce qu'elle a rédigés. Vous savez qu'il m'a baisé, et que moi, je ne pouvais plus la bai-

232

ser, et c'est devenu sordide. Elle s'est barrée. Elle ne reviendra pas, même si…

… Qu'est-ce que vous voulez au juste ? demanda Elmore. Je vous ai raconté ma vie. Je pensais que vous apparteniez peut-être à la mission d'enquête du ministère de la Justice. J'ai agi comme un bon citoyen coopératif.

– Vous êtes un homme intelligent, dit Cole. Plein d'imagination. Et de ressources. Une victime. Fou de rage.

Nick intervint :

– Vous avez un cousin qui appartient à la pègre.

Elmore secoua la tête.

– Vinnie ? La police affirme qu'il est de la Mafia. Vous l'avez déjà envoyé à l'ombre une fois, pour avoir vendu des cigarettes de contrebande à New York. Oh ! là, là ! Mon cousin se fait de l'argent de poche en vendant aux gens une drogue que l'Oncle Sam soutient à coups de subventions versées aux fermiers, et à vous entendre, c'est le Parrain. Bon Dieu, même si c'était le cas, on ne s'est pas parlé depuis huit ans.

Le cousin Vinnie dirigeait un gang pour le compte de la famille Gambino. Le Bureau était certain qu'il avait liquidé un Colombien indésirable dans le Bronx.

– Et Vinnie ne vous aiderait pas à régler un vieux compte ? demanda Nick.

– Dites-moi ce que vous me reprochez ou fichez le camp.

Courons le risque, se dit Cole.

– Quelqu'un a engagé un tueur pour…

Elmore éclata de rire et leva le poing au ciel.

– *Yeah !*

Cole et Nick se regardèrent.

– Et alors ? demanda Elmore avec un grand sourire. Vous croyez que je suis le seul type au monde à avoir une bonne raison de charger son flingue pour Faron ?

– L'idée de passer pour le suspect numéro un ne vous inquiète pas ? demanda Nick.

– Non. Depuis Faron, chacun de mes faits et gestes est irréprochable, répertorié, enregistré sur bande vidéo, signé par-devant notaire et confié à des avocats. Je suis innocent comme l'agneau qui vient de naître !

– Apparemment, votre association avec Faron vous a appris autre chose d'utile, commenta Nick.

– Oui : l'intelligence de ne pas lui filer une balle pour me flinguer.

– Vous n'êtes pas surpris que quelqu'un d'autre cherche à le tuer ?

– Vous êtes vraiment du FBI ? Vous ne vous souvenez pas de la BCCI ?[1] Vous croyez vraiment que les cinq cents plus grosses entreprises – ou les types qui siègent sur leurs trônes – sont au-dessus de la violence ? Quand vous évoluez dans la catégorie des milliards de dollars, les ego sont à l'avenant.

… Les nations s'effondrent. Les compagnies prennent leur place. C'est le féodalisme commercial. Je déteste les syndicats – regardez Hoffa et la Mafia, nom d'un chien –, mais qu'ont donc fait les nababs de l'industrie américaine aux syndicats quand nos parents étaient mômes ? Combien de militants ouvriers de gauche idéalistes ont fini dans un étang ou pendus à un lampadaire ?

– Qui, à part vous, serait assez fou, et assez puissant, pour engager un tueur afin d'éliminer votre ancien associé ? demanda Nick.

Elmore sourit :

– Je refuse de faire des suppositions à ce sujet, même si je le pouvais.

– Vous avez parlé d'une autre « milice » au sujet du FBI. Pourquoi ?

Elmore observa les deux hommes assis de l'autre côté de son bureau. Il déclara :

– Tout ce qui se passe dans cette pièce est enregistré en vidéo.

Cole et Nick se raidirent, puis Cole dit :

– Nous pouvons obtenir un mandat pour confisquer toutes les bandes que nous souhaitons.

– Vous ne trouveriez pas ce que vous cherchez, dit Elmore. C'est arrivé avant que je fasse installer des caméras partout. C'est d'ailleurs la raison pour laquelle j'ai installé des caméras.

---

1. Banque de commerce et de crédit internationale, condamnée en juillet 91 pour escroquerie et blanchiment d'argent par l'État de New York. (*N.d.T.*)

— Ne nous obligez pas à jouer aux devinettes avec vous, dit Nick.

Elmore s'adressa aux murs :

— Vous entendez ça, sales empaffés d'avocats à la solde de Faron ? Si vous pensiez m'emmerder, allez vous faire foutre. Je coopère à une requête émanant d'une enquête officielle du FBI.

… Il y a sept mois, dit Elmore en s'adressant aux deux flics, j'ai reçu de la visite. Dans le parking. Trois types en costard. Ils m'ont dit que j'avais de la chance. Que mon entreprise semblait parfaitement « sûre ». Ils représentaient, paraît-il, des « intérêts financiers conjoints et parallèles », et aussi longtemps que je n'avais pas de souci à me faire, je n'avais pas de souci à me faire. Ils avaient l'œil sur moi.

— Ont-ils mentionné le nom de Faron ? demanda Cole.

— Mon Dieu, non ! Ils n'ont mentionné aucun nom. Ils sont remontés en voiture en roulant des mécaniques et ils sont repartis.

— Et vous pensez…

— Le témoin refuse de spéculer officiellement.

— Et confidentiellement ? dit Cole.

— Ça n'existe pas. J'ai appris ça avec Faron.

— Vous pouvez nous en dire beaucoup plus, dit Nick.

Elmore sourit.

— Vous venez me trouver, les types de la Justice sont venus me trouver… J'ai l'impression que mon vieil ami Faron a des ennuis. Je serai ravi de vous aider.

Il sortit de sa poche une disquette qu'il inséra dans l'ordinateur installé sur son bureau, et ouvrit un fichier.

— Le numéro d'immatriculation de la voiture.

Elmore pianota sur quelques touches. Et imprima une page sur laquelle figurait ce renseignement.

Cole prit la feuille et se leva.

— Merci de nous avoir accordé un peu de votre temps.

— Oh ! ce n'est rien ! Ça fait *si longtemps* que j'attends *cet instant*.

Fargo possède un centre commercial. En ce matin d'hiver, Vance était le seul à utiliser une des cabines téléphoniques installées près de l'entrée du centre commercial.

– Federal Bureau of Investigation, bonjour, répondit d'une voix lasse l'agent chargé de l'accueil et du standard, à l'autre bout de la ville.

– Ouais, bonjour, dit Vance. Euh, écoutez… je suis pas d'ici et…

– Vous êtes au FBI, pas au…

– Hé ! je cherche un gars de chez vous qu'a conclu un arrangement avec moi dans le temps. Le nom du type c'est Cole, Dalton Cole.

– Aucun agent de ce nom ne…

– Je sais bien qu'il travaille pas ici, dans ce trou à rats !

– *Moi*, j'y travaille, *monsieur*.

– Ouais, et vous pouvez localiser l'appel, pas vrai ? Cole m'a aidé à me dépêtrer d'une sale histoire et… vous comprenez, je suis pas d'ici.

– Que voulez-vous ?

– Contactez Cole. Dites-lui que… Non, je veux pas vous filer mon nom, vous allez vous rencarder et m'embarquer. Dégotez le numéro de téléphone de Cole, là où il bosse maintenant, pour que l'ancien taulard qu'il a aidé dans le temps, avec une cicatrice au couteau sur le front, pour que je puisse l'appeler.

– Pourquoi le ferais-je ?

– Parce que vous savez que je suis pas un plaisantin. Parce que vous connaissez un petit escroc du coin nommé Wally Burdette ; demandez aux flics si vous le connaissez pas. C'est ce type qu'essaye de me brancher sur un deal de came contre des bagnoles volées.

— La brigade des stupéfiants et les forces de police locales ont…

— Trouvez-moi le numéro de Cole, mec ; je vous rappellerai. S'il me file le feu vert, je traiterai avec vous. Dites-lui que les bagnoles viennent de Chicago, la came du Canada, et si vous avez pas pigé que c'est un délit fédéral, consultez une carte.

Personne ne vit Vance raccrocher et traverser d'un pas lourd le parking enneigé, en direction d'une voiture portant des plaques d'immatriculation du Dakota du Nord qui ne correspondaient pas à la carte grise.

Personne dans le quartier situé en face du centre commercial ne prêta attention à la voiture qui s'arrêta, en cette matinée d'hiver, dans une rue où la plupart des gens étaient au travail, regardaient la télé ou faisaient le ménage. Vance descendit de voiture, souleva le capot et écouta le moteur. Dans cette position, il pouvait observer son moteur… et le centre commercial.

Onze minutes plus tard, un véhicule de patrouille de la police de Fargo passa à faible allure devant le centre commercial ; les feux stop rougeoyèrent tandis qu'il ralentissait à la hauteur des cabines téléphoniques.

La prochaine fois, ils seront mieux coordonnés, songea Vance. Il attendit que la voiture de police ait quitté le centre commercial, referma son capot, et repartit.

Fargo possède également un hôpital. Vance téléphona des cabines situées à l'entrée du service de chirurgie, en parlant à voix basse.

— Federal Bureau of Inves…

— Ça fait une heure, mec. Vous avez ce que je vous ai demandé ?

— Venez donc nous…

— Filez-moi le numéro de Cole. Je l'appelle, s'il me dit d'aller vous voir, on pourra s'arranger tous les deux. Vite, j'ai plus beaucoup de pièces, mec.

— L'agent Cole est difficilement joignable aujourd'hui.

— Dans ce cas, je…

— Attendez ! Parlez-moi des voitures volées.

– Si je me fais baiser, ils iront tous se faire foutre. Et vous aussi, mon vieux !

– Vous nous avez appelés, nous pouvons…

– Passez-moi Cole. Vous, je vous connais pas.

– L'agent Cole a été transféré de notre bureau de Washington.

– Vous m'apprenez rien. Où je peux le joindre ?

– Actuellement, il est détaché auprès du quartier général, et je n'ai aucun numéro pour le joindre.

– Eh, merde ! Ça veut dire que j'suis obligé de m'arranger avec vous. Bougez pas, mec.

Le déclic du combiné qu'on raccroche résonna dans l'oreille de l'agent fédéral de Fargo. Vance quitta d'un pas nonchalant l'entrée du service des urgences avant qu'une voiture de patrouille de la police municipale et une berline du FBI ne pénètrent sur le parking de l'hôpital.

Dalton Cole, se dit Vance en grimpant à bord de sa voiture. *Un agent du FBI de Washington, suffisamment important pour voyager en avion à travers le monde.*

Un type intéressant.

– Le moment est venu d'arpenter les rues, déclara Nick, mais en ce lundi après-midi, Cole et lui ne quittèrent pas un seul instant leur Q.G. de campagne et ils posèrent rarement le téléphone.

Le numéro de la plaque d'immatriculation de Pennsylvanie fourni par Peter Elmore était enregistré au nom d'une société du Delaware baptisée Phœnix Enterprises.

Phœnix Enterprises était «une société de relations publiques, de sécurité, d'investissements et de recherches» appartenant à American Investors, Inc.

American Investors Inc. était une société en nom collectif basée à Gary, dans l'Indiana, créée par deux avocats du coin et une société de Los Angeles, avec une boîte postale et pour tout actif concret un simple compte en banque.

Unique propriétaire de cette coquille vide : Jeff Wood.

Les documents archivés dans les agences fédérales de régulation indiquaient que la capitalisation initiale de 200 000 dollars de la Phœnix s'était rapidement développée sous la forme d'un «siège social», situé à proximité de la frontière entre la Pennsylvanie et le Maryland, et d'un «contrat de sécurité» d'un demi-million de dollars avec le groupe à but non lucratif fondé par Faron Sears, dans le but de revitaliser les quartiers défavorisés de Chicago.

– Je croyais que c'était Monk qui dirigeait les gros bras, dit Nick.

– Apparemment, Wood possède lui aussi sa petite armée privée, dit Cole.

– C'est peut-être lui alors qui voulait acheter des mitraillettes à Chicago. Wood va s'enrichir par le biais d'une entreprise à but non lucratif dont il est un des gestionnaires. Joli. Tant que personne ne le sait.

— Tu crois que c'est un prête-nom ?

— Pour qui ? demanda Nick.

Cole ordonna une surveillance du « siège social » de la Phœnix.

L'équipe du labo, en passant au crible la maison de Vance détruite par l'explosion, parvint à établir le lien entre l'occupant des lieux et trois meurtres : une fille dans le Wyoming, un inconnu abattu d'un coup de fusil sur une route du Montana, et son institutrice à l'école primaire. De Seattle à Sioux Falls, de Calgary à Carson City, les brigades criminelles bombardèrent le bureau local du FBI à Choteau de demandes pour savoir si Vance ne serait pas le Sujet Non-identifié, responsable des horreurs commises chez eux.

— Les bons flics veulent connaître la vérité, commenta Nick. Les autres veulent coller un dossier en suspens sur le dos de notre homme, histoire d'être débarrassés.

— Nick, on n'a pas réussi à parler. Au sujet de…

Le téléphone sonna. Nick s'empressa de décrocher, et répondit par une succession de *hum*. Cole attendit. Voyant que la communication de Nick s'éternisait, il téléphona finalement dans le Montana pour se renseigner sur les vols de voitures dans un rayon de 150 kilomètres autour de Choteau. Nick l'entendit interroger ensuite l'agent local du FBI sur les aéroports des environs de Choteau. Le téléphone de Nick laissait entendre une sonnerie discontinue depuis une minute. Il raccrocha enfin et prit la pile de formulaires d'interrogatoire 202 qui grossissait, des dépositions concernant Kurt Vance.

Les voisins de ce dernier savaient peu de choses sur lui. C'était un gars bizarre, disait l'un d'eux, mais bon, tout le monde était bizarre par ici. Quand même, c'était un voisin, et on était dans le Montana, on n'avait pas « ce genre d'individus par ici », comme « là-bas » dans l'Est ou en Californie. La bibliothécaire du comté déclara que Vance venait plus souvent que la plupart des gens. « Saleté de télévision ». Il consultait les ouvrages qui parlaient d'histoire et de forces cosmiques, dit-elle. Elle se souvenait qu'il avait emprunté des livres sur le président Reagan.

Nick sentit que ça commençait à naître, pendant qu'il contemplait les pages du rapport qu'il tenait entre ses mains : le fourmillement le long de la colonne vertébrale, la lente compréhension, les pièces qui s'emboîtent, en suivant une courbe logique.

Kurt Vance. *V.* Qui aimait tuer. Capable d'aller beaucoup plus loin que tout ce que pouvait imaginer son entourage, et qui se moquait d'*eux tous*. Qui rayonnait certainement dans toutes les directions à partir de son antre isolé dans cette petite ville, orchestrant Dieu sait quelles horreurs. Gardien de secrets, faiseur de secrets, cœur de pierre, persuadé d'être supérieur aux autres.

Ce n'est pas à Reagan que tu t'intéressais, se dit Nick. C'est au petit enfoiré vaniteux qui lui a tiré dessus.

Malgré le martèlement dans sa tête, le tremblement de ses mains, Nick sentait le picotement, la certitude. À travers la *soif* douloureuse, ardente, il la sentait : *J'ai capté ton odeur, enfoiré.*

Cole passa en revue une pile de messages et coinça le combiné du téléphone contre son oreille pendant qu'un agent fédéral de Missoula, dans le Montana, récupérait la liste des passagers ayant pris ce jour-là un avion à destination de l'est.

Message sur papier rose, le DAAG : rapport sur la situation. *Quand j'aurai le temps.*

Message sur papier rose, émanant du chef de la brigade des Affaires non résolues de Washington, relayé par le quartier général : Prière de rappeler. Contact possible avec un ancien informateur. *Pas de temps à consacrer à un vulgaire crime.*

Alors que l'agent du Montana revenait en ligne, Cole jeta un coup d'œil à l'autre bout de leur Q.G., vers le dos de Nick, et pensa : *Faut que je trouve le temps.*

39

La nuit s'était emparé de la ville lorsque Cole rentra chez lui, seul. Il neigeait. Les feux arrière des voitures clignotaient dans son pare-brise, et Cole envoyait le même message aux phares qui flottaient dans son rétroviseur.

Je n'ai pas menti à Lauren, pensa-t-il. Je n'avais pas le temps aujourd'hui. Je me demande si elle a appelé mon répondeur ?

Vance. Kurt Vance. *V.* Faron. Qui était *G* ? Qui était donc le numéro deux sur la liste de Vance ? Vance va continuer de l'avant, jamais il ne reculera devant nous. Le message électronique disait d'attendre jusqu'à la Saint-Valentin. Encore neuf jours. Le temps d'acheter une carte, des roses. Comme si j'avais quelqu'un à qui les offrir. En aucune façon Vance n'avait renoncé à son assassinat parce qu'il avait peur.

Le feu passa à l'orange. Cole freina, jeta un petit coup d'œil aux phares dans son rétroviseur : le conducteur était sage, il gardait ses distances. Alors que le feu passait au vert, Cole songea : dans l'esprit de Kurt Vance, que sait-on au juste ?

Cole redémarra en douceur. Une fourgonnette s'immisça entre lui et la voiture qui le suivait. Celle-ci déboîta derrière la camionnette. Au carrefour suivant, Cole tourna à gauche juste au moment où la flèche verte passait à l'orange ; les phares jaunes dans le rétroviseur l'imitèrent. Griller une flèche orange sous une tempête de neige, se dit Cole : risqué.

Deux pâtés de maisons plus loin, il pénétra dans le parking souterrain de son immeuble. Laissant la neige tomber derrière lui.

Le courrier qui encombrait sa boîte aux lettres remplit ses poches d'imperméable. 90 % de prospectus, mais peut-être une carte de Saint-Valentin précoce. *Ouais, pourquoi pas.* Il prit soin

de ne perdre aucune enveloppe en appuyant sur le bouton de l'ascenseur. Son attaché-case occupait sa main gauche. Il monta
dans l'ascenseur vide. Il tenait ses clés dans sa main droite, avec
le courrier. Arrivé devant sa porte, empêtré, il parvint à glisser la
clé dans la serrure. *Clic.* Il tourna la poignée, poussa la porte.

Un homme se trouvait dans l'appartement de Cole, une arme
pointée sur lui :

— Si je voulais vous tuer, vous seriez mort.

40

Mon flingue à la ceinture... la main encombrée par... le courrier – ne pas le lâcher et appuyer sur...

— Ne faites pas ça !

L'homme qui se trouvait dans l'appartement de Cole était grand, costaud, son veston était ouvert.

— C'est pas la peine ! dit-il. Si j'avais voulu vous tuer...

— Oui, j'ai entendu.

— On ne peut pas régler nos affaires dans le couloir.

L'homme lui fit signe d'avancer. Cole ne bougea pas.

— Ne vous inquiétez pas.

Il lui fit signe de nouveau. Mains puissantes, regard implacable. La cinquantaine.

— Votre appartement n'est pas sur écoutes.

— Vous êtes l'exterminateur ?

— Non, heureusement pour vous.

Cole déposa sa mallette contre le mur. Ce geste masqua sa main droite. *Habitue-le à l'idée que tu ne courras pas le risque.* Cole lança le courrier et ses clés sur une table.

— O.K., dit l'homme qui se trouvait dans l'appartement de Cole. Avec la main gauche... les papiers.

— Nous savons qui je suis.

— Il n'y a pas que vous dans la vie.

L'inconnu glissa la main à l'intérieur de sa veste, il en ressortit un porte-cartes qu'il ouvrit d'un geste, après des années d'entraînement :

— P.J. Toker. Agent spécial. FBI.

Cole s'approcha pour regarder de plus près. Sa porte se referma.

— Si ce sont des faux, ils sont très bien imités.

– Oh ! ils sont authentiques.

Le colosse transféra ses papiers dans sa main droite, se servit de la gauche pour soulever son revers de veste.

– Tout comme…

Cole lui décocha un coup de pied dans le ventre.

Le grand type émit un *oupfff*, se plia en deux et recula en titubant.

L'acier noir projeta un éclair lorsque Cole dégaina son Beretta, en actionnant la culasse. Le cran de sûreté était déjà ôté, et une balle était maintenant logée dans la chambre, pour tirer selon une technique parfois baptisée *la condition israélienne*.

– Ne jouez pas au plus fort avec moi, nom de Dieu !

Cole braqua son arme en direction de la porte de la chambre. Personne.

– Tournez-vous ! Les mains sur le mur !

Respirant bruyamment, cherchant à reprendre son souffle, l'intrus obéit.

– Du calme, Cole, du calme !

Cole enfonça le canon du Beretta dans la colonne vertébrale de l'homme plaqué contre le mur.

– Allez-y, montrez-moi que vous êtes rapide, et vous n'aurez plus l'occasion de recommencer.

Une fouille rapide permit de découvrir une arme sur la hanche droite de l'intrus : un .357 Magnum, et non pas le nouvel automatique, calibre .40, fourni par le Bureau, mais *possible malgré tout*. Cole le fit glisser sur le sol vers l'entrée. *La porte n'est pas verrouillée !* Il poursuivit la fouille, découvrit des menottes, des crochets pour forcer les serrures et une arme de cheville, un automatique calibre .25 extrêmement contraire à la politique maison, qu'il expédia vers le Magnum.

– Décollez-vous du mur ! Attachez votre poignet droit ! Reculez par ici !

Le colosse obéit aux ordres de Cole. Ce dernier lui attacha les bras dans le dos à l'aide des menottes, autour d'un montant en fer d'une cloison de séparation, près de la cuisine.

– Pas un geste surtout ! (Cole désigna la chambre d'un mouvement de tête.) Si vous avez un pote planqué…

— Il n'y a que vous et moi, l'ami.

— J'espère, ducon !

— Appelez-moi P.J.

D'un mouvement d'épaules, Cole se débarrassa de son imperméable, lança le vêtement gonflé comme une voile dans sa chambre ouverte, s'élança dans son sillage, en pointant son arme de tous les côtés.

La penderie, *vide*. La salle de bains, *vide*.

Le colosse était toujours attaché avec les menottes. Cole alla verrouiller sa porte d'entrée, ramassa les armes, éjecta le chargeur du calibre .25, vida la chambre.

— J'aime bien votre style, commenta l'homme, tandis que Cole faisait tomber les balles du revolver .357 Magnum capable d'arrêter un ours. Restez toujours en colère et vous resterez en vie.

Cole abaissa son arme, le bras le long du corps.

— Qui êtes-vous, bon Dieu ?

— P.J. Toker. Vous avez envoyé un avis, concernant un cabinet juridique.

— Et vous vous introduisez chez moi, drôle de réponse.

— À force de vous faire entuber, vous devenez retors. Quand votre avis a été expédié, j'ai passé quelques coups de téléphone. Un de mes stagiaires fait partie des intendants de votre planque.

— Vous auriez dû lui apprendre à la boucler.

— Je lui ai appris à faire respecter la justice et à se montrer fidèle envers ses amis. (L'homme haussa les épaules.) C'est un bon agent. Il a essayé de m'aider à déterminer si je pouvais aider l'*inspecteur* Dalton Cole au sujet d'une affaire concernant Fine, Heifitz et Miller, liée à des ressortissants asiatiques.

— Et donc, vous êtes entré chez moi par effraction.

— Regardez sur votre table basse. J'ai emprunté ce gadget aux services techniques ; il permet de détecter les émissions de fréquences et les flux électriques. Il nous indique que tout est clean, mais j'ai quand même débranché vos téléphones. Ils peuvent vous téléphoner et transformer le téléphone en micro.

— Qui ça « ils » ?

— À vous de me le dire, mon vieux. Ça vous ennuierait de me détacher ? Si j'avais voulu vous tuer…

– Oui, oui. Mais des fois, les gens changent d'avis.

– La vie est pleine de risques.

Cole réfléchit. Avant de le détacher.

P.J. se massa le ventre.

– Une chance que vous ne m'ayez pas frappé dans les couilles ; elles ne sont plus très jeunes, mais elles servent encore.

– Le ventre était plus près.

– Plus gros aussi. (Obéissant à un signe de tête de Cole, P.J. s'assit à la table du coin-repas.) Vous saviez que vous aviez une équipe de parasites au cul ?

Cole fronça les sourcils.

– Regardez, ils sont garés en bas dans la rue. Vos jumelles sont près de la fenêtre.

– Vous avez fouillé chez moi !

– Juste le temps de trouver ce que je cherchais. La Ford bleue garée dans la rue perpendiculaire ; vue directe sur votre porte et le garage de l'immeuble.

Cole garda le Beretta dans sa main droite. Il balaya la rue avec ses jumelles. *Rangée de voitures en stationnement, pas de Ford bleue...*

Une Ford bordeaux. De la neige sur les voitures garées devant et derrière, pas de neige sur le capot ou le pare-brise de celle-ci.

Changement d'équipe : on le filait ; la Ford bleue avait laissé la place quand la Ford bordeaux était arrivée.

– Qui est-ce ? demanda Cole.

– S'ils travaillent pour l'oncle Sam, dit P.J., ils pourraient être de l'OPR.

OPR : *Office of Professional Responsibility*, la section du FBI chargée de surveiller ses propres agents.

– Ils sont là pour vous, mon vieux, dit P.J.

– Vous êtes du bureau de Washington ?

– Non. Crime organisé. « Section spéciale des groupes asiatiques. »

Cole rengaina le Beretta, déposa les photos prises durant les meetings de Faron sur la table, devant P.J.

– Vous connaissez cet homme ?

P.J. se pencha au-dessus du cliché :

247

– *Konbanwa*, Yoshio Chobei.

... On ne s'est jamais rencontrés. M. Yoshio Chobei, secrétaire particulier du vice-président de Sugamo Industries, une société considérée comme le deuxième plus gros producteur japonais de matériel informatique. Un des principaux clients du cabinet Fine, Heifitz et Miller.

– Chobei est un yakuza, dit Cole.

– Son oncle de Tokyo, son *oyabun*, était une des figures centrales du Kanto-kai, le cauchemar de la police japonaise, un rassemblement officiel des grands groupes yakuzas. Heureusement, le Kanto-kai a implosé en 1965.

... Chobei a été admis à l'université de Tokyo : business et anglais. Diplômé en 1980. En 1982, il est apparu comme membre subalterne du Parti libéral démocratique ; le Japon est leur chasse gardée depuis 55. En 1987, la National Police Agency a entendu dire que Chobei était devenu le boss du groupe yakuza Rengo-kai, ce qui est très étonnant étant donné que le Rengo-kai a été officiellement dissous il y a un certain temps.

– On n'a jamais vu un chef de gang travailler comme collaborateur politique ou secrétaire dans une société d'informatique, dit Cole.

P.J. éclata de rire.

– Oui, c'est exactement ce qu'ont dit les petits génies du Trésor. Ils ont ordonné également qu'on foute la paix à Chobei.

– Pourquoi ?

– Son patron est une grosse pointure de plusieurs groupes de coopération internationale et d'échanges commerciaux. Certains futurs pouvoirs qui travaillent avec nos supérieurs travaillent également avec les associés de Chobei. Conclusion, Chobei ne peut être un yakuza. Et moi dans tout ça ? J'ai fait preuve de « racisme » en évoquant cette question.

– On vous a envoyé sur les roses. Les yakuzas...

– Surtout, ne croyez pas connaître les Yak, dit P.J. Les yakuzas représentent une république à eux seuls. Neufs factions principales, une centaine de milliers de membres, avec des ramifications jusque chez les gangs de *bikers*. Au printemps 1994, les groupes de yakuzas ont organisé une réunion avec des familles de la Mafia dans un hôtel à Paris. Ils travaillent également avec les triades chinoises. Vous connaissez les *sokaiyas* ?

— Je ne me souviens même pas du français appris au lycée, dit Cole.

— Vous les connaîtriez si vous travailliez à Wall Street. Les *sokaiyas* sont des spécialistes du chantage. Ils achètent des actions, ils débarquent lors du conseil d'administration annuel d'une société, et si on refuse de leur verser de l'argent, ils posent des questions embarrassantes sur les scandales personnels ou les échecs commerciaux des cadres de la société. Parfois même, ils provoquent une bagarre. En Amérique, ils ont lancé des opérations chez AT&T, IBM, General Motors, Dow Chemical, la Bank of America, et ils ont bien failli faire main basse sur la City Bank à Honolulu en 1978.

… En 1994, environ un millier de sociétés japonaises se sont unies pour faire échec aux *sokaiyas* ; elles ont tenu leurs assemblées générales le même jour, elles ont coopéré avec la police.

— Et…

P.J. ignora l'intervention de Cole :

— Mais le plus intéressant dans cette histoire, c'est que la Sugamo Corporation a cessé d'avoir des ennuis avec les *sokaiyas* en 1992, soit deux ans avant la riposte commune. Cinq ans *après* que Chobei soit devenu chef de gang. Cette même année, Chobei se faisait engager par Sugamo.

— Je vous écoute, dit Cole.

— Selon moi, Chobei a fait « évoluer » la tactique des *sokaiyas*, il a utilisé l'argent des Yak, il a acheté sa place au sein de la Sugamo. Il s'est offert un pouvoir commercial légitime, un moyen de pression politique. Un journal de gauche de Tokyo affirme que Chobei est devenu un *kuromaku*, ça veut dire rideau noir dans le théâtre Kabuki, un décideur politique.

— Pas mal pour un secrétaire particulier.

— Il n'a jamais été accusé du moindre crime, jamais arrêté. Il ne lui manque aucun doigt, il n'a aucun tatouage visible.

— Pourquoi vous êtes-vous intéressé à Chobei ?

— Il y a trois ans, il a franchi la douane à Honolulu. Il avait avec lui… un « assistant » dirait-on en anglais. Cet assistant a laissé voir par hasard des tatouages. Les services de renseignements des douanes ont pris des photos, ils ont entré les passeports dans l'ordinateur, et ils nous ont envoyé une note de routine.

La neige tombait derrière la fenêtre de Cole.

– C'est tout ce que vous avez ?

P.J. frappa du poing sur la table.

– Tout ça m'a pris trois ans, nom de Dieu ! Quatre séjours à Tokyo ! Sans compter toutes les demandes polies et les courbettes, les puzzles à assembler ! Et *vous*, comment se fait-il que vous vous intéressiez à lui ?

– Ça ne vous regarde pas.

– Allez vous faire foutre, *inspecteur*. J'ai mis ma putain de vie en jeu dans cette histoire, et…

– Pourquoi ? demanda Cole. Vous auriez pu trouver un moyen de…

– Ce que j'ai trouvé, c'est que les yakuzas n'y vont pas avec le dos de la cuillère quand ils colonisent un nouveau territoire !

Cole secoua la tête.

– Ça ne suffit pas. Vous êtes un vieux pro. *Pourquoi ?*

– Je n'ai pas envie que mes petits-enfants deviennent des *ronins* [1] dans notre putain de pays.

Les lumières de l'appartement de Cole étaient douces, chaudes.

– Oui, je crois comprendre.

– D'où viennent ces photos ? Notre département a le droit de…

– Vous ne travaillez plus pour votre département, dit Cole.

– Des mains plus puissantes que les vôtres ont déjà tenté de m'arracher les couilles.

– Vos couilles bossent pour moi, désormais. (Cole se massa le front.) Retournez à votre bureau… immédiatement. Faites des photocopies de tout ce que vous avez sur Chobei, et de tout ce dont vous pensez avoir besoin. Je vous donne deux heures, après quoi les coups de téléphone débuteront.

– Vous m'emmenez au casse-pipe ?

1. Mot japonais désignant un samouraï sans maître, un banni, un renégat. (*N.d.T.*)

250

— Je ne sais pas où nous allons, avoua Cole. Vous pouvez ressortir d'ici sans que ces gars vous voient ?

Les deux hommes se dévisagèrent sans ciller. P.J. reprit son Magnum sur la table basse et tendit la main vers Cole, paume ouverte.

Cole y laissa tomber les balles.

Le plus âgé des deux agents s'équipa. Cole attendit. P.J. souleva l'attaché-case contenant le détecteur de mouchards électronique.

— Encore une chose, lui dit Cole. La prochaine fois que vous me tendez une embuscade, je vous descends.

— La prochaine fois, *caïd*, vous ne me *verrez* même pas.

Sur ce, il s'en alla.

Cole verrouilla sa porte.

Pas de message sur son répondeur. Y en avait-il quand P.J. était arrivé ? Il rebrancha les appareils.

Cole prit ce dont il avait besoin dans sa mallette, ouvrit la porte-fenêtre donnant sur son étroit balcon. L'air était froid ; les flocons de neige fondaient sur sa peau comme des larmes gelées. Dans la rue, tout en bas, il vit la Ford bordeaux. Il ouvrit son téléphone mobile.

41

La neige tombait lentement sur les banlieues de Washington. Deux hommes étaient assis à bord de la Ford bordeaux, moteur éteint.

– Il s'est couché, dit l'homme affalé derrière le volant.

– Le veinard, commenta le passager. Tu veux prendre le premier quart?

Le conducteur poussa un soupir:

– T'as la bouteille?

– Ah! arrête avec ça! répondit son collègue d'un ton sec, tandis qu'une fourgonnette les dépassait au ralenti dans la rue à sens unique, en pente et glissante.

– Écoute, dit le conducteur de la Ford, c'est quand même pas ma faute!

– T'as trop bu de café, bordel!

Un sans-abri emmitouflé dans une couverture apparut tout à coup derrière le rideau de neige, à deux pâtés de maisons de l'endroit où ils étaient garés, en face. Il tendait sa main nue au-dessus d'une grille. Les flocons embrassaient ses jointures.

– J'ai besoin de la bouteille, dit le conducteur.

– Je t'ai dit que t'as bu trop de café!

– J'avais froid! (Le conducteur détourna son regard du sans-abri.) J'y peux rien, c'est ma prostate! Il me faut cette bouteille!

– Et moi, j'ai pas envie de passer la nuit enfermé dans cette putain de bagnole, à sentir une bouteille de lait en plastique pleine de pisse froide!

– Cette bouteille est pour toi aussi!

– Ouais, exact, répondit le passager, tandis que le sans-abri traversait la rue en traînant les pieds pour atteindre leur trottoir.

– Alors, que veux-tu que je fasse ?

– Retiens-toi !

– Facile à dire !

– Tu vas enfin te décider à aller voir le médecin ?

– Tu sais ce qu'il va me faire, ce salaud ?

Le conducteur jeta un coup d'œil dans le rétroviseur : une autre fourgonnette descendait à faible allure la rue inondée de neige fondue.

– O.K., j'irai demain, promis. En attendant, faut que je...

– Va pisser derrière l'arbre, là-bas.

Le conducteur regarda sur sa gauche. Le long trottoir s'étendait derrière sa vitre. Et au-delà du trottoir, une bande d'herbe paysagère.

– C'est un *buisson* ce truc ! C'est pas assez haut pour...

– Personne te verra, bon Dieu ! Tout le monde s'en fout d'ailleurs !

– Et lui là ?

Le conducteur désigna le sans-abri qui n'était plus qu'à six voitures de la leur, et qui approchait en traînant les pieds, visiblement ivre.

– Tu parles qu'il en a rien à foutre !

Le conducteur bondit hors de la voiture. Plié en deux, il se précipita vers un petit sapin planté à côté d'un léger monticule. Et là, il baissa sa braguette. Dans la Ford, son collègue détourna la tête...

Et vit Dalton Cole dans la lumière dorée qui s'échappait des portes vitrées de son immeuble.

– Merde !

Le passager saisit les jumelles sur le tableau de bord et les pointa vers l'immeuble, au-delà du clochard. Aucun doute : c'était Cole, comme s'il attendait un taxi ou qu'une voiture vienne le chercher.

Le passager tourna la clé de contact d'un quart de tour, enfonça le bouton qui commandait l'ouverture de la vitre du conducteur.

– Hé, hé ! cria-t-il à son collègue.

Celui-ci jeta un coup d'œil par-dessus son épaule, avec une expression de panique sur le visage.

– Faut y aller !

– Attends, j'ai pas...

Des lumières rouges et des sirènes explosèrent dans la nuit. Le sans-abri bondit devant le passager de la Ford, en brandissant un .45 et hurlant :

– Police ! Pas un geste ! Police !

Près du sapin nain, le conducteur se retourna, bouche bée, regarda son collègue d'un air hébété. Avant qu'il ait le temps de se rajuster, *un type avec un fusil à pompe* bondit par-dessus l'arbuste, le canon pointé sur lui, en s'écriant :

– On ne bouge plus ! Les mains en l'air !

La nuit devint un kaléidoscope : voitures de police, gyrophares rouges et bleus ; le clochard armé d'un calibre .45 qui hurlait ; Cole, le regard enflammé ; des flics en blousons bleus, avec des lettres dorées dans le dos : MONTGOMERY COUNTY POLICE, obligeant les occupants de la Ford à se pencher au-dessus du capot de leur véhicule.

– Vous n'avez pas le droit ! beugla le passager.

– Trop tard, dit Cole.

– Vous savez pas à qui...

Le conducteur n'acheva pas sa phrase.

Le lieutenant de la police du comté de Montgomery montra à Cole et Nick les porte-cartes en cuir et les insignes découverts sur les occupants de la Ford : « United States Marshal's Services. »

– J'avoue que les insignes ont l'air authentiques, déclara le lieutenant.

– Des vrais marshals qui harcèlent un inspecteur du FBI ? dit Cole.

– Hum ! fit le lieutenant.

– Je signerai les papiers, dit Cole. Vous serez couverts.

– De quoi vous voulez qu'on les accuse ?

– Entrave à un agent fédéral dans l'exercice de son devoir.

– Ça marchera jamais. De plus, on a que des pouvoirs locaux, pas...

– Bouclez-les pour outrage à la pudeur, dit Nick.

– Nick, tu as épuisé tous les services que je te devais, déclara l'officier qui commandait des flics juste derrière la frontière fictive où l'insigne de Nick faisait la loi. Ces *bandidos* ont des insignes et le droit d'être à cet endroit. Je refuse de risquer ma retraite pour tes histoires à la con.

— Vous avez une jolie décharge du FBI maintenant, dit Cole.

— Ça me fera une belle jambe si vous êtes rayé des cadres demain matin.

— Demain, c'est demain. Ce soir, vous avez le droit de coffrer ces types, pour vérifier leurs identités.

Le lieutenant secoua la tête.

— Venez, amigos. On va tirer ça au clair tous ensemble.

Il aboya des ordres. Ses hommes conduisirent les deux marshals menottés jusqu'aux voitures de patrouille.

Nick ramassa la couverture, là où il l'avait laissée tomber.

— La petite comédie de ce soir prouve au moins une chose.

Cole regarda le flic de la criminelle : ses joues avaient la pâleur nécessaire au rôle du clochard, ses yeux injectés de sang étaient dans le ton eux aussi.

— Ivre ou à jeun, dit Nick, je peux te sauver la mise.

Derrière le sourire du flic, Cole sentit l'odeur des pastilles de menthe.

42

– Laissez tomber, ordonna Cole aux trois hommes assis en face de lui dans un bureau du quatrième étage du ministère de la Justice. Dehors, l'aube n'avait pas encore brisé l'obscurité en ce mardi matin.

L'autorité du trio émanait de l'homme aux cheveux les plus blancs : l'adjoint de l'Attorney General, le AAG. Celui-ci regarda par-dessus la tête de Cole. Le directeur adjoint du FBI responsable de la section des enquêtes criminelles, le AD/CID, n'osait pas affronter lui non plus le regard de Cole. Mais le sous-adjoint de l'Attorney General, le DAAG, foudroya l'agent du FBI.

– La nuit dernière…

– J'ai fait mon boulot. J'ai arrêté de me faire entuber.

– Si cela vous intéresse, dit le cadre du FBI, sachez que le Bureau et moi ignorions tout de cette surveillance.

– Totalement justifiée ! s'exclama le DAAG. Surtout après la débâcle de Cole dans le Montana, le…

– La débâcle de qui ? s'écria Cole.

– Nous ne sommes pas ici pour répartir les fautes, déclara le DAAG.

– Si, justement, répliqua Cole.

Le DAAG dit :

– Cette surveillance était justifiée et souhaitable ! Pour votre protection ! Supposez que notre suspect principal veuille…

– Ne dites pas de conneries, dit Cole. Quand avez-vous collé ces marshals à mes basques ? Après que j'ai déposé ma requête concernant ce cabinet juridique ?

Le AC/CID soupira :

– Oui.

– Vous protégez Yoshio Chobei, dit Cole.

– Non ! protesta le DAAG.

– Ce sont les Japonais qui vous ont poussé à mener cette croisade antitrust contre Faron, ajouta Cole. Ce sont eux qui ont balancé le paquet cadeau à vos potes de la Justice ; ils ont harcelé le Sénat. Ils vous ont obligé à...

Le AAG se racla la gorge.

– Votre perspective est faussée.

– Je vois très bien.

– Ça ne suffit pas. Nul dans cette pièce, ni personne dans ce département, n'a entrepris la moindre action injustifiée ou contraire à l'éthique contre M. Faron Sears.

– Vous oubliez les écoutes illégales, souligna Cole.

– Non autorisées, répliqua le chef de la loi et de l'ordre.

– Pourtant, vous servez de larbins à...

– Les sociétés de Faron Sears représentaient déjà une source de préoccupations pour les régulateurs et les enquêteurs de l'antitrust bien avant que...

– Avant quoi ? Avant que les yakuzas entrent en jeu ?

– Faron Sears constitue un problème légitime, déclara le AAG, nommé par le Président.

– Quel genre de problème ? Économique ? Légal ? Politique ?

– Exact, dit le AAG. Et en effet, des avocats défendant divers intérêts japonais faisaient partie des personnes ayant apporté des preuves à nos...

– Les avocats de la Sugamo Corporation, dit Cole. Cette société fabrique les mêmes produits informatiques que Faron...

– Je crois, dit le AAG, qu'ils figuraient parmi les parties intéressées et affectées qui ont communiqué et assisté...

– Vous tous ici, dit Cole, vous ne foutez jamais les pieds dans la rue. Vous ne sentez pas l'odeur de la trahison ? Un escroc qui dénonce un type qu'il déteste ?

Le DAAG dit :

– Avec de vrais renseignements peut-être, de vrais crimes. Vous les agents intègres, vous passez votre temps à coffrer des gens avec des coups fourrés.

– Quelle aubaine pour vous et votre parti politique que les Japonais aient joué les mouchards.

– Cessez ces insinuations ! s'exclama le AAG.

– Sinon quoi ? Vous allez demander aux soldats de Chobei de s'occuper de…

Le cadre du FBI intervint :

– Vous vous égarez, Cole !

– À qui la faute ?

– Oui, vous avez raison, dit le AAG. Il ne s'agit pas uniquement d'une banale opération antitrust. Toutefois, les intérêts japonais n'ont pas été notre seul catalyseur. Des sources américaines ont également dénoncé Faron Sears.

– Qu'aviez-vous à gagner en lâchant les chiens sur Faron ?

– La satisfaction d'accomplir notre travail.

– Moi, mon travail, c'est d'empêcher qu'on l'assassine, dit Cole. D'empêcher les yakuzas d'accroître leur pouvoir dans…

– Qui êtes-vous donc ? lança le DAAG. Une sorte de xénophobe moderne obsédé par le péril jaune ? La Sugamo est une société internationale parfaitement…

– Dans ce cas, pourquoi est-ce Chobei qui tient les rênes ?

– Chobei travaille pour la Sugamo, et non le contraire, dit le DAAG. Et étant donné que vous avez grillé votre couverture hier soir, j'ai lu les rapports, et à l'exception de quelques rumeurs alarmistes, purement instinctives, émanant du Bureau…

Le AAG leva la main, et s'adressa à Cole :

– Suspectez-vous un de ces éléments de participer au complot visant à assassiner Faron Sears ?

– Je n'en sais foutre rien. Mais nous avons un lien.

– Bon Dieu, si jamais vous fourrez…

Un simple regard de l'homme aux cheveux blancs réduisit le DAAG au silence.

– Vous avez le pouvoir d'enquêter et de supprimer toute menace visant directement la vie de Faron Sears, dit le AAG, quelle que soit son origine, quelles que soient les personnes morales ou physiques impliquées. Faites-le.

– Ça ne suffit pas, dit Cole.

– *Pardon ?* dit le AAG.

– J'avais déjà ce pouvoir après notre première rencontre. Je l'avais dès le moment où j'ai prêté serment, où j'ai été accepté au sein du FBI. Vous m'avez baisé une fois. Vous recommencerez.

Comme s'il était chez lui, Cole passa derrière le bureau de l'AAG, ramassa quelques feuilles de papier et un stylo. Il sourit au DAAG, et dit au supérieur de cet homme :

– J'exige la tête de votre toutou.

– Hé ! une minute ! s'écria le DAAG. (Il tendit les mains vers l'homme aux cheveux blancs qui l'avait précédé sur les bancs de Harvard.) Je ne suis…

– Vous êtes le prix à payer, dit Cole.

– À payer pour quoi ? demanda le AAG.

– Pour m'avoir baisé une fois, répondit Cole. Et pour me convaincre de ne pas dévoiler sur-le-champ tous vos sales petits secrets puants.

– Ça suffit ! s'écria le DAAG. Je ne suis pas un morceau de…

Le AAG coupa la parole à son bras droit :

– Scott !

Le mentor et son protégé se dévisagèrent. Le plus jeune cilla. Il avait du mal à respirer. Cole lui tendit les feuilles et le stylo.

– Écrivez !

Sa voix s'adressait au DAAG, mais ses yeux étaient fixés sur l'homme aux cheveux blancs, tandis que le cadre du FBI restait muet et observait.

– Adressez-la à l'Attorney General. Ne la datez pas. Écrivez : «Suite à mon comportement négligent lors de multiples incidents relatifs à l'enquête délicate menée par l'inspecteur Cole du FBI, sous la haute autorité de ce ministère et de la Maison-Blanche, ainsi que vous en avez été informé par…»

Et là, Cole cita les noms du AAG et du AD/CID assis dans la pièce.

«… je vous présente ma démission, qui prendra effet dès réception de cette lettre.»

Le DAAG s'étrangla, mais le stylo traça bruyamment son destin sur le papier. Quand le stylo se tut, Cole dit :

– Signez.

Il approcha du bureau, lut la lettre par-dessus l'épaule tremblante de l'homme. Il jeta une enveloppe sur la table.

– Mettez-la dedans. Sans la cacheter.

Le DAAG s'exécuta comme un zombie. Cole glissa l'enveloppe dans sa poche de veston, avant de plonger son regard noir dans le regard brisé du DAAG.

– Vous conserverez votre titre ronflant. Mais vous ne travaillez plus pour eux ; vous travaillez pour moi désormais. Vous les avez aidés à me baiser. Empêchez-les de recommencer. N'oubliez pas qu'ils vous ont laissé tomber. Et n'oubliez pas qui vous tient par les couilles maintenant : papier à en-tête, empreintes digitales et écriture manuscrite.

Cole fit face aux deux vétérans. Une lumière grise éclairait les fenêtres du bureau.

– Je vous prie de m'excuser, messieurs. Mon travail m'attend.

43

Les taxis de New York allumèrent leurs phares de bonne heure en ce mardi après-midi. Le portier d'un hôtel de la 5e Avenue porta sa main à sa casquette en voyant approcher trois hommes d'affaires de type asiatique. Le plus âgé des trois tenait à la main un attaché-case étroit. Son manteau noir était ouvert, comme si le vent froid n'avait plus d'importance. Le plus jeune marchait devant ses deux compagnons. C'était également le plus costaud, le torse puissant sous son pardessus, avec des cheveux coupés en brosse et des joues gonflées. Il avait les mains libres. Entre les deux se trouvait un homme d'un certain âge, à la peau lisse, avec une coupe de cheveux impeccable. Lorsque le vieil homme pénétra dans le hall de l'hôtel, l'employée de la réception s'inclina et le conduisit jusqu'à son bureau. La porte à tambour propulsa dans le hall le type qui marchait au milieu. Voyant qu'on emmenait le vieil homme, il fronça les sourcils.

Cole se planta devant lui, s'inclina bien bas et récita les mots qu'il avait appris et répétés avec P.J. Toker dans l'avion qui les amenait de Washington à New York :

– *Konnichiwa, Chobei-san. Sumimasen ga…*

Yoshio Chobei regarda d'un air hébété cet Américain qu'il ne connaissait pas.

– *Hai ?*

Par-dessus l'épaule de Chobei, Cole vit le garde du corps franchir à son tour la porte à tambour. Celui-ci hésita un court instant, juste assez pour permettre à P.J. de lui coller son insigne sous le nez. Chobei assista à la scène. Quand il se retourna vers Cole, ses yeux indiquaient qu'il avait compris.

– *Meishi o dozo.*

Cole tendit sa carte de visite à Chobei, en la tenant à deux mains, de manière à ce que Chobei puisse la lire. Chobei balaya du regard les caractères japonais et le blason en relief.

– *Gomennasai*, dit Cole, en espérant que toutes ces phrases étaient appropriées. *Nihon go wa, hon no sukoshi shika shirimasen.*

– C'est parfait, inspecteur Cole, répondit Chobei. Mais je me débrouille assez bien en anglais.

– *Domo.*

Chobei adressa un signe de tête au garde du corps, qui suivit ensuite P.J. vers deux chaises installées près de l'entrée. Chobei fourra dans sa poche la carte de Cole.

– Peut-être serez-vous assez aimable pour boire avec moi un café, un thé ou un rafraîchissement ? proposa Cole en montrant deux fauteuils dans le hall.

– *Mochiron*, dit Chobei. *Yorokonde.*

Comme Cole ne réagissait pas, Chobei sourit.

– Ah ! Votre japonais est plutôt limité. Excusez-moi. Je serai très honoré de me joindre à vous.

Brusquement, Chobei passa devant Cole pour se diriger à grands pas vers un des fauteuils, dans lequel il prit place. Il sourit en regardant Cole le rejoindre et s'asseoir en face de lui.

– Si je peux me permettre, dit Chobei. Mon supérieur – mon employeur – est un homme âgé. Serait-il possible de… le libérer pour qu'il puisse monter dans sa chambre se reposer…

– On est en Amérique, dit Cole. Il peut aller où il le souhaite.

Chobei adressa un signe de tête au vieil homme assis au bureau de la réception, à l'autre bout du hall. Le vieil homme offrit ses respects à la femme qui l'avait retenu, se dirigea vers les ascenseurs et disparut dans les nuages.

– Votre *teppodama* peut s'en aller lui aussi, dit Cole.

– Mon… quoi ? dit Chobei. Pardonnez-moi, mais je suis obligé de corriger votre japonais. Mon associé est un agent logistique de la Sugamo.

– Mon argot n'est pas parfait.

Chobei eut un geste de la main.

– Peu importe. Mon associé sait attendre.

Une femme vint prendre leur commande : deux cafés. Dès qu'elle se fut éloignée, Cole demanda :

– Souhaitez-vous voir des pièces d'identité plus officielles ?

– Non. Votre identité est clairement établie.

– La vôtre également.

– Eh bien, de quelle façon un modeste vice-président de Sugamo Industries peut-il aider le célèbre FBI ?

– C'est nous qui pouvons peut-être vous aider.

– Ah !

La serveuse déposa sur la table des tasses en porcelaine et une cafetière en argent fumante.

– Et comment pourriez-vous m'aider ?

– Vous vous intéressez de près à la politique et au gouvernement des États-Unis... ainsi qu'à son commerce, dit Cole.

– Ce serait impoli d'ignorer la culture d'un pays qui est l'allié et l'ami de ma mère patrie. De se désintéresser du gouvernement qui dirige le marché sur lequel Sugamo exerce ses activités.

– Je ne suis pas ici pour vous aider à gagner de l'argent.

Chobei sourit.

– Quel dommage.

– Et je ne suis pas ici au sujet de Sugamo... pas directement.

– Ah !... Eh bien, qu'est-ce qui vous amène... directement ?

– Faron Sears.

– M. Sears est un collègue très estimé dans nos deux pays. Un homme d'affaires important et respecté dans les domaines où Sugamo...

– Un tas de gens le détestent, dit Cole.

Chobei haussa les épaules.

– Pourquoi traquez-vous Faron Sears à travers tout le pays ?

– Traquer, dites-vous ? Je ne suis pas certain de comprendre le sens de ce mot, mais... comme vous l'avez dit : nous sommes dans un pays libre, n'importe qui peut aller où bon lui semble.

– J'ai dit qu'on était en *Amérique*. Je n'ai pas parlé de *liberté*.

Chobei but une gorgée de café.

– Il y a beaucoup de choses que j'aime en Amérique. Le café, par exemple : un stimulant bon marché et agréable.

– Et légal. Contrairement à certaines « drogues excitantes », dit Cole, en traduisant littéralement le terme désignant les amphétamines, devenues, grâce aux yakuzas, le problème numéro un de la lutte contre la drogue au Japon.

– J'aime aussi Elvis Presley et Marylin Monroe, ajouta Chobei.

– Vous avez un faible pour les Américains morts ?

– Parfois, seule la mort peut nous faire apprécier ce qu'on a.

Cole affronta le regard fixe de ces yeux marron en face de lui.

– Et Faron Sears dans tout ça ?

– En quoi cela intéresse-t-il le FBI ? Peut-être est-ce une partie de votre culture américaine qui m'échappe. Devrais-je consulter les avocats de ma société pour clarifier ce malentendu ?

– Qui aurait cru que Yoshio Chobei ait besoin de courir chercher un avocat *gaijun* pour parler autour d'une tasse de café ?

– Vous avez dit que le FBI pourrait peut-être m'aider, dit Chobei. Le café était délicieux, mais je suis en retard.

– Pas trop, j'espère. Tout le monde sait que les sociétés de Faron Sears sont des concurrentes de la Sugamo.

– Les sociétés américaines contrôlent 54 % de l'industrie japonaise du software. Autrement dit, les sociétés de M. Sears sont concurrentes de la mienne, même dans notre pays. Comme IBM, MBD, Microsoft, Lotus, et bien d'autres. Évidemment, leurs présidents, eux, n'ont jamais prononcé de discours anti-japonais diffamatoires.

– Il a mis en garde ce pays contre les yakuzas. Cela vous inquiète ?

– Tout ce qui m'inquiète m'inquiète. Et mon organisation également.

– Vous parlez de la Sugamo International ?

– Faron Sears colporte des sentiments négatifs sans fondement envers mon pays. Il subventionne des groupes politiques et économiques dans le but de nourrir un sentiment anti-japonais. Il emploie un ancien membre du Congrès pour faire pression contre nous à Capitol Hill, et il a créé une machine politique pour que *monsieur* Sears devienne un jour *le président* Sears, ou que *monsieur* Sears dispose d'un gouvernement fantoche totalement à ses ordres. Pour un homme dans ma position, ignorer M. Sears serait une attitude irresponsable. Un homme comme moi ne peut faire preuve de timidité face à son devoir de jugement, ou d'inconscience dès qu'il s'agit de… l'accomplir.

… J'espère que mon anglais est correct, ajouta Chobei, avec un sourire.

— Oh! je vous comprends parfaitement. Ce que redoute surtout le FBI, c'est de voir des concurrents de M. Sears utiliser la violence.

— Votre pays est le plus violent du monde, dit Chobei.

— C'est la raison de ma présence. S'il arrive quelque chose à Faron, les ennuis retomberont sur tous ceux qui le traquent. Sur tous ses concurrents. Tous ceux qu'il a dénoncés. Quel que soit leur nom.

— Je vois. Et donc, cette « aide » dont vous parliez…

— La Sugamo est la bienvenue chez nous, dit Cole. Mais.

— Mais?

Cole sourit. Une minute plus tard, il dit :

— J'espère m'être fait comprendre.

— Nous nourrissons tous des espoirs. (Chobei secoua la tête.) C'est donc vous les fameux G-Men. Vous faites beaucoup plus grands, plus costauds, dans les films.

— Nous sommes suffisamment coriaces dans la réalité.

— Cool, susurra Chobei.

— *Domo.* (Cole se leva le premier.) Vous mettrez les cafés sur votre note.

Chobei éclata de rire.

— Cool.

Au moment où il franchissait la porte à tambour, suivi de P.J., Cole entendit le rire de Chobei s'éteindre, et un dernier « Cool ».

— Cole, dit P.J. Toker, tandis que les deux hommes descendaient la 5e Avenue à grands pas, j'espère que votre petite idée mérite ce que vous venez de faire. Maintenant, Chobei sait qu'on le connaît. Il sait qu'on les surveille, lui et la Sugamo. Conséquence, ce sera dix fois plus difficile de l'épingler, avec les Yak.

— On a déjà eu une sacrée chance d'aller jusque là, dit Cole.

— Je peux écouter la bande ?

— Un jour peut-être.

Le chauffeur de la voiture du Bureau, qui aimait conduire à toute allure, bondit sur le trottoir en voyant approcher Cole et P.J. ; il ouvrit la portière arrière à l'inspecteur.

– La perquisition de cet entrepôt à L.A. dont vous m'avez parlé est-elle justifiable ? demanda Cole à P.J., alors que la voiture du Bureau se frayait un chemin au milieu de la circulation à coups de klaxon.

– On pourrait peut-être obtenir un mandat. Si le procureur promettait d'offrir son premier-né au juge.

– On a trois heures d'avance sur la Côte Ouest. Je vais dégoter un mandat. Vous pourrez être à L.A. pour l'exécuter avant minuit.

– Perquisitionner un entrepôt loué en partie à Sugamo Industries, c'est prendre un risque énorme, dit P.J. Les diplomates et le quatrième étage du ministère de la Justice... Si on ne trouve pas des munitions et des amphets en provenance du Mexique...

– Sugamo ne protestera pas. S'ils ouvrent la bouche, ils se retrouveront sous les projecteurs. Et Chobei n'y tient pas, pas plus que celui ou ceux qui ont encore leur mot à dire à la Sugamo.

... Écoutez-moi bien, P.J. Pour ce coup de filet, je ne veux aucune bavure. Vous comprenez ?

Ils roulèrent en silence pendant un moment, puis P.J. dit :

– Je ne suis pas le seul, je suppose, à qui vous voulez faire comprendre qu'il y a de nouvelles règles.

Cole exigea les lumières et la sirène. Le gyrophare rouge offrit à peine plus de vitesse à la voiture du FBI qui fonçait vers l'aéroport.

Cole dit à P.J. :

– À partir de maintenant, et jusqu'à ce que je redevienne simple agent fédéral, concentrez-vous sur tout ce qui concerne les yakuzas, particulièrement Yoshio Chobei. Quels que soient vos désirs, appelez le numéro que je vous ai donné, ils seront exaucés. Un seul impératif : je veux être le premier au courant de vos informations.

Leur chauffeur doubla à toute vitesse un camion trop lent et s'infiltra dans le flot de la voie express F. D. Roosevelt.

P.J. demanda à voix basse :

– De quoi vous avez parlé tous les deux, nom de Dieu ?

– De cinéma.

44

La navette de 20 heures conduisit Cole de New York à Washington. À l'arrivée, il monta à l'arrière d'une voiture du Bureau qui l'attendait.

— Dans huit jours c'est la Saint-Valentin, murmura-t-il.

— Ah !... oui, monsieur, dit le chauffeur, à qui on avait ordonné d'aller chercher l'inspecteur, de faire ce qu'il demandait, sans poser de questions.

Cole feuilleta les fax, les messages téléphoniques, les rapports.

Les contrôles des aéroports commerciaux du Montana et l'examen de cent deux listes de passagers n'avaient rien donné. Aucun des soixante-trois petits aérodromes privés de cet État n'avait enregistré la présence d'un individu ressemblant à Kurt Vance. La compagnie ferroviaire Amtrak exploitait des lignes le long de la frontière nord de l'État. Les conducteurs et les contrôleurs ne se souvenaient d'aucun passager correspondant au signalement. Le quadrillage des gares routières n'avait donné que des résultats négatifs.

Aux États-Unis, on vole un véhicule motorisé toutes les dix-neuf secondes. Chaque déclaration de vol de voiture dans le Montana, les deux Dakota, le Wyoming et l'Idaho fut examinée afin de déterminer si le voleur ne pourrait pas être la cible de Cole. Ce dernier avait même ordonné que les plaques d'immatriculation disparues dans ces six États soient passées en revue et tout numéro manquant inscrit sur la liste rouge.

Des contrôles routiers installés entre Seattle et Sault Sainte Marie arrêtaient tous les véhicules, dévisageaient tous les individus, qui pénétraient au Canada. La police montée guettait un nouveau venu sur son territoire.

267

Chaque appel longue distance effectué à partir du numéro de téléphone de Kurt Vance, au cours des trois dernières années, fut passé au crible. Il avait appelé des entreprises de vente par correspondance pour acheter du matériel informatique, mais aussi des ouvrages vendus sous le manteau, traitant de sujets aussi divers que la création d'une nouvelle identité ou le maniement du couteau, et des manuels des Forces spéciales. Il s'était connecté pendant des heures à un numéro du Montana donnant accès au réseau Internet. Les pirates informatiques à queue-de-cheval traquèrent Vance à travers le cyber-espace.

Chaque carte de crédit enregistrée au nom de Kurt Vance fut branchée sur un système d'alarme : le FBI saurait où et quand elles avaient été utilisées, deux minutes seulement après qu'un employé eut introduit la carte dans son appareil.

La chasse aux fugitifs consiste à suivre leurs liens avec le monde extérieur. Les criminels normaux appellent leurs parents, contactent des amis, ils adoptent des schémas d'achats et de fréquentations que leurs poursuivants peuvent suivre à la trace en permanence, jusqu'à ce qu'ils découvrent enfin la piste de leur proie.

Mais toi, Vance, tu n'es pas normal, pensa Cole. Pas de famille, pas d'amis, pas de relations connues.

Tu es censé l'assassiner ici, se dit-il en regardant à travers la vitre le dôme illuminé du Capitol. Tu es censé agir de près. Tu es censé buter Faron *avant* quelqu'un d'autre. *Pourquoi ?*

Les spécialistes du labo avaient relevé suffisamment d'empreintes sur les surfaces calcinées et la vaisselle brisée dans la maison de Choteau, pour rassembler un échantillon qui « selon toute probabilité » correspondait aux empreintes digitales de Kurt Vance.

Vas-y, touche quelque chose, Vance. N'importe quoi, un truc qu'un flic de n'importe où, en Amérique, pourra expédier au FBI pour analyse.

Six cent mille représentants de la loi, au niveau local, de l'État ou du gouvernement étaient à l'affût de Kurt Vance. *Tous ces chasseurs qui pourchassent un fantôme en fuite. Il y aura un millier de fausses alertes. Et après chaque erreur, les chasseurs hésiteront un peu plus à encourir la fureur d'un autre citoyen appréhendé à tort. Chaque erreur encombrera le système, le temps de la vérification.*

Tu as besoin de fric, pensa Cole. *Du liquide. Vas-y, braque une épicerie, fais-toi buter par un policier à la gâchette facile. Agresse un type ou une fille ceinture noire comme Sallie, et retrouve-toi attaché à un brancard au service des urgences. Sors de ton trou. Juste un instant. Avec du temps, avec tous ces moyens braqués sur la même cible, personne ne peut s'échapper. À condition d'avoir du temps.*

La voiture du FBI déposa Cole à deux pâtés de maisons du quartier général de Faron. À l'intérieur de la forteresse, la porte du bureau de Faron était fermée. Celle de Lauren était ouverte ; Cole jeta un coup d'œil.

Une lampe projetait une lumière blanche sur le bois verni de son bureau. Lauren était assise face à la fenêtre noire, les yeux fermés.

À voix basse, il demanda :

— Je vous dérange ?

Lauren ouvrit aussitôt les yeux, et sourit.

— D'après la tradition, l'envoûtement doit être brisé par un baiser…

— De nos jours, cette remarque pourrait vous valoir un procès.

— Oui, possible, dit-elle, alors qu'il s'asseyait en face d'elle.

— Que faites-vous encore ici à cette heure ?

— J'attends qu'on me réveille. (Ils rirent en chœur.) Où étiez-vous ? demanda-t-elle.

— À New York.

— C'est Faron qui vous a envoyé là-bas ?

— Oui, mentit Cole.

— Ah ! vous deux et vos secrets.

— Apparemment, on en a tous. (Cole changea de position dans son fauteuil.) Partout où je vais, on me bombarde de questions sur vos projets.

— Les miens ?

— Je parle de votre organisation.

— J'ai eu peur que vous évoquiez ma vie privée.

— Je ne connais pas grand-chose de votre vie privée.

Elle tendit les paumes vers le plafond.

– Tout est là.

– Non, vous avez un nouvel appartement…

– Rempli de cartons…

– Avec presque rien à l'intérieur.

– Vous avez de la mémoire, dit-elle. Quelles sont vos autres qualités ?

– Je croyais que c'était moi qui savais poser des questions.

– Vous avez juste besoin de vous entraîner.

– Vous êtes une sorte de spécialiste ?

Elle haussa les épaules.

– Mon père était une sorte de flic.

– Quel genre ?

– Le genre sale con. J'ai eu moins de mal à le rayer de ma mémoire.

– Non, je n'y crois pas, dit Cole.

Nouvel haussement d'épaules.

– Appelez ça prendre du recul. Je l'ai laissé vivre sa vie ; il a fait ce qu'il pouvait pour la mienne.

– Ça m'a l'air plutôt bien.

– Tout dépend du point de comparaison. Il est mort maintenant, je le laisse reposer en paix. Alors, quelles sont donc ces questions que vous entendez sans cesse et auxquelles vous voulez que je réponde ?

– Parlez-moi du projet de Faron à Chicago. Il a acheté tout un ghetto.

– Non, pas tout un ghetto ; uniquement sept pâtés de maisons, plus les écoles, quelques bâtiments publics et un parc.

– Et son but…

– C'est de chasser la pauvreté de l'intérieur. Il est propriétaire des logements de 1 100 adultes. Tous ses locataires sont des «partenaires financiers». Ils peuvent lui racheter leur logement. La plupart sont au chômage, alors il fait construire une usine d'ordinateurs au cœur de cette zone sinistrée. Appartenant aux employés, dirigée par sa société. Il faut une main d'œuvre qualifiée et instruite. Tous les employés doivent être eux aussi des «partenaires financiers», ce qui signifie qu'ils doivent vivre

270

dans le quartier. Les « partenaires financiers » peuvent s'inscrire dans des programmes d'éducation et de formation pour adultes que Faron organise dans l'enceinte de l'école du quartier. Nous estimons qu'il faudra trois ans pour former l'habitant moyen : lecture, écriture, arithmétique, plus informatique, instruction civique, droit, logique, philosophie, histoire, santé, consommation. Ils auront de nombreux professeurs, mais s'ils échouent aux examens, ils n'auront pas de travail. Leur avenir est entre leurs mains, accessible.

– Avec un petit coup de pouce de Faron.

– Commerces de proximité, entreprises de quartier, tout nous appartient. Les hommes d'affaires qui veulent s'installer dans cette zone n'ont qu'à en faire la demande, exposer leur projet et apporter l'argent, que notre organisme de crédit leur prêtera. Et bien sûr, ils devront devenir « partenaires financiers ».

– Qui vit dans le ghetto ?

– L'occupation des lieux doit être antérieure à l'annonce du plan de Faron. Accès interdit aux *carpetbaggers*.[1] Pas de propriétaires ou de patrons fantômes. Faron a investi dans des programmes de santé et d'orientation, des équipes de réhabilitation de l'habitat pour les vieux bâtiments publics.

– Et il possède sa propre police.

– Des habitants du quartier, formés par nos soins, et renforcés par nos propres agents de sécurité, en collaboration avec la police de Chicago : une police locale contrôlée par la participation des habitants. Payée par les loyers ou les remboursements des prêts immobiliers. Finies les forces d'occupation extérieures. C'est tout droit sorti du vieux manuel historique des Black Panthers.

– Des types armés entièrement dévoués à… ?

Lauren secoua la tête.

– Qu'est-ce qui vous gêne ?

– Je n'aime pas les types armés.

– Ce sont d'honnêtes professionnels, employés par une société digne de confiance elle aussi. Ils sont là pour maintenir la paix,

1. Nom donné aux Nordistes qui s'installèrent dans le sud des États-Unis pour y faire fortune après la guerre de Sécession. (*N.d.T.*)

comme n'importe quel policier. Quand vous portez un insigne, vous êtes un agent de la paix, pas un ange exterminateur.

– Faron a dû se faire un tas d'ennemis avec ce projet.

– La Machine essaye de tirer les marrons du feu ; en outre, ils redoutent les déplacements de pouvoirs. Mais foncièrement, qui peut haïr un homme qui injecte des milliards dans le fonctionnement d'une ville ?

– Ce prédicateur des rues, par exemple. Monk l'a-t-il retrouvé ?

Elle sourit.

– Vous avez une autre idée en tête ce soir.

– Leibowitz. Savez-vous ce qu'il fait au juste ?

– Il tient les fédéraux à l'écart de nos affaires. Lois sur la concurrence. Problèmes techniques. Il coordonne la crois... le Mouvement de Faron, il travaille avec les politiciens des grands partis. Pourquoi ?

– J'ai entendu dire qu'on l'accusait de casser du jaune.

– Qui ? Leibowitz ou Faron ?

– Où s'achèvent les plans d'un homme et où commence l'ambition d'un autre ?

– Leibowitz n'essaiera jamais de baiser Faron, déclara Lauren.

– Donc, tout ce qu'il fait...

– Je ne peux pas vous parler de tout. Je sais uniquement certaines choses. On ne me dit pas tout. C'est Faron qui décide. Nous sommes tous des planètes qui gravitons en roue libre autour de son soleil.

– Vous n'êtes pas un satellite informatisé.

– Merci bien.

Le regard de Lauren s'envola par-dessus l'épaule de Cole.

– Et les Japonais ? demanda ce dernier.

– Faron n'a rien contre eux en particulier. Son objectif est de changer tout le monde, indépendamment des races, des croyances, des couleurs.

– Pourtant, ils empiètent sur votre... sur son marché.

– Ils essayent. (Ses yeux le jaugèrent.) Confiez-moi vos secrets. Dites-moi ce que vous faites pour nous.

– Ça se passe à merveille, répondit Cole.

– Oui, j'ai remarqué l'énergie que cette Sallie consacrait à son travail. Bien plus que d'autres employés.

– Je serai présent plus souvent.

– Je m'en réjouis à l'avance.

Cole demanda rapidement :

– Vous croyez vraiment qu'il peut changer les choses à Chicago ? Surtout pour les enfants ?

– Il l'a fait pour lui. Si vous prenez les gamins suffisamment tôt, qui sait ce qu'ils peuvent devenir.

– Vous vous intéressez beaucoup aux enfants ?

– Non, avoua-t-elle.

– Moi non plus, dit Cole.

45

Monk roulait dans les rues de Washington. Sallie l'accompagnait.

– Regardez ça. (Monk désigna d'un mouvement de tête trois adolescents regroupés dans la rue.) On est mercredi, il est même pas 10 heures du matin. Ils ont quinze ou seize ans. Ça, c'est leur école. Vous voyez le « frère » dans la bagnole garée juste en face ? Quand il fait signe que l'acheteur est réglo, un des gamins fonce chercher la came. Si l'acheteur est un flic, c'est le gamin qui plonge. Peine réduite pour un mineur.

– Vous connaissez bien le commerce de la drogue, dit Sallie.

– C'est pas un commerce, c'est une façon de vivre.

– Ou de mourir, rétorqua Sallie.

– Vous avez écouté Faron, je parie.

– Et si vous m'accordiez un peu de crédit ?

Monk regardait fixement la route à travers le pare-brise.

– Je vous en accorde plus que vous pensez, ma petite.

– Alors, cessez de m'appeler « ma petite ».

Le géant assis au volant la regarda.

– C'est une sale manie. Désolé.

– O.K., dit Sallie. *Il s'ouvre, il est plus ouvert. Vas-y en douceur, innocemment.* Pourquoi vous faites-vous appeler « Monk » et pas par votre vrai nom ?

Il sourit.

– *Arthur James*, ça fait penser à un majordome anglais.

– Avant de jouer au foot, vous vouliez devenir prêtre[1] ?

Monk répondit par un éclat de rire, et ils tournèrent au coin d'une rue.

---

1. Monk signifie moine. Monkey signifie singe. (*N.d.T.*)

– Nom d'un chien, avant le foot, j'étais qu'un enfant de chœur maigrelet avec la peau couleur Coca et les yeux couleur coquille d'œuf. Les gamins blancs, là où je devais aller prendre le car de ramassage, me jetaient des pierres, en me traitant de *singe*. «Tiens, v'là le singe!» qu'ils criaient. J'ai gardé ce nom, je l'ai adopté. Maintenant, j'y suis habitué.

– Pourquoi est-ce qu'on tourne en rond? interrogea-t-elle.

– On inspecte le quartier. On vérifie qu'il y a pas de danger.

– Vous pensez que quelqu'un pourrait essayer de s'en prendre à Faron?

– Je l'ai fait moi, murmura Monk.

La voiture passa devant le lycée au ralenti.

– Que voulez-vous dire?

– C'est un truc dont j'aime pas parler.

– Arrêtez votre cinéma. Vous êtes trop malin pour avoir laissé échapper cette remarque si vous ne vouliez pas m'en dire plus.

Il lui jeta un regard et demanda:

– Pendant tout le temps que vous avez passé avec Faron, il vous a pas parlé de lui et moi?

– Non.

– Il respecte ma vie privée, je suppose.

– Ça lui ressemble.

Le regard de Monk la frôla, au moment où il tournait à droite.

– Ouais.

– Racontez-moi, dit-elle, sachant que chaque demande entraîne une dette. *Je fais mon boulot; c'est ce que Cole attend de moi.*

– Quand j'ai arrêté le foot, j'ai signé un contrat dans l'équipe des camés. La piquouse, ça fait tout disparaître: plus de fric, plus de douleurs au genou, plus de regrets, plus de lendemains terrifiants. De *linebacker* à délinquant, c'est vite fait. Un soir, aux abords du quartier, j'ai vu un type qui semblait avoir du fric qui aurait été mieux dans ma poche.

Les pneus crissèrent lorsque la voiture dérapa dans un virage. L'inertie projeta Sallie sur le côté.

– Faron m'a transpercé avec son regard. Personne a des yeux comme lui.

Monk ne vit pas Sallie opiner ; elle-même n'en eut pas conscience.

– J'étais comme une vitre, reprit Monk. Il m'a dit « *Tu peux avoir ce que tu ne peux pas voler.* » Après ça, il a continué son chemin, et je l'ai laissé partir, à cause de ses yeux. Mais il s'est retourné. Il m'attendait.

– Vous l'avez suivi.

– Non, pas vraiment. J'ai trouvé *ma* voie tout seul. Il m'a juste aidé. Et ensuite… maintenant je l'aide moi aussi, pour quel-qu'un d'autre, ces gamin peut-être…

– Finalement, vous n'êtes pas si coriace.

– Je dois l'être vachement plus que dans le temps, sur le ter-rain. C'était juste de la douleur et de la sueur. Ici, c'est pour de vrai. On est seul.

– Je sais.

Un feu rouge immobilisa la voiture.

– Oui, dit-il. Vous savez.

Feu vert. La voiture redémarra. L'air était épais.

– On y va maintenant ? demanda Sallie. Sans faire d'autres détours ?

– On a encore le temps.

Monk prit sa respiration pour ajouter quelque chose, mais il dut se concentrer sur une voiture en stationnement qui venait de déboîter.

– Vous devriez être fier, dit Sallie. De ce que vous avez fait.

– Ça n'a plus d'importance, répondit-il en relâchant la pédale de frein.

– Stupéfiant, dit-elle.

– Quoi ?

– Faron.

Monk tenait le volant bien droit. Elle enchaîna :

– Ce qu'il peut faire avec un simple regard. Il vous pousse à… agir. À le suivre. Aller là où… Stupéfiant.

Entendant ses paroles, elle s'empressa de détourner la tête. Monk baissa sa vitre. L'air froid s'engouffra dans la voiture.

– Oui, dit-il… C'est vrai, ajouta-t-il dans un murmure.

276

Un pâté de maisons plus loin, il arrêta la voiture devant un lycée. Alors qu'ils fermaient leurs portières, de part et d'autre du véhicule, Sallie demanda :

– Avez-vous peur que quelqu'un essaye de s'en prendre à Faron ?

Monk répondit d'un ton cassant :

– Regardez autour de vous, petite.

– Non, c'est autre chose qui vous inquiète.

– Ça fait partie de mon boulot, dit-il, tandis qu'ils marchaient vers l'entrée du lycée. M'assurer que tout est en ordre, et chaque chose à sa place.

– Nous sommes dans un lycée, dit Sallie en ouvrant la porte. Essayez de vous exprimer de manière compréhensible.

– Ça vous regarde pas, Mme Pickett. Vous inquiétez pas pour ça. Ni pour le reste. (D'un mouvement de tête, il désigna les détecteurs de métal installés dans le hall.) À moins que vous portiez une arme sans que je le sache.

– Non, pas aujourd'hui.

Sallie le suivit sous les portiques, puis emprunta le couloir désert conduisant à l'auditorium….

Et vit *Mme Sparrow* qui avançait vers eux. *Professeur d'anglais des deuxième année*, elle a dû être transférée du collège Duke Ellington. *Elle n'oubliait jamais un visage.* Elle se rapprochait… Sallie agrippa le bras de Monk, nicha son front contre le biceps épais qui se raidit, en détournant la tête pour se cacher de la femme dont les talons résonnaient sur le dallage nettoyé à l'ammoniaque. Sallie resta ainsi jusqu'à ce que l'écho disparaisse. À cet instant seulement, elle sentit le tremblement de Monk.

– Monk, je… j'avais quelque chose dans l'œil, je ne voyais plus rien. Je ne voulais pas m'accrocher à vous comme ça.

– Oublions ça.

Elle le sentit déglutir. Elle s'en voulait d'avoir eu ce geste.

Driiiing ! Des portes claquèrent, des éclats de voix jaillirent, des adolescents envahirent le couloir, entraînant Sallie et Monk dans leur tourbillon.

Sallie se cacha en coulisse, parmi les bénévoles et les agents de la sécurité, tandis que le proviseur du lycée présentait Faron. Elle se joignit à la foule pour applaudir lorsque le proviseur annonça que Faron avait créé une bourse universitaire pour les vingt meilleurs élèves du lycée.

Faron prit le verre d'eau posé sur le lutrin, but une gorgée, emporta le micro au bord de l'estrade et s'assit.

– Quand j'étais au lycée, dit-il en s'adressant aux élèves, j'avais des mauvaises réponses aux bonnes questions. Vous avez l'avantage de voir les gens de ma génération se planter, vous franchissez des portes où il y avait autrefois des barreaux. Il paraît que vous êtes intelligents, cool et bien dans votre peau. Alors, je me dis que je vais peut-être enfin entendre les questions des lycées d'aujourd'hui, dans votre bouche.

Le silence régnait dans l'auditorium. Un élève gloussa, d'autres l'imitèrent. Puis le silence revint. Des raclements de gorge. Des grincements de siège. En coulisse, le proviseur s'avança vers le rideau, mais la main de Monk l'arrêta.

– Il a loué la salle.

Le silence, encore le silence, jusqu'à ce que, au milieu de l'océan de visages noirs, un adolescent lance :

– Combien de fric vous avez ?

Des rires parcoururent l'assistance.

– Ça n'a aucune importance, répondit Faron.

– Facile à dire, vous êtes riche !

– Et que suis-je aux yeux d'un tas de gens dans ce monde ? Personne ne répondit.

– Un riche négro, dit Faron.

… Quand vous parlez de moi, vous m'appelez tous négro. Je le sais. Vous le savez. Soyez plus malins que ça. Je vous entends vous plaindre, parce que les Blancs vous rabaissent en permanence. Pourtant, quand vous parlez d'une personne avec une peau comme la nôtre, je vous entends utiliser un mot d'esclavagiste. D'un côté, vous parlez de « manque de respect » et de « fierté », et de l'autre, vous manquez de respect à vous-mêmes, à vos parents, aux 17 000 personnes lynchées dans le Sud, au Dr King et à Malcolm… quand vous appelez quelqu'un, n'importe qui, négro.

… si vous me traitez de négro, dit Faron. N'oubliez pas que vous êtes assis à mes pieds.

De nouveaux rires traversèrent l'assemblée. Sallie sentit de l'électricité dans cette vague. Risquant un coup d'œil derrière le rideau, elle observa cet océan d'adolescents. *Où était donc passée Mme Sparrow ?*

Une voix féminine s'éleva :

– C'est juste un moyen de… Enfin, vous comprenez.

– Non, je ne comprends pas. Et vous ?

– C'est notre expression à nous ! Un truc de Blacks !

– Justifier les esclavagistes, les racistes et les lyncheurs, c'est ça votre « truc de Blacks » ? Le langage est une force ! En appliquant un terme raciste, à vous-mêmes, à vos amis, et même à vos ennemis, vous faites le jeu des racistes.

– Alors, comment faut vous appelez, hein ?

– Faron Sears. Et ce nom a le sens que je lui donne, chaque jour.

– On est des Afro-Américains !

Quelques applaudissements épars fusèrent parmi les adolescents.

. – Nom d'un chien, dit Faron, je suis né à Chicago. Je suis un indigène pure race !

La foule éclata de rire.

– Mes ancêtres ont été enlevés en Afrique. Fouettés et enchaînés, traités comme du bétail. J'ai en moi une partie de leur identité, mais une partie seulement.

… CECI EST MON PAYS !

L'explosion de Faron secoua l'assemblée.

– Je refuse d'abandonner mes droits de citoyen ! L'Amérique m'appartient autant qu'elle appartenait à JFK !

Quelqu'un dans le public laissa échapper un « Putain ! »

– Soyez fiers de vos origines, de ce que votre peuple a enduré pour survivre. Mais ne partez pas en quête d'une quelconque identité mystique venue d'ailleurs, pendant qu'on vous vole, encore une fois, sous votre nez, la nation où vous êtes nés !

Les adolescents se regardèrent ; leurs visages trahissaient le conflit.

Faron poursuivit :

– Il y a une chose que je ne comprends pas. Je suis allé dans un lycée de Los Angeles, j'ai discuté avec une fille. Une Noire.

279

Intelligente. Elle veut devenir avocate, comme cette femme qui travaillait pour le Congrès et a permis de démanteler le réseau du Watergate. Et savez-vous ce que m'a dit cette fille ?

Le public était maintenant suspendu aux lèvres de Faron.

– Elle m'a dit que chaque fois qu'elle obtenait un A, chaque fois qu'elle sortait de cours avec des livres, ses « sœurs » lui sautaient dessus, en l'accusant d'essayer de devenir une Blanche.

… Que faut-il lui répondre ? demanda Faron. Vous allez lui dire qu'être noir ça signifie être inculte ? Que les femmes noires sont justes bonnes à faire des enfants et à vivre dans la misère ? Vous allez lui dire que c'est une salope ou une putain, une Négresse, que ce n'est pas un être humain ? Que ses « frères » sont juste bons à s'envoyer en l'air ou à s'entre-tuer avec des flingues pour de la came qui tue ou du fric ? Qu'être intelligent et vivre bien dans notre monde où il existe une centaine de couleurs de peau c'est une chose réservée aux Blancs ? Vous allez lui dire ça ? Voilà ce que les racistes et les nazis du Ku Klux Klan lui disent. De quel côté êtes-vous ?

– Hé ! calmez-vous !

Avant que les rires du public ne s'élèvent, Faron s'écria :

– Je me calmerai quand je serai mort !

Il secoua la tête et enchaîna :

– Un des plus grands musiciens du monde est noir. Cet homme joue un jazz issu de nos quartiers noirs, capable de vous filer des frissons. Quand il joue Mozart, le monde entier s'extasie.

… Pourtant, il est désespéré, comme cette fille. Il va dans des écoles, il travaille avec des gens comme vous qui affirment vouloir devenir musiciens eux aussi. Seulement, ils lui disent qu'ils veulent pas apprendre le solfège et faire des gammes, car c'est la méthode des Blancs, et qu'importe des types comme lui ou Duke Ellington. Résultat, tout ce qui sort de leurs instruments est minable, mais ils se disent que les radiocassettes sont là pour leur filer du rythme. Des appareils fabriqués à Hong-Kong, conçus par des technocrates de Singapour. Des Noirs ont inventé ce rythme, pourquoi le laisser aux autres maintenant ?

Sallie jeta un coup d'œil derrière le rideau : Mme Sparrow descendait l'allée, en direction de l'escalier menant en coulisse.

– Être intelligent, ce n'est pas être blanc ou chinois. C'est être intelligent. Vous pouvez devenir ce que votre courage, votre cerveau, votre talent, votre chance et votre travail acharné vous permettent de devenir : médecin, mécanicien, avocat, maire, patron d'entreprise, flic, président, infirmière, chanteur d'opéra, vendeur, mère ou père de famille.

… Je suis venu ici pour aider ceux d'entre vous qui s'investissent, et qui tirent le maximum de ce qu'on leur offre. Mais j'ai la désagréable impression que beaucoup parmi vous se contentent de se la couler douce en emmerdant nos frères et nos sœurs qui, eux, se servent de leur cerveau pour se brancher à l'écoute de l'univers. Si vous faites partie de ces gens-là, vous travaillez pour le Ku Klux Klan.

… Ne vous laissez jamais enfermer dans une boîte. Peu importe qu'il s'agisse d'une cellule avec des barreaux ou d'une prison bâtie avec des mots, toute boîte est un cercueil. Et quand quelqu'un vous dit que réussir dans la vie, être intelligent, c'est être blanc, il vous enferme dans une boîte. Ce n'est pas votre frère ni votre sœur, c'est un sale con. Et il vous chie dessus.

En coulisse, le proviseur maugréa :

– On passe nos journées à leur apprendre à ne pas employer ce langage, et voilà qu'il débarque…

– Peut-être que la méthode forte les aidera à mieux comprendre le message, dit Monk.

– De quel droit vous venez nous dire ce qu'on doit faire ? lança une voix dans l'assemblée. Vous êtes pas à notre place !

Faron resta assis dans l'éclat de leurs regards pleins de fureur pendant presque une minute. Puis il se leva, marcha vers le lutrin. Se retourna vers le public.

– C'est exact.

Le micro résonna lorsqu'il le posa sur le lutrin. Il prit le verre d'eau, versa son contenu sur l'estrade.

– Qu'est-ce… ? dit le proviseur.

Faron brisa le haut du verre dans sa main droite, et avec le bord tranchant, il s'entailla la paume gauche.

Des cris s'élevèrent dans le public. Des dizaines de jeunes bondirent de leurs sièges. Sallie sentit son estomac se soulever.

Faron tendit sa paume ensanglantée vers la foule. Un filet écarlate coulait le long de son poignet et gouttait sur l'estrade.

– Ce sang coule en vous !

Le public trembla en silence.

– Notre sang nous unit. Aussi uniques et différents que nous soyons, Blancs, Noirs, Chinois, hommes, femmes, jeunes, vieux, le sang qui coule dans nos veines est le même, il a le même aspect, le même rôle, les mêmes besoins.

Tout le monde dans l'auditorium regardait le filet écarlate goutter, goutter, goutter sur l'estrade.

– Comment un homme peut-il parler à la place d'un autre homme ? Comment un homme peut-il parler à la place d'une femme ? Un Noir parler à la place d'un Chicano ou d'un Irlandais ? Je ne peux pas parler *pour* vous, et m'adresser *à* vous est une marque de pouvoir insolente. Mais notre sang est le même, et nous pouvons, nous devons nous parler *entre nous*. Je ne peux pas vous dire ce que vous devez faire. J'expose simplement ce que vous savez déjà, pour que vous puissiez le voir à travers d'autres yeux.

… L'Amérique est notre pays, mais si nous sommes noirs… comme le sont la plupart d'entre vous…

Le public rit, nerveusement ; les yeux fixés sur le sang qui coulait.

– … c'est plus difficile de rester vivant dans ce pays et d'aller où bon nous semble que pour un individu blond venant de Suède. Ce n'est pas juste, ce n'est pas normal, mais c'est la vérité… Ou peut-être que je me trompe ?

Un ensemble de voix s'éleva :

– Non !

– Je n'ai pas besoin de vous parler du racisme. Les toilettes «Réservées aux Blancs» de mon enfance ont disparu, mais promenez-vous dans une rue de Georgetown, par un soir d'été, vous sentirez, vous entendrez, vous verrez le racisme !

– Ouais ! s'écrièrent une douzaine de jeunes garçons dans le public.

– Mais savez-vous qui sont les deux principaux tueurs de jeunes Noirs de nos jours ? Le meurtre et le sida. Et ça ne vient pas simplement des Blancs. Ça vient de nous également. Et si nous tenons les Blancs pour seuls responsables, cela revient à dire : « Nous sommes des pauvres Noirs ignorants, toujours victimes, jamais vainqueurs. »

Le public était muet.

— Jamais je ne renoncerai à ma colère contre le racisme que j'ai connu et dont j'ai souffert dans ce pays. Jamais je n'oublierai les horreurs que des gens ont vécues et continuent de subir aujourd'hui encore à cause de la couleur de leur peau. Jamais je n'oublierai ma colère, car cela voudrait dire que j'ai abdiqué devant les démons qui ont provoqué cette colère, et aussi longtemps que ce sang coulera en moi, jamais je n'abdiquerai !

Le public poussa une clameur.

— Mais... J'ai appris une chose grâce à des gens qui étaient plus intelligents que moi, et qui ont payé de leur vie cette sagesse. Nous ne devons plus permettre aux racistes de nous obliger à penser comme eux. Le Dr King l'avait compris. Malcolm l'avait compris. Vous aussi vous le savez.

... Nous n'avons pas le choix. Si nous tombons dans les bras du racisme, le racisme nous étouffe. Si nous oublions toutes les couleurs de notre sang, nous finirons par perdre notre sang. Si nous haïssons ou méprisons quelque chose, ou quelqu'un, en le traitant de métèque, de macaroni ou je ne sais quoi, nous tatouons le mot « négro » sur notre front. Si nous n'utilisons pas tous les moyens positifs dont nous disposons pour être le meilleur possible, nous réfutons ce que nous sommes réellement. Si nous laissons les racistes définir qui nous sommes, ce sont eux les vainqueurs. Et s'ils gagnent aujourd'hui, aussi effroyable que fut l'époque où d'étranges fruits amers pendaient aux arbres du Mississippi, ce ne sera rien comparé à l'enfer qui nous attend.

Tournant le dos au public, Faron quitta l'estrade. Quelqu'un frappa dans ses mains, mais alors que d'autres élèves se joignaient à ces applaudissements, Faron se retourna brusquement :

— Vous m'avez posé une question sur ma fortune.

Le public se mit au garde-à-vous.

— Je suis plus riche que je ne pouvais l'imaginer quand j'étais au lycée. Mais pas à cause de l'argent. Je suis riche parce que je suis libre, sur tous les plans. Je suis riche, car je ne suis le Nègre de personne.

Sur ce, il débrancha le micro d'un geste brusque et regagna les coulisses avant que les applaudissements envahissent l'auditorium. Sallie ôta son foulard pour le nouer autour de la main ensanglantée de Faron.

– Merci, lui dit-il, tandis que son sang noircissait la soie.

– Vous avez été…

Les mots lui manquaient. Elle vit Monk qui les observait, elle le vit détourner le regard.

– M. Sears, dit le proviseur, notre infirmière est…

– Ce n'est rien.

Il referma le poing autour du foulard de Sallie.

– Je sais que vous devez repartir, dit le proviseur, mais certains de nos professeurs vous attendent à la sortie, et ils souhaiteraient… peut-être pas vous serrer la main, mais vous remercier.

– C'est à moi de les remercier.

– Vous subventionnez les bourses du mérite.

– Ce sont eux qui doivent les gagner.

Le vacarme des élèves quittant la salle traversait le rideau. Faron se tourna vers Sallie.

– Voulez-vous m'accompagner ?

– Non, allez-y, répondit-elle, tandis que Nguyen surgissait aux côtés de Faron. *Avec Nguyen, il ne craint rien. Ici non plus, il ne craint rien. Je n'ai pas mon arme. Et Mme Sparrow…* J'ai encore du travail au bureau.

Faron sourit.

– Monk ? Veux-tu veiller à ce qu'elle rentre sans encombres ?

Monk la regarda fixement.

– Bien sûr, pas de problème.

46

Au Q.G. de campagne, à l'autre bout de la ville, Nick dit à Cole :

– Ricky a fichu le camp.

– Hein ? fit Cole en posant sa mallette.

Nick laissa tomber la télécopie sur la table, entre eux. Il se massa l'arête du nez, goba une autre pastille de menthe.

– Hier soir. L'équipe de surveillance l'a suivie jusqu'au routier. Sur les coups de 23 h, le barman s'apprête à rentrer chez lui. La bagnole de Ricky n'avait pas bougé. Tes deux gars du FBI entrent en brandissant leur insigne. À l'intérieur du bar, tout est noir. Le juke-box est allumé. Mais il n'y a plus personne, dans les toilettes non plus. Le temps qu'ils ressortent en courant, la TransAm de la fille avait disparu. Elle leur a fait le coup de la porte de derrière.

– Et les micros ? demanda Cole.

– Après minuit, Slawson pète les plombs. Il appelle Eiger et il se met à gueuler, en disant qu'il sait parfaitement ce qu'est en train de faire cette salope. Eiger se pointe dare-dare au camp. Slawson est furax. D'après les enregistrements, il a essayé de frapper Eiger, mais il était trop speedé pour atteindre sa cible. Eiger et lui ont passé la nuit à gueuler et à attendre. Ce matin, ils ont fait le tour de la ville pour essayer de la retrouver. Le temps de rentrer au camp, ils se sont demandé si on ne l'avait pas embarquée.

– Ils sont allés au bar ?

– Oui, dès l'ouverture. D'après ce qu'on a pu apprendre, Slawson a gobé l'histoire que tes collègues ont fait répéter au gérant : Ricky était venue là la veille, en effet, mais elle était repartie seule.

... Paraît qu'elle a changé un billet de vingt dollars contre des *quarters*, elle les a foutus dans le juke-box et filé un pourboire au barman pour qu'il le laisse branché toute la nuit. Avec toujours la même chanson.

– Laquelle ?

– Un truc de Buddy Holy : « Rave On ».

– Quoi ?

– Une histoire dans le genre « Donne-moi tout ton amour. »

– Oui, je la connais, dit Cole.

– Ah bon ? À ton avis, elle l'a mise pour quoi ?

– Je m'en fous.

– Oui, évidemment, dit Nick. (Il avait besoin de se raser. Il sentait mauvais.) Qu'est-ce qu'on fait au sujet de ta petite amie ? On lance un avis de recherche ?

– Laissons-la. Elle n'a rien à voir dans cette affaire. Si on la recherche, on va attirer l'attention d'Eiger et de Slawson. Ricky a déjà suffisamment de poursuivants à ses trousses.

– Je me demande où elle va aller.

Le sarcasme aiguisait les paroles de Nick.

– C'est quoi ça, Nick ?

– Chez moi, on appelle ça du boulot. (Il fit glisser un dossier vers Cole, de l'autre côté de la table.) La société de gardiennage qui appartient à Jeff Wood. Des photos de surveillance des installations de Pennsylvanie. Piste de conduite, champs de tir, baraquements, salles de cours. Les plans conservés par les services du comté indiquent d'importants travaux électriques. D'après tes collègues des services techniques, ça veut dire qu'il y a un tas d'ordinateurs. Notre ancien soldat est en train de se bâtir une armée toute neuve : haute technologie *et* grenades à main.

– Pour l'instant, Jeff Wood ne m'inquiète pas.

– Allons, Cole. Allons, *collègue*. Crache le morceau.

– Tu es ivre.

– Non. Jamais pendant le service. À moins que tu me traites d'alcoolique ?

– Qu'essayes-tu de prouver, Nick ?

– J'ai rien à prouver à personne tant que je fais mon boulot.

– Et où ça te conduit tout ça ?

– Du moment que j'arrive au but, c'est pas ton problème.

Cole récupéra sa mallette pour s'en aller.

– Veux-tu que je te dise, inspecteur Sherman ? Tu as raison.

47

Sallie et Faron étaient dans le bureau de ce dernier, cet après-midi-là, quand un bénévole frappa à la porte.

– Faron, on a un problème en bas avec un type qui prétend vous connaître !

– J'arrive, dit Faron en contournant sa table.

– Non ! (Sallie le retint.) C'est mon boulot. Vous restez…

– Je ne suis pas venu à Washington pour me cacher.

– La question n'est pas là.

– Si, justement. (Il sourit.) Je vais…

– Vous resterez deux pas derrière moi.

Alors qu'ils marchaient à grandes enjambées vers l'escalier, Faron dit :

– J'aime bien vous suivre.

Le cœur de Sallie cognait. Elle essuya ses paumes moites sur son pantalon. *Sans arme, il y a deux possibilités : s'approcher rapidement de la menace, ou faire obstacle avec son corps entre Faron et...*

Arrivés dans l'escalier, ils découvrirent la scène dans le hall : Monk, Nguyen et le gardien aux cheveux en brosse formaient un cercle à haute tension autour d'un Nick Sherman ébouriffé. Les yeux de Nick étaient enflammés. Il avait coincé la large silhouette de Monk dans l'encadrement de son rictus, et il dit :

– Impossible. Vous êtes pas assez rapides. Aucun d'entre vous… pas assez rapides.

… Hé ! nom de Dieu ! s'exclama-t-il en voyant Faron descendre les marches. Le grand homme en personne !

Faron passa devant Sallie.

– O.K. C'est un ami.

— Ah ! vous voyez bien ?

En écartant les bras, Nick avança vers Faron. Le cercle électrifié suivit son déplacement. L'odeur âcre du scotch envahit le hall.

— J'leur ai expliqué qu'on était amis, mais vos gars, ils savent pas écouter. On peut pas avoir des muscles et de la cervelle.

Les yeux de Monk ne quittaient pas Nick. Monk dit à Faron :

— Vous n'avez qu'un mot à dire.

— Je suis content de vous voir, dit Faron à Nick. Content que vous soyez venu.

— Épargnez-moi vos conneries. (Nick ricana, tout seul.) Pourquoi vous seriez content de me voir ? Vous croyez que *moi* je suis content d'être là ? Vous croyez que j'ai envie d'être là, espèce d'enfoiré ?

— Oui, vous en avez envie.

— Et pourquoi est-ce que je voudrais foutre toute ma putain de vie en l'air en faisant ça, hein, comme un pauvre connard ?

— Parce que vous avez commencé à gagner.

Nick tituba. Nguyen et Monk se rapprochèrent… et se figèrent quand Nick se planta sur ses deux pieds, en pointant le doigt sur eux.

— Vous m'avez pas encore tué, essayez pas de me toucher.

Par pitié, mon Dieu, supplia Sallie, *faites que je rêve, emmenez-moi loin, ne me laissez pas…*

— Vous trouvez qu'on dirait que je suis en train de… *gagner* ? demanda Nick à Faron.

— On dirait surtout que vous êtes ivre mort.

— Bravo, vous devriez être flic. Sauver le monde avec un bout de métal… vous mouiller pour de bon, au lieu de jouer à Jésus.

— Jésus pardonne les péchés. Pas moi.

— Alors, à quoi vous servez, bordel ?

— Vous êtes venu ici pour le découvrir, répondit Faron. Et vous n'êtes pas aussi ivre que vous le pensez.

— Vous savez pas ce que je pense !

— Si.

— Assez parlé, agissez, *brother* ! Vous avez aucun…

— Venez. (Faron pivota sur ses talons, désigna l'escalier d'un mouvement de tête.) Vous êtes venu pour me voir agir au lieu de parler. Alors, faites comme moi. Venez.

Tournant le dos à Nick, Faron gravit l'escalier. Nick tressaillit. Il regarda Sallie en clignant des yeux, puis emboîta le pas à Faron en titubant. Monk se faufila devant Sallie, pour marcher derrière Nick. Sallie se planta au milieu de l'escalier, bloquant le passage aux deux autres gardes du corps. La procession monta jusqu'à la salle de méditation de Faron.

— Non, dit Monk. Pas question de vous laisser entrer seul là-dedans avec ce type.

— Tout va bien, Monk, dit Faron.

— Mais oui... *Monk*, dit Nick.

Sallie sentit les muscles de l'ancien *linebacker* se crisper.

— Il vous suivra nulle part sans que je le fouille d'abord !

— Essaye un peu, et je t'en balance une ! dit Nick. La plus belle que t'as jamais reçue, avant que tes sales pattes...

— Cette pièce est totalement vide, dit Faron à Nick. Vous voulez jouer les gros bras, ou bien me conduire de l'autre côté de cette porte ?

Par la porte ouverte, Sallie voyait les rayons de soleil de l'après-midi, réfractés par les vitraux de la verrière, dessiner un arc-en-ciel bleu et rose.

Nick répondit :

— Me dites pas où je dois aller.

— La porte est ouverte, dit Faron. À vous de décider.

Une lumière fugace s'alluma sur le visage de Nick, une expression angoissée, la peur, l'éclat dans les yeux d'un cerf qui avaient remplacé ceux du loup. Il se ressaisit. S'obligea à sourire.

— Faut que ce soit bien clair.

Alors que Nick entrait dans la pièce en traînant les pieds, Faron se tourna vers Sallie. Sa main se posa sur son bras, légère, douce.

— C'est bon. (Il sourit, juste pour elle.) Revenez me voir ce soir.

— Entendu, dit-elle. D'accord.

Faron entra à son tour dans la pièce, ferma la porte.

Le *déclic* de la serrure fit sursauter Nick, mais il garda les yeux fixés sur le mur opposé et le rayon de lumière arc-en-ciel.

— Elle s'est bien débrouillée, hein ? marmonna-t-il en s'adressant au mur. Sallie. Elle a été à la hauteur. Elle a pigé la situation et elle a fait son boulot. J'étais comme ça dans le temps.

– Et maintenant, vous êtes comment ? demanda Faron dans son dos.

– Maintenant, je débarque ici, bourré… ça veut tout dire.

– Non, ça ne dit pas grand-chose. C'est comme la détonation d'une arme à feu. Le bruit n'est qu'un bruit.

– Qu'est-ce que vous connaissez aux armes à feu ?

D'un geste flou, Nick fit apparaître son .45 dans son poing.

Faron déclara :

– John Dillinger disait qu'il ne faut jamais faire confiance à une femme et à un pistolet automatique.

– Ouais, et on l'a buté à Chicago quand vous étiez pas encore né.

– Quand *nous* n'étions pas encore nés. Alors, qu'a-t-il de particulier, ce flingue ?

– C'est le mien.

– Je peux le voir ?

– Vous le voyez très bien d'où vous êtes.

– Pourquoi l'avez-vous sorti si vous ne voulez pas me le montrer ?

– Mon arme, mon flingue, mon pistolet, mon… Pendant presque trente ans, presque tous les jours, j'ai porté un flingue.

– Et un insigne. (Faron s'approcha dans le dos de l'homme qui n'osait pas le regarder en face.) Je sais qui vous êtes.

– Vous savez rien de moi.

– Je sais que vous êtes un excellent flic. Je sais que vous êtes un ivrogne.

Nick arma le chien du pistolet. Lentement, très lentement, il tourna la tête vers Faron.

– Vous aviez raison sur un point. Le fait que vous soyez noir ne m'a pas réchauffé le cœur.

– Ce n'est même pas censé vous émouvoir.

– Vous avez réponse à tout, hein ? (Nick serrait l'arme dans son poing.) Dites-moi, combien de personnes vous pouvez être en même temps ?

– Je suis moi-même, toujours.

– Vous employez le mot « toujours », comme si vous saviez ce que ça veut dire. Le jour où j'ai rencontré ma femme, j'ai su que je l'aimerais toujours. Mais elle est morte, mon gars, morte et enterrée… Voilà ce que veut dire *toujours*.

– Non, vous parlez de maintenant, pas de toujours. Elle est morte, simplement. Ce n'est pas comme si elle n'avait jamais existé.

Nick agita le pistolet armé.

– Vous croyez que j'ai peur de mourir ?

– Personne dans cette pièce n'a peur de mourir.

Nick balaya du regard la pièce close.

– C'est un univers vide ici. Y a même pas une chaise pour s'asseoir.

– On peut rester debout. Vous y arrivez très bien.

L'arme frétilla entre eux.

– Me dites pas comment je me sens, dit Nick. Vous en savez rien.

Faron demanda :

– Combien de personnes vous pouvez être en même temps ?

Nick fronça les sourcils, s'approcha en traînant les pieds.

– Qu'est-ce que…

– C'est votre question. À vous d'y répondre.

Nick détourna le regard.

– Commencez par le commencement, dit Faron.

Nick se massa le front avec sa main libre.

– Bon Dieu, j'ai besoin de m'asseoir, de me reposer, d'arrêter…

– Plus tard. Bientôt.

– Vous entendez quelque chose vous ? demanda Nick. Moi non, pas pour l'instant, mais… Grand-mère est morte au foyer du troisième âge de la réserve. Elle était censée mourir quand elle était petite, l'année où Edison a fait fonctionner l'électricité dans les maisons. La Piste des Larmes, la fuite avec la bande de Little Wolf… l'Oklahoma, le Nebraska, le Nord, la neige. Elle m'a raconté la terreur, le bruit des chevaux qui la pourchassaient et… les hommes en uniforme bleu qui traquaient les braves gens pour les tuer.

– Ce n'est pas ce que vous faites, dit Faron.

Nick le regarda.

– Montrez-moi votre arme.

Nick la brandit entre eux.

– Ce n'est pas ainsi qu'on tend une arme.

D'un geste exercé, Nick mit le cran de sûreté. Faron prit l'arme. Nick sembla ne s'apercevoir de rien ; le regard perdu dans le vague, il marmonna :

– Des fois… j'entends les chevaux et je cours, ou bien je suis sur le cheval, je hurle, *je crève d'envie de les rattraper* et…

– Ce n'est rien.

– Je suis parti pour tuer. Peu importe qui je suis, Cheyenne ou Blanc, à cheval ou à pied, le hurlement effroyable du sang… Je ne peux plus continuer cette expédition meurtrière.

– Vous êtes celui qui court dans la neige, dit Faron, et vous êtes le chasseur à cheval.

– Je suis écartelé !

– L'alcool n'arrangera rien. Le mensonge non plus. (Faron leva le pistolet entre eux.) Une balle n'arrangera rien.

Nick murmura :

– Vous non plus.

– C'est exact. Le monde continuera à vous pourchasser, à vous tirer dessus, à vous blesser. Ne vous cachez pas, ni d'eux, ni des chevaux qui vous écartèlent à l'intérieur. L'alcool ne vous cachera pas, ne cherchez pas à échapper aux fantômes. Nous sommes tous fous, nous avons tous peur. Parfois, nous faisons semblant. La ruse, c'est de le savoir, et de continuer.

Nick Sherman frémit, tourna en rond dans cette pièce où la lumière invisible du soleil se partageait en différentes couleurs. Des larmes entaillèrent ses joues.

– J'ai bossé toute ma vie pour en arriver là, pour pouvoir faire un truc aussi important… et pouvoir tout foutre en l'air, débarquer ici et… ne plus pouvoir…

Il secoua la tête.

– Je n'ai nulle part où aller, il me reste rien.

Faron pointa le canon de l'arme entre les yeux de Nick.

Nick recula en titubant devant la gueule du .45.

Et Faron sourit.

– Pourtant, vous avez reculé.

Faron éjecta le chargeur, actionna la culasse d'un geste brusque et fit jaillir une balle en l'air. Elle retomba bruyamment sur le parquet. Faron relâcha la culasse – *clac* – et ramassa la balle sur le sol, la soupesa dans sa paume. Il la glissa dans sa poche. Puis il remit le chargeur en place, introduisit sa main sous la veste de Nick et fourra l'arme dans le holster.

– Quand on n'a plus rien, dit Faron, il faut repartir à zéro.

48

Dès qu'elle entra dans cette chambre d'hôtel de Chicago, Sherry comprit que ce ne serait pas une partie de plaisir. Le type regardait le ciel rouge sang par la fenêtre au lieu de s'intéresser à ce qu'il voulait s'offrir.

— Hé! chéri, je suis là, dit-elle. Y se passe rien dehors, c'est le noir complet.

— Tu sais quel jour on est? dit-il, en regardant la fenêtre.

— Si on s'y met pas, mon chou, ce putain de soleil va se coucher et se relever, et ensuite, on sera déjà jeudi. Pour l'instant, on perd du temps.

— Dans une semaine, c'est la Saint-Valentin.

Il sourit.

— Hé! baby, si tu veux un rencard pour la Saint-Valentin, faut réserver ta place. Sherry est une fille très demandée; les fleurs, les jolies cartes et les chocolats, c'est chouette, mais moi, c'est le fric qui me fait de l'effet.

— Ça t'ennuie pas de fermer la porte?

Sherry leva les yeux au ciel, mais elle mit la chaîne et fit coulisser le verrou à l'ancienne dans le loquet.

— T'en fais pas, dit-elle à son client. Les flics des mœurs mettraient au moins vingt minutes pour défoncer la porte. Ça nous laisse largement le temps.

— Le temps joue en ma faveur.

— Euh, ouais… En tout cas, t'as payé pour ça et… Dis, chéri, c'est quoi ce truc sur la table? On dirait une drôle de machine à écrire?

— C'est un ordinateur portable.

– Il est encore dans le plastique… comme une capote. (Son client ne rit pas, mais quelle importance ?) En parlant de ça, tout le monde doit se protéger. C'est pas que ça me pose des problèmes, mais on se connaît pas encore. Peut-être qu'au bout de deux ou trois fois, on pourra s'en passer, mais pour l'instant, sécurité avant tout, pas vrai ?

– C'est ma devise.

– Tant mieux… Hé ! mon chou, c'est quoi ce machin ? Pourquoi tu l'as attaché à la table avec des menottes ? T'as peur qu'il se barre ?

Il se retourna enfin.

– On sait jamais.

– Tu l'as trouvé où ?

– Dans un centre commercial. On peut acheter plein de choses dans un centre commercial.

– En parlant d'acheter, mon sac à main est là-bas.

– Oui, je t'ai vue te trimbaler avec quand t'es descendue de bagnole pour faire le trottoir. (Il avança vers elle. En souriant.) J'aime bien tes boucles d'oreille ; elles sont grosses, brillantes. En or. Ça attire l'œil.

– Comment tu connais Carmen ? T'es un client ?

– Non, elle est trop petite pour moi. Mais je t'ai vue lui parler, et quand elle a tourné au coin de la rue, je lui ai filé cinq dollars pour connaître ton nom.

Sherry recula pour l'observer encore une fois, nez à nez.

– Et elle t'a dit que j'te ferai tout c'que t'aimes ?

– Pour cinq dollars, Carmen est prête à dire n'importe quoi.

– Que les choses soient bien claires, mon chou, je fais pas les trucs bizarres. Ou alors, faut raquer.

– J'ai du fric. Et toi aussi d'ailleurs.

– Comment ça ?

– La journée a été bonne.

– Tu connais mon patron, Magic, le gars qu'a des liens avec la Mafia ? Si tu traînes par ici, t'as forcément entendu parler de lui…

– Je suis pas du coin.

– Ouais, j'ai vu que t'avais une plaque de cow-boy sur ta bagnole.

— Y a pas de cow-boys dans le Wisconsin. C'est dans l'est.

— Si tu veux. En tout cas, Magic, mon mec, il est pas du genre à se laisser emmerder, par personne, d'ici ou d'ailleurs.

— Il était pas là pour récolter le fric que t'as empoché… Deux passes au moins, hein ?

— C'est mes affaires… *mes affaires*. Bon, tu veux quoi ?

— Assouvir mes besoins.

— T'as choisi la bonne fille. Et commence à économiser pour la Saint-Valentin. Moi, quand un type me plaît, je deviens sentimentale… si tu vois ce que je veux dire ?

— Les sentiments, ça coûte cher.

Accélère les choses, pensa-t-elle, en s'approchant.

— C'est quoi ton nom déjà, mon chou ?

Tout son univers explosa dans un tourbillon noir. Lorsqu'elle put de nouveau penser, et voir, elle s'aperçut que ce dingue l'avait attachée sur le lit avec des menottes, les mains au-dessus de la tête, autour des colonnes du lit. Les menottes mordaient dans la chair de ses chevilles et maintenaient ses jambes écartées. Le ruban adhésif plaqué sur sa bouche étouffait ses cris.

— Chut, fit-il, tout va bien. Inutile de t'inquiéter.

Sherry tira sur les menottes, s'agita sur le lit, sans pouvoir hurler. Ce salaud fouille dans mon sac ! Il pique mon fric ! Et tous mes papiers ! L'enfoiré ! Magic va me filer une raclée…

Non, c'est rien, c'est juste ça. Juste un enfoiré d'arnaqueur. Après m'avoir baisée, il va se barrer. Tout ira bien, il va me détacher, me foutre dehors…

Ça ira, ça ira. Personne a parlé d'un dingue en liberté dans le coin ; ça peut pas tomber sur moi.

Impossible. Ce genre de merdes, c'est pour… pas moi. Jamais. Il ouvre une autre mallette, et il sort… oh ! putain, putain, putain, *un rasoir* !

— J'ai peur que ta robe fasse pas l'affaire.

Il se pencha au-dessus du lit, avec le rasoir…

Il fendit la robe. Il la découpa. Découpa le soutien-gorge… Oh ! putain, l'acier *glacé* du rasoir qui frôle mon… Il découpa sa culotte.

Ne regarde pas la lame brillante.

— J'aime bien tes boucles d'oreille.

Il les enleva. Se déshabilla, et Sherry vit qu'il était *prêt*. D'un sac en papier, il sortit une horrible combinaison orange, du talc, et des gants de chirurgien.

Regarde par la fenêtre, contente-toi de *regarder par la fenêtre* ; tourne la tête vers la fenêtre, la nuit qui avale le ciel nuageux et incandescent. *NON, C'EST PAS VRAI CE QUI M'ARRIVE !*

Le dingue enfila la combinaison orange, les gants de chirurgien, grimpa sur le lit et s'assit à califourchon sur les cuisses de Sherry : *Bon Dieu, il est lourd !*

— Tu voulais connaître mon nom…

Sherry ne pouvait détacher ses yeux de la main gainée de caoutchouc qui tenait le rasoir.

— Voyons voir si on peut pas imaginer une réponse *éblouissante*.

49

– Ne pensez pas à ce que vous auriez pu faire, dit Cole à Sallie lorsque celle-ci se précipita au rendez-vous à Union Station. Savez-vous ce qu'ils ont dit ou fait ? Savez-vous où Nick est allé ensuite ?

– Non. Ils sont restés seuls environ une heure. Puis j'ai vu Nick redescendre seul. Quand j'ai cherché Faron, Monk m'a dit qu'il était occupé.

– Nick ne répond pas, ni sur son bip, ni sur son portable, dit Cole.

– Vous avez peur qu'il…

– Il y a trop de raisons d'avoir peur.

Ils étaient assis à une table de café, dans le vaste hall de Union Station. Des banlieusards s'engouffraient par flots dans la gare pour rentrer chez eux, là où ils se sentaient en sécurité, heureux et aimés.

– Vous croyez que Nick nous a grillés ? demanda Cole.

– Non. Pas encore du moins. L'espion de Vance pensera sans doute que Nick fait partie des âmes perdues de Faron.

… Qu'allez-vous faire à son sujet ? demanda-t-elle. Au sujet de ce qui s'est passé ?

– Je ne sais pas.

– J'aime bien Nick, dit-elle. Je l'aime beaucoup.

– Moi aussi.

– Mais ça ne compte pas, hein ?

– Non, dit Cole. Ça rend les choses plus horribles.

Cole insista pour lui commander un hamburger : *Vous devez prendre des forces*. Après quoi, il se leva.

– Je dois m'en aller.

– Vous pensez que vous allez le retrouver ?

– Allez vous détendre quelques instants, dit-il. Ce soir, vous travaillez. Faron vous a-t-il dit pourquoi il vous faisait revenir, ce qu'il voulait ?

– Non. On discutait au moment où…

– Je vois, dit Cole. Il faut que vous y alliez.

– Si vous le croyez.

Sallie regagna son appartement. Elle regarda fixement sa fenêtre : Ne pense pas. Détends-toi. Elle tourna sa tête dans tous les sens, sa nuque craqua. Manque de souplesse, manque de forme, elle se ressentait encore de son saut nocturne.

L'un après l'autre, elle défit les boutons de son chemisier. Son soutien-gorge était noir. Le chemisier vola vers le lit. Les chaussures filèrent en direction de la penderie. Elle ôta son pantalon, le jeta sur le lit. Bon sang, quel plaisir d'enlever ce foutu collant ! Il produisit de l'électricité statique lorsqu'elle le lança sur le lit. Sa culotte aussi était noire.

Elle étendit les bras en croix, au maximum, et renversa la tête, les yeux fermés. Elle se sentait raide. Nerveuse. Elle s'enroula pour toucher le tapis. S'allongea ensuite à plat ventre sur le sol, en culotte et soutien-gorge.

Elle tendit les bras pour se redresser, en décollant les seins et le ventre du sol, les jambes étendues et écartées derrière elle, le visage dressé vers le ciel, les lèvres entrouvertes et les yeux fermés. Elle conserva cette position jusqu'à ce que des gouttes de sueur coulent le long de ses côtes.

Se relevant, elle exécuta un *koryo*, un enchaînement chorégraphique de ceinture noire, succession de blocages, d'attaques, avec les mains et les pieds. Vers la fin, le ballet martial prit l'aspect d'une danse lascive.

Ça suffit, se dit-elle. Je dois me dépêcher. Mais elle prit son temps pour dégrafer son soutien-gorge, et l'ôter d'un mouvement d'épaules. Ses seins n'étaient pas gonflés. Ses règles n'étaient pas pour tout de suite. Elle fit glisser sa culotte.

La lumière de la salle de bains était vive. Sallie remplit le lavabo d'eau chaude, introduisit une lame neuve dans son rasoir, se savonna les aisselles et les rasa. Elle se lava et se savonna ensuite les jambes. Généralement, elle détestait se raser les jambes, et tous les étranges diktats de la mode. Mais ce soir, en songeant à ce monde sans pitié derrière sa porte verrouillée, elle avait le sentiment de se libérer en accomplissant une action superflue et égoïste.

Elle se moqua d'elle : *Ma fille, tu as changé !*

N'y pense pas. Ne pense à rien. Ni aux meurtriers, ni aux amis qui tombent, ni à Faron, au boulot ou à Faron. Elle fit couler l'eau de la douche, grimpa dans la baignoire et tira le rideau en plastique transparent sur toute la longueur.

Des perles d'eau martelaient son dos. La vapeur monta. Le simple fait de respirer était chaud, humide et agréable. Elle sentit les boucles auxquelles elle avait refusé de toucher se détendre sous l'eau. Son shampooing sentait la rose. La vapeur envahit la baignoire. À travers le rideau en plastique, elle jeta un coup d'œil à la glace fixée au-dessus du lavabo. Elle aperçut son corps à la peau foncée dans le miroir embué.

Elle choisit un jean propre, un chemisier sobre, des chaussures confortables et une veste. Elle se coiffa devant la glace de la commode.

Un peu de rouge sur les lèvres ne ferait pas de mal. Ce serait très bien. Ça aiderait. Elle s'adressa au miroir : C'est O.K. Tu pars travailler, c'est tout.

Pas besoin d'emporter mon arme, se dit-elle. D'ailleurs, ça risquerait de nous griller.

L'air froid de la nuit la revigora lorsque, ayant garé sa voiture, elle marcha jusqu'à l'entrée du quartier général de Faron, et pourtant, elle se sentait... léthargique. Comme si elle évoluait dans la mélasse.

Grâce aux codes qu'on lui avait donnés, elle franchit le portail et la porte d'entrée. Il n'y avait personne derrière le guichet de surveillance à l'intérieur du hall.

Parfois, Faron verrouillait les portes de sa maison et renvoyait tout le monde chez soi pour pouvoir se retrouver seul, comme Nguyen l'avait expliqué à Sallie. Dans ces occasions, avait précisé Nguyen, Monk restait dans les parages, mais sans se montrer. Les pas de Sallie dans l'escalier moquetté ne faisaient pas de bruit. Arrivée au premier étage, elle emprunta rapidement le couloir, en direction d'un autre escalier, passant devant des bureaux, la salle des opérations…

Où se trouvait Monk, assis devant un ordinateur. En deux enjambées, elle dépassa la porte ouverte.

Merde ! Sallie s'immobilisa dans le hall. Même s'il ne m'a pas vue, il saura que je suis venue. Je ne peux pas lui manquer de respect, je ne peux pas… je ne veux pas voir ses yeux tristes. Fais ce que tu dois faire.

Elle entra dans la salle, les yeux braqués vers le mur du fond, au-delà de l'endroit où Monk était assis, regardant dans sa direction, mais en évitant de le voir.

– Tiens, tiens, fit-elle, je ne m'attendais pas à vous trouver ici. Je veux dire, en plein travail. Pas ce soir du moins, alors que… enfin, vous voyez.

Monk la laissa bafouiller.

– Écoutez, dit-elle, en se retournant face au mur sur sa gauche. Vous avez entendu quand Faron m'a demandé de venir…

La porte de la penderie qu'elle avait tenté de forcer était ouverte. Dans la lueur du moniteur, le colosse regardait fixement l'ordinateur devant lequel il était assis.

– Monk ?

L'éclat de l'écran emplissait son regard. Il ne se retourna pas vers Sallie lorsqu'elle avança vers lui, approcha de lui…

Elle découvrit alors le coupe-papier planté dans la nuque.

50

Les lumières des voitures de police arrêtées balayaient la nuit de traînées rouges et bleues devant le quartier général de Faron. Des bandes de plastique jaune destinées à interdire l'accès étaient tendues tout autour de la grille en fer noir de la vieille église. Une sirène mourut dans un gémissement au moment où arrivait une ambulance.

Cole se gara en double file derrière l'ambulance, et trouva Sallie assise à l'arrière d'une voiture de patrouille.

– J'ai été obligée de montrer mes papiers aux flics, lui dit-elle.

– C'est pas grave. Ça va bien ?

– Putain, non.

– Vous avez vu quelque chose ? Vous savez quelque chose ?

– Non. Les inspecteurs de la criminelle ont repéré les éraflures sur la serrure de la penderie. Je ne leur ai pas dit que c'étaient peut-être les nôtres. Et je n'ai pas voulu expliquer ce que je faisais là.

… Que faisais-je là d'ailleurs ? demanda-t-elle à voix basse.

– Votre travail, et vous n'êtes pas responsable.

– Si je n'avais pas traîné à la maison…

– Taisez-vous. (Elle tressaillit, et il demanda :) Où est Faron ?

– En haut, avec des flics. Il était présent quand Monk a été assassiné. Au deuxième étage. Il n'a rien entendu. Monk… Juste à la jonction de l'épine dorsale et du crâne ; il est mort sur le coup.

Des pas firent crisser les graviers gelés dans le caniveau. Cole se retourna et découvrit Nick Sherman, le visage livide, son pardessus boutonné.

– Je sais bien que tu es occupé, dit-il en s'adressant à Cole, même si ses paroles étaient visiblement destinés à Sallie, également. Mais je n'ai pas le choix. Je suis désolé. J'ai merdé comme le dernier des connards. Je suis un alcoolique. J'essaye de lutter. C'est pas une excuse, c'est la vérité. La putain de vérité. À toi de décider maintenant. Tu devrais me retirer mon insigne. Je foutrai le camp, où tu veux. Si tu veux me flinguer, dis-moi où je dois me mettre.

Une voiture de patrouille quitta les lieux du drame avec fracas, sirène hurlante et lumières tournoyantes : le crime adore la nuit de Washington.

– Que veux-tu, Nick ? demanda Cole.

– Je suis un type qui attrape les meurtriers. Je ne veux pas perdre ça.

Cole demanda :

– Y aura-t-il une prochaine fois ?

– Dans ce cas, tu n'auras pas besoin de me flinguer.

Les trois collègues se dévisagèrent, tandis que la sirène s'éloignait.

– Je veux rester en vie, dit Nick.

– Es-tu capable de rester sobre et de gérer la situation ?

– Oui, murmura Nick.

– Tu es officier supérieur de la criminelle de Washington. Mets le grappin sur les enquêteurs qui ont reçu l'appel. Désormais, ils travaillent pour toi, mais il faut que ça continue de ressembler à une procédure de routine. Ton chef va recevoir un coup de téléphone dans cinq minutes. Rien ne doit filtrer au sujet de Vance.

– Je ne pense pas qu'il ait fait le coup, dit Nick.

– Moi non plus, dit Cole. Fais comme si c'était une nouvelle affaire.

– L'œuvre d'un cambrioleur, par exemple, dit Nick.

– Et puis quoi encore ! dit Sallie. Un incroyable cambrioleur qui...

– Mets l'accent là-dessus dans les rapports pour nous protéger des fuites, dit Cole. Mais on sait tous très bien que, d'une certaine façon, l'affaire nous appartient.

... Une dernière chose, ajouta-t-il. Où étais-tu passé ?

– Je me suis accordé quelques heures, dit Nick avec un sourire. Et ensuite, j'ai suivi un pressentiment ; j'ai envoyé tes gars en expédition vers l'ouest. Ils ont découvert une réservation de billet d'avion faite deux jours avant notre raid à Choteau. Pour un vol au départ de Missoula, dans le Montana, à destination de Washington, le lundi 12 février. Au nom de Chris Harvie.

– À cette date, il était mort depuis…

– Bon boulot, déclara Cole par-dessus les paroles de Sallie.

– Vous croyez que Vance va se présenter pour prendre cet avion ? demanda-t-elle.

– Non, dit Nick, mais au cas où, il tombera sur une armée.

Sallie demanda :

– Sommes-nous grillés ici ?

Cole regarda autour de lui.

– Je ne vois pas d'équipes de télé, pas de journalistes, pour l'instant. Les messages radio de la police mentionnent-ils la présence d'agents du FBI ou d'officiers fédéraux sur les lieux ?

– Non, dit Sallie. Uniquement l'adresse. Aucun message ne donne le nom de Faron Sears.

– Au boulot, ordonna Cole à Nick. Mets tes hommes en quarantaine : pas de communications radio, pas de coups de téléphone, aucune fuite. Même chose avec les ambulanciers.

Nick s'éloigna rapidement, au moment où un taxi tournait au coin de la rue, et s'arrêtait.

– On est grillés ? demanda de nouveau Sallie, debout à côté de Cole.

Une voiture s'arrêta derrière le taxi, juste au moment où le passager de celui-ci ouvrait la portière arrière. Jeff Wood descendit de voiture ; Lauren s'extirpa du taxi. Les collaborateurs de Faron Sears aperçurent leurs *consultants*, et d'un accord tacite, ils se précipitèrent vers eux.

Le visage de Lauren était ruisselant de larmes, ses yeux injectés de sang, mais grands ouverts.

– Dalton, qu'est-ce que… Monk… Savez-vous qui… Que… ?

Le temps pressait, pas de manière douce, songea Cole. Sa main tenait le téléphone mobile qu'il avait hâte d'utiliser.

– Que faites-vous ici ? lui demanda Lauren, les yeux écarquillés, remplis de larmes gelées, avec à ses côtés un Wood au visage agressif qui faisait craquer ses doigts.

– Je m'occupe de l'enquête, répondit Cole.

51

– J'aimerais savoir, murmura Lauren, les joues enflammées et brillantes de larmes séchées, lequel de vous deux est le plus gros salaud ?

Elle était assise face à Cole autour d'une grande table ronde, dans la salle de réunion du premier étage de l'église aménagée. Jeff Wood était assis à sa droite. À sa gauche se trouvait Jon Leibowitz. Un peu plus loin autour du cercle se trouvait Faron ; à qui les paroles de Lauren étaient destinées, ainsi qu'à Cole, qui était assis en face d'elle, en compagnie de Sallie et de Nick.

Des reflets roses scintillaient sur les fenêtres noires, tandis que les derniers feux allumés dans la rue s'éteignaient. Les voitures de police étaient reparties ; on avait chargé l'ambulance, qui était repartie elle aussi ; les bandes jaunes autour des grilles avaient disparu. Seules les cendres des feux étaient encore là pour indiquer aux banlieusards qui traversaient ces rues qu'il s'était passé quelque chose à cet endroit.

– Peu importe, dit Lauren. Vous êtes tous des salopards.

– Pourquoi ne nous a-t-on pas dit qu'un cinglé projetait d'assassiner Faron ? demanda Jon Leibowitz.

– Pourquoi *vous* ne nous l'avez pas dit ? (La question de Lauren, posée d'une voix douce, atteignit Faron de plein fouet.) Vous avez introduit ces gens ici, et vous nous avez tous menti ! Pourquoi ?

Cole prit la parole :

– Le Bureau a estimé que la meilleure façon d'appréhender le meurtrier était…

– Mensonges ! dit Lauren. Mensonges, mensonges, men…

– Lauren a raison, dit Leibowitz. Vous prétendez agir en fonction d'informations reçues. Quel genre d'informations ? Venant de qui ?

– Une source confidentielle.

Cole regarda Faron : *Non ! Souvenez-vous de ce que je vous ai fait promettre il y a quelques minutes dans le couloir !*

– Vous en savez certainement davantage, dit Wood.

– Nous sommes sur la piste du suspect, répondit Cole. D'après le dernier rapport, il se trouvait à plusieurs milliers de kilomètres d'ici.

– Un suspect ? dit Leibowitz. Ou un complot ?

– À notre connaissance, mentit Cole, le suspect agit seul.

– Dans ce cas, d'où vient votre informateur ?

Cole secoua la tête.

– Nos sources et nos méthodes sont confidentielles.

– C'est vous qui êtes venu ici aujourd'hui, dit Lauren en s'adressant à Nick. Je vous ai vu en revenant, et j'ai entendu parler de vous ensuite.

Cole intervint :

– L'inspecteur Sherman a été chargé d'établir la liaison entre nous et la police de Washington ; il avait besoin d'inspecter les lieux.

– Vous avez réponse à tout ? demanda Lauren. (Elle secoua la tête.) Si vous nous aviez dit qui vous étiez, et qu'un meurtrier rôdait dans les parages, Monk ne serait pas mort.

– Nous n'avons établi aucun lien entre notre enquête d'origine et ce meurtre, répondit Cole : vérité la plus minimale.

Nick prit la parole :

– L'autre soir, un correspondant anonyme a appelé la police pour signaler la présence d'un cambrioleur dans ce bâtiment. Une patrouille est venue jeter un œil, sans voir personne, et vous avez tous déclaré que rien n'avait disparu. Peut-être que le malfaiteur qui a réussi à s'enfuir est revenu pour terminer ce…

– Les éraflures sur la serrure du placard, dit Leibowitz.

– Vous voudriez nous faire croire qu'un individu s'est introduit ici, dit Wood, et qu'il a crocheté la serrure comme un pro.

307

Avant de surprendre Monk ou après, *alors qu'il était assis* ? Monk était paranoïaque, et plus rapide que…

– Nous ignorons ce qui s'est passé, et comment, dit Nick. C'est pour cette raison que nous enquêtons. Qu'y avait-il dans ce placard ?

– De l'argent, dit Wood. Du liquide que l'on reçoit par courrier.

– Le placard est vide maintenant.

Le haussement d'épaules de Nick était plein de sous-entendus.

– Il ne l'était pas, dit Lauren. Il n'aurait pas dû l'être.

– Qui avait la clé ? demanda Nick.

Wood secoua la tête.

– S'il s'agit d'un cambriolage, pourquoi est-ce que vous…

– Parce que *je* suis chargé d'enquêter sur un homicide !

L'ancien soldat lui rendit son regard noir.

– J'ai une clé. Monk en a… en avait une lui aussi. Comme Lauren. Jon. Faron. Notre comptable. Le responsable des bénévoles, notre chef des…

– Il nous faut la liste, dit Nick. Je sais que vous êtes tous sous le choc et qu'il est tard, mais nous devons interroger tous les…

– Nous ? dit Leibowitz. Je croyais que *vous* étiez un membre de la police locale chargé d'un cambriolage et d'un meurtre commis au niveau local.

– Tout ce qui se passe ici, répondit Cole, se passe sous mon contrôle. Je supervise tout.

– Ah bon ? fit l'avocat.

Lauren fusilla Faron du regard.

– Pourquoi n'as-tu rien dit ?

– Que fallait-il que je dise ? répondit-il.

– Tu pourrais au moins dire que tu es désolé, nom de Dieu ! hurla-t-elle.

Elle ne put retenir ses larmes.

– Lauren, dit Sallie, je sais ce que vous ressentez, mais…

– Vous ne savez rien. Monk était mon ami depuis… Vous ne savez *rien*. Vous n'êtes qu'une sale petite fouineuse du FBI qui fourre son nez partout !

Le chagrin et la douleur se figèrent dans la pièce.

– Je vais même vous dire autre chose, Mlle Pickett, reprit Lauren. Ne vous donnez pas la peine de défendre Faron. Il sort toujours vainqueur des affrontements. Mais j'imagine que vous le savez déjà grâce…

Bip bip bip bip !

Cole, Nick et Sallie tressaillirent lorsque sonnèrent leurs trois bipers, en même temps. Dalton regarda le numéro qui clignotait sur le cadran de son appareil : le Q.G. de campagne. Nick montra son biper à Cole : même numéro. Cole orienta son biper vers Sallie ; elle hocha la tête.

Cole lui dit :

– Occupez-vous en… s'il vous plaît.

Sans un mot ou un regard, elle quitta la pièce.

– Monk est mort…

La voix de Faron attira tous les regards sur lui. Le sourire qu'il adressa à Lauren était chaleureux, triste.

– Après toi, Monk était mon plus vieil ami. Tu sais que je suis convaincu que la vie et la mort sont de simples changements. Nous devons aimer précieusement tout ce que nous avons quand nous l'avons…

– Ce n'est pas toi qui es mort, répliqua Lauren. Tu veux aimer la mort, fais donc ! Et demande à Monk ce qu'il ressent.

– Je l'ai fait, quand je le pouvais encore. Et il était heureux de vivre enfin.

– Il t'a dit : « Oh ! merci. » ? demanda Lauren d'un ton cassant.

Wood posa sa main sur son épaule.

– Écoutez, Lauren, ça va aller…

– Non, ça ne va pas !

– En effet, dit Faron. La question n'est pas là. J'aurais aimé que Monk reste plus longtemps parmi nous. Il me manque ; je suis affligé. Mais mon chagrin ne peut rien pour lui, et c'est à moi de l'endurer, sans me justifier.

– Comme c'est pratique. (Lauren s'enfonça au fond de son fauteuil.) Laisse tomber tout ça ! Monk est mort parce que nous sommes venus ici toi et moi, et… Abandonne ! Retourne en Californie. Laisse tomber… Abandonne.

– Je ne peux pas, dit Faron. Trop tard.

Les paroles de Lauren se déversèrent en entraînant ses dernières étincelles de colère.

– Oui, tu as sans doute raison. Il est trop tard. Foutrement trop tard.

Sallie revint. Son visage était tendu, ses yeux écarquillés. Captant le regard de Cole, elle désigna le couloir d'un mouvement de tête, mais il se retourna vers les personnes assises en face de lui.

– Quoi qu'il arrive, leur dit-il, gardez pour vous tout ce que vous avez appris dans cette pièce, ce que vous savez sur la mort de Monk. N'en parlez à personne. Ni à vos collègues, ni à votre famille, ni à la presse.

– Vous n'avez aucun pouvoir sur le premier amendement, dit Leibowitz.

– La parole est libre à condition de ne causer aucun tort de façon délibérée, injustifiée, inconsidérée et malveillante, répliqua Cole. Sinon, nous sommes tous responsables de nos actes et de nos propos.

– On a le droit de crier au feu dans un théâtre bondé, rétorqua l'avocat. Quand il y a un incendie.

Sallie s'était appuyée contre la porte, les yeux fermés.

– Nous ne sommes pas dans un théâtre. Il s'agit d'une enquête criminelle et d'une enquête fédérale, *maître*. Je suis sûr que vous pouvez nous faire un cours sur les entraves au bon fonctionnement de la police et de la justice.

– Vous n'aimeriez pas m'avoir en face de vous dans un tribunal, dit Leibowitz.

– Vous avez raison, dit Cole en se levant. La victoire serait trop facile.

Il se dirigea vers Sallie, se pencha pour l'entendre murmurer :

– Kurt Vance vient de massacrer une femme à Chicago.

52

Des bandes de plastique jaune enveloppaient la pièce où Monk était mort. À l'intérieur de cette toile d'araignée, des hommes du labo relevaient les empreintes et prenaient des photos, avec les rideaux tirés devant la nuit. À l'étage supérieur, une table de réunion servait à poser des bloc-notes destinés à Nick et Cole. Sallie faisait fonctionner un magnétophone.

Le premier fut Jon Leibowitz, avocat. Le registre indiquait que son interrogatoire débuta à 21 h 47, le mercredi 7 février.

– Je devrais vous remercier, dit-il à Cole. Et Faron également. Vous avez mis en échec toute action antitrust que le ministère de la Justice pouvait entreprendre contre nous.

– Expliquez-vous, dit Cole.

– Du fait de votre opération d'infiltration, vous étiez à mes côtés, vous un agent du FBI dépendant du ministère de la Justice, pendant que moi, avocat de Faron, je menais des affaires protégées par le secret professionnel. Votre présence, due à une usurpation d'identité, constitue une violation de ce secret, et nous porte un tel préjudice, à mon client et moi, que n'importe quel tribunal opposera une fin de non-recevoir au dossier d'accusation du gouvernement.

Leibowitz sourit, et ajouta :

– Moi-même je n'aurais pas pu trouver mieux. Quand vos supérieurs comprendront leur connerie, ils abandonneront leurs attachés-cases pour courir se planquer.

Le magnétophone enregistra onze secondes de silence.

– Nous sommes ici à cause d'un meurtre, dit Nick.

– Je plaide non coupable, dit Leibowitz. Mais si vous me croyez suspect d'un acte criminel, j'ai le droit de me faire assister d'un avocat.

– Pourquoi penserions-nous que vous êtes suspect ? demanda Nick.

– Ne m'insultez pas avec des questions piégées.

– Que s'est-il passé selon vous ? demanda Cole.

– Je ne spécule jamais.

Cole attaqua de front :

– Au cours de l'année écoulée, vous avez prélevé 94 000 dollars sur le compte du mouvement politique de Faron pour effectuer des dépenses non...

– Nos données financières sont confidentielles.

– On peut réclamer un mandat, dit Nick.

– À partir d'informations déjà obtenues de manière illégale ? Le fruit de l'arbre empoisonné.

– Arrêtez de vous demander qui devra prouver quoi devant le tribunal, dit Cole. Pendant que vous jouez au juge, la presse pourrait avoir vent de quelques manœuvres...

– Je manipulais les journalistes à l'époque où vous appreniez encore à charger votre arme.

– Dans ce cas, nous sommes tous prêts, répliqua Cole.

– Monk m'a parlé d'une chose qui n'était plus où elle aurait dû être, dit Sallie. Peut-être faisait-il allusion à l'argent du Mouvement. Oublions la menue monnaie qui a disparu dans la penderie ; vous avez détourné 94 000 dollars.

Nick intervint :

– Mobile, moyens et opportunité. Votre alibi ne vaut pas un clou : chez vous en train de regarder des journaux télévisés enregistrés. Quant aux moyens d'agir, vous possédez les codes pour entrer, le coupe-papier était sur place, et Monk avait suffisamment confiance en vous pour vous laisser approcher dans son dos.

Le flic de la criminelle ajouta :

– L'argent est le mobile numéro un des meurtres.

– Vous pouvez me poser des questions, dit Leibowitz, mais pas m'obliger à y répondre. Arrêtons cet interrogatoire futile. Mais avant que je m'en aille, permettez-moi de vous aider en clarifiant certaines informations que vous semblez avoir obtenues de manière illégale.

... Oui, j'ai retiré 94 000 dollars. Cet argent a été investi dans l'étude de circonscriptions, principalement dans le New Jersey, où doit avoir lieu une campagne en vue de l'élection d'un gouverneur. Par ailleurs, plusieurs autres sièges du New Jersey seront bientôt à pourvoir à la Chambre, ainsi qu'un siège au Sénat.

Leibowitz sourit. Et continua :

– J'ai été encouragé par la réaction de plusieurs groupes choisis face à ma demande de formation et de financement d'un comité de campagne destiné à trouver le candidat approprié pour apporter des réformes.

– Qui ? demanda Cole. Faron ?

– À ce stade, il a volontairement pris ses distances avec…

– Il ignore ce que vous manigancez, dit Cole.

– Il sait quel travail il m'a demandé d'accomplir, et il me fait confiance.

– Vous êtes en train de bâtir une machine politique, dit Cole, mais Faron ne sera pas forcément candidat.

– Ses idées alimentent la machine, mais…

– Et son argent l'a construite. Pour votre usage.

Leibowitz haussa les épaules :

– Un homme d'honneur ne saurait ignorer l'appel du peuple.

– Faron ne sera pas candidat, dit Sallie. S'il opte pour la politique comme toujours, il commencera par la présidence, pas le New Jersey.

– Chaque chose en son temps.

– Vous, répéta Cole.

– Une partie de ma mission consiste à aider Faron à explorer toutes ses options.

– Vous avez créé cette option. Pour vous.

– Faron comprendra qu'en autorisant le comité de campagne à entériner ma candidature, il dopera son pouvoir politique. Il comprendra qu'il ne peut laisser passer une si belle occasion.

– Et s'il vous dit non ? demanda Sallie. Ou bien, s'il décide de se présenter ?

– C'est lui qui décide. Et le comité. Et les électeurs du New Jersey. J'ai toujours été domicilié dans cette circonscription. Faron, lui…

– Nom de Dieu, vous êtes retors, commenta Nick.
– Oui, dit Leibowitz en se levant. Et je m'en vais.

Quand la porte se referma derrière l'avocat, et une fois le magnétophone éteint, Nick dit :
– Je ne le vois pas buter Monk.
… Même si c'est une poule mouillée, enchaîna le flic de la criminelle, il aurait pu planter le coupe-papier dans la nuque de Monk, jusque dans le cerveau. Mais Leibowitz est un donneur d'ordres, un tireur de ficelle.
– Justement, on a un meurtrier télécommandé dans les parages, dit Sallie. Leibowitz pourrait tirer plusieurs ficelles à la fois ?
– Possible, dit Nick. Mais en admettant que Leibowitz ait tué Monk pour une raison quelconque, pourquoi aurait-il lâché Vance sur Faron ? Sallie a raison : Faron ne se présentera pas dans le New Jersey. Pourquoi ce cher Jon voudrait-il tuer l'homme qui pourrait le faire élire grâce à son soutien ?
– Un mentor assassiné ne peut pas vous accuser d'être un traître, dit Cole. (Il poussa un soupir.) À qui le tour ?

Le magnétophone se remit en marche à 22 h 14.
Jeff Wood dit :
– Je crois savoir que vous avez violé notre système de sécurité de plusieurs manières, pas uniquement par l'infiltration.
Nick répondit :
– Je croyais que Monk était chargé de la sécurité.
– Monk était un formidable stratège et un spécialiste du travail rapproché. Du moins, je le pensais. Visiblement, il était trop confiant.
– Ce n'est pas votre cas, j'imagine, dit Nick.
Wood ne répondit pas.
– Alors… au sujet de la sécurité ? insista Nick.
– Je suis le coordinateur stratégique de ce secteur, et d'autres.
– Ce qui fait de vous une sorte de général, dit Cole.
– Ce que je ne comprends pas, *général*, dit Nick, c'est pourquoi vous ne paraissez pas déconcerté par le meurtre de votre

ami et «stratège» en plein cœur de votre système de sécurité stratégique.

— Chaque guerre exige des victimes, répondit Wood. J'ai vu la mort plus souvent que vous ne pouvez l'imaginer. J'ai appris à la saisir à bras-le-corps. J'aimais Monk, j'honorerai sa mémoire et il me manquera, mais il n'est pas le premier. Ni le dernier.

— Voilà une attitude réconfortante, dit Cole.

— C'est l'authentique réalité.

— Ce qui est bien réel également, c'est les 200 000 dollars que vous avez détournés dans votre poche, dit Nick. Vous avez créé votre propre armée privée et elle a obtenu le contrat pour le projet de Chicago que vous avez supervisé.

— Évidemment, dit Wood.

— Qu'en aurait pensé Monk? demanda Nick.

— Il était au courant.

— Dommage qu'on ne puisse pas lui demander *quand* il l'a appris, dit Nick. Faron sait-il ce que vous avez fait de son argent?

— Ce n'est pas «son» argent. Il appartient à la cause.

— Et qu'avez-vous fait avec? demanda Cole.

— Vous le savez déjà. J'ai créé une nouvelle force de sécurité, une force d'élite, l'épine dorsale et l'avant-garde de notre organisation.

— Une milice, dit Sallie.

— Des miliciens sans cervelle ne me… ne *nous* serviraient à rien. La meilleure stratégie, c'est de se préparer tout en jouant l'indifférence. Rallier votre ennemi au lieu de le combattre. Vaincre vos adversaires dans le vide, sans même qu'ils s'aperçoivent qu'ils ont livré un combat.

— *Mein General*, dit Nick, vous parlez beaucoup d'ennemis.

— Je ne vous rabaisse pas. Quand vous me rabaissez, l'effet ricoche et se retourne contre vous.

— Ce sont les risques du métier, dit Nick.

— Quels ennemis? demanda Cole.

— Les mêmes ennemis que je combats depuis 1967. L'apathie. Les exploiteurs. Les manipulateurs. Les traîtres.

— Ce sont vos ennemis, demanda Cole, ou ceux de Faron?

– Faron est le leader le mieux placé pour changer ce qui doit l'être. Sa vision est la plus honnête, la plus pure.

– Pourquoi faut-il changer des choses ? demanda Sallie.

– J'ai vu mourir trop de gens sans raison, dit Wood. J'ai vu trop de gens trahis, floués, poussés à devenir leur pire ennemi.

– Et l'argent ? demanda Nick. Et votre armée ?

– L'argent et l'armée servent la cause.

– Celle de Faron... ou la vôtre ? demanda Cole.

– C'est la même chose.

– Oui, mais vous vous enrichissez.

– Les voiles qui entourent ma force la défendent contre toute compromission. Sa puissance protège notre Mouvement. Tous les bénéfices réalisés en mon nom sont réinvestis dans notre œuvre.

Cole demanda :

– Avez-vous essayé d'acheter des mitrailleuses pour votre « force d'élite » ?

– Je ne suis pas responsable des acquisitions de matériel. Et si je l'étais, pourquoi essaierais-je d'acheter des armes automatiques ? Elles sont interdites. En outre, *agent Cole*, c'est le boulot de l'ATF, pas du FBI, d'enquêter sur des ventes d'armes illégales.

– Moi mon boulot, c'est les meurtres, dit Nick. À votre avis, qui a tué Monk ?

– Si je le savais, le problème serait réglé.

Après le départ de Wood, Nick commenta :

– Quel type chaleureux et charmant.

Sallie secoua la tête.

– En l'écoutant... vous n'avez pas eu l'impression d'entendre l'écho de Eiger et Slawson, et toutes les conneries d'Amérique aryenne ?

– Wood est un puriste, dit Cole, pas un raciste.

– C'est un fanatique, dit Sallie.

– Est-ce une façon de dire que c'est un type intègre ? demanda Nick. (Il se tourna vers Cole.) Tu le crois ?

– Oui, sur toute la ligne.

– Moi aussi. S'il avait le sentiment que Faron s'écartait du droit chemin, crois-tu qu'il serait capable d'organiser l'assassinat de son chef et de porter la croix lui-même ?

– Sans hésiter une seconde.

Lauren foudroya du regard les trois flics. Son menton tremblait, sa voix aussi, et ses mains étaient blanches, ses poings serrés. Ses yeux rougis se posèrent sur Dalton.

– Quels mensonges allez-vous encore me raconter ?

– Lauren…

– *Mademoiselle Kavenagh*, je vous prie, *agent* Cole !

– Je regrette d'avoir été obligé de vous cacher la vérité.

– Vous êtes toujours désolés, vous autres… après coup. Au fait, avez-vous obtenu ce que vous cherchiez ?

Nick répondit :

– Nous cherchons simplement la vérité.

– C'est tout ce que vous cherchez vous aussi, agent Pickett ?

Sallie ne répondit pas.

– Ce n'est facile pour personne, dit Nick, subissant le feu à la place de ses deux camarades. Mais nous sommes obligés d'en passer par là, et si vous tenez à savoir qui a tué Monk…

– C'est Faron qui a tué Monk, déclara Lauren.

– Hein ? fit Sallie.

– Ça se passe toujours de la même façon. Vous suivez ce type, il vous emmène là où vous n'auriez jamais rêvé d'aller, et ensuite, vous vous faites buter.

– Vous parlez de Faron et de Monk ? demanda Nick.

– Oui, parfaitement. Monk croyait en lui, et Faron nous a tous conduits jusqu'ici… Et vous avez débarqué. Résultat, Monk est mort.

– Croyez-vous, demanda Nick, que Faron a poignardé Monk ?

– Non, répondit-elle dans un murmure. Il existe des manières plus efficaces de tuer quelqu'un.

Sallie prit la parole :

– Si vous êtes furieuse à ce point contre Faron, rejetez la faute sur lui. Pourquoi…

– Vous me demandez pourquoi ? (Lauren secoua la tête.) Votre magnétophone ne veut pas savoir *pourquoi*. Il veut savoir quoi. *Qui.*

– Vous le savez ? demanda Cole.

– Je ne sais même pas ce que je vais faire demain matin, à part revenir ici et continuer à venir jusqu'à… Oh ! Monk !

Elle essuya ses larmes.

Le flic de la criminelle demanda :

– Où étiez-vous ce soir ?

– Au même endroit qu'hier soir. (Sa voix s'était éteinte.) Là où je serai demain soir. Chez moi. Seule. Sans… témoin.

Encore quelques minutes et elle va craquer, songea Nick.

– Mademoiselle Kavenagh, il y a onze mois, vous avez retiré 11 500 dollars sur le compte en banque de ce mouvement. Sans justificatif, sans donner de raison.

Lauren tressaillit.

– Un retrait de 500 dollars, poursuivit Nick, et quelques semaines plus tard, 11 000 dollars…

– Vous voulez tout savoir vous autres, hein ?

Ils l'observaient.

– Oui, dit Nick.

– Évidemment. D'accord, j'ai retiré… combien déjà ? 11 500 dollars sur le compte du Mouvement chéri de Faron.

Elle secoua la tête, continua :

– Je l'ai fait en espérant que personne n'en saurait jamais rien. Idiot, hein ? Pourquoi n'ai-je pas eu l'idée de prévoir qu'un trio de flics pourchasserait un tueur ?

… Tous nos dossiers d'assurance maladie – ceux de Faron, Monk, Jeff et moi – sont dans l'ordinateur. Presque tous les gens qui travaillent ici sont des pirates informatiques. J'accompagne Faron depuis si longtemps, on peut facilement avoir accès à mes comptes personnels. Si je remplissais une demande de remboursement ou si je prenais la somme dont j'avais besoin sur mes économies ou… je ne voulais pas que ça se sache.

… Et maintenant, je suis obligée de tout vous raconter. Pour votre foutu rapport, hein ? Le moyen le plus sûr d'exposer sa vie privée, c'est d'essayer de la défendre.

Lauren se leva.

– Que j'étais bête… de vouloir garder le secret.

Elle sortit son chemisier de sa jupe. Défit les trois boutons du bas sous le regard hébété de Cole, Nick et Sallie.

– J'ai eu une hystérectomie.

Lauren parlait d'une voix morne, ses yeux rougis étaient secs. Elle releva son chemisier et abaissa le haut de sa jupe.

– Vous voyez ?

Une cicatrice blanche formait un demi-cercle de sept ou huit centimètres sous son nombril.

– Ils m'ont promis que la cicatrice s'estomperait avec le temps. Heureusement, elle est encore là.

Le regard perdu dans le vague, Lauren rabaissa son chemisier et ajusta sa jupe. Puis elle quitta la pièce.

Le magnétophone enregistra une minute de silence. Puis la voix de Nick :

– Fin de l'interrogatoire à 23 h 09.

53

Nick Sherman regardait fixement le lit maculé de taches écarlates dans la chambre d'hôtel de Chicago. Derrière la fenêtre crasseuse, une rame de métro aérien traversait bruyamment la grisaille d'un jeudi matin. Trois membres des groupes d'intervention spéciale de la police de Chicago étaient regroupés contre le mur derrière lui. L'inspecteur de la criminelle de Chicago qui se tenait à côté de Nick dit :

— Ce salopard l'a transformée en chair à pâté.

— J'ai vu vos photos, dit Nick.

La grosse femme assise à la réception, au rez-de-chaussée, portait un sweat-shirt des *Bulls* par-dessus son gilet pare-balles. Un .9 mm était glissé dans son dos, et un insigne de la police de Chicago dans sa poche. La fumée de sa cigarette montait en serpentant vers le ventilateur fixé au plafond. Le type vêtu d'habits miteux, affalé dans le canapé, avait remporté le championnat municipal de karaté. Un fusil à pompe était caché sous les coussins du canapé. Un panneau scotché sur l'ascenseur mentait en affirmant : HORS SERVICE. Des flics attendaient sur chaque palier. Des tireurs d'élite avaient pris position tout autour de l'hôtel.

À l'intérieur de la chambre du crime, l'inspecteur de Chicago dit à Nick :

— Le type de la réception se souvient seulement que c'est un Blanc. Dès qu'il revient, on lui tombe dessus.

— Et s'il ne revient pas ? dit Nick. Ça date d'hier soir déjà. Le cadavre qu'il a laissé derrière lui est le genre de choses qu'on préfère fuir.

— Il a laissé également deux chemises, un pantalon, des pastilles pour la gorge, 375 dollars, et des clés de voiture dans la commode. Il a enveloppé la fille dans un drap. Typique d'un malade. D'après le fax que nous ont envoyé vos spécialistes du comportement, c'est le genre de cinglé qui aime bien... se repaître de son œuvre. Il reviendra.

— Il y a quelque chose qui cloche, dit Nick.

— Pas pour moi, répondit le flic de Chicago d'un ton cassant.

— Comment a-t-on découvert le corps ?

— Un coup de téléphone anonyme ; une femme affirmant qu'elle avait entendu des cris dans une chambre de cet hôtel. On pense qu'il s'agit d'une pute qui bosse ici ; elle a entendu des bruits inquiétants, et elle nous a rencardés. La voiture de patrouille n'est pas arrivée immédiatement, mais...

— Et à côté de la fille, découpée en morceaux et égorgée sur le lit, vous avez trouvé *ça*.

Nick désigna un cercle tracé à la craie sur le papier peint jauni près du lit. Quatre des empreintes digitales sanglantes laissaient apparaître des sillons bien nets.

— Oui, on les a photographiées et on les a expédiées au Bureau en espérant obtenir rapidement une identification. On était franchement sur le cul en voyant arriver la réponse si vite.

— Vous êtes sûrs que Kurt Vance n'a pas repéré vos voitures ?

— On ne peut pas en être certains, mais on n'est pas idiots. Les premiers agents arrivés sur place ont pigé qu'on avait affaire à un cinglé, ils ont demandé un signalement au gérant, et ils ont placé une équipe de flics en civil aux deux extrémités de la rue. Aucun individu correspondant au signalement ne s'est approché de l'hôtel.

— Vous dites que votre brigade des mœurs possède des cassettes vidéo de cette fille ?

— Sherry arpentant le bitume. Je vous filerai une copie.

Nick contemplait le drap imbibé de sang, jusqu'au matelas, et les taches sur le sol. Il se projeta mentalement l'image de la femme nue, avec ses plaies béantes. Il frémit, détourna les yeux, regarda le papier-peint jaune et poussiéreux, et les empreintes sanglantes.

Il se tourna brusquement vers son collègue de Chicago.

— Vous avez enlevé le corps, mais tout le reste...

— Rien n'a bougé. On a même laissé son sac à main vide sur la table.

– Et ça, dit Nick en montrant les empreintes sanglantes. Vous ne les avez pas analysées, hein ?

– Ce serait idiot de détruire une si belle preuve et des empreintes si nettes uniquement pour filer un échantillon aux gars du labo, alors que le lit était imbibé et que le corps…

Nick s'était précipité dans la salle de bains ; ses yeux faisaient la navette entre la cuvette des toilettes tachée, la baignoire crasseuse et le lavabo : porcelaine maculée de taches grises tout autour… poignées étincelantes. Le lavabo était fendu, mais blanc. D'une propreté éclatante.

– Comment est-elle morte d'après l'autopsie ? cria-t-il.

– Vous êtes aussi dingue que ce type ! lui répondit le flic de Chicago, lorsque Nick revint dans la pièce du crime. Cette fille a été découpée en petits morceaux, et vous voulez un rapport d'autopsie ?

– Elle n'a pas été faite, hein ?… Même pas prévue ?

– Le plus urgent, c'est de découvrir *qui* l'a tuée, pas *comment* !

Nick désigna encore une fois les empreintes sanglantes.

– Ce n'est pas le sang de la fille, c'est le *sien*.

– Quoi ?

– S'il l'avait lacérée vivante, il aurait sectionné une artère. Le sang aurait giclé dans toute la pièce. Or, il n'y a rien sur les murs. Il l'a sans doute étranglée, et il l'a découpée une fois que le cœur ne battait plus.

Le flic de Chicago ouvrit de grands yeux étonnés.

– Kurt est un garçon soigneux, expliqua Nick. Il ne voulait pas se salir avec du sang de prostituée. Il s'est fait saigner dans le lavabo. Il s'est enveloppé la main, et il nous a laissé ça. Il a mis en scène un spectacle d'horreur, car il voulait être sûr qu'on repère et qu'on identifie immédiatement ses empreintes.

– Mais pourquoi ?

– Pour qu'on laisse tomber tout le reste et qu'on accoure ici avec la cavalerie.

54

Dimanche 19 h 30, une demi-heure avant le début de la grande émission. Deux voitures étaient arrêtées devant un immeuble en verre noir de Washington, D.C. Les passagers en descendirent, sans un mot. Cole marcha en tête jusqu'à l'entrée de l'immeuble et ouvrit aux autres les portes du monde de la télé. Lauren entra la première.

Elle ne m'a pas adressé la parole depuis l'interrogatoire, pensa Cole. Elle n'avait pas dit un mot, non plus, aux personnes présentes, lors de l'incinération de Monk, vendredi, pas même à Faron, qui avait prononcé l'éloge funèbre, où il était question d'amour, de loyauté et de joie, en ayant la décence de ne jamais prononcer le mot «je».

La presse s'était intéressée essentiellement à l'itinéraire de Monk : du terrain de foot à la politique. Un informateur du *Washington Post* établissait un lien entre le meurtre de Monk et un suspect accusé de cinq cambriolages, à Capitol Hill, et d'un homicide. Une chaîne de télé précisa que la police avait montré aux voisins la photo d'identité judiciaire de cet individu. Aucun article, en revanche, ne parlait de complot ou d'assassinat. Nul ne savait que le «cambrioleur supposé» bénéficiait d'une protection fédérale depuis quinze jours, après avoir dénoncé une bande de trafiquants de crack.

Faron suivit Lauren à l'intérieur du bâtiment en verre noir, flanqué de Wood et Nguyen qui, tous les deux, scrutaient la rue déserte. La présence d'agents du FBI œuvrant en secret dans l'organisation de Faron n'avait été révélée qu'aux membres de l'équipe responsable de la sécurité, accompagnée d'une histoire selon laquelle Faron serait victime d'une escroquerie financière.

Dans trois jours, c'est la Saint-Valentin, pensa Cole.

L'avocat Jon Leibowitz suivit son client dans cet immeuble où se fabriquait une émission d'informations à laquelle croyaient 41 millions d'Américains. Il avait apporté les lettres et les télécopies ayant servi à négocier les règles de l'émission de ce soir. L'alibi de Leibowitz pour le meurtre de Monk n'était pas convaincant, ceux de Lauren et de Wood non plus. Cole avait ordonné une surveillance discrète des trois collaborateurs.

Au cours d'une réunion par téléphone, le samedi soir, en direct de Chicago, Nick avait dit à Sallie et Cole :

– Dès le départ, on savait qu'il serait plus difficile de dénicher l'espion que d'arrêter l'assassin.

– Vance est-il manipulé par quelqu'un ? demanda Sallie. Ou bien est-il incontrôlable ? Ce qu'il a fait à Chicago, c'était juste pour détourner notre attention à votre avis ?

– Celui qui a découvert ce type a su enclencher la machine, dit Cole. Maintenant… il est possible qu'ils n'aient même plus aucun contact. Ce n'est peut-être pas nécessaire.

– La chaîne va de Kurt Vance à Chris Harvie, et de Brian Luster à celui qui tient les commandes, dit Nick.

– Mais nous n'avons trouvé aucun lien entre nos deux ex-taulards et un membre de l'équipe de Faron. (Cole se massa le front.) Ou avec Amérique aryenne, les yakuzas, ou n'importe quel autre concurrent…

– Tu veux mettre les collaborateurs de Faron sur écoutes ? demanda Nick.

Cole acquiesça.

– C'est illégal, mais je m'en fous.

– Vous ne les avez pas interrogés au sujet des 74 000 dollars prélevés dans le fric qui transitait par l'armoire, fit remarquer Sallie.

– Aucun d'eux n'a abordé le sujet non plus. Vous ne croyez pas que l'un d'eux aurait dû s'en apercevoir ?

– Monk le savait. Mais il pensait avoir affaire à un simple escroc, et il a laissé la mauvaise personne approcher dans son dos, dit Sallie.

Ce dimanche soir, Cole pénétra à sa suite dans ce royaume de la télévision. Ils prirent l'ascenseur jusqu'au deuxième étage. Nick était dans l'avion qui le ramenait de Chicago, où un commando de choc continuait d'attendre le retour de Vance dans un hôtel miteux, tandis qu'une armée d'agents du FBI interrogeait les employés des compagnies aériennes et des gares de chemin de fer, les conducteurs de car, vérifiait l'identité de centaines de milliers de passagers ayant pris l'avion dans les deux aéroports de Chicago depuis le mercredi après-midi. Un appel du quatrième étage du ministère de la Justice évoqua les millions de dollars dépensés, pour finalement se retrouver avec une victime de plus.

— Qu'est-ce que ça peut vous foutre ? répondit Cole. Vous êtes couverts, non ?

Un message expédié par e-mail de la chambre du crime, dans l'hôtel de Chicago, était apparu sur le site Internet de Faron :

Êtes-vous prêt à mourir ? V.

— Ne répondez pas, avait dit Cole à Faron. Ça le poussera peut-être à communiquer de nouveau. Et on aura plus d'éléments pour enquêter.

— Ça ne changera rien, avait dit Nick au cours de la réunion par téléphone. Il se fout de ce que disent les autres.

L'ascenseur transportant Cole et Sallie au royaume de la télé émit un tintement.

— Encore ! fit une jeune femme dans le couloir au moment où ils émergeaient de l'ascenseur. On dirait un gag ! Je suis désolée, mais les collaborateurs de M. Sears arrêtent pas de débarquer les uns après les autres. La salle verte est déjà pleine à craquer !

— Ma collègue va rejoindre les autres, dit Cole. Moi, je vais faire un tour dans les parages

— Les autres messieurs ont déjà tout contrôlé.

Cole sourit.

— Je suis curieux de voir à quoi ressemble, de l'intérieur, l'usine qui fabrique la réalité américaine.

Il contourna la fille avec son clipboard et son sourire figé, et emprunta le couloir bordé de murs blancs et de bureaux vitrés, jusqu'au cœur de l'usine : un studio envahi de câbles, de projecteurs, de caméras et d'écrans de contrôle gravitant autour d'un plateau central, sur lequel un unique fauteuil faisait face à quatre sièges vides disposés en demi-cercle. Des hommes et des femmes coiffés de casques avec des micros et tenant des clipboards couraient en tous sens sur un sol où grouillaient des câbles noirs semblables à des mambas.

Quand les caméras s'allumèrent, Faron était assis seul face à quatre célèbres journalistes de la télévision.

— Bonsoir, dit le plus âgé des quatre en s'adressant à la caméra. Je suis Jim Carrol. Bienvenue à *One Hour*. Nous sommes en direct ce soir pour essayer de répondre à la question que se pose actuellement chaque Américain : Qui est Faron Sears ? Nous poserons à Faron Sears les questions auxquelles vous souhaitez qu'il réponde... accompagnées peut-être de quelques petites surprises que nous lui réservons.

La musique du générique éclata. Sur les écrans de contrôle défilaient les publicités diffusées à travers tout le pays. De l'autre côté du plateau, hors caméra, Cole voyait Sallie et Lauren, Wood et Leibowitz, et il sentit le frisson provoqué par les mots « quelques petites surprises ».

Il avisa une échelle conduisant à une passerelle qui faisait le tour des murs du studio. Il gravit les barreaux d'acier. Le générique résonna de nouveau.

Jim Carrol présenta Faron, et dit à la caméra :

— Nous allons commencer par un retour dans le passé.

Les moniteurs montrèrent des photos de la jeunesse de Faron, accompagnées du commentaire de Carrol. Du haut de sa passerelle, Cole voyait *le passé* sur les écrans, il voyait Carrol remettre de l'ordre dans sa coiffure en écoutant sa propre voix.

— Eh bien, Faron Sears, dit Carrol quand les caméras se rallumèrent. Qui êtes-vous ?

— Grâce à vous, je suis quelqu'un d'important maintenant.

— J'ai peur de ne pas comprendre.

— En Amérique, réussir c'est passer à la télé. (Faron sourit.) Plus que la célébrité, c'est une consécration. Vous existez au-delà de la chair et de la pesanteur. Si vous êtes assez important pour passer à la télé, alors vous valez quelque chose.

— La plupart de nos spectateurs trouveront peut-être cette réponse un peu courte.

– La plupart de vos spectateurs comprendront. Et ils seront d'accord. Mon souhait, c'est qu'ils comprennent également que le chemin qui mène à la réalité virtuelle, par le biais de vos caméras, est une illusion bien plus dangereuse que d'autres réalités.

– Êtes-vous en train de dire que la télé est dangereuse ? Vous qui possédez une chaîne de télévision par câble et un empire de logiciels informatiques ? Pourquoi ?

– De nos jours, la télévision impose l'idée que tout va bien, qu'il est normal de demeurer passif devant un écran au lieu de voyager à travers le monde de l'esprit ou de l'âme. Car si tout va pour le mieux, vous ne devez pas avoir honte d'acheter ce que proposent les publicités.

Cole aperçut un homme sur la passerelle, une boîte à outils à la main. S'agenouillant, ouvrant... le technicien brancha un câble sur un projecteur.

La journaliste blonde disait à Faron :

– ... mépris pour la politique et les politiciens, et pourtant, vous semblez briguer un siège et il n'est pas rare de vous entendre taper sur le Congrès et la Maison-Blanche.

Faron ne dit rien.

– Je croyais que vous aviez accepté de répondre à toutes nos questions, dit la journaliste.

– Vous n'avez pas posé de question.

Sourire de Faron.

– Que pensez-vous de la politique ?

– La politique, c'est le moyen de faire des choses. Parfois, c'est négocier pour obtenir le ramassage des ordures, parfois il s'agit de choisir la bonne cravate quand vous annoncez les nouvelles à la télé pour que les gens ne changent pas de chaîne.

Le rédacteur en chef de l'émission donna la parole à Anthony Drane, l'homme aux cheveux bruns, deux fois récompensé aux Emmy Awards et légendaire tueur de dragons de l'émission. Drane s'adressa à l'œil de cyclope de la machine :

– Puisque nous parlons de politique, intéressons-nous à votre projet de renaissance de Chicago.

À cette seconde précise, Carrol annonça au monde entier :

– Mais avant d'en parler, nous avons réalisé un petit reportage sur ce sujet.

Les écrans montrèrent des bouts de film, accompagnés de commentaires en voix off. Lauren s'éloigna de ses camarades. Elle suivit un chemin invisible autour du plateau, comme si une force centrifuge l'avait propulsée sur une trajectoire qui s'éloignait du centre en tournoyant. Sur la passerelle, Cole marcha au-dessus d'elle, avec elle.

En direct à la télévision, braquée sur le monde entier, Drane disait :

– … un homme connu sous le nom de Révérend Mike, affirme avoir versé, pour la réalisation de votre projet de renaissance de Chicago, des centaines de milliers de pots-de-vin à des fonctionnaires de la municipalité, du comté ou de l'État. Il aurait même fait en sorte que certains membres de ce qu'il appelle « La Bande » – c'est-à-dire la mafia de Chicago – reçoive elle aussi de l'argent.

Dans le reportage, un Noir corpulent, en costume-cravate, répéta les accusations de Drane dans un anglais beaucoup plus vivant.

Lauren traversa une forêt de sunlights, sous la passerelle. De là-haut, Cole voyait la raie de ses cheveux, le renflement de sa poitrine.

Faron dit à la caméra :

– Il a sans doute raison.

– En direct sur une chaîne nationale, vous avouez verser des pots-de-vin ?

– Nous avons donné à Mike plus de cent mille dollars. Lors de chaque élection, il reçoit de l'argent de la part des Démocrates et des Républicains pour qu'il les aide à l'emporter. Je suppose qu'il en met la plus grande partie dans sa poche. Nous l'avons donc payé pour empêcher nos adversaires de le faire.

– C'est incroyable ! s'exclama Drane.

– Et légal. (Faron sourit.) Nous lui avons demandé de respecter la loi. Par écrit, et sur des enregistrements vidéo qui seront remis à toute la presse.

– Toute la presse ? s'écria Drane. Mais nous avons l'exclusivité de…

– De plus, notre avocat a envoyé des copies de ces documents aux commissions d'éthique de la municipalité, du comté et du gouvernement fédéral. S'ils nous y autorisent, nous fournirons le même matériau au FBI.

… avec de la chance, ajouta Faron, ce coup monté permettra de réformer les méthodes de la politique et des affaires.

Lauren s'arrêta. Elle enfouit son front dans ses mains. En la regardant d'en haut, Cole crut qu'elle allait se mettre à pleurer.

Carrol s'adressa directement à la caméra comme s'il s'agissait de Faron :

– Comment prouver aux Américains que toutes vos croisades ne sont pas simplement une tactique destinée à accroître votre fortune personnelle ?

– Tous mes biens personnels sont actuellement redistribués, dit Faron. Mes sociétés deviendront prochainement la propriété des employés, qui les dirigeront… y compris le projet de Chicago.

– Que signifie « prochainement », demanda Carrol.

– Je croyais que vous connaissiez ce mot.

Devant la caméra, le quatrième journaliste, un Noir d'une quarantaine d'années, tressaillit.

– Certains de vos adversaires affirment que votre projet d'une force de police privée va transformer les ghettos en camps armés.

– Les ghettos sont déjà des camps armés, répondit Faron. Nous espérons modifier cette force pour passer de l'autodestruction à l'autodéfense.

– Nous pouvons ajouter, dit Carrol, que la violence a frappé votre croisade, ici-même à Washington, avec le meurtre de votre collaborateur, au cours du cambriolage de votre quartier général. Toutes nos condoléances. Mais compte tenu de cet incident, pensez-vous être la cible d'un complot ?

Sur la passerelle, Cole se figea.

Faron haussa les épaules.

– J'ai été une cible toute ma vie.

La femme journaliste demanda :

– Comment réagissez-vous à cela ?

Faron écarta les bras.

– Je suis là devant vous.

La musique du générique retentit au moment où le rédacteur en chef faisait signe en levant les pouces. Cole trouva un escalier et redescendit de la passerelle, tandis que les publicités envahissaient les moniteurs. L'entendant approcher, Lauren se retourna.

– Ne me posez pas de question sur cette histoire de révérend Mike, M. le G-Man. C'est moi qui ai eu l'idée d'organiser ce subterfuge quand nous avons appris que ces gens... Mais ne me demandez rien. Interrogez Leibowitz. Ça l'intéresse encore.

– Je voulais vous dire que...

– On reprend dans deux minutes ! hurla le chef de plateau.

Ses yeux sont injectés de sang, elle semble s'être coiffée sans se regarder dans une glace. Je pourrais tendre le bras et...

Non, ne fais pas ça.

– Je suis désolé, dit-il. D'avoir été obligé de vous mentir, de me faire passer pour quelqu'un d'autre. Désolé pour Monk aussi. Pour l'interrogatoire, ce qu'on avait besoin de savoir, ce que vous... je suis désolé pour votre cicatrice.

– Ça fait beaucoup de raisons d'être désolé.

– J'ai beaucoup vécu.

La musique du générique s'amplifia.

– Silence sur le plateau !

Lauren adressa un petit sourire à Cole. Et elle s'éloigna pendant que des millions de spectateurs regardaient autre chose.

55

Je suis invisible, pensa Vance. C'était ridiculement facile !

Il était allé de Detroit à Chicago en voiture, avait abandonné la voiture sur un parking longue durée à l'aéroport, et pris l'avion à destination de Lexington, dans le Kentucky, le lundi en début d'après-midi. À l'aéroport de Lexington, Vance repéra les policiers en uniforme appelés en renfort, les flics en civil qui déambulaient dans les zones d'attente. Un agent d'entretien valsait avec son balai, toujours dans le même hall.

Mon costume et ma cravate proclament : *voyageur de commerce*, mais aux yeux des flics, je suis invisible.

À l'hôtel, l'employé de la réception parut surpris lorsqu'il se présenta devant lui, mais Vance savait que cette hésitation était due à son manteau d'invisibilité, et non pas au portrait flou réalisé par ordinateur et scotché sous le comptoir. *J'aurais cette tête-là... si je n'étais pas qui je suis.*

— Pensez-vous rester longtemps chez nous ? demanda l'employé, en regardant le Stetson chic et les lunettes à verres changeants de Vance.

— Si j'ai de la chance, je repartirai jeudi.

— Et comment réglerez-vous votre note, M. Lawdos ?

Vance lui tendit une carte de crédit délivrée par une banque de Chicago, grâce à un dépôt de 500 dollars, un faux permis de conduire et une boîte aux lettres. Lee Lawdos : *Le génie crée des facilités artistiques.*

— Bon séjour à Lexington, M. Lawdos.

Le mardi, il plut. C'était dangereux. Vance enfila un chapeau, releva le col de sa veste, adressa un signe de la main à l'employé de la réception, et sortit. Il roula en ville toute la matinée, afin de faire croire au personnel de l'hôtel qu'il travaillait ; il revint d'un pas pressé, sous un parapluie, le col relevé, avec son chapeau, et traversa le hall, en passant devant les types du FBI qui surveillaient la réception : toujours invisible. De sa chambre, il appela divers endroits qui le rappelleraient ensuite, renforçant ainsi son personnage de voyageur de commerce au niveau du standard de l'hôtel. Il demeura dans sa chambre tout l'après-midi. De sa fenêtre, il les vit arriver. Deux voitures de la police de Lexington. Cinq berlines de location en file indienne.

Bienvenue à Lexington, M. Sears. Appelez-moi M. Invisible.

La pluie cessa ; sa mission devint moins dangereuse. Il dîna tôt dans sa chambre, enfila son manteau d'invisibilité et quitta l'hôtel pour aller voir l'homme qui devait mourir.

Ce soir-là, chaque ascenseur de l'hôtel avait deux liftiers, avec des costumes et des sourires, et qui auraient dû également porter des lunettes de soleil sur leurs yeux aveugles. Dans le hall, six… non, sept sentinelles tentaient de se fondre dans la foule anxieuse.

L'auditorium se trouvait tout près de l'hôtel ; une promenade sans danger dans les rues humides et inoffensives. Partout où se posait le regard de Vance, il voyait un flic en uniforme ou un guetteur en civil, certains avec un écouteur dans l'oreille.

Il n'y a rien à entendre. Je suis invisible. Silencieux. Et mon nœud papillon est parfait.

Quelle foule de minables, pensa-t-il. Des mères et des pères traînant des gamins qui voulaient rentrer à la maison pour regarder la télé. Des bouseux à casquette et des banquiers endimanchés avec leurs costumes tout neufs et leurs secondes femmes. Environ un millier d'individus descendant des familles d'esclave, et la progéniture des types qui tenaient les fouets jadis, prenant bien soin de se mélanger avec eux, prenant bien soin de montrer que c'était naturel et très bien ainsi.

Des détecteurs de métal protégeaient toutes les entrées. Vance savait qu'ils ne repéreraient pas les étuis en plastique fixés sous sa chemise, dans son dos. Malgré tout, le portique sous lequel il passa, sonna.

– Excusez-moi, monsieur, dit l'officier de police. Qu'avez-vous dans vos poches ?

332

– Juste ça, c'est bon ?

Vance montra au policier un canif en argent qu'il avait acheté chez un antiquaire de Chicago. L'unique lame mesurait moins de quatre centimètres.

– Oui, c'est bon, dit le policier qui avait un Magnum à la ceinture.

– Il appartenait à mon père.

– Pas de problème, monsieur. J'espère que vous trouverez une bonne place.

Pourquoi prendrais-je le risque de venir si tôt, sinon ? pensat-il. *Je ne peux pas rester invisible indéfiniment.*

Vance choisit un siège sur le côté, à vingt rangées de la scène : suffisamment près pour voir, pas assez près pour être observé. La foule remplissait l'auditorium qui portait le nom d'un légendaire basketteur de cette ville, mais on était en hiver, et l'air ne devint pas immédiatement chaud et humide. Très bien, se dit-il.

Parfait. Venait de surgir tout en bas, devant la scène, juste avant le début du spectacle, un des hommes présents lors de l'explosion dans le Montana. Il devait s'agir de Dalton Cole, du FBI. Qui est avec vous ? Une jolie Noire, avec des chaussures confortables, un pantalon et une veste pour cacher son arme. Dalton s'adressa à un officier de police qui avait des barrettes en argent sur son col, et un flic en civil sur les talons. Vous avez l'air crevé, agent Cole. Tellement fatigué que vous avez du mal à voir clair, on dirait. Je pourrais peut-être vous en faire baver encore plus. Cette salope de Négresse resta près de l'escalier, à un bout de la scène, quand Cole s'éloigna.

Quelques instants plus tard, entrant sous les applaudissements, les cris : Le voici, l'homme en personne. Le mort. Faron Sears. Sourire à la con, petit signe de la main, pour faire asseoir le public.

Vance avait envie de hurler : *C'est moi qui possède le pouvoir dans cette salle* !

Un Chinois sortit en douce de derrière le rideau pour aller surveiller l'autre escalier, à l'opposé de l'endroit où était plantée la Négresse.

Ne t'excite pas trop, excès de chaleur/transpiration/nervosité...

Tu es à moi, Faron Sears. Je me demande si je me serais occupé de toi si le Guide ne m'avait pas montré… Bien sûr que oui ! C'est moi qui décide, pas le Guide. J'ai besoin de personne. Et ce soir, je suis invisible.

L'homme qui était sur scène lança quelques plaisanteries, et le public éclata de rire. *Regarde*, se dit Vance : la Flingueuse a le sourire aux lèvres. Elle a les yeux fixés sur le public, mais elle boit le baratin de Faron et ça lui plaît. *Intéressant.*

Les paroles se déversaient de la bouche du mort : « … refuser la corruption… », « … ce qui se passe à Washington prend sa source… »

Vance sentit soudain son invisibilité l'abandonner.

Va-t'en ! Non, attends. Pas de mouvement brusque. N'attire pas l'attention ! Il s'agita sur son siège. Prit l'air mal à l'aise, pressé.

Le public s'esclaffa, certains spectateurs se levèrent pour applaudir. Vance se leva avec eux. Il se retourna pour montrer aux policiers qu'il tournait le dos à la scène, puis s'empressa de remonter l'allée jusqu'à la sortie et poussa la double porte.

Un flic gigantesque le héla :

– Un problème ?

– Faut que je me dépêche, sinon…

– À l'étage du dessus, des deux côtés.

Vance obéit, pour ne pas éveiller les soupçons du flic. La voix amplifiée de Faron l'accompagna dans les vastes toilettes pour hommes, violemment éclairées, avec la vingtaine d'urinoirs, la demi-douzaine de cabinets, et les miroirs qui montraient Vance émergeant de son invisibilité.

Les applaudissements martelèrent la porte close des toilettes, ininterrompus et retentissants. Venant de l'extérieur, Vance entendit : « Je peux plus attendre, maman ! »

Il se faufila dans un cabinet, tira le verrou, et s'assit sur la cuvette. Il entendit le garçon entrer. Il l'entendit faire pipi. Il entendit la foule envahir le couloir. D'autres hommes entrèrent ; on voyait leurs chaussures sous la porte métallique.

Je ne suis plus du tout invisible. Il le savait. Mais je suis derrière une porte verrouillée. Faron va s'en aller. Cole, les types de

334

la sécurité et les flics s'en iront avec lui. Personne ne viendra inspecter les toilettes si Faron n'est plus là.

Il attendit. Vingt-cinq minutes après le départ de la dernière personne venue pisser, toutes les lumières éteintes.

Le silence l'entourait. Il ouvrit la porte du cabinet, avança à tâtons dans le noir jusqu'à l'interrupteur sur le mur. Il l'abaissa, neutralisa la minuterie, emplissant la pièce d'une lueur jaune. Les lumières scintillaient dans le miroir.

Aucune raison de s'inquiéter. On peut toujours *s'échapper* d'un bâtiment public. Pour ce qui est de rentrer dans l'hôtel, je peux me rendre suffisamment invisible. Il fait nuit. *Hé ! je suis pas mal dans la glace !*

La porte des toilettes s'ouvrit en grand et un homme s'écria :
– Hé !

La glace montra à Vance un gardien en uniforme muni d'une matraque, mais pas d'arme à feu. Il parut plus surpris que Vance. Sans avoir peur, le vigile avança vers l'étranger qui regardait fixement le miroir, l'étranger qui n'avait rien dans les mains.

– Z'avez rien à faire ici ! Tout le monde est parti déjà !

Le type parlait avec l'accent rural du Kentucky. Cinquante ans dans la grande ville, mais toujours coincé dans ses racines et ses certitudes de plouc : « J'ai un uniforme, c'est moi qui commande. »

– Bon sang, qu'est-ce qui vous est arrivé ?

Très lentement, Vance se retourna et lui adressa un grand sourire.

56

Personne ne peut nous atteindre, à part nous, songea Cole dans l'ascenseur de l'hôtel de Lexington, Kentucky. Le milliardaire Faron avait loué deux étages complets. Aucun client de l'hôtel ne correspondait au signalement de Kurt Vance. Une demi-douzaine de gardes surveillaient le hall.

– Alors, c'était comment son discours ? demanda un des deux gardes chargés de l'ascenseur.

– À dire vrai, répondit Cole, je n'ai pas écouté.

– Vous aviez d'autres choses en tête, hein ? Vous en faites pas. Tout est O.K. là-haut.

La musique informatisée de l'ascenseur singeait de vieilles chansons des Beatles, au moment où les portes s'ouvrirent au septième étage : chambres des membres de la sécurité, poste de commandement. Deux officiers de police montaient la garde dans chaque cage d'escalier. Au huitième étage se trouvaient les suites des proches collaborateurs : celle de Faron, de Cole, de Lauren, de Sallie et de Wood. Leibowitz était resté à Washington. Tout comme Nick. Lorsque les portes de l'ascenseur s'ouvrirent à cet étage, un des hommes de Wood attendait.

Cole lui demanda :

– Ils sont toujours à la réception chez le gouverneur ?

– Oui, tous sauf Mme Kavenagh. Elle est dans sa chambre.

Le message expédié par e-mail ordonnait à Vance de tuer Faron à Washington, pensa Cole, et d'attendre au moins la Saint-Valentin, c'est-à-dire après-demain. Le message avait été intercepté avant que la maison de Kurt Vance explose, avant qu'il assassine sauvagement une femme à Chicago.

Cole frappa à la porte de Lauren. Pas de réponse. Il pouvait y avoir une dizaine de bonnes raisons. Le garde dans le couloir paraissait s'ennuyer ferme, mais jamais il n'aurait abandonné son poste. Se servant de son passe, Cole entra dans la chambre.

Elle était assise à une table devant la porte-fenêtre du balcon. Une silhouette éclairée uniquement par un néon au-dessus de l'évier de la cuisine, et la lumière qui scintillait à travers la porte-fenêtre dans la nuit.

Cole laissa la porte se refermer derrière lui.

— J'ai frappé. Deux fois.

— Je me demandais qui ça pouvait être.

— Voulez-vous que je sorte?

— Voulez-vous du vin? (Une bouteille était posée sur la table, devant elle.) À moins que vous soyez en service?

Cole avança de quelques pas dans la pièce.

— Je suis toujours en service.

— Dans ce cas, je retire ma proposition.

— Vous avez un autre verre?

Elle lui indiqua où en trouver un. En se dirigeant vers la table avec son verre, il passa devant le lit. Vit les collants jetés négligemment dessus. Le vin qu'elle lui servit était blanc et frais.

— Du vin californien, dit-elle. Il n'y a pas autre chose.

— Ça ira.

Ils étaient assis dans la pénombre. Le reflet de Lauren assombrissait la porte-fenêtre. Son chemisier était couleur ivoire.

— Pourquoi n'êtes-vous pas allée à la réception du gouverneur?

Elle but une gorgée de vin.

— J'y suis allée suffisamment, merci. Le vin est aussi bon ici.

— Et la compagnie?

— Vous me rendez visite. Pourquoi n'y êtes-vous pas allé?

— Un flingue de plus n'aurait pas changé grand-chose.

Elle leva son verre :

— Au devoir accompli!

Ils burent. L'air chaud qui soufflait du conduit de chauffage faisait gonfler ses cheveux.

— Je vous ai déjà dit que j'étais désolé de…

– De m'avoir menti ? Je commençais juste à avoir confiance en vous.

– Je ne voulais pas trahir votre confiance.

– Bien sûr que si.

– Pas à ce point. Simplement…

Elle le foudroya du regard.

– Quel est le degré de trahison acceptable ?

… Non, ne dites rien. (Elle secoua la tête.) Je ne veux pas entendre ce que vous pensez savoir.

Elle leva de nouveau son verre.

– Aux hommes qui ont toutes les réponses.

Elle but seule. En regardant par la fenêtre.

La soufflerie du chauffage s'arrêta, et ses cheveux se figèrent. Elle remplit son verre de vin. Penchée au-dessus de la table, elle remplit le gobelet d'hôtel de Cole. Celui-ci aperçut un scintillement dans la bouteille, dans les yeux de Lauren.

– Vous n'avez pas peur d'être seul ici avec moi ? demanda-t-elle.

– Pourquoi ?

– Je pourrais être la meurtrière. Celle qui a tué Monk.

– Je n'ai pas peur de ça.

La bouteille de vin trembla sur le bord du verre. Elle déposa la bouteille débouchée sur la moquette.

– De quoi avez-vous peur ?

– Vous pouvez me faire beaucoup plus de mal que ça.

Elle ne dit rien. Elle ne voulait pas le regarder.

– Vous êtes suffisamment dangereuse pour moi, dit-il.

Elle garda les yeux fixés sur le sol.

– Vous connaissez mon secret maintenant. (Il se pencha par-dessus la table, mais elle laissa ses mains posées sur ses genoux.) Je ne peux plus vous trahir maintenant.

– Vous seriez surpris, murmura-t-elle.

Elle refusait toujours de le regarder.

Il fit le tour de la table, prit son visage dans ses mains, elle avait les joues chaudes. Une larme mouilla son doigt.

– Je prends le risque, dit-elle. (Ses yeux brillaient.) Mais pas seule.

Elle appuya la main de Cole contre sa joue.

— Nous ne sommes plus des enfants.

— Tant mieux.

Il l'embrassa, et elle lui rendit son baiser, ses lèvres s'adoucirent, s'ouvrirent. Il enfouit ses doigts dans ses cheveux, caressa la soie de son chemisier, son dos, ses seins : bon sang, ses seins étaient doux. Elle ôta son chemisier d'un mouvement d'épaules ; elle portait un caraco, mais pas de soutien-gorge. Il laissa tomber sa veste par terre. Ôta sa cravate, sa chemise. Son arme entraîna son pantalon lorsqu'il le quitta ; il fit voler ses chaussures. Il attira ses hanches vers lui. Fit glisser la fermeture éclair de la jupe sur la soie du caraco, le coton de la culotte.

Lauren s'écarta de lui en le repoussant. Elle croisa les bras ; le caraco en soie passa par-dessus sa tête, et s'envola.

— Vous êtes magni…

Elle posa ses doigts sur les lèvres de Cole.

Il l'enlaça, l'embrassa un million de fois. Les pointes de ses seins avaient une odeur puissante, elles étaient dures. Il la souleva et l'allongea sur la table. Elle appuya ses talons nus sur le rebord du bois, souleva le bassin pour qu'il puisse lui ôter sa culotte. Elle s'ouvrit à lui lorsqu'il s'agenouilla devant elle.

Après le discours de Faron, son entourage et Sallie assistèrent à une réception dans une grande maison qui, elle en était certaine, avait appartenu jadis à un propriétaire d'esclaves. Elle rencontra le gouverneur, un sénateur, deux membres du Congrès, des fonctionnaires du comté et de la municipalité, des milliardaires, un directeur de journal, un paquet d'avocats, et des médecins, des professeurs d'université. Tous blancs, à l'exception d'une petite poignée d'invités intimidés.

Faron la présenta à tout le monde comme si elle était quelqu'un d'autre. Quelqu'un d'authentique. Elle souriait, et se sentait coupable chaque fois qu'elle laissait quelqu'un saisir la main qui tenait l'arme et devait normalement rester libre. Elle mentit, elle raconta l'histoire de la conseillère, oui, elle travaillait avec Faron, à Washington.

Quarante ans plus tôt seulement, Faron et elle n'auraient pas été admis dans cette maison, pensa-t-elle en se faufilant au milieu des invités. Ou bien, on leur aurait demandé de servir le champagne, de frotter les planchers. Ou pire. Une partie d'elle-même avait envie de dégainer son arme et de balancer une rafale dans cette atmosphère qui sentait le magnolia. *Je suis ici, nous sommes ici, personne ne pourra jamais...*

Ne sois pas stupide, se disait-elle, en souriant à un autre visage. *On ne peut pas flinguer le passé.*

Les hôtes avaient prévu que la réception durerait deux heures. Faron passa trente et une minutes à serpenter parmi la foule, en serrant des mains, sans jamais se laisser coincer ou agripper par ce comité de trafiquants de pouvoir ou cette coterie.

Dans la voiture qui le ramenait à l'hôtel, il était assis à l'arrière, entre Jeff Wood et Sallie. Nguyen roulait à toute allure ; un officier de police conduisait la berline de location. Une voiture de reconnaissance et un véhicule de patrouille roulaient devant, une autre voiture banalisée et un deuxième véhicule de patrouille fermaient la marche. À quatre minutes de l'hôtel et de la sécurité, Faron déclara :

– Dites aux autres voitures de continuer sans nous.

– Hein, quoi ? s'exclamèrent en chœur Sallie et Wood.

Aucun de leurs arguments ne put dissuader Faron. Il indiqua une adresse au chauffeur.

Une douzaine de cars de ramassage scolaire et cinq fois plus de voitures attendaient devant un gymnase décrépi, à la sortie de la ville. Wood et Sallie insistèrent pour l'accompagner. Les sacs de couchage jonchaient le sol du gymnase, semblables aux sillons d'un champ labouré. Quand Faron entra, la première personne qui l'aperçut fut une étudiante rouquine qui se dirigeait vers les vestiaires, avec sa brosse à dents et une serviette. « Oh ! Seigneur ! » s'exclama-t-elle, puis elle se mordit la lèvre et fondit en larmes. Faron l'étreignit, lui dit : « Merci d'être là » et se faufila au milieu de la foule, accompagné par les voix qui murmuraient son nom.

Il passa deux heures dans ce gymnase, naviguant entre les groupes d'étudiants intimidés. En les touchant, au lieu de leur serrer la main. Discutant avec eux, au lieu de faire un discours. Il écouta plus qu'il ne parla, encouragea plus qu'il n'affirma. Sallie et Wood le laissèrent évoluer seul parmi ces inconnus. Quand les gens aperçurent Faron, une centaine d'appareils photo bon marché crépitèrent. Un quart d'heure plus tard, les appareils photo étaient oubliés. Tout le monde trouvait plus important d'être là, à cet instant, que de capturer une image.

Sur le chemin de l'hôtel, Faron dit à Sallie :

— Des gens qui font plusieurs centaines de kilomètres en car et dorment par terre tous ensemble, pour une chose dont ils ne tirent *aucun bénéfice personnel*, comptent bien plus que toute personne venue assister à un cocktail.

L'ascenseur de l'hôtel emmena rapidement Faron, Sallie, Nguyen et deux gardes du corps vers leurs suites. Au moment où il dépassait le troisième étage, la musique d'ambiance massacra une nouvelle chanson.

— J'entends une symphonie, dit Faron.

— Pardon ? fit Sallie.

— Cette chanson est censée être « J'entends une symphonie ». Par les *Suprêmes*.

— Ils se sont séparés avant que je…

Elle n'acheva pas sa phrase. Arrivée au cinquième étage, elle sentit ses jambes trembler.

Au huitième étage, les portes de l'ascenseur s'ouvrirent. Sallie sortit la première, vit le garde dans le couloir, le reconnut. Il hocha la tête pour signifier que tout était O.K. Nguyen resta dans l'ascenseur, et dit :

— Je vous le confie maintenant.

Faron remercia les gardes de l'ascenseur et Nguyen. Les portes se refermèrent et ils disparurent.

— Il était censé inspecter votre chambre ! dit Sallie.

— C'est bon, dit Faron. Pas la peine.

Elle le suivit dans le couloir. Le garde posté dans le couloir détourna la tête.

— Laissez-moi passer la première. Attendez.

Il le fait, il obéit.

Les lumières de la suite étaient allumées, le salon était vide. Sur la table, son ordinateur portable et le modem étaient branchés sur une prise téléphonique. Les fenêtres étaient noires, mais aucun immeuble alentour n'était aussi haut ; les rideaux pouvaient rester ouverts. L'équipe de tireurs d'élite sur le toit avait déclaré que tout était O.K. Sallie inspecta toute la suite. Chambre : lit double, valises, placard vide. Salle de bains : personne. Elle retourna lui ouvrir la porte.

– C'est bon.

– Je croyais que vous n'aviez pas à vous inquiéter avant demain, dit-il en entrant dans la chambre. (Il secoua la tête.) Je n'ai jamais aimé la Saint-Valentin.

– Nous avons dû nous inquiéter dès le début. (Elle fut obligée de poser la question :) Pourquoi vous n'aimez pas la Saint-Valentin ?

– Je ne recevais jamais de jolies cartes. Je n'avais personne à qui en donner.

– Allons, vous aviez déjà des liaisons quand j'étais encore…

Une fois de plus, elle coupa net sa phrase.

Il la termina à sa place :

– Une petite fille. (Il sourit.) Je parie qu'on vous a dessiné des millions de cœurs.

– Non.

Soudain, les mots jaillirent de la bouche de Sallie :

– Je ne serai pas une conquête de plus ! Je refuse d'être une femme de plus dans votre chambre d'hôtel !

– Vous êtes la seule dans cette chambre.

– Il a dû y en avoir…

– En effet. À l'époque des Panthers, après un séjour en prison, au début… Et ensuite, pendant des années, il n'y a eu que Lauren.

– La tentation du diable, murmura Sallie.

– Ma mère employait cette expression. (Il secoua la tête.) Lauren n'était pas un trophée de femme blanche, c'était Lauren. Cela a duré beaucoup plus longtemps que ça n'aurait dû. Parfois, quand la personne à qui vous tenez a des besoins, vous allez plus loin qu'il ne faudrait, vous choisissez la solution de facilité qui vous paraît bien à vous aussi. Mais entre nous, c'est fini depuis

342

longtemps. Et nous le savions, car lorsqu'il y avait des chambres d'hôtel, ce n'étaient plus que des chambres d'hôtel.

– Depuis Lauren...

– Depuis Lauren, il n'y a eu personne. Plus d'un an.

Il fit un pas vers elle.

Elle ne pouvait pas bouger.

– Il y a certainement des centaines de groupies qui...

– Il y a des milliers de femmes formidables qui rêvent d'un homme qui ne profitera pas d'elles, et ne fichera pas le camp ensuite en laissant un enfant derrière lui. Je n'ai jamais laissé d'enfant derrière moi, et après la prison, après m'être lancé dans cette entreprise, je n'ose pas prendre ce risque. De plus, je suis tout bonnement incapable de profiter de quelqu'un. Mais c'est vrai, il y a des femmes qui se fichent de savoir qui couche dans leur lit du moment qu'il est célèbre comme moi, ou riche comme moi, ou qu'il a du pouvoir comme moi. Mais ces femmes ne s'intéressent pas à moi.

Lorsqu'il fut si près qu'elle sentait la chaleur de son souffle, il dit :

– Il existe un millier de raisons de ne pas être ici.

– Un million, murmura-t-elle.

– Nous n'avons que deux raisons de le faire, ajouta-t-il. Je vous désire.

– Pourquoi ? Pour quoi faire ?

– Pour toutes les bonnes choses qu'on peut avoir.

– C'est trop confortable, trop facile, trop...

– Non, c'est faux, et vous le savez.

– Quelle... quelle est la deuxième raison ?

– Vous me désirez vous aussi.

Les mains de Faron remontèrent le long de son torse, ses doigts frôlèrent ses seins, il prit son visage dans ses paumes et...

Il m'embrasse, il... Embrasse-le, oh ! Seigneur, embrasse-le !

57

Mercredi 14 février, 7 h 16. Un officier de police en uniforme faisait les cent pas dans le couloir du huitième étage de cet hôtel de Lexington.

L'inspecteur Dalton Cole du FBI ouvrit sa porte de chambre et sortit dans le couloir, visiblement prêt à se mettre au travail.

À l'autre extrémité du couloir, Lauren Kavenagh ouvrit sa porte. Elle portait une robe décontractée, pratique pour voyager.

Avant que la porte de Lauren ne se referme, l'agent spécial du FBI Sallie Pickett émergea dans le couloir.

À la même seconde, Faron Sears sortit de sa chambre.

L'officier de police tourna vivement la tête chaque fois qu'une porte s'ouvrit.

– Ça alors ! dit-il en s'adressant aux quatre personnes prises au piège sur la moquette du couloir. Un grand et unique « bonjour » à vous tous !

– Bonjour, répondirent-ils en chœur.

Le policier appuya sur le bouton de l'ascenseur. Ils s'arrachèrent du sol et se rejoignirent devant l'appareil. « Bonjour », dit chacun d'eux aux autres. *Bonjour.*

La sonnette de l'ascenseur retentit. Cole et Sallie passèrent devant pour recevoir une balle éventuelle. Les portes s'ouvrirent en coulissant : deux agents de la sécurité de Wood. Sallie et Cole insistèrent pour que Faron et Lauren entrent les premiers. Ceux-ci se plantèrent devant les gardes, se retournèrent au moment où Sallie et Cole montaient dans l'ascenseur.

– Hé, attendez ! s'exclama l'officier de police.

Cole donna un coup dans la bande de sécurité en caoutchouc et les portes se rouvrirent.

– J'oubliais de vous souhaiter une joyeuse Saint-Valentin !

L'ascenseur commença sa descente. Au septième étage, un des gardes se racla la gorge. Faron se tourna vers Lauren, sa plus vieille amie : elle avait le cou écarlate, ses yeux restaient fixés sur les chiffres du panneau au-dessus de la porte. Au sixième étage, Faron regarda le dos de Cole et perçut la tension. Au cinquième étage, Faron vit les yeux baissés de Sallie, afin de n'apercevoir aucun reflet dans les portes de l'ascenseur. Au troisième, Faron se mit à chanter avec la musique lobotomisée.

– « … must be sure, ba-da da… »

L'ascenseur dépassa le premier étage. Faron sentait que tous ses compagnons priaient pour qu'*il arrive vite*. Il sourit, et continua à chanter :

– « … than just, holding hands… »

L'ascenseur s'immobilisa, la sonnette retentit, les portes s'ouvrirent. Cole et Sallie sortirent les premiers, aperçurent l'homme de Wood ; un policier en uniforme leur adressa un hochement de tête pour signaler que tout était O.K. Derrière eux, Faron éclata de rire. Les trois personnes qui avaient pris l'ascenseur en sa compagnie lui jetèrent des regards hébétés.

– Joyeuse Saint-Valentin ! lança Faron.

L'équipe du hall les entraîna rapidement vers la cafétéria. Wood leva les yeux de son petit déjeuner, les salua et envoya un garde se poster de l'autre côté des vitres comme un bouclier humain.

– Combien êtes-vous ? demanda l'hôtesse, avec un petit sourire timide adressé à Faron qu'elle avait reconnu. Vous êtes tous ensemble ?

– Apparemment, répondit Faron. Plus ou moins.

– Quatre, alors ?

– Deux fois deux, dit Faron, tandis qu'ils la suivaient jusqu'à une table proche de la vitre, mais protégée. On verra bien ce que ça donne.

Ils furent servis immédiatement : café, eau, menus.

– Je meurs de faim ! s'exclama Faron. Pas vous ?

La lumière rouge tournoyante d'une voiture de patrouille qui pénétrait sur le parking attira l'œil de Cole. L'escorte jusqu'à l'avion ? Un photographe du *Herald* prit à la sauvette des photos du quatuor.

– On sait bien faire les œufs ici, annonça la serveuse.

– C'est-à-dire ? demanda Faron.

Cole assista à une discussion à mots couverts près de l'entrée de l'hôtel, entre un policier en uniforme et un agent local du FBI.

– Sur le plat. À la coque… Comme vous voulez.

L'agent local du FBI se précipita vers l'hôtesse. Foudroya du regard le photographe inconscient, adressa un signe de tête à l'inspecteur de Washington.

Cole se leva.

– Je vous prie de m'excuser. Je reviens tout de suite.

L'éclair d'un flash rebondit sur les carreaux blancs du mur et sur un miroir, aveuglant Cole avec des milliers d'étoiles pendant un instant, avant qu'il ne retrouve la vue.

Comme n'importe quelles toilettes publiques pour hommes, pensa-t-il : odeur moite d'ammoniaque et d'urine, cabinets en aluminium, urinoirs, lavabos encastrés, miroirs. À cette différence près que ces toilettes pour hommes, dans l'auditorium où avait eu lieu le meeting de Faron, puait la mort. Une tache brune et collante recouvrait le carrelage gris. Au milieu de ce lac figé gisait un cadavre roué de coups et lacéré.

– Le type de l'équipe du matin l'a trouvé comme ça, dit le capitaine de la brigade criminelle de la police de Lexington, Kentucky.

Un spécialiste du labo prélevait les empreintes sur le distributeur de serviettes. Un photographe prit deux autres clichés. Et s'empressa de ressortir.

– Je suppose que votre type l'a attaqué par surprise, dit le capitaine à Cole. Il l'a frappé à mort avec sa propre matraque. Et ensuite… Expliquez-moi pourquoi il a fait ça ensuite !

Sur le miroir, des lettres couleur rouille, baveuses, étirées par la pesanteur :

JOyeuse SAINt-VALentin ! DaLton CoLE FbI !

346

— Il s'est servi de la cravate du type comme pinceau, dit le capitaine. Et il lui a tranché la gorge pour avoir… Expliquez-moi pourquoi il a fait ça.

— Capitaine, votre question touche un dossier fédéral confidentiel…

— J'emmerde les fédéraux ! Je connaissais ce brave type, et il est tombé dans une embuscade sur mon territoire ! Celui qui a fait ça a laissé une dédicace à un putain d'agent fédéral qui débarque dans ma ville avec un politicien et qui…

— Qui est au courant de ce qui s'est passé ?

— Ma brigade et vous. Va falloir cracher le morceau.

— Si nous devons aller devant le juge…

— Même vos putains de juges fédéraux d'ici sont bien obligés de vivre ici ! De plus, si vous allez en justice, je préviens tous les journaux, les chaînes de télé et…

Cole appuya ses mains sur ses cuisses pour les empêcher de trembler :

— Je tiens à éviter les conflits.

— Je m'en fous, répondit le capitaine. J'aime pas Washington.

— Moi non plus. Mais la seule façon de capturer ce monstre, c'est de suivre les règles de Washington.

— Je veux un nom.

— Essayez donc Kurt Vance, mais je doute qu'il… *Souviens-toi de Nick, la réservation au nom de Chris Harvie.* Capitaine, le portefeuille de cet homme…

— Disparu. Il n'avait pas d'argent dans son…

— Lancez un appel à la radio ! L'aéroport, la gare routière, les hôtels… Quiconque achète un billet en utilisant la carte de crédit de la victime…

L'inspecteur-adjoint quitta les toilettes pour transmettre l'ordre, laissant son chef et Cole en tête à tête, avec le mort.

— Vous n'auriez pas une photo de votre type ? demanda le capitaine.

— Nous en avions tous une hier soir. Ça n'a servi à rien.

— Pourquoi ?

— Je ne sais pas, dit Cole.

– Allez, racontez-moi maintenant. Ou dois-je commencer à appeler les journalistes ?

– N'ébruitez pas l'affaire. Vous pouvez boucler l'enquête, mais…

– Je vais compter jusqu'à cinq.

– Comptez aussi les sept agents dont je dispose ici. N'espérez pas me foutre sur la touche le temps de faire votre numéro. Je ne peux pas vous empêcher d'agir, mais vous non plus. Si vous êtes trop bavard, j'ai de quoi vous faire taire.

… Depuis cinq ans, le Bureau s'intéresse de près à cet État. Écoutes téléphoniques et coups montés. Un tas de fonctionnaires et de personnages importants ont été accusés de corruption. Vous savez aussi qu'on a récolté une tonne de merde concernant des personnes de premier plan, sans en faire usage. Pendant que vous appellerez les journalistes, nous préviendrons ces gros bonnets, pour leur expliquer qu'à cause de vous, nous allons être obligés d'enquêter sur des affaires nauséabondes qui dormaient dans nos dossiers, et même si nous n'arrivons peut-être pas à les inculper, ils…

– Vous bluffez.

– C'est vous qui vivez ici, capitaine. Pas moi.

La porte des toilettes s'ouvrit à la volée. Un employé de la morgue demanda :

– Hé ! cap'taine ! On peut l'emmener ?

… Alors, cap'taine ? répéta l'homme au bout de quelques secondes de silence.

– Demandez donc à ces enfoirés du FBI, répondit le représentant local de la loi.

– Si le capitaine et ses hommes en ont terminé, faites ce que vous avez à faire.

– Bon… Je vais chercher une civière.

La porte se referma.

– Merci, dit Cole au capitaine. Nous coopérerons autant que…

– Vous restez dans le coin ?

– Non. Il faut que… Je pense que notre meurtrier a déjà…

– La prochaine fois que vous débarquez en ville, je crois que je vous descends.

Le capitaine laissa Cole seul, face à son reflet dans le miroir enluminé.

Vance les aperçut au moment où son avion roulait sur la piste : quatre berlines, trois voitures de police avec gyrophares, qui s'arrêtèrent devant le jet privé que l'on avait tracté à l'écart du terminal.

Regarde : La Négresse, la main appuyée contre la cuisse. *Prête à dégainer, ma chérie.* Ah, le voilà ! Une tache floue s'engouffra à l'intérieur du jet privé. Oh, oh ! tu le protèges, hein, ma jolie ?

L'avion de ligne trembla sous Vance.

Je suis redevenu invisible. C'est juste un saut de puce, je peux rester invisible.

Regarde ! Dalton, c'est toi qui montes dans le jet ! Brave garçon, toujours près du Grand Homme.

L'avion de Vance s'élança en grondant sur la piste. Au moment où il était plaqué au fond de son siège, il étouffa un éclat de rire.

Mercredi, on était mercredi. Ils ont tué Jésus un vendredi.

58

En cette fin d'après-midi de mercredi, Nick, installé dans la salle du Q.G. de campagne, regardait fixement les quatre noms et adresses figurant sur un bloc-notes, quatre hommes qui avaient pris l'avion à Lexington, dont les adresses ou les identités avaient été jugées douteuses par l'armée d'enquêteurs mise en branle par Cole. Nick contemplait les noms, et le léger tremblement de ses mains sur la table à côté du bloc de feuilles jaunes.

Prends du recul, pense à autre chose, et reviens avec un autre regard. Pense aux jours heureux. Nick se souvenait de sa femme, la façon dont elle le faisait rire, un kaléidoscope d'un millier de jours ordinaires, image figée sur laquelle il revenait des lieux d'un crime où il avait dirigé les opérations, pour s'asseoir sur une chaise à côté d'elle dans une chambre d'hôpital, attendant que les heures s'écoulent, impuissant, jusqu'à ce que le cancer ait fini de la dévorer. Ensemble, ils faisaient des mots-croisés, des puzzles et… *Le premier à mourir fut Chris…*

Quatre noms sur une feuille de bloc le dévisageaient.

Cole, Sallie et les autres agents, occupés à passer des coups de téléphone et à étudier des dossiers, ne prêtaient aucune attention à Nick, dont le stylo soudain gribouilla furieusement le bloc.

Il s'exclama :

– Il se fait appeler Lee Lawdos !

– Hein ?

C'était la voix de Cole. Le silence s'abattit dans la pièce.

– Lee Lawdos est un individu au signalement inconnu dont l'« adresse » est une poste restante de Chicago, et qui a pris l'avion hier de Lexington à Baltimore ! récita Nick. C'est Kurt Vance !

– Comment as-tu…

— Lawdos est l'anagramme de Oswald... Lee Oswald.

Cole observait son collègue d'un air ébahi.

— Crois-moi, dit Nick. Je sais.

— Oui, c'est suffisamment tordu, commenta Cole. Nous faisons surveiller les deux aéroports de Washington.

— Il s'en est douté. Mais de Baltimore, il peut ensuite prendre le train, un car, louer une voiture... ou même y aller à pied, nom de Dieu !

— Le quatrième étage a appelé, dit Cole. On a épuisé toute la main d'œuvre disponible, paraît-il. Roulements d'équipes, renfort des Stups, des hommes du shérif...

Cole sembla s'égarer dans ses pensées, avant de revenir sur terre d'un clignement de paupières.

— Lee Harvey Oswald ?

Nick massa son front douloureux.

— Notre gars n'est pas seulement en chasse ou en fuite. Il joue au plus malin avec nous. Il se fout de notre gueule. C'est lui qui mène la danse. Et il vient d'entrer dans sa zone d'action.

— Comment se fait-il que personne ne l'ait repéré dans le Kentucky ?

— J'en sais rien, dit Nick. Crois-tu que Faron acceptera qu'on le boucle ?

— C'est marrant que tu emploies cette expression. Il m'a dit que plus personne ne pourrait jamais le renvoyer en prison, et surtout pas un dingue qui cherche à le tuer ou un traître qui veut l'arrêter.

... On ne sait toujours pas de qui il s'agit, d'ailleurs, ajouta Cole. Ni l'identité de la personne que Vance doit assassiner ensuite, comme c'est dit dans le message.

— C'est peut-être encore une ruse pour nous égarer, dit Nick.

Cole secoua la tête.

— Personne ne pouvait prévoir qu'on intercepterait ce message informatique.

— La police de Chicago nous a expédié leurs enregistrements vidéo de la prostituée assassinée par Vance. Ce salaud l'a *choisie* parmi d'autres. Si on comprend pourquoi, peut-être...

Le téléphone sonna. Nick décrocha, écouta ce qu'on lui disait, puis regarda fixement Cole.

Cole et Nick pénétrèrent dans une pièce en sous-sol au quartier général du FBI, munie d'une porte blindée et d'une vitre à l'épreuve des balles. Des agents fédéraux, parmi lesquels le SAC, le responsable du bureau de Washington, attendaient dans cette pièce hermétiquement close, en compagnie d'un technicien assis devant le tableau de commandes d'un robot qui se trouvait dans une petite pièce de l'autre côté de la vitre à l'épreuve des balles. Le DAAG sourit en voyant entrer Cole ; un sourire triomphant.

– Les coûts de votre enquête dépassent les bénéfices escomptés, dit-il à Cole. Les nécessités varient sans cesse.

– C'est vous qui décidez.

Cole regardait à travers la vitre.

De l'autre côté, sur une table, était posé un paquet postal, de la taille d'un livre.

– On a tout de suite pensé que quelqu'un vous avait envoyé une bombe, dit le technicien. Il y a deux fois plus de timbres qu'il n'en faut pour expédier ce paquet de San Francisco. Posté jeudi dernier. Sans adresse d'expéditeur. Le chien n'a pas tiqué, les examens externes n'ont rien relevé, mais la prudence recommande d'être méfiant. Ça bouge à l'intérieur. Les rayons X indiquent une faible dose de métal, un objet solide à l'intérieur d'une boîte en carton.

– Quand l'alerte pour un « paquet suspect » vous étant adressé nous est parvenue, dit le SAC du bureau de Washington, j'ai aussitôt contacté les Affaires non résolues. Vous devriez répondre à vos messages. Apparemment, un informateur a cherché à vous contacter personnellement à Fargo, dans le Dakota du Nord, il y a neuf jours.

– Vance, dit Nick.

– Renseignez-vous sur tout ce qui s'est passé à Fargo autour de la date à laquelle le contact me concernant a eu lieu, dit Cole.

Un agent tendit le bras vers le téléphone... qui se mit à sonner. Il décrocha, et s'adressa à Cole :

– On vous passe un appel.

Cole prit le téléphone, désigna le colis d'un mouvement de tête.

– Ouvrez-le.

Puis, dans le téléphone :

– Allô ? Cole à l'appareil.

Le technicien actionna quelques interrupteurs, glissa ses mains dans des gants en caoutchouc reliés par des fils à une console de contrôle.

Au téléphone, Cole entendit la voix de Lauren :

– Dalton ? Tu peux parler ?

– Pas vraiment.

De l'autre côté de la vitre, le robot, doté de mains semblables à des pinces à l'extrémité de deux perches articulées et munies de fils, s'anima.

– As-tu demandé à des hommes de me suivre ? demanda Lauren.

Les mains du robot avancèrent au-dessus de la table.

– Oui.

Tout le monde dans la pièce avait les yeux tournés vers le robot. Lauren dit :

– Je croyais… Tu ne…

– La sécurité est notre préoccupation première, dit Cole.

Le technicien déclara :

– J'ignore ce qu'il y a dedans, mais c'est suffisamment solide pour résister au traitement de la poste.

La voix de Lauren devint glaciale :

– Personne ne cherche à me tuer.

– Il faut comprendre que…

– Je croyais avoir compris. Je croyais que tu étais parfaitement clair. C'est toi « ma préoccupation première ».

Des mains d'acier capables d'exécuter des opérations de microchirurgie soulevèrent le paquet et l'apportèrent jusqu'à la vitre pour que les personnes présentes puissent lire l'adresse.

– Ce n'est pas le moment de parler de ça.

– Tout pour Faron, hein ? Comme toujours. Moi, je ne suis qu'une partie…

– Non, ce n'est pas… Non.

Le technicien se tourna vers Cole. Celui-ci leva la main : Attendez.

– Le Kentucky, c'était un boulot pénible ou un simple moment agréable ?

– Écoute…

– Je suis désolée ! Je... Je me sens déchirée, voilà tout ! Pourtant, je savais à quoi m'en tenir, je savais ce que je faisais, mais c'était... On peut se voir ce soir ?

– Je... Non.

– Quand alors ?

Nick dévisagea Cole. Cole secoua la tête.

– Je ne sais pas, dit-il à Lauren. Faut que je raccroche.

Il raccrocha. S'approcha de la vitre.

Nick désigna le paquet d'un mouvement du menton.

– Tu reconnais l'écriture ?

Cole examina son nom, l'adresse du quartier général.

– Non.

Le robot alla reposer le paquet sur la table ; à l'aide d'un scalpel, il pratiqua une ouverture bien nette dans le papier kraft de l'emballage.

– Aucune indication d'évaporation de gaz ou de vapeurs.

Les doigts du robot s'introduisirent dans l'ouverture du paquet. Et en extirpèrent un boîtier de cassette vidéo.

– L'objet est à l'intérieur.

– Approchez d'abord le boîtier, ordonna Cole.

Les mains métalliques tendirent l'objet vers la vitre.

– « L'Histoire du FBI », lut Nick sur le boîtier.

En plein milieu de la photo de la cassette, montrant un acteur pré-Watergate, habitué aux rôles de gentils, un rouge à lèvres écarlate avait laissé l'empreinte d'un baiser.

– Ouvrez ! s'écria Cole.

Tandis que le robot rapportait le boîtier sur la table, Nick commenta :

– Une étiquette de chez *Wal-Mart*. 3 dollars 99. Une solderie à Trouduculville, U.S.A.

Du boîtier, le robot sortit quatre disquettes d'ordinateur attachées par un élastique. Un technicien portant des gants apporta les disquettes dans la salle de contrôle et introduisit l'une d'elles dans un ordinateur. Celui-ci était compatible avec le logiciel utilisé, et le menu apparut brusquement sur l'écran.

– La plupart des fichiers sont codés. En deux ou trois heures on doit pouvoir les déchiffrer, mais… Il y en a un qui n'est pas codé : BULLETIN.

L'écran afficha la première page d'un bulletin proclamant : RÉSERVÉ AUX YEUX PURS – TOP SECRET.

– Amérique aryenne, murmura le technicien.

– Ricky, dit Nick.

– Elle vous a envoyé leurs dossiers informatiques, commenta le DAAG qui avait lu tous les rapports. Vous avez dû lui faire prendre son pied pour avoir…

Cole le plaqua violemment contre le mur.

– Dalton !

Nick se jeta sur Cole, alors que celui-ci écrasait le visage du DAAG contre le plâtre armé. Cole le lâcha, et sortit.

– C'est la deuxième faute, inspecteur Cole ! lança le DAAG à l'homme qui avait déjà quitté la pièce. La prochaine fois…

Nick lissa les plis de la veste du DAAG.

– Vous faites erreur, monsieur. C'est l'inspecteur Cole qui mène le jeu.

Le temps se rembobina pour Nick, et une prostituée noire de Chicago nommée Sherry Ward ressuscita, arpentant le trottoir sur ses semelles compensées, dans la lumière verdâtre d'un sex-shop. C'était l'été. Elle portait une minijupe, son sac à main se balançait sur son épaule. Sherry éclata de rire et dit quelque chose à une Blanche vêtue d'un minishort, avec des bottes noires, avant de se diriger vers une rue perpendiculaire en se déhanchant. Nick la vit ouvrir la portière de sa voiture, s'installer au volant et disparaître. Jusqu'à ce qu'il rembobine la bande pour faire défiler à nouveau la vie de Sherry.

Pour Nick, c'était la nuit, mercredi, très tard. Il n'y avait plus personne à part lui au Q.G. de campagne. Lui seul regardait encore et encore les images d'une femme qu'on avait sauvagement assassinée. Il se sentait aussi seul et vulnérable qu'une pute qui roule vers une mort certaine.

Plus tôt dans la soirée, autour d'un repas chinois sans saveur, livré à domicile, Cole, Sallie et lui avaient visionné la cassette de Sherry Ward.

– Éteins ça, avait dit Cole. Il n'y a rien d'intéressant.

– Possible, avait répondu Nick. Mais il pensait en réalité : Si, il y a quelque chose.

– La Saint-Valentin est passée, leur dit Cole, on est sûrs que Vance est en ville, et c'est trop tard.

– Non, il n'aura pas Faron, déclara Sallie en secouant la tête. Il ne l'aura pas.

– Un homme seul ne peut pas supporter une telle pression éternellement, dit Nick.

– Nous n'avons pas l'éternité, répondit Cole.

Rien du côté de l'équipe de Lexington. Rien du côté de l'équipe de Chicago. Fargo avait déclaré deux meurtres, parmi lesquels celui d'un ancien détenu, dont l'unique carte de crédit légale avait servi à remplir le réservoir d'une voiture avec des plaques du Dakota du Nord, volées, dans une station-service du Wisconsin. Rien du côté de l'équipe chargée d'Amérique aryenne.

P.J. et sa brigade de surveillance des yakuzas n'avaient trouvé aucun élément nouveau permettant d'établir un lien entre la mafia asiatique, Yoshio Chobei, le cabinet juridique et Faron. La perquisition de l'entrepôt de Los Angeles n'avait livré qu'une poignée d'amphétamines de provenance incertaine, comme si elles avaient été laissées là délibérément ; concession gracieuse, et pied de nez insultant.

La surveillance des concurrents commerciaux de Faron n'avait rien donné.

Une équipe locale du FBI ratissa tous les hôtels et les pensions de la zone de Washington avec le portrait-robot informatique de Vance et une liste de fausses identités possibles : Lee Lawdos, la victime de Fargo, l'homme assassiné à Lexington, Brian Luster, Chris Harvie.

Le portrait-robot avait été transmis aux médias locaux et aux programmes télévisés de lutte contre le crime : Fugitif armé et dangereux, recherché par le FBI, coupable de deux meurtres, susceptible de se cacher dans la région de Washington. Les journalistes qui voulurent en savoir plus eurent droit à des mensonges prudents.

Wood plaça autant de gardes que possible autour de Faron. Il avait, par ailleurs, repéré l'équipe chargée de le filer. Après les avoir semés, il appela Cole :

— C'est moi qui dicte les règles de ce jeu.

Sur ce, il attendit à l'endroit où il se trouvait pour que Cole puisse renvoyer l'équipe de surveillance sur ses traces.

Leibowitz demeura à proximité de son domicile, et d'après les agents qui le surveillaient, il y resta seul.

— Il n'a passé aucun coup de téléphone avec son poste fixe, rapporta Sallie, mais ils ont tous des portables impossibles à espionner.

Lauren était chez elle également. L'enregistrement de son coup de téléphone à Cole était parvenu au Q.G. de campagne. La conscience professionnelle poussa Cole à mettre la bande dans le dossier.

Je suis déjà sur la croix, pensa-t-il. *Quelques clous de plus ou de moins.*

Il offrit à Sallie de la raccompagner chez elle.

Nick leur dit :

— Je vais rester ici cette nuit, je dormirai dans le lit de camp.

Seul dans la salle du Q.G., Nick pensait : *Dès que je ne me concentre plus sur le travail, je me souviens que je ne dois pas boire.* L'envie irrésistible était là, mais c'était une chose qu'il savait combattre. Malgré tout, il n'avait jamais compris encore à quel point toute son existence était organisée autour du prochain verre. Il y avait la soif, en effet. La douleur aussi, oui. Mais surtout, le vide. Ne pas savoir quoi faire. À part travailler. Et ne pas boire.

Il massa sa tête douloureuse : trop de café, pas assez de sommeil, pas d'anesthésiant familier, trop de nerfs réclamant à tue-tête leur vieille habitude. *Je dois me concentrer, me concentrer.*

Car Nick possédait un secret. Il savait qu'il savait quelque chose. Mais il ne savait pas quoi. Il ne savait pas quoi dire à Cole.

Détends-toi, il faut se détendre. Laisser venir, laisser... Ça viendra en temps voulu ! Nick ferma les yeux. Il s'abandonna. Tendit l'oreille. *Pas de bruits de sabots. Ça aurait été le moment d'en boire un petit pour se détendre et...*

Il prit la télécommande du téléviseur et du magnétoscope, alluma l'un et l'autre et emplit son regard des images d'une femme qui marche, qui rit et roule vers une mort certaine : *Qu'essayes-tu de me dire ?*

Sallie était assise dans la voiture de Cole, devant chez elle. Chaque respiration l'entraînait un peu plus dans les tourbillons d'un fleuve obscur.

— Dites-moi que j'ai tout gâché, dit-elle, le regard perdu dans le pare-brise embué. Dites-moi que j'ai fait preuve d'incompétence professionnelle. Que j'ai mis en danger notre mission. Et la vie de Faron. Que j'ai violé le règlement du Bureau et les règles de la rue. Que j'ai détruit une carrière à laquelle j'avais consacré ma vie. Que je vous ai trahis, Nick et vous, et tous les autres, tout le reste.

— Avons-nous un tel pouvoir ? demanda Cole.

— Que voulez-vous que je fasse ?

— Nous sommes dans le même bain. (Il secoua la tête.) Non, c'est faux. Vous au moins, vous ne vous êtes pas compromise avec un suspect.

— Je regrette.

— Moi aussi. Mais on ne regrette pas totalement.

Une voiture les inonda avec ses phares, puis s'éloigna.

— Que pourrait-on souhaiter maintenant ? demanda Sallie.

— À cet instant, pendant que nous sommes assis là, Kurt Vance pourrait croiser un flic et se faire descendre. Un membre de l'équipe de Faron que nous ne connaissons pas pourrait rédiger des aveux qui expliqueraient tout, et enregistrer sa déposition en vidéo, et pour finir en beauté, il se ferait sauter la cervelle.

— Pourra-t-on vivre heureux après ?

— Bien sûr. Pourquoi pas ?

Ils restèrent assis un long moment dans la voiture.

Finalement, Cole déclara :

— Vous êtes le meilleur agent que je pouvais trouver. Vous avez fait du bon boulot. Merci.

La larme qui s'échappa et roula sur la joue de Sallie fut sa réponse.

— Allez dormir, dit Cole. Qu'il ne nous surprenne pas en train de pleurer.

— On ne peut plus perdre maintenant, murmura-t-elle.

– Vous avez raison. On ne peut plus perdre.

Elle ouvrit la portière… la referma et appuya son front contre l'épaule de Cole. Puis elle descendit de voiture, en sachant qu'il la regardait s'éloigner sur le long trottoir désert, seule.

59

Le jeudi matin, l'assassin se réveilla dans sa chambre d'hôtel de Washington. L'écriteau « Ne pas déranger » pendait à la poignée de sa porte. Mais même si la femme de ménage était entrée par inadvertance, elle n'aurait rien remarqué de suspect, rien qui n'ait franchi les contrôles de sécurité de l'aéroport : vêtements et articles de toilette. Son ordinateur portable et son bip.

Si le FBI n'avait pas découvert, d'une manière quelconque, son existence, songea Vance, G. aurait été là pour faciliter et confirmer : plan parfait. Et il éclata de rire. C'est dans l'improvisation qu'on juge l'artiste. Il choisirait lui-même l'endroit et l'heure pour annoncer son existence.

Qui sera le numéro deux ? Qui donc avait choisi G. ? Non, il n'aurait pas eu besoin de G.

Il alluma la télé pour regarder le journal télévisé local : Temps nuageux, avec des températures avoisinant le zéro toute la journée. Risque de précipitations quasiment nul, seulement 10 %.

Un temps parfait pour se rendre invisible. Deux heures plus tard, il se tenait devant le guichet de contrôle du siège national des Filles de la Révolution américaine, un château de marbre situé à quatre cents mètres de la Maison-Blanche. Il portait une vieille veste de treillis, un blue-jean, avec un bonnet en laine, et son bip à la ceinture. *Mais je suis invisible.*

La surveillante derrière son guichet et une collègue venue lui rendre visite froncèrent toutes les deux les sourcils en le voyant approcher.

— Vous désirez ? demanda la femme du guichet.

— Je cherche le musée.

— C'est par là, dit-elle, et elle le regarda s'éloigner.

Avant de se retourner vers la grande femme noire en uniforme qui se trouvait à ses côtés.

– Alors comme ça, ils t'ont affectée ici en permanence à partir de demain ?

Fixe tes yeux sur la photo encadrée des femmes avec leurs écharpes officielles. Regarde les reflets dans la vitre. Assure-toi que la bonne femme du guichet ne décroche pas un téléphone.

– Non, pas question. Je retourne à Greenbelt, à la NASA. Des fois qu'un type voudrait piquer une fusée.

Marche jusqu'à la photo suivante, jette un coup d'œil derrière toi avant de bouger.

– Je déteste ces trucs spéciaux, disait la plus grande des deux femmes.

– À qui le dis-tu ! Faut porter des badges avec ta photo et tout le tintouin. T'as d'autres collègues de là-bas qui t'accompagnent ?

– Non. Tu seras la seule du matin que je connais.

– Pas de chance, ma vieille. Je pars en congé maternité dès demain.

– Sans blague ? Formidable ! T'accouches quand ? C'est ton premier ?

Une femme occupée à lire des documents qu'elle tenait dans la main, avec des lunettes à double foyer sur le nez, sortit d'un bureau, tandis que les deux femmes en uniforme, à l'entrée, se bombardaient de réflexions sur les enfants. La femme aux lunettes à double foyer leva la tête...

Tourne-toi pour lire la fiche dans la vitrine.

La future mère en uniforme dit à sa collègue :

– Va donc chercher toutes les conneries que t'as besoin pour demain. Demande à n'importe qui, ils te fileront un badge avec ta tête. C'est un asile de fous là-bas. Y a encore des gens qu'appellent pour s'inscrire, et faut qu'on fasse des badges avec les noms pour tout le monde.

C'est une idée à toi, hein Dalton ?

– Faut que je me barre avant que ces foutues contractuelles se pointent. J'ai refilé les gosses à leur père pendant trois jours complets, j'ai pas envie de commencer par une amende de vingt dollars.

– Je comprends. T'en as pour une demi-heure environ.

Une flèche indiquait l'auditorium des Filles de la Révolution américaine au bout du couloir : Constitution Hall. Vance emprunta le labyrinthe reliant le musée et les bureaux à l'entrée de l'auditorium qui donnait directement sur la rue. Dissimulé dans un renfoncement, il observa les policiers qui supervisaient l'installation des détecteurs de métal, les guichets de contrôle. Il s'empara d'un balai, et immédiatement, il fut comme chez lui, demeurant invisible tandis qu'il franchissait une porte latérale donnant accès à la scène.

Constitution Hall était un vaste auditorium en forme de fer à cheval, avec des rangées de fauteuils bleus rembourrés, des étoiles dorées et de l'acajou éraflé. Des colonnes blanches flanquaient la scène, sur laquelle des techniciens vissaient des plaques d'acier à l'intérieur d'un lutrin. Un policier promenait un berger allemand dans chacune des rangées de sièges : un chien dressé pour repérer les explosifs.

Le feu s'embrasa dans les yeux de Vance, et il vit apparaître la vision.

L'artificier se tourna vers la scène. Kurt balaya le plancher nu et sortit de scène par la porte opposée, débouchant dans un couloir encombré d'imposants haut-parleurs, des consoles d'éclairage et de mixage. Il avisa une porte épaisse, et l'ouvrit : une chaufferie humide. Il ne pouvait pas entrer là. Quelques marches le ramenèrent dans la direction d'où il venait. La surveillante enceinte était seule à son poste. En passant devant le guichet, il aperçut son image informatisée, *avant*, scotchée à côté d'un téléphone rouge.

Maintenant, je suis invisible.

Dehors, il faisait froid, gris. Le vent s'était levé. Des voitures étaient alignées devant chaque parcmètre, le long du trottoir. Il partageait le trottoir uniquement avec un homme aux cheveux gris qui poussait un caddie remplie de paquets.

C'est dans l'improvisation qu'on juge l'artiste.

60

Vendredi matin, 7 h 09, Cole se préparait un café instantané dans sa cuisine. Le lait dans le réfrigérateur avait tourné depuis longtemps. *Ce n'est pas une façon de vivre*, pensa-t-il.

On frappa à la porte.

Cole portait une chemise bleue, et un pantalon, mais il n'avait ni chaussettes ni chaussures. Ses cheveux étaient encore mouillés après la douche. Son Beretta était dans la chambre.

– Qui est-ce ? demanda-t-il, en s'écartant de la porte.

Une voix de femme étouffée lui répondit :

– Dalton ! C'est moi !

Sallie ? Sans ôter la chaîne de sécurité, Dalton recula sur le côté pour ouvrir la porte. *Lauren* lui apparut dans le couloir, tremblante dans son imperméable, un immense sac noir sur l'épaule.

– Je ne suis pas ici, dit-elle, tandis qu'il la faisait entrer.

– Que veux-tu dire ?

– Tes collègues qui surveillent mon immeuble pensent que je suis encore chez moi. J'ai donné vingt dollars à la vieille dame d'en face pour qu'elle me laisse descendre par l'escalier d'incendie, et revenir par le même chemin. J'ai l'impression de ressembler à tes agents secrets.

– Pourquoi as-tu fait ça ?

– Pour te donner la chance d'être avec moi. Personne ne sait que je suis ici. J'ai pris un taxi jusqu'au coin de la rue, et je suis entrée en douce. Le col relevé, les cheveux attachés… Est-ce que tes hommes postés dehors t'ont prévenu ?

– Non.

– Tu n'es pas heureux de me voir ? Tu t'en fiches ?

363

Ses joues et sa bouche étaient fraîches sous son baiser. Cole se pencha en arrière, et s'adressa à son sourire triste :

– Je dois...

– Chut. (Elle détacha ses cheveux et caressa la joue de Cole, rasée de près.) On est vendredi. Il est tôt. Tu ne peux rien faire pour Faron dans l'immédiat. À part passer les menottes à un suspect qui se trouve juste devant toi.

– J'aimerais beaucoup... Écoute, il doit encore prononcer un discours aujourd'hui.

– Faron ne s'intéresse qu'aux voix qui sont en lui.

– Parfois, je me dis qu'il est fou.

– Moi, je suis folle de *toi*. Tu me fais tout oublier. (Elle tenta de l'embrasser.) Voilà ce que tu es censé faire. Il n'y a aucun danger.

– Faron...

– Faron parle devant la coalition nationale des femmes noires à dix heures. Elles risquent de le chahuter un peu, mais aucune d'elle n'est une meurtrière.

– Sallie s'occupe de lui.

C'était une réflexion prononcée à voix haute.

– J'en suis certaine.

Lauren remarqua les rides sur le front de Cole.

Ce dernier déglutit.

– Il y a également des flics sur place. Plus mes agents. Les hommes de Wood, le service de sécurité des Filles de la Révolution américaine.

– Un flingue de plus ou de moins ne changera rien. (Elle fit courir son doigt le long de ses côtes, sur son torse.) D'ailleurs, tu n'as même pas d'arme.

– Elle est dans la chambre.

– Ah !

– C'est impossible, Lauren. Je dois y aller.

– Pour quoi faire ? Pour obéir aux ordres de tes supérieurs ou à monsieur le donneur-de-leçons-sans-cœur ? Où peux-tu être mieux qu'ici avec moi ?

– Je suis responsable de...

– De toi-même. Au diable Faron ! Tu as une armée pour le protéger, et personne ne s'occupe de toi. Que peux-tu faire de plus personnellement pour empêcher qu'on l'assassine ?

… De plus, ajouta-t-elle en défaisant la ceinture de son imperméable, s'il avait peur de mourir, il ne serait pas là où il est.

L'imperméable glissa sur ses épaules. Dessous, elle était nue.

– J'ai toujours rêvé de faire ça, dit-elle, en quittant ses chaussures. Mais il fait vachement froid dehors.

Pieds nus, elle marcha vers la chambre.

– Ne pars pas, dit-elle.

Ils étaient couchés dans le lit de Cole, un drap couvrait leur nudité. Une lumière grise remplissait la fenêtre.

– On pourrait rester éternellement ici, dit-elle. On mettrait nos lunettes noires et personne ne nous verrait. Tout ira bien si on se contente de rester ici.

Le radioréveil indiquait 8 h 27. À 7 h 30, la sonnerie qu'il avait programmée la veille au soir, par précaution, avait déclenché la radio. « Take Five » de Dave Brubeck avait envahi la chambre, sans qu'ils y prêtent attention.

– Non, répondit-il. Il faut que j'y aille.

– Tu pensais sincèrement ce que tu t'es empêché de dire ? demanda-t-elle.

Il la regarda droit dans les yeux.

– Oui.

– Moi aussi je le pensais quand je ne l'ai pas dit, murmura-t-elle.

Ils s'embrassèrent, avec fougue.

– Ne pars pas, dit-elle. Ne me laisse pas.

– Si je ne fais pas ce que je dois faire, je suis indigne de toi. Et de moi.

– Promets-moi alors de rester à l'écart de Faron. Tu ne veux pas t'enfuir avec moi et mon million de dollars ? D'accord. Chasse ton assassin. Mais reste à l'écart de Faron.

– Pourquoi ?

– Le meurtrier de Faron risque de louper sa cible, et je ne veux pas que tu sois dans les parages.

– S'il loupe, je ne le louperai pas.

Elle plongea son regard en lui.

– Promets-moi que tu ne le louperas pas. Tu tireras le premier, et tu ne le louperas pas.

– Lauren...

– C'est la condition pour que je te laisse partir.

– Je ferai mon boulot.

– Au diable ton boulot ! Tue-le et reviens-moi vivant !

– Je ne suis pas un... J'ai tué une seule fois dans ma vie et je ne...

– Il suffit d'une fois pour être tué.

Il répondit :

– Je ne peux pas mourir maintenant. Mais je dois y aller.

– Tu veux bien me déposer à notre quartier général ?

– C'est à Capitol Hill. Je vais à Constitution Hall.

– Tu n'en as pas pour longtemps. Si tu me déposes, je te promets de ne plus jamais ridiculiser tes hommes.

Cole sourit.

– Entrave à un agent fédéral dans l'exercice de son devoir, c'est un délit grave.

Elle sourit à son tour.

– Tu as accompli merveilleusement ton devoir.

Nick entendit des sabots de cheval. *Lancés au galop, martelant le sol, le cheval qu'il serrait entre ses cuisses, Sherry minijupe et talons hauts hurlant et courant vers sa voiture, passant devant elle comme un souffle de vent, regard en éruption...*

– Monsieur ?

– Hein ? Qu'est-ce...

Nick ouvrit les yeux.

Un des intendants de la planque était penché au-dessus de lui.

Battements de paupières. *Je suis au Q.G. Le blizzard sur l'écran de la télé.*

– Vous vous êtes endormi, dit l'agent.

Il éteignit la télé, souleva le store de la fenêtre sur une journée grise.

– Quand ? (Nick remua sur le canapé.) Quelle heure est-il ?

– Neuf heures et demie. Vous voulez du café ?

366

Nick balança ses pieds sur le plancher. Son genou était raide, sa nuque ankylosée. Malgré le froid qui régnait dans la pièce, ses vêtements étaient moites.

— Ouais, volontiers. Je vais descendre…

— Je m'en occupe. Je vous rapporte également une serviette pour prendre une douche. Il y a des sweat-shirts du Bureau, tout propres.

— Ne vous donnez pas cette peine.

— Croyez-moi, répondit l'agent, en reniflant avant de quitter l'atmosphère de Nick. C'est préférable.

Le rêve, songea Nick : *Que disait-il ?* Il avait passé la nuit à relire des dossiers, à chercher cette chose qu'ils renfermaient et qu'il sentait sans la voir. La cassette vidéo de Sherry l'attirait ; il regardait sa marche intemporelle, son départ en voiture vers une mort définitive. Il s'était endormi sur le canapé, et s'était réveillé au milieu d'un rêve, alors qu'il fonçait vers… vers quoi ?

— Ce matin, dit l'agent en revenant dans la salle du Q.G. avec deux gobelets, je vous conseille de le boire noir.

Brûlant, avec un goût métallique. La caféine lui fila un coup. *Battements de paupières.* Dans un murmure, il demanda :

— Où logeriez-vous si vous débarquiez à Washington pour assassiner un personnage important ?

L'agent observa le visage de Nick.

— Que voulez…

Nick s'empara du téléphone sur son bureau, composa un numéro.

— Brigade criminelle, inspecteur Mizell.

… Lou, c'est Nick ! Vite : Dans quel hôtel est descendu John Hinckley quand il est venu ici pour buter Reagan ?

Une seconde après avoir obtenu la réponse, Nick raccrocha brutalement, et se jeta sur l'annuaire. Il arracha la page sur laquelle figuraient l'adresse et le numéro de téléphone de l'hôtel en question. L'intendant cria à ses collègues en bas :

— On a une piste !

Le réceptionniste de l'hôtel répondit à l'appel de Nick, et s'exécuta lorsque celui-ci lui ordonna sèchement de choisir un téléphone à l'abri des oreilles et des regards indiscrets. Nick s'adressa à l'agent qui se tenait à ses côtés :

– Branchez-nous sur les archives du Bureau, et faites-leur bien comprendre qu'on est pressés.

Il désigna le nom de l'hôtel sur la page de l'annuaire arrachée.

– Envoyez des équipes en civil sur place pour surveiller l'hôtel ! Grouillez-vous d'installer un groupe d'intervention en position, hors de vue de l'hôtel !

L'agent pianota un numéro sur un deuxième téléphone. Ses collègues se bousculaient à la porte du Q.G. de campagne.

– Monsieur, dit l'employé de la réception en revenant en ligne, nous avons déjà reçu la visite du FBI. Aucun de nos clients ne correspond au portrait-robot de l'ordinateur, et de vous à moi, tout cela commence à devenir franchement…

Nick hurla :

– Faites ce que je vous demande où je vous expédie en taule !

Une troisième voix se mêla à la conversation avant que le réceptionniste n'ait le temps de réagir :

– Vous êtes branché sur le CID.[1]

– Monsieur le réceptionniste, lisez à ce monsieur les noms de tous les clients figurant sur votre registre. Vous au CID, interrogez votre banque de données, pas uniquement nos rapports d'enquêtes. Vérifiez les adresses auprès de la compagnie du téléphone ; ce n'est pas suffisant, mais commencez par là, et tout de suite !

– Message reçu.

– Contactez-moi par le standard, je bouge !

Nick raccrocha, saisit son veston, son arme.

L'agent qui l'avait réveillé dit :

– Ne devrait-on pas attendre le…

– J'en ai marre d'attendre !

Mal au genou, mal à la jambe, terrible soif, il se précipita vers la sortie.

Nick reçut l'appel dans sa voiture, à cinq blocs de leur planque.

– On a une piste ! s'exclama un agent du CID. Un homme

---

1. Centre de données informatisées du FBI. (*N.d.T.*)

seul, inscrit sous le nom de Ray E. James. Chambre 734. Son numéro de téléphone à Los Angeles est bidon, il a versé un acompte en liquide et…

– Répétez-moi le nom !

– Je répète : Ray E. James. Adresse à Los…

– Un anagramme ! s'écria Nick. Mettez-le à l'envers : James Earl Ray ! L'assassin de Luther King !

Nick interrompit la communication, et s'adressa à l'agent qui conduisait :

– Foncez !

Il composa le numéro du téléphone mobile de Cole, tandis que la voiture du Bureau bondissait ; les gyrophares et la sirène déchirant l'atmosphère matinale de ce paisible quartier résidentiel.

Le dôme du Capitol apparut dans le rétroviseur de Cole. D'un coup de volant, il gara la voiture banalisée le long du trottoir le plus proche. À ses côtés, Lauren s'accrochait à son siège. Cole hurla dans son téléphone :

– Je suis presque chez Faron ! J'ai pas de sirène. Il me faut presque un quart d'heure pour arriver là-bas ! Ne m'attendez pas !

Il referma brutalement son téléphone, se tourna vers Lauren.

– Non ! dit-elle.

– Descends, va jusque… Je t'en prie !

– Non ! (Elle serra dans ses bras le grand sac qui lui avait servi à transporter ses vêtements.) Je refuse de te laisser mourir !

Il la foudroya du regard.

– Tu n'as pas le temps ! dit-elle.

Il redémarra et effectua un demi-tour en faisant hurler les pneus.

La porte explosa à l'intérieur de la chambre 734. Deux membres du groupe d'intervention firent irruption dans la pièce, fusil au poing. Un homme corpulent, armé d'un .45, se précipita sur leurs talons. Quarante secondes plus tard, un membre du commando glissa à son collègue :

– Manque de preuves ; pas de mandat.

Nick composa le numéro du téléphone mobile de Cole.

– Il a disparu.

— Merde !

Cole pila net, pour ne pas griller le feu rouge. Lauren était livide.

Nick balaya du regard la chambre d'hôtel : l'ordinateur portable, une boîte à chaussures, les gars du commando en train de vider une valise sur le lit. Les flics qui se pressaient à l'intérieur. Il fit signe à un membre du commando de sortir de la salle de bains et y entra, seul, pour pouvoir discuter tranquillement.

— On va lui tendre une embuscade, dit-il au téléphone, mais il est dans la nature.

Nick regarda autour de lui dans la salle de bains. Des serviettes sales étaient soigneusement étendues sur la tringle de la douche. Un long cheveu noir était enroulé dans le lavabo.

Dans l'écouteur, la voix de Cole dit :

— Je vais prévenir Sallie à Constitution Hall, mais à moins que Faron...

— Une minute ! dit Nick.

Cole se gara devant une bouche d'incendie. Nick récupéra le cheveu dans le lavabo et le souleva dans la lumière. Il le reposa sur la porcelaine blanche. Quelque part, il entendit des *sabots de cheval*. Il ouvrit la porte coulissante de l'armoire à pharmacie : un rasoir de sûreté, de la mousse. Deux disques plats en plastique blanc. Une éponge était posée sur les disques, un sachet d'éponge attendait par terre.

— Tu es toujours là ? demanda Cole.

Nick dévissa la partie supérieure d'un disque. Une fine poudre de couleur sombre remplissait l'autre moitié. La poudre était douce et laissait un voile d'obscurité sur sa peau d'Indien pâle. Il frotta le bout de son doigt sur la main qui tenait le téléphone. *Sherry qui monte dans sa voiture, qui démarre... le lieu du crime, le sac à main vide, pas de papiers d'identité, pas de permis de...*

Dans le téléphone, Cole entendit Nick murmurer : « Oh ! merde ! »

— Toutes les réponses se résument à un seul mot.

La voix amplifiée de Faron se déversait du pupitre blindé vers l'orchestre et les balcons bondés de l'auditorium de Constitution Hall.

370

– L'amour.

Dans les coulisses, à la gauche de Faron, Sallie sentit une douce chaleur se répandre dans ses nerfs à vif. Tu as promis, lui murmura-t-elle par la pensée, tu as promis de rester derrière le pupitre.

Les paroles de Faron atteignirent la mer de visages noirs :

– L'amour authentique, pas l'amour au rabais. Un amour solide. Un amour qui ne se voile pas la face. On n'éprouve pas d'amour pour son oppresseur ; on aime la vie, et c'est cet amour qui vous entraîne dans une bataille rangée pour vous-même.

Ne l'écoute pas, ne te laisse pas bercer par ses paroles : reste sur tes gardes.

– … L'épée que l'amour dépose dans votre main doit être différente du fouet que brandit votre oppresseur. Vous ne le combattez pas avec ses méthodes pour lui prendre sa couronne ; vous le combattez pour libérer chaque individu de tous les fouets, et ce combat devient votre propre victoire.

Ma place est ici, pensa Sallie en regardant toutes ces femmes noires qui remplissaient l'auditorium. Jadis, les racistes ont empêché une chanteuse d'opéra de se produire dans cette salle dédiée à la liberté, car elle était noire. Mais nous, nous avons refusé d'être rejetés. Des femmes noires, des femmes blanches, d'autres combattants de la liberté ont riposté, et aujourd'hui, je vais où je veux. N'importe où. Je… nous ne nous laisserons pas rejeter.

– … L'amour nécessite plus de courage que le face à face avec la mort. Demandez à une femme qui a pris le risque de porter un enfant. L'amour vous expose à une perte irréparable. Tous les amis meurent, tous les amoureux meurent, tous les enfants meurent. Une seule douleur surpasse ce terrible prix : refuser l'amour, c'est refuser ces instants qui illuminent l'éternité. Sans la lumière de l'amour, nous ne connaîtrons toujours que la pluie sombre et brûlante du destin.

De là où elle se tenait, dans les coulisses, en compagnie d'un policier de Washington en uniforme et d'une des surveillantes non armées de Constitution Hall, Sallie balaya du regard le balcon, guettant le canon d'un…

Bip bip bip !

371

Ce n'était pas le bip du garde, mais le sien. Après avoir consulté le numéro affiché, Sallie utilisa son téléphone mobile pour appeler le Q.G. de campagne. L'agent qui lui répondit avait du mal à contenir son excitation.

– Il se peut qu'on ait mis le grappin sur notre homme ! Je vous tiens au courant !

Sallie referma le téléphone. Le soulagement emporta sa tension comme une lame de fond.

Sur scène, Faron tendait la main vers le public, paume en avant, doigts écartés.

– … Cinq assassins nous menacent aujourd'hui.

… Cinq fléaux saignent l'Amérique quotidiennement :

… La peur. Le désespoir. L'ignorance. La pauvreté. Le racisme.

… N'importe lequel de ces assassins peut faire voler en éclats l'Amérique imparfaite et tous ses rêves. Ces cinq assassins chassent ensemble, ils se renforcent mutuellement. Leur fureur engendre la corruption, le crime, la violence, la jalousie, la haine, l'autodestruction, l'esclavage et la mort inhumaine. Ils revêtent un million de déguisements. Les publicités à la télévision pour des produits qui promettent le bonheur, mais n'offrent que des babioles. Les dealers de crack qui promettent le paradis et vendent l'enfer aux enfants.

Le téléphone mobile de Sallie sonna.

– Ici, Contrôle. On l'a loupé. Restez vigilante.

Elle sentit son estomac se soulever. Elle obligea ses mains à ne plus trembler.

– … Notre meilleure arme contre ces cinq assassins, c'est l'amour. L'amour combat les serviteurs de la mort. Un milliard de dollars dépensé pour combattre le crime avec un cœur rempli de haine, c'est un milliard de dollars gaspillé, un milliard de dollars servant à remplacer la haine des criminels violents par la nôtre. Nous avons beau enfermer les malfaiteurs, la haine, elle, est toujours libre de nous hanter et de nous assassiner dans notre sommeil.

Le téléphone de Sallie sonna de nouveau.

– C'est Nick ! Vance est dans la salle avec vous !

– Hein ? Quoi ?

– … Ce que je dis importe peu. Ce qui compte, ce sont nos actes. Aucun leader ne peut anéantir ces cinq assassins. Le plus qu'un leader puisse faire, c'est braquer une lumière sur nous ou lancer une fusée de détresse dans l'obscurité. Vous, moi et l'Amérique ne pouvons être sauvés que les uns par les autres : blancs, noirs, marrons, rouges, jaunes, hommes, femmes, malades, bien portants, vieux, jeunes.

– Écoute-moi ! Il a pris l'apparence de Sherry, la prostituée qu'il...

– Hein ?

– ... Le secret de l'existence, c'est que chacun de nos actes influe sur l'univers. Nous ne pouvons pas contrôler les conséquences. Un milliard de fois, nos choix sont injustement récompensés. Mais nous savons que notre façon d'agir façonne nos actes. Si nous nous mettons au service des cinq assassins, alors ils gouverneront nos vies.

– ... la peau teinte en noir, avec une perruque brune. Le bureau d'inscription de la convention affirme que Sherry est venue prendre son laissez-passer ce matin ! Vance s'est servi du permis de conduire de la fille. Il est parmi les membres de la convention ! Il est dans le public ! Déguisée en femme noire !

– ... Je vais vous parler de la peur.

Une dizaine de policiers firent irruption par une porte située au fond de l'auditorium. Une première femme dans le public, puis douze, puis une centaine, les virent. Un murmure sans visage couvrit les paroles de Faron.

Sallie lança au policier et à la surveillante :

– Venez !

Ils se précipitèrent sur scène, tandis qu'une douzaine de femmes au balcon dévalaient l'escalier. Deux spectatrices assises à l'orchestre foncèrent vers les sorties. Un policier hurla :

– Arrêtez ces personnes !

Une terreur invisible déferla sur le public.

– Que fais-tu ? cria Faron à Sallie, et le micro projeta ses paroles vers la foule paniquée.

Un cri jaillit dans le public. Sallie plongea entre Faron et la masse d'humanité, l'arme à la main, balayant les visages pour tenter d'apercevoir *la menace*.

Le rugissement de la foule envahit l'atmosphère. Visages effrayés pressés contre la scène. Une dizaine de femmes gravirent les marches en courant et s'enfuirent par la sortie des coulisses devant laquelle se tenait Sallie précédemment.

Coincer Faron entre le flic et moi, placer la surveillante sans flingue derrière Faron.

Elle la vit en même temps que la surveillante aux lunettes ridicules et aux horribles boucles d'oreilles : la sortie de l'autre côté de la scène.

Une phalange autour de Faron, pensa Sallie. Il faut le conduire là-bas, tourner… Un couloir, des haut-parleurs… le hall devant où mène-t-il ? Peu importe, une centaine de personnes paniquées l'ont envahi. La surveillante avisa une porte en face des haut-parleurs ; celle-ci s'ouvrit : murs jaunes, tuyaux, escalier métallique qui s'enfonçait dans le sol en ciment.

– Allons-y !

Sallie poussa le flic de Washington à l'intérieur, puis Faron à la suite du policier, ignorant ses protestations. L'arme pointée sur la foule, elle franchit la porte à reculons, et dit à la surveillante du musée, nerveuse et désarmée :

– Fermez la porte !

En se retournant, Sallie vit Faron descendre l'escalier, elle entendit le clic de la porte en fer qui se refermait. Le flic avait atteint la dernière mar…

La surveillante décocha un coup de pied dans les reins de Sallie. La tête de celle-ci fut projetée en arrière, un poing lui saisit les cheveux et lui cogna la tête contre le mur, avant de la pousser dans l'escalier, où elle percuta Faron. Qui percuta le flic. Celui-ci se retourna…

La surveillante tira à trois reprises sur le flic, avec un pistolet automatique calibre .25 encastré dans un talkie-walkie. La première balle atteignit le gilet pare-balles du flic. La seconde lui entailla le bras au moment où il dégainait son Glock. La troisième s'enfonça dans sa joue. Il virevolta sous l'impact. Essayant de garder son équilibre…

Une chaussure parfaitement astiquée projeta Faron sur le sol

374

en ciment. La surveillante appuya le canon du bip contre la tempe du flic, et pressa une quatrième fois la détente.

Faron roula sur le ciment, vit Sallie recroquevillée au pied des marches, le cadavre du policier, la surveillante du musée, avec le sang du policier assassiné qui coulait sur ses joues, les faux cheveux, et les fausses lunettes qu'elle enlevait, tandis qu'elle s'emparait du Glock du policier et déclarait, d'une voix d'homme :

— J'ai adoré votre discours.

Cole fit une embardée pour éviter une femme qui courait au milieu de la chaussée, exécuta un dérapage et se gara en double file devant Constitution Hall. Un flot de femmes se déversait par les portes principales.

— Reste là ! cria-t-il à Lauren.

— Non !

Elle bondit hors de la voiture pour le suivre. Son gros sac cogna contre une femme obèse qui chancelait sur ses talons hauts.

Cole se précipita sur le côté du bâtiment : les femmes fuyaient le musée. Il se fraya un chemin pour pénétrer à l'intérieur. Derrière lui, il entendit la voix de Lauren : « Dalton ! » Se retournant, il aperçut son visage blanc au milieu de cette déferlante de visages noirs, sa main tendue vers lui. Puis la foule enfla, et la submergea.

Trois femmes soutenant une grand-mère faible furent projetées par la foule vers Cole, mur compact d'humanité qui menaçait de le repousser à l'extérieur. Avisant une porte, il lutta pour y accéder, rebondissant contre les femmes qui couraient, affrontant le courant contraire. En titubant, il parvint à grimper sur le parquet de la scène, pour contempler une caverne dorée envahie par la peur.

Une femme à la peau café au lait, vêtue d'un ensemble jaune, bondit sur la scène, dépassant Cole en courant. Des femmes avaient envahi les allées. Des policiers en uniforme tentaient de les calmer. Le grondement des voix était assourdissant. Il aurait pu tirer en l'air avec son Beretta, on ne l'aurait pas entendu à plus de cinq mètres.

— Attendez ! cria-t-il à une femme d'une quarantaine d'années, portant une robe d'avocat, qui passait à sa hauteur en courant.

Il tendit la main.

Elle lui balança un coup de poing en plein visage, eut un mouvement de recul, essaya de… elle était incapable de parler. Elle repartit en courant. Dans ses yeux, l'horreur de son geste consumait la peur qui l'habitait.

– Vous n'êtes pas obligé de la tuer ! dit Faron.

La créature se retourna dans l'escalier où elle surplombait le corps gisant de Sallie. Elle regarda Faron avec des yeux morts. Sa perruque était de travers, son rouge à lèvres écarlate avait coulé, la chemise blanche de l'uniforme était maculée de sang. Le talkie-walkie qui transmettait des balles était accroché à sa ceinture ; le Glock confisqué au policier assassiné remplissait son poing, braqué sur la tête de Sallie.

– Elle ne vous a pas vu ! s'exclama Faron.

– Évidemment ! (C'était une voix masculine.) J'étais *invisible*.

– Elle ne peut donc pas vous identifier !

– Est-ce que c'est important ?

Faron passa sa langue sur ses lèvres.

– Vous avez le pouvoir d'en décider.

– Vous n'avez pas mieux à me proposer comme marchandage ? Il paraît que vous êtes un type intelligent.

Faron ne bougea pas les pieds, ne baissa pas les mains.

– Une fois que vous l'aurez tuée, vous n'aurez plus aucun pouvoir sur elle.

– Ah ! voilà un truc intelligent.

Vance sourit. Il tendit les bras, les deux mains jointes autour de l'arme pointée sur la tête de Sallie.

– Non ! hurla Faron.

L'arme pivota pour clouer Faron sur le sol en béton, et la créature s'esclaffa.

– Je vous ai eu !

– C'est moi que vous voulez, uniquement moi !

– Faux, faux, faux. Erreur typique. On va voir si vous êtes vraiment intelligent. Essayez de me convaincre qu'on a beaucoup de temps à passer ensemble, pour qu'elle puisse vivre plus longtemps. Et peut-être, qui sait ? Rester en vie pour pouvoir aller déposer des fleurs sur votre tombe ?

– C'est vous qui gérez le temps.

Telle fut la réponse de Faron.

– Pas mal, dit l'assassin. Pas génial, mais… Je suppose que c'est à cause du stress. Tournez-vous.

Obéis, se dit Faron. Il voudra que tu le vois tuer Sallie. Il y eut des bruits étouffés. Deux déclics. Métalliques… Qu'est-ce…

– Tournez-vous !

Sallie était couchée à cheval sur la rambarde en fer de l'escalier, les mains attachées dans le dos avec les menottes, le visage dans le vide.

– Regardez un peu toutes les merveilles qu'elle trimbalait ! (L'assassin fourra dans sa poche la carte du FBI de Sallie, ainsi que son téléphone. Il avait glissé l'arme dans sa ceinture.) Reculez de trois grands pas !

L'arme se braqua sur Faron à la seconde même où il bougea pour s'exécuter.

– Ah ah ! Je n'ai pas dit « Jacques à dit. »

Vance éclata de rire, et se dirigea vers un placard en bois fixé sur le mur en parpaings peint en jaune.

– Oh ! regardez ça ! (Il brandit un rouleau d'épais ruban adhésif argenté.) C'est dans l'improvisation qu'on juge l'artiste.

Le meurtrier s'empara des menottes du policier mort.

– Allons voir ce qu'il y a par là-bas.

Faron obéit au geste qui lui ordonnait d'avancer dans un couloir étouffant et humide où d'épais tuyaux de vapeur d'eau et de gaz couraient sur les murs et le plafond.

– C'est quoi le nom de cette chienne ? demanda le meurtrier dans son dos.

– Cette femme s'appelle Sallie.

– C'est un bon coup ?

Leurs pas faisaient des flocs dans des flaques d'eau sur le sol. *Où êtes-vous Cole ? Nick ? Où sont Wood et Nguyen et…*

– Combien de temps il nous reste à votre avis ? demanda l'assassin.

– Ça dépend de vous.

– Hum ! non. Pas uniquement. Mais personne ne nous a vus entrer ici ; et on n'entend plus les bruits de panique dehors, donc ils ne nous entendent pas non plus. D'ailleurs, tout le monde sait que vous êtes en sécurité avec *Sallie*.

– Dois-je tourner à gauche ou à droite ?

– Vous savez quoi ? Je vous laisse choisir.

À gauche. Le couloir était plus large, cinq mètres environ. Avec de gros tuyaux de chaque côté. Mais ce choix s'acheva par un cul-de-sac, une quinzaine de mètres après l'embranchement.

– C'est vous qui avez choisi. Continuez.

La chaleur. L'humidité. Les murs jaune vif. La lumière des ampoules nues vissées entre les tuyaux, au plafond.

– Tournez-vous.

À trois ou quatre mètres derrière Faron, il le regardait fixement. Il ôta sa perruque noire : un crâne chauve, la peau foncée qui fondait. Une tête de Noir chauve ; un être humain rendu invisible avec une couche de cliché racial.

– Encore un choix à faire. (Il lança la paire de menottes à Faron.) Vous pouvez vous attacher un poignet, passer les mains autour de ce tuyau au-dessus de votre tête, et vous attacher l'autre poignet avec les menottes. Ou bien refuser de le faire. Ou bien essayer de m'avoir par la ruse, et de m'attaquer. En fonction de votre choix, qu'arrivera-t-il à cette chienne à votre avis ?

Faron se dressa sur la pointe des pieds pour s'attacher au tuyau. Quand il se laissa pendre de tout son poids, l'acier des menottes lui entra dans la peau ; les semelles de ses chaussures raclèrent le béton du plancher.

– Vous n'aimez pas avoir la liberté de choisir ?

L'assassin décocha un coup de pied dans le bas-ventre de Faron.

Le souffle coupé, haletant, Faron parvint à articuler :

– Vous pouvez me tuer, mais pas sauver votre…

Le ruban adhésif se plaqua sur la bouche de Faron.

– J'ai déjà été sauvé.

L'assassin sourit. Faron ne pouvait détacher les yeux de ce visage : des gouttes de sueur ruisselaient du crâne chauve et creusaient des sillons noirs sur les joues. Le mascara et le fond de teint formaient des grumeaux et coulaient sous l'effet de l'humidité de la chaufferie. Les mains de l'assassin déteignaient elles aussi.

– Vous aimez mes boucles d'oreille ? Elles attirent le regard, et on ne fait pas attention au reste. (L'assassin comprima sa poitrine.) Et mes seins, comment vous les trouvez ? Ils sont aussi jolis que ceux de Sallie ?

Il arracha la cravate de Faron, ouvrit la chemise d'un geste brusque et plaqua sa paume moite, déteinte, sur le torse nu de Faron.

– C'est votre seul cœur.

L'assassin sortit un tube de rouge à lèvres de la chemise d'uniforme qu'il avait empruntée à la femme qui, en temps normal, protégeait la NASA, la femme qu'il avait suivie et poussée de force dans sa voiture après qu'elle eut quitté Constitution Hall. Il avait modifié son badge de surveillante pour y faire apparaître son propre visage, maquillé, à l'aide d'un appareil à développement instantané acheté trente dollars et d'une machine à plastifier à un dollar dans un drugstore. Il promena le tube écarlate sur ses lèvres... et déposa un baiser sur le sternum de Faron.

Une sonnerie ! Qu'est-ce que... ?

Le meurtrier sortit le téléphone mobile de Sallie de sa poche. Il appuya son index sur ses lèvres peintes.

– Chut !

Il déplia l'appareil et écouta.

– C'est pour vous ! articula-t-il.

Il approcha le téléphone de l'oreille de Faron : Grésillements, interférences souterraines. « Il... pas... dans... eur... »

Clac ! Le téléphone se referma près de l'oreille de Faron.

– Je suppose que les téléphones portables ne fonctionnent pas en enfer. (Kurt le posa dans un coin.) Comptons jusqu'à douze.

Le meurtrier compta les pas dans le tunnel, en s'éloignant de l'endroit où était suspendu Faron.

– *Un*. Le Guide devrait être ici, mais... l'artiste doit savoir improviser.

... *Deux.* Ne vous en faites pas, je vais m'en tirer ! J'effacerai ma vieille *invisibilité*, j'enfilerai les vêtements du flic et j'emporterai votre Sallie en lieu sûr. Dans ce tumulte, tout le monde n'aura d'yeux que pour l'agent du FBI blessé. Je passerai pour un sauveur, un flic héroïque ! Et je disparaîtrai !

… *Trois*. J'aurais aimé qu'on passe plus de temps ensemble. On se ressemble tellement.

… *Quatre*. Ils pensent qu'on est aussi bizarres l'un que l'autre. Des fous. Des génies, mais mauvais.

… *Cinq*. On connaît la grande vérité tous les deux.

… *Six*. Tout réside dans le pouvoir.

… *Sept*. Mais au bout du compte, je gagne la partie, et c'est vous le perdant.

… *Huit*. Parce que vous avez peur du pouvoir. Vous pensez qu'en vous en débarrassant, vous serez protégé et libre. Des types comme l'agent Cole pensent qu'ils peuvent contrôler le pouvoir. Vous avez tort l'un et l'autre.

… *Neuf*. Moi, je saisis le pouvoir à bras-le-corps. Et je deviens le pouvoir. Par conséquent, vous n'êtes qu'un pion de plus dans mon jeu.

… *Dix*. Je me demande qui le Guide me réserve après vous ?

… *Onze*. Mais ne vous laissez pas distraire par le Guide. Sachez que…

… *Douze*. (L'assassin pointa son arme sur l'empreinte du baiser.) Je suis l'étoile la plus…

De dehors leur parvint soudain le *rugissement* de la foule. Et quelques secondes plus tard, le bruit métallique de la porte de la chaufferie qui se referme, puis le silence. L'assassin regarda en arrière, dans la direction d'où ils venaient.

Sur la scène, Dalton referma violemment son téléphone mobile. Où êtes-vous, Sallie ? Vous avez répondu, mais je n'entendais que des parasites. Une femme âgée s'assit au premier rang dans la salle. Réfléchis ! Où a-t-elle bien pu aller, où l'a-t-elle emmené ? *Si la situation vous échappe, cherchez un abri.*

– Pourquoi vous restez planté là ? lui lança la vieille femme.

Cole se précipita à l'autre extrémité de la scène. Devant lui s'ouvrait un couloir, encombré de câbles et haut-parleurs. Et une porte. Quelque chose avait laissé des traces sur la poignée, des traces noires, séchées, pas du sang, mais…

Dalton coinça l'univers dans le viseur de son Beretta. Il ouvrit la porte en grand. Le vacarme de la foule l'accompagna de l'autre côté, et mourut quand la porte se referma derrière lui avec un bruit métallique. Il aperçut un escalier qui s'enfonçait dans le sol. Des galeries. Des tuyaux partout.

Sallie, bon Dieu, Sallie, attachée avec des menottes... Un flic, nom de Dieu ! La tête en sang, mort !

Il suivit le Beretta dans l'escalier, vers le policier qui avait reçu une balle dans la tête. *Oser un rapide coup d'œil :* Sallie menottée, inerte, du sang dans l'escalier. Mais son dos remue, les yeux fermés, mais elle respire ! Y a-t-il d'autres survivants ?

Les parasites au téléphone : qui avait répondu ? Impossible d'appeler, mauvaise réception, *manque de temps*. Ne pas mourir en appelant des renforts.

Chaleur, humidité : les tuyaux. Pourquoi est-ce si calme, nom de Dieu ? Le couloir débouche sur un embranchement : à droite ou à gauche ? Va à droite, le côté le plus fort pour la plupart des gens.

Avancer accroupi.... Et bondir ! Cul-de-sac à trois mètres. Se jeter en arrière. À gauche, vite. Debout cette fois... Sauter !

Au-delà du viseur du Beretta, Faron était suspendu par les bras à un tuyau.

Une surveillante du musée était couchée à plat ventre sur un tuyau qui courait le long du mur à hauteur de genou. Ses cheveux noirs pendaient devant son visage, et dans le dos de sa chemise blanche s'étalait une tache de sang frais.

Vance l'a descendue par-derrière... Cole fit volte-face, pointa son arme devant lui. *Rien*. Demi-tour de nouveau.

Faron avait du ruban adhésif sur la bouche, son nez saignait comme s'il avait reçu un coup. Son regard était vague, mais il reprenait connaissance en battant des paupières... vivant.

Cole avança vers lui à pas feutrés, le Beretta pointé sur le mur qui ne pouvait pas être une impasse, mais une issue empruntée par Vance. Cole passa à côté de la surveillante maculée de sang.

Faron se balança sur le tuyau, en direction de Cole. *Pourquoi veut-il me donner un coup de pied ?* Et soudain, en une fraction de seconde, il comprit pourquoi le saignement de nez de Faron semblait si récent, et pourquoi le dos de la surveillante était couvert de sang. Il pivota sur lui-même.

L'apparition qui se ruait vers lui surgissait de l'enfer : un visage effroyable marbré de sang, de traînées noires et de voracité, une arme dans chacune de ses mains visqueuses. Les deux armes de l'assassin rugirent.

Une balle déchira l'épaule gauche de Cole ; une autre lui tailla les cheveux.

D'un revers de la main, Cole frappa avec son arme sur les deux pistolets de l'assassin, au moment où ils faisaient feu de nouveau ; les balles rebondirent sur un tuyau.

Trop près, il est trop... Cole écarta le canon d'une arme pointé sur son visage, souleva son Beretta.

Le meurtrier asséna un coup sur le poignet de Cole avec l'arme qu'il tenait dans sa main gauche. De l'autre, il frappa Cole au visage, avec l'automatique de Sallie.

Cole trébucha, en essayant de faire pivoter son Beretta pour tirer. Il heurta violemment un tuyau placé à hauteur de genou, et tomba dessus, juste au moment où les armes de l'assassin crachaient deux autres balles qui déchirèrent l'air à l'endroit où Cole se trouvait quelques secondes plus tôt. Il s'effondra sur le sol, roula sur le dos, en décrivant un arc avec son Beretta...

Le sourire pervers de Kurt Vance émergea au milieu d'un masque de traces noires et de sang, tandis qu'il brandissait ses deux armes, et l'un et l'autre, Cole et l'assassin, comprirent que le sort de l'agent du FBI était scellé.

Trois coups de feu résonnèrent dans le sous-sol humide et jaune.

Kurt Vance bascula vers l'avant. Sa main couverte de sang laissa échapper une des armes. La deuxième cracha, un réflexe du doigt sur la détente, et la balle rebondit contre le mur du fond. Le meurtrier s'écroula comme une marionnette dont on a coupé les fils.

Lauren apparut dans le tunnel, tenant le revolver à deux mains.

— Dalton ! (Les larmes ruisselaient sur ses joues.) Je ne pouvais pas le laisser te tuer !

Cole se releva ; son épaule touchée par la balle de Vance l'élançait.

— Tu es blessé ? Oh ! mon Dieu, il t'a...

Un poids dans ma main : le Beretta, je n'ai pas lâché mon... Cole aperçut l'arme du policier par terre. L'arme de Sallie que ce

382

salopard de Kurt Vance mort serrait encore dans son poing. Il sentit alors une main d'outre-tombe se refermer sur sa colonne vertébrale.

– Lauren... Où as-tu trouvé cette arme ?

Elle regarda fixement le revolver qu'elle tenait dans la main.

– Il appartenait à mon père... Je te l'ai dit, il était dans la police.

Dalton avança vers elle.

– Qu'est-ce que ça veut dire ?

– Ça n'a pas d'importance ! Rien n'a d'importance ! C'est fini !

– « Dans la police ? » Ce n'est pas ce que tu as dit quand... Il n'était pas flic.

– Il était gardien de prison ! Tu peux vérifier ! Qu'est-ce que ça change, hein ? Viens, laisse-moi te...

Pas un geste. Le Beretta toujours... *Il faut remonter la chaîne des meurtres :* De Faron suspendu à son tuyau à... Kurt Vance à... Chris Harvie, qui connaissait ce tueur psychopathe, à... le contact numéro un de Chris, le criminel, Brian Luster, arnaqueur de longue date et *ancien détenu* à...

– Tu ne veux pas approcher ? demanda-t-elle.

Faron, suspendu, bâillonné, essayait de parler avec les yeux.

– Pose cette arme par terre, ordonna Cole.

– Pourquoi ?

– Tu n'en as plus besoin. Tu as raison : c'est fini.

Dans un murmure, elle demanda :

– Que veux-tu que je fasse ?

– Tout va bien. Tu n'as rien à craindre. C'est fini.

L'éclat de son visage se modifia ; un sourire déforma sa bouche.

– On peut s'en aller d'ici maintenant ?

– Oui.

Le bras qui tenait l'arme se raidit.

– Tu as dit que tu ne me mentirais jamais.

– Donne-moi cette arme, Lauren.

Au lieu de cela, elle la pointa sur lui.

– Ne fais pas ça ! dit-elle. Tu n'es pas obligé de faire ça ! Il y a d'autres moyens de...

– Un seul moyen. (Il leva son Beretta, sans le pointer sur elle, mais…) Un seul moyen. Pose cette arme par terre.

– Non !

Tenant le revolver à deux mains, elle le pointa sur Cole…

Entraîné, celui-ci leva aussitôt son Beretta.

– Arrête !

– Non, toi arrête ! (Les larmes envahirent ses yeux.) Tu n'as pas réussi à l'arrêter. Tu n'as rien pu arrêter durant ces quelques semaines. Moi non plus je ne pouvais plus rien arrêter après que j'ai… après que nous… Il refusait de « trahir le destin ». Je l'ai contacté par Internet, mais plus moyen de l'arrêter. Je l'ai compris quand il…

– Tu es venue armée, car tu savais, dit Cole.

– C'était le plan. (L'amertume livrait combat contre le chagrin et l'espoir dans sa voix.) L'ancien plan. C'était si simple : conduire Faron à l'endroit où se trouvait Vance, juste lui et moi et…

– *Le numéro deux*, dit Cole. La seconde mission de Vance, c'était de mourir. Tu avais prévu de le tuer dès qu'il aurait assassiné Faron.

Faron s'agita violemment, suspendu au tuyau.

– Ça a marché avec Oswald, dit Lauren. Un psychopathe flagrant, mort avant d'avoir pu parler. Moi dans le rôle du témoin et de l'ange exterminateur chanceux. Vance avait besoin d'une mission glorieuse pour montrer au monde ce qu'il était. La certitude d'être à deux pas de la gloire l'empêchait de me trahir avant…

– Et Monk ?

Elle frappa l'air avec son arme.

– Ça n'aurait jamais dû arriver ! Encore une des saloperies que Faron m'a obligée à faire ! Monk… Je détournais de l'argent pour l'envoyer à Vance, Monk l'a découvert. Je l'ai fait asseoir devant un ordinateur pour lui montrer qu'il se trompait… Je n'avais pas le choix ! Je ne savais pas que cette saleté de FBI avait déjà tout foutu par terre !

Elle sanglotait. Son arme tremblait dans sa main, mais le canon restait pointé sur Cole. Elle murmura :

– On peut tout arranger ! On peut rester ensemble !

Elle pointait son arme sur lui, le Beretta de Cole restait fixé sur elle.

– On s'est menti ! Tu es venue chez moi pour m'empêcher de…

– Pour te protéger, dit-elle. Pour te tenir à l'écart de tout ça. Si tu m'avais écoutée, et maintenant, si tu me laisses…

– On se ment !

– Non, c'est faux ! Tu ne m'as pas menti. Et ce que tu as fait renaître en moi ne t'a pas menti. Sinon, je ne serais pas là en ce moment, ou tu serais mort, et mon cœur aussi.

Une flaque noire s'étendait autour des chaussures de Cole.

– Tu sais bien que c'est vrai, murmura-t-elle.

– Peu importe. Il y a trop de choses à régler.

– Si Vance a tué Faron, tout est réglé.

L'un et l'autre ignorèrent des bruits étouffés. Cole recula. Lauren avança, pas à pas ; on aurait dit un couple de danseurs, deux chats tournant autour d'un morceau de viande suspendu à un collet. À force de frotter son visage contre un de ses bras enchaînés au-dessus de sa tête, Faron parvint à arracher le ruban adhésif plaqué sur sa bouche.

– Pourquoi ? hurla-t-il.

Lauren et Cole sursautèrent, en gardant leurs armes pointées l'un sur l'autre.

– Lauren, je t'ai donné tout ce que j'avais ! dit Faron.

– Tu m'as pris tout ce que j'avais !

Elle passa près du cadavre de l'homme qu'elle avait tué. Cole se déplaça en même temps qu'elle, essayant de maintenir Faron hors du centre de leur cercle, hors de la ligne de tir.

Faron répondit :

– Je ne comprends pas ce…

– Comme tu dis ! cria-t-elle à l'homme suspendu au tuyau.

Elle garda les yeux et son arme pointés sur l'homme qui braquait son arme sur elle. Ils tournaient autour de Faron, lentement, à petits pas chassés.

– Tu n'as jamais compris ! Tu te foutais pas mal de…

– C'est faux ! Tu sais bien que je…

– Tes grandes idées, voilà tout ce qui t'intéressait, et…

– Et toi. Je t'ai donné tout mon amour !

– Ça ne suffit pas, loin s'en faut. Tu l'as dit toi-même la dernière année. Pendant tout ce temps, c'était si facile pour toi. À toi les grandes idées, les grandes actions, et moi, je me tapais tout le boulot !

– Je ne comp...

– Pendant des années, je t'ai tout donné ! Tu te souviens de l'incendie qui a failli nous foutre sur la paille ? Mais miracle !... On était assurés, et l'argent de l'assurance a permis de payer tes erreurs, et tu as pu continuer à faire...

... C'est *moi* qui ai provoqué cet incendie, dit-elle. Je savais qu'on en avait besoin, je savais que *tu* en avais besoin, et tout ce que tu voulais, tout ce dont tu avais besoin... rien n'était... Mon père savait qu'il me devait un service. Il savait qu'il devait m'aider.

Cole intervint :

– Il était gardien à la prison où...

– Brian Luster, murmura Lauren. Je l'ai payé pour allumer l'incendie, mais Luster ne voulait pas seulement de l'argent. Et j'ai payé. Je l'ai laissé me... il m'a obligée à... tout ça pour toi, et c'était... et tu t'en foutais...

– Tu ne me l'as jamais dit ! Jamais je ne t'aurais laissé...

– Tu ne voulais pas savoir !

Tourner en rond, se rapprocher d'elle, la laisser se concentrer sur Faron, et se jeter sur... Oh ! bon Dieu, Lauren, Lauren !

– Tu as fait ce que je suis, cracha Lauren. C'est toi qui m'as...

... Et ensuite ! hurla-t-elle. Ensuite, tu as eu tes foutues *épiphanies* ! Tes foutues *révélations* ! Et tu te foutais pas mal de...

– Non ! protesta Faron. Je voulais te faire partager...

– Comment aurais-je pu faire mon entrée au paradis, alors que tu avais fait de moi une pute en enfer !

... Une dernière fois... j'ai essayé une dernière fois, dit-elle. J'ai réussi à t'attirer de nouveau dans mon lit... tu te souviens ? Dalton t'a raconté ?

Quoi ? Non, ne...

– L'argent que j'ai pris, comme l'indique l'ordinateur. Eh oui, on m'a fait une hystérectomie. *Après* mon avortement.

... Deux versements, Dalton, mais tu n'as pas pensé à vérifier à quoi ils étaient destinés ! Deux paiements, deux... interven-

tions. Quand j'ai découvert qu'il était revenu dans mon lit par pitié, quand il m'a dit qu'il ne voulait pas faire subir à un enfant le poids de…

— Tu ne m'en as jamais parlé ! s'écria Faron, en essayant de capter son regard. J'ignorais que tu étais…

— Plutôt mourir que te donner encore une partie de moi-même ! (Le canon de son arme tremblait.) J'aurais pu avoir cet enfant ! Et plus tard, quand je suis retournée pour… ils ont découvert l'infection, provoquée par l'avortement, et ils m'ont enlevé tout espoir d'avoir un jour… Tu me l'as volé. Tu m'as volé également cette dernière chance.

… Et un jour, tu nous as annoncé ton intention d'abandonner l'empire que j'avais construit pour toi avec ma chair et mon sang et… l'abandonner pour… me racheter avec de *l'argent*, faire de moi une vieille femme riche comme tant d'autres, sans *personne*, et sans *rien que j'aie construit*, dont je puisse dire : c'est à moi.

— Tu n'étais pas obligée de me tuer, dit Faron.

— Non, mais je le *pouvais*. Je n'avais aucun autre moyen de t'atteindre, mais *ça, je le pouvais*. Et garder au moins une partie de ce qui était à moi.

— Laissez-la partir, Cole.

— Faron…

— Il ne le fera pas, dit Lauren. Il te ressemble. Tout cela est plus important pour lui qu'une femme qui l'aime.

… Et qu'il aime, ajouta-t-elle à voix basse.

Contournant Faron, Cole ordonna :

— Lauren, pose cette arme…

— Laissez-la s'en aller, Cole ! Vous avez votre meurtrier, et elle a payé le…

— Salauds d'hommes ! hurla-t-elle. Vous continuez à décider à ma place, tous les deux ! À mon sujet ! Plus jamais !

— Fiche le camp, Dalton…. Fiche le camp.

Son arme se braqua sur Faron, qui était suspendu entre eux, attaché au tuyau, et elle hurla :

— Fous le camp, je t'ai dit !

— Lauren, ne fais pas ça ! Si tu m'aimes…

– Tu n'as rien à voir dans tout ça ! (Son revolver était maintenant pointé sur le torse de Faron.) Je refuse d'échouer dans tout ce que j'entreprends !

– Viens avec moi ! cria-t-il.

– Où ?

– Tu continueras à vivre !

– J'étais déjà morte avant de te connaître, et je sais que tu me renverras d'où je viens.

– Je vais devoir te tuer ! hurla Cole. Je ne m'en remettrai pas ! Si tu tiens vraiment à moi, ne m'oblige pas à faire ça !

– Tu ne peux pas m'en empêcher ! Si tu m'abats pour m'empêcher de le tuer, d'où je suis, avec mon arme braquée sur lui, j'appuierai quand même sur la détente… Tu ne peux rien faire !

… Mais tu peux t'en aller, ajouta-t-elle. Quand tu reviendras, tout sera terminé. Tout. Et tu n'auras plus rien à craindre. Si tu restes, je serai peut-être obligée de te tuer toi aussi. J'ai trois balles. Je veux juste en utiliser deux. Va-t'en maintenant, je t'en prie. Tu ne peux plus rien faire pour éviter ce qui va se produire, et tout ce que tu tenteras…

– *À terre !*

Cole réagit. Lauren se baissa elle aussi, par réflexe, et le canon de son revolver se releva ; elle pivota sur elle-même pour regarder derrière son…

Le .45 de Nick rugit. La balle de fort calibre arracha Lauren du sol. Son revolver cracha une balle dans un tuyau qui libéra un geyser de vapeur.

– Non ! hurla Cole en la regardant glisser lentement dans le brouillard.

61

Le lundi matin, neuf jours plus tard, le *Washington Post* évoquait en première page une catastrophe en Afrique, avec une photo montrant un enfant en train de mourir, une rencontre au sommet en Europe destinée à déterminer les conditions d'une future conférence, le cas d'un collaborateur de la Maison-Blanche qui avait rencontré la mauvaise personne au mauvais moment au mauvais endroit, et choisi un mauvais mensonge, les nouvelles statistiques de meurtres à Washington, le dernier scandale en date d'une rock star aux goûts bizarres, l'obstruction sénatoriale au sujet d'une loi capitale, et la visite politique de trois V.I.P., trois Blancs, qui exprimaient leurs graves préoccupations face à la capacité de l'administration actuelle à accomplir le mandat que leur avait confié le peuple.

La veille, le *Post* avait clos sa série d'articles concernant le psychopathe qui s'était associé avec une ancienne maîtresse, animée par un désir de vengeance, pour assassiner Faron Sears, mais dont les plans avaient été contrecarrés par une équipe de choc composée d'agents du FBI et de policiers de Washington qui avaient remonté la piste des délits commis par le meurtrier dans différents États, alors qu'ils apportaient leur aide à la police du Montana. Une analyse de deux pages parue dans le *Post* de dimanche expliquait que les célébrités représentaient des flammes pour tous les papillons de nuit qui rêvaient de vivre éternellement.

Ce lundi, le soleil brillait, l'air était pur, et la vie brûlait d'envie de jaillir. Aucun véhicule de la télé n'attendait devant le quartier général de Faron quand Dalton Cole arriva sur place. La raideur de son épaule convalescente lui arracha une grimace lorsqu'il gara la voiture du Bureau. Son ancien numéro de code lui permit de franchir le portail en acier. Personne ne répondit quand il sonna à la porte, alors il essaya le deuxième code. Et la porte s'ouvrit avec un déclic.

Cole ne trouva pas âme qui vive au rez-de-chaussée. Des téléphones sonnaient sans que quiconque ne décroche. Au premier étage, une bande adhésive jaune, abandonnée par la police, pendait au montant de la porte de la salle des opérations. Un autre téléphone sonnait dans cette pièce. Finalement, Cole trouva Faron au deuxième étage, dans sa salle de méditation.

— Où sont passés tous les autres ? demanda Cole.

Faron, assis par terre, lui tournait le dos. Il se leva et fit face à celui qui lui avait sauvé la vie.

— Jon est parti pour le New Jersey hier soir. Vous recevrez une lettre sollicitant votre contribution pour sa campagne sénatoriale. Jeff, lui, est parti pour Chicago ce matin. Il va reprendre ce projet, et s'occuper du transfert de mes sociétés sous le contrôle des employés. J'ai dû charger Nguyen de veiller sur Jeff avant qu'il parte.

— Oui, il faut que quelqu'un surveille M. Wood, dit Cole.

— Les regards attentifs ne manqueront pas, même si la justice met fin à ses « recherches ».

— Pourquoi m'avez-vous appelé ? demanda Cole.

— Pour vous faire venir.

— J'ai été très…

Faron interrompit ce mensonge en secouant la tête.

— Moi aussi. Avez-vous parlé à Nick dernièrement ?

Tandis que les agents libéraient Faron attaché au tuyau, après avoir arraché Cole au corps de Lauren, les vêtements imbibés de son sang, Nick s'était tourné vers son collègue, pour lui dire :

— Je n'avais pas le choix. Tu le sais.

Cole n'avait pas répondu.

— Il fallait que l'un de nous le fasse, ou elle aurait tiré en premier.

Cole n'avait pas répondu.

— Quand je l'ai vue réagir, j'ai tiré.

Cole n'avait rien dit.

— Tu sais que j'ai eu raison. À cet instant, tu dois me haïr. Mais ça te passera, vite. Ce qui restera, en revanche, c'est la grande interrogation : Aurais-tu tiré sur elle ?

Cole n'avait pas répondu.

— Tu n'oublieras jamais cette question, avait dit Nick, tandis que l'équipe du labo prenait des photos au flash à l'intérieur du tunnel jaune. Mais tu as beau te dire n'importe quoi, tu ne connaîtras jamais la réponse. La seule chose à faire, c'est de laisser tomber, car ça n'a aucune importance, tu n'as pas été obligé de faire ce choix.

Cole n'avait pas répondu.

— Encore une chose, avait ajouté Nick avant qu'on ne conduise Cole jusqu'à l'ambulance pour soigner son épaule. Ne me dis jamais merci.

Ce lundi matin, Cole dit à Faron :

— Je lui ai enfin parlé hier.

— Il m'a dit qu'il allait réintégrer la brigade des Affaires non résolues, dit Faron. Et vous ?

— Je suis libre de faire un choix, paraît-il. Du moment que j'ai résolu votre affaire, comme l'opinion publique semble le croire.

— Il y a une chose que vos supérieurs et vous m'avez toujours cachée, de quoi s'agit-il ? demanda Faron.

— Peu importe. Laissez tomber.

— Est-ce que cela concerne Sallie ?

— Non, en aucune façon.

Faron acquiesça, et conduisit Cole hors de la pièce vide. Il contempla les rais de lumière arc-en-ciel qui tombaient sur le plancher. Puis referma la porte.

— Elle est partie, dit Faron, alors que les deux hommes s'éloignaient dans le couloir.

D'en bas montaient les sonneries des téléphones qui résonnaient dans le vide.

— Pour de bonnes raisons. Non pas à cause de ce que j'ai fait dans le temps, ou de ce qui s'est passé ensuite, mais à cause de ce qu'elle est. De ce qu'elle veut devenir.

Faron ouvrit une porte. Cole constata que c'était celle de sa chambre.

– Vous l'auriez quittée, vous ? demanda-t-il.

– Jamais, murmura Faron. (Il sourit.) Elle m'a expliqué que son destin était de combattre les démons pour que je puisse aider les anges. Il n'existe pas de monde intermédiaire où nous pourrions vivre ensemble. Une fille peut abandonner la religion, mais une partie de la religion demeure toujours chez la femme.

… Elle aimerait travailler dans votre prochaine équipe.

Faron marcha vers le lit sur lequel attendait une vieille valise qui ressemblait à une sacoche de médecin, la gueule béante.

– Le Bureau lui offrira tout ce qu'il peut.

– Et vous ? demanda Faron.

Cole demeura sur le pas de la porte.

– Quiconque se dresse sur sa route doit me rendre des comptes.

– Elle n'a pas besoin de vous ni de moi.

– C'est juste.

– Nous avons encore une chose à régler vous et moi, dit Faron.

– Pas que je sache.

Les rayons de soleil réchauffaient la pièce.

– Lauren, dit Faron.

Cole ne dit rien.

– Ce qui s'est passé entre Lauren et moi a provoqué l'horreur et la douleur.

– Vous voulez m'entendre dire que ce n'était pas votre faute ? O.K., ce n'était pas votre faute. Elle a choisi ses actes.

– Non, dit Faron. Vous vous trompez. J'ai été négligent.

Il referma sa sacoche d'un geste sec.

– Lauren a fait des choix effroyables, infâmes, dit-il, mais moi, j'ai choisi la facilité. Je l'aimais autant que je le pouvais, en sachant que ça ne lui suffisait pas. À partir du moment où j'en ai pris conscience, j'aurais dû la laisser partir. Mais c'était plus facile de rester avec elle, c'était pratique. Je l'ai laissée espérer une chose qui, je le savais, n'arriverait jamais. Le bénéfice que j'ai tiré de ses rêves les a transformés en cauchemars.

392

— Vous êtes peut-être un génie, dit Cole, mais vous n'êtes qu'un être humain.

— Je ne suis pas un génie. Je ne peux pas m'empêcher de voir, voilà tout, répondit Faron. Elle vous aimait. Et elle méritait d'être aimée. Je suis désolé.

Cole acquiesça.

— Le prix de la vie, c'est qu'il faut payer.

Faron prit la sacoche sur le lit. Il revint vers Cole, lui serra la main, et la garda dans la sienne.

— Merci, dit-il. Vous êtes un homme honnête et bon.

Faron portait une chemise en jean par-dessus un sous-pull bleu marine, avec un jean noir délavé et des bottes.

— Vous m'accompagnez jusque dehors ?

— Où allez-vous ? demanda Cole dans l'escalier.

Faron le conduisit à la salle des opérations, caressa en passant le ruban adhésif jaune de la police, sans l'arracher. Il ne décrocha pas les téléphones qui sonnaient. Un ordinateur portable attendait dans la penderie dont Sallie avait forcé la porte. Faron l'ajouta à son butin, avant d'entraîner Cole dans le hall principal.

— Vous ne pouvez pas abandonner un mouvement politique que vous avez créé !

— La seule chose capitale, c'est le Mouvement, dit Faron. Après être devenu l'élément principal, ce qu'a prouvé un assassin, j'ai compris que si un individu demeurait au centre, alors, tout était centré sur cet individu. Dès lors, les assassins avaient autant de sens que les élections, et tout ce que nous avons créé ressemblerait à ce qui existait déjà.

— Vous renoncez à toutes les choses auxquelles vous avez voulu que les gens croient.

— Bien au contraire. C'est simple. Le monde dans lequel nous vivons ne peut changer que si nous changeons la manière dont nous y vivons.

— Oh ! Nous allons regretter ces brillantes…

Faron brandit le portable.

— Si vous cherchez bien, vous me trouverez *là-dedans*. Mais ce ne sera pas moi, ce sera simplement l'expression pure de…

– Les idées exprimées sur Internet ne nourrissent pas les enfants qui meurent de faim à Harlem.

– Non. Mais peut-être peuvent-elles aider à remodeler un million d'esprits qui laissent ces enfants mourir de faim.

Faron conduisit Cole dans la salle de réception. Un paquet enveloppé de papier kraft était posé sur la table.

– Avec vos milliards de dollars…

– Je ne les ai plus. (Faron ouvrit le paquet.) J'ai gardé de quoi ne pas mourir de faim, mais presque tout le reste a été versé à des groupes d'employés chargés de diriger les entreprises et pour la réalisation du projet de Chicago, à des fondations ou des bourses d'études.

– Quand ?

– J'ai activé le processus il y a une heure environ. (D'un mouvement de tête, il désigna un téléphone qui sonnait.) Wall Street a certainement appris la nouvelle.

Du paquet, Faron sortit une vieille veste en cuir noir avec des boutons, qui descendait plus bas que les reins et lui allait encore lorsqu'il l'enfila.

– Heureusement qu'à l'époque je l'avais achetée suffisamment grande pour cacher des armes.

– Où allez-vous ?

– Dehors.

Il sourit.

Le portail en acier se referma bruyamment derrière eux lorsqu'ils débouchèrent sur le trottoir. Comme une porte de prison.

– Que dois-je vous dire maintenant ? demanda Cole à l'homme sur le trottoir.

Le sourire que lui adressa Faron Sears imita la courbure de la terre.

– Dites-moi « À la prochaine. »

Sur ce, il s'éloigna.

Cole le suivit du regard jusqu'à ce qu'il ne soit plus qu'une silhouette dans la lumière du soleil.

Cet ouvrage a été réalisé par la
SOCIÉTÉ NOUVELLE FIRMIN-DIDOT
Mesnil-sur-l'Estrée
pour le compte des Éditions Payot & Rivages
en avril 1998

Imprimé en France
Dépôt légal : avril 1998
N° d'impression : 42651